# JOHN GRISHAM

John Grisham es autor de cuarenta y nueve libros que se han convertido en bestsellers número uno de manera consecutiva y que han sido traducidos a casi cincuenta idiomas. Sus obras más recientes incluyen *El sueño de Sooley, La lista del juez, Adversarios, Los chicos de Biloxi* y *Tiempo de perdón*, que está siendo adaptada como serie por HBO.

Grisham ha ganado dos veces el Premio Harper Lee de ficción legal y ha sido galardonado con el Premio al Logro Creativo de Ficción de la Biblioteca del Congreso de Estados Unidos.

Cuando no está escribiendo, Grisham trabaja en la junta directiva de Innocence Project y Centurion Ministries, dos organizaciones dedicadas a lograr la exoneración de personas condenadas injustamente. Muchas de sus novelas exploran problemas profundamente arraigados en el sistema de justicia estadounidense. John vive en una granja en Virginia.

TAMBIÉN DE JOHN GRISHAM

*Sooley*

*Tiempo de perdón*

*El soborno*

*Un abogado rebelde*

*El secreto de Gray Mountain*

*La herencia*

*El estafador*

*La firma*

*La apelación*

*El asociado*

*La gran estafa*

*Los Guardianes*

*Camino Island (El caso Fitzgerald)*

*Camino Winds (El manuscrito)*

*La lista del juez*

*Adversarios*

*El intercambio*

# LA VIUDA

JOHN GRISHAM

# LA VIUDA

Traducción de
María del Puerto Barruetabeña, Raúl García Campos
y Laura Rins Calahorra

VINTAGE ESPAÑOL

Título original: *The Widow*

Primera edición: enero de 2026



Impreso en Colombia / *Printed in Colombia*

ISBN: 979-8-89098-600-9

# 1

Los clientes que acudían al pequeño y peculiar bufete que se ubicaba en la esquina de Main con Maple llegaban cargados de problemas de los que Simon estaba harto. Procedimientos concursales, denuncias por conducir en estado de embriaguez, impagos de la manutención de los hijos, ejecuciones hipotecarias, accidentes de tráfico cotidianos, resbalones que provocaban una caída sospechosa, solicitudes de discapacidad por motivos dudosos... El pan de cada día para un abogado corriente y moliente de cuyos juveniles sueños de riqueza ya apenas quedaba traza alguna. Después de dieciocho años dando el callo, Simon F. Latch, letrado y asesor jurídico, empezaba a quemarse. Estaba cansado de las adversidades de la gente.

En ocasiones, se abría un paréntesis en su desdichada existencia cuando un cliente entrado en años le solicitaba alguna gestión de índole patrimonial, como la puesta al día de la última voluntad. Solía tratarse de cuestiones sencillas que incluso un alumno de primer curso de Derecho podría resolver, pese a lo enrevesadas que Simon intentaba que parecieran. Por unos módicos doscientos cincuenta dólares, podía escribir (o «redactar», como él prefería decir) un testamento básico de tres páginas, imprimirlo en un papel de carta de tonos dorados y alto gramaje, encargarle a su «personal» que lo autentificara mediante acta notarial y dar la impresión de que el cliente estaba «formalizando» un trámite de gran trascendencia.

Lo cierto era que casi ninguno de ellos necesitaba hacer testamento, por muy básico que este fuera, si bien en toda la historia de la jurisprudencia de Estados Unidos ningún abogado se lo había hecho saber a sus pagadores. Además, la tarifa de doscientos cincuenta dólares era un timo porque internet estaba llena de plantillas gratuitas con el mismo carácter vinculante. Asimismo, el señor Latch rara vez tocaba el testamento. Matilda, su secretaria, rellenaba los espacios correspondientes e imprimía los documentos importantes.

La clienta actual era la señora Eleanor Barnett, de ochenta y cinco años, una viuda que vivía sola en una casa modesta de las afueras que ella y su difunto segundo marido habían comprado diez años atrás. No tenía descendencia, aunque Harry Korsak, su último cónyuge, tenía dos hijos de un truncado primer matrimonio y se había pasado varios años intentando convencer a Eleanor, su adorada segunda mujer, de que los adoptara por distintos motivos, ninguno de los cuales terminó de persuadirla porque, según le confió a Matilda durante la segunda y larga charla que mantuvieron por teléfono, detestaba a esos chicos. No le daban más que disgustos.

«¿Y pesa algún tipo de hipoteca sobre la casa?», le había preguntado Matilda, interrumpiendo así de forma discreta lo que prometía derivar en una crónica tormentosa acerca de los dos hijos descarriados.

No. La casa estaba pagada por completo, al igual que el coche. No había deudas. Harry Korsak había sido muy comedido en cuanto a los gastos; era hijo de unos padres que vivieron la Gran Depresión, con todo lo que eso conllevaba, de modo que, sencillamente, odiaba la idea de endeudarse. Entre una llamada telefónica y otra, Matilda hacía todo tipo de indagaciones en internet, proceso durante el que comprobó que el inmueble, tasado por el condado en doscientos ochenta mil dólares, estaba, en efecto, libre de cargas y que, en cuanto al coche, un Lincoln de quince años de antigüedad, tampoco existía ningún gravamen pendiente. Al ahondar un poco más, encontró el historial de antecedentes penales de Clyde Korsak, el mayor de los dos hijos no adoptados. Varias décadas atrás, lo pillaron vendiendo cocaína, negocio que lo llevó a pasar cuatro años en prisión.

La señora Barnett, poco dispuesta a seguir tratando los asuntos de finanzas por teléfono, dijo que prefería esperar hasta reunirse con el señor Latch. Llegó puntual, a las 14.00, vestida como una anciana con posibles que fuera camino de la iglesia. Matilda, que había visto entrar y salir a cientos de mujeres como ella, la evaluó al instante mientras vertía el café en una de las tacitas de porcelana fina que guardaban en el despacho para las chicas más veteranas. Al resto de los clientes se les ponía un vaso de papel. La señora Barnett caminaba con normalidad, sin necesidad de bastón y sin tambalearse de un lado a otro, dando pasos amplios y elegantes, y tomó asiento con ademán correcto en una silla de la recepción, donde probó el café con el meñique en alto, una señal clara, o bien de sus buenos modales, o bien de una cierta afectación. En apariencia, tenía buena salud, y tal vez aún pudiera disfrutar de una década más antes de que el testamento que deseaba renovar entrara en vigor.

Transcurridos unos minutos, Matilda anunció que la «teleconferencia con un juez» a la que el señor Latch estaba asistiendo había concluido y que le gustaría verla. Acompañó a la señora Barnett por un pasillo corto que conducía a una sala de reuniones donde las paredes de tonos oscuros quedaban ocultas tras una abundancia de gruesos libros de leyes que el señor Latch llevaba años sin abrir.

La intención de Simon era deshacerse de ella en cuestión de treinta minutos. Le concedería otra media hora a la semana siguiente, cuando al testamento corregido se le añadirían las correspondientes firmas, acto con el que, en principio, recaudaría los doscientos cincuenta dólares que tarificaba por hora. Un buen amigo de la facultad de Derecho cobraba el cuádruple en una consultora tributaria de Washington, pero Simon procuraba no obsesionarse con eso. A lo largo de los últimos años, casi había logrado convencerse de que la calidad de vida de la que gozaba en la pequeña localidad de Braxton, Virginia, era muchísimo mejor, de que el dinero no importaba una mierda.

Sacó todo su encanto, al igual que hacía siempre con las señoras mayores, y supo al instante que la tenía embelesada.

—Es un collar precioso —la aduló.

Ella le sonrió y dejó entrever una amarillenta dentadura natural.

—Vaya, muchas gracias.

—Veo en las notas que está soltera, vive sola y no tiene hijos ni nietos. Ha tenido dos maridos, ya fallecidos ambos. —Escrutó la ficha que Matilda había elaborado como si estuviera leyendo la carta magna—. Y conservó el apellido de Barnett cuando se casó con el señor Korsak.

—Bueno, no exactamente. Cuando Harry falleció, decidí recuperar el «Barnett». En realidad, nunca terminó de gustarme el apellido Korsak, ¿sabe? Entre nosotros, lo pasé mucho mejor con Vince Barnett que con Harry Korsak. Vince y yo estábamos enamorados ya desde críos, ¿sabe?, nos casamos muy pronto y podría decirse que crecimos juntos. Éramos más jóvenes y más activos desde el punto de vista romántico, no sé si me entiende.

Simon la entendía muy bien y lo último que pretendía era profundizar en ese asunto.

—¿Tiene algún otro testamento en la actualidad?

—Los testamentos no expiran, ¿verdad?

—Hum, no, no expiran.

—Hay otro, pero tengo algunas dudas al respecto. Me gustaría redactar uno nuevo, y querría contratar sus servicios como abogado para que también me lleve otro tipo de asuntos. Previo pago de un anticipo.

—¿Qué otros asuntos la preocupan?

—Oh, bueno, nunca se sabe, sobre todo hoy en día, con tantos fraudes y estafas como hay por todas partes. Los mayores somos el blanco más fácil. Asusta pensar en cuántos lo pierden todo. Quiero estar protegida y, para ello, me gustaría entregarle una cantidad inicial a fin de que se ocupe de las cosas por mí. Mi amiga Doris siempre cuenta con los servicios de un abogado por medio de un adelanto.

Ahora mismo, nada le apetecía menos a Simon que estar siempre a disposición de una clienta mayor que tenía miedo de que alguien la timara. Pero, si insistía, mil dólares le parecían un buen trato.

—¿Qué anticipo paga ella?

—Oh, no es muy cuantioso. Dice que este tipo de acuerdos salen muy baratos.

Simon respiró hondo e intentó reconducir la conversación.

—Volvamos a lo del testamento. Es importante que le eche un vistazo al anterior.

—Sí, lo sé. Matilda me lo ha comentado por teléfono, pero se me ha olvidado traerlo. Creo que la memoria me falla cada día un poco más.

No cabía extrañarse. Cuando se reunía con un cliente octogenario, Simon daba por hecho que algunos engranajes no funcionarían a la perfección. Matilda y él lo hablarían y decidirían si la señora Barnett conservaba la lucidez necesaria para entender lo que estaba haciendo. En cualquier caso, a simple vista parecía encontrarse bien y, por doscientos cincuenta dólares, Simon tampoco iba a preocuparse en exceso.

—¿Cree que podría traérmelo de aquí a un par de días?

—Claro, no hay problema. Lamento causarle tantas molestias.

—No se preocupe. Tenemos que hablar también sobre sus activos y sus obligaciones.

—No hay obligaciones. No se debe ni un solo centavo. Harry, mi difunto marido, detestaba los préstamos. Ni siquiera usaba tarjeta de crédito. Vivíamos libres y sin cuentas pendientes.

A Simon le encantaba cómo sonaba eso, pero no podía sino soñar con que algún día también él saldría del pozo de deudas en el que se hallaba sumido.

—Admirable —comentó en un tono enfático, como si la mujer necesitara su aprobación. Él aún tenía que terminar de pagar todas sus propiedades.

—Pero yo me saqué una después de que él muriera. Una Visa.

Simon hizo como que tomaba nota y dijo:

—Muy bien, ¿y en cuanto a sus bienes? ¿Es la propietaria de su casa? —Aunque sabía que sí, los clientes de más edad disfrutaban presumiendo de lo mucho que habían acumulado. Se enorgullecían de su estilo de vida frugal y de que, después de décadas mirando hasta el último centavo, disfrutaban de una situación financiera sólida.

—Desde luego.

—¿Tiene una idea aproximada del valor que alcanza hoy en el mercado?

—Bueno, la verdad es que no, pero el condado la tiene tasada en doscientos ochenta mil, si no me equivoco. Más o menos.

—Bien, es un valor bastante aproximado. La casa suele ser el bien más caro del patrimonio de una persona.

—En mi caso no —dijo ella con brusquedad, como si se hubiera sentido ofendida.

Simon siguió tomando apuntes de forma atropellada y empezó a sospechar que tal vez este testamento no sería tan básico como se imaginaba.

—¿Posee algún otro inmueble? ¿Una segunda residencia? ¿Propiedades en alquiler?

—Oh, no. A Harry no le gustaba adquirir inmuebles. Decía que solo traían problemas.

«¿Y qué demonios le gustaba entonces a Harry?».

—Entiendo. ¿Administra algún otro tipo de inversiones?

La anciana respiró hondo y, de pronto, pareció inquietarse.

—Puedo confiar en usted, ¿no es así, señor Latch?

—Por supuesto. Soy su abogado y la naturaleza de mi profesión me obliga a tratar sus asuntos con absoluta confidencialidad. —Simon notó un ligero aleteo en las tripas, como si estuviera a punto de ocurrir algo tan inesperado como maravilloso. Se había llevado unas cuantas sorpresas desde que dieciocho años atrás empezara a ejercer como una especie de abogado patrimonialista, pero ninguna de ellas era demasiado destacable.

—Pues verá, señor Latch...

—Por favor, llámeme Simon.

—Simon, qué nombre tan bonito. Verás, Simon, Harry trabajó durante casi cuarenta años como viajante regional para Coca-Cola. Creo que eso es lo que acabó con él. Su azúcar estaba disparado y a los sesenta y nueve años sufrió un infarto del que nunca se recuperó. Siempre teníamos Coca-Cola de sobra en la nevera, de la de verdad, no la versión dietética, y bebía demasiada, al menos en mi opinión. El caso es que lo autorizaron a adquirir acciones de la empresa, unas pocas cada vez, de modo que compró todas las participaciones de Coca-Cola que pudo. Nunca vendió ninguna; se conformaba con ver cómo se acumulaban. Y vaya si se acumulaban. Más adelante, hará unos treinta años, empezó a venderle productos de Coca-Cola a Walmart y se quedó fascinado con esa compañía. Vendían un montón de refrescos. Así que empezó a comprar acciones de Walmart y, de nuevo, nunca vendió ni una sola participación. Cuando falleció de repente, aún no sabía qué hacer con todas esas acciones. No quería legárselas a sus hijos porque solo servían para causar problemas. Y así sigue siendo. Y ese es el quid del asunto, Simon, los chicos no saben nada acerca de las acciones. Harry nunca se las mencionó; nunca le habló de ese tema a nadie salvo a mí. Le parecía divertido que lleváramos una vida tranquila en una casa modesta sin que la gente supiera que acaudalábamos nuestros buenos millones.

¿Millones? Simon logró seguir recogiendo apuntes en su libreta amarilla, pero su letra, ilegible en el mejor de los casos, se transformó al instante en una maraña de garabatos. No recordaba haber elaborado ni un solo testamento en el que se legase un millón de dólares, inmuebles aparte.

Frunció el ceño con aire abogacil como si no se hubiera inmutado.

—Y..., hum..., ¿qué hizo su marido con todas esas acciones?

—Me las dejó a mí, junto con todo lo demás. Mediante la... ¿Cómo se llamaba...? La «desgravación marital».

—Sí, ese es el nombre que recibe. Se le puede legar todo al cónyuge sin tener que abonar el impuesto de sucesiones. Harry debía de ser un hombre muy listo.

—Es curioso, pero él nunca se jactó de ser inteligente. Era muy modesto, trabajó duro, pagó sus deudas, ahorró dinero, compró las acciones y, por último, me lo pasó todo a mí. Quería hacer algo para ayudar a sus hijos y, la verdad, lo intentó de todas las maneras posibles. Pero, si los chicos hubieran tenido conocimiento de su cartera accionarial, lo habrían vuelto loco. Así que nunca les dijo nada. Y después se murió de pronto.

No era frecuente que un cliente que solicitaba la redacción de un testamento básico dejara caer términos como «cartera accionarial» o «desgravación marital». Simon se puso un poco más alerta.

—¿A qué valor asciende la cartera?

La anciana se puso la mano sobre los labios como si no estuviera segura. Después se frotó los ojos y pareció asustarse. Bajó la voz para decir:

—Todo esto es estrictamente confidencial, ¿verdad?

—Sí, ya lo hemos dejado claro, señora Barnett. Si quiere

que le prepare el testamento como es debido, tengo que saber de qué se compone el patrimonio. Porque quizá lo que usted necesita no sea un testamento básico. —Casi podía imaginarse cómo el documento se engrosaba de repente. Y también el adelanto se engrosaría, hasta los cinco mil dólares.

—Si la gente lo supiera. Mis amistades, o los chicos de Harry. Nadie está al tanto, Simon.

Este esbozó una sonrisa tranquilizadora, como para decirle: «A mí puede confiarme cualquier cosa». Pero en lugar de eso le respondió:

—Estas paredes son de acero, señora Barnett. No hay nada que pase a través de ellas. Mi ética profesional me obliga a guardar todos sus secretos.

Reconfortada, la mujer apretó los dientes antes de revelarle:

—La semana pasada las acciones sumaban algo más de dieciséis millones. El mercado fluctúa mucho, ¿sabes?

Simon anotó la cantidad mientras se esforzaba por mantener una solemne cara de póquer, como si la situación fuera de lo más normal.

La anciana se inclinó hacia él y le preguntó:

—Es mucho dinero, ¿verdad?

—Sí, es mucho dinero.

—¿Más de lo habitual?

—Yo diría que sí. He recibido a pocos clientes que manejaran un patrimonio neto tan considerable.

«¿A pocos? Más bien a ninguno».

—Y no sé qué hacer con él.

Ah, cuántas preguntas no le habría formulado Simon. Y cuántas sugerencias no le habría hecho.

—Hum, bien, ¿qué parte del patrimonio se integra en las acciones de Coca-Cola?

—Unos diez millones. Y otros seis o así en las de Walmart.

—¿Y los dividendos?

—Bueno, como sabes, Walmart no paga gran cosa por los dividendos, apenas unos centavos por participación. Pero, en el caso de Coca-Cola... En fin, es muy distinto. Pagan un cuatro por ciento al año para siempre.

—¿Un cuatro por ciento de diez millones cada año?

—Más o menos. Sale a un poco más de cuatrocientos mil al año. Y la cantidad no hace más que incrementarse, ¿sabes? De verdad que no tengo ni idea de qué hacer con tanto dinero. ¿Puedes ayudarme, Simon?

—Estoy seguro de que se nos ocurrirá algo, pero este no va a ser un testamento básico, señora Barnett. Nos llevará algún tiempo.

—¿Te importaría llamarme Netty? Es un apelativo de toda la vida, pero muy pocos lo conocen. Si tú eres Simon, yo soy Netty.

Simon desplegó su sonrisa más melosa y, mientras se inclinaba hacia ella, le dijo:

—Por supuesto. Y supongo que, con unos ingresos así, tendrás guardada una buena cantidad de metálico en el banco.

—Sí, así es.

Se produjo un silencio breve.

—Bien, ¿de cuánto metálico hablamos?

—De unos cuatro millones.

—Y están guardados en..., hum..., ¿qué tipo de cuentas?

—Corrientes, de ahorro y certificados de depósito. Pero no es un banco de aquí. A Harry ni se le pasaba por la cabeza tratar con las entidades de los alrededores. Temía que unos ojos indiscretos se fijasen en nuestras cuentas y, en fin, ya sabes lo mucho que le gusta cotillear a la gente. Así que se hizo cliente del East Federal de Atlanta, uno de los más grandes.

—¿De Atlanta?

—Sí, vivimos allí varios años. Es donde está la sede principal de Coca-Cola, ¿sabes?

—Por supuesto. —Simon no tenía ni idea de dónde se ubicaban las oficinas centrales de la compañía. Continuó tomando notas mientras le daba vueltas a la cabeza.

Pasó a una nueva página de la libreta. Escribió una cantidad, 10.000 $, y una palabra, ANTICIPO.

—Solo por curiosidad, Netty, en el testamento anterior, ¿a quién le legabas tus activos? ¿Las acciones y las cuentas bancarias?

La anciana suspiró como si le doliera hablar del tema.

—Bueno, Simon, ese es uno de los motivos por los que he venido aquí. No estoy conforme con el testamento actual. Lo firmé hace ya varias semanas y desde entonces no he vuelto a dormir bien.

—¿Quién te lo redactó?

—Un abogado del otro lado de la calle. Wally Thackerman. ¿Lo conoces?

—Oh, ya lo creo. Conozco a todos los abogados de la ciudad.

—¿Te fías de él? ¿Es buena gente?

—Sí, no, más o menos, creo. Es un buen tipo, pero tampoco lo considero amigo mío. ¿Que si me fío de él? No sabría qué decirte. ¿Por qué? ¿Tú sí te fías?

—Antes sí me fiaba, pero ahora no estoy segura. Verás, Simon, no tenía muy claro a quién incluir en el testamento. Para que se quede con las acciones y el dinero, ya sabes.

—Ajá.

—Así que Wally me convenció para que se lo legara todo a él, en fideicomiso. Cuando yo fallezca, él venderá las acciones, depositará el metálico en un fondo fiduciario o algo así, nunca he entendido muy bien cómo funcionan esas cosas, y después tendrá autoridad para donar el dinero a mis organizaciones benéficas preferidas.

—¿Y cuáles son tus organizaciones benéficas preferidas?

—No tengo ninguna.

—¿Ninguna?

—No. Verás, Harry no creía en eso de regalar el dinero. Era

de la opinión de que, si de crío a él nadie le regaló ni un centavo cuando estaba en la ruina y pasaba hambre, ¿por qué iban a esperar los demás que él les diera nada? Yo no lo calificaría de tacaño, pero quizá un poco sí que lo fuera. No sé, el caso es que nunca tuvimos la costumbre de donar nada.

—¿Y cuando él falleció y tú lo heredaste todo?

—Bueno, había una organización benéfica que me gustaba, o al menos eso creía yo. Hace unos años vi algo en la tele por cable sobre los monos araña de Uganda, que se morían de hambre por culpa de los productos químicos que el gobierno estaba esparciendo. Los pobres estaban consumiéndose y caían por cientos. Me pareció desgarrador, así que le envié mil dólares a la Fundación de los Monos Araña, que tenía una dirección de Boston. Me dieron las gracias, me mandaron un calendario y hasta me hicieron miembro de uno de sus consejos, y después me pidieron más dinero. Les hice llegar otro cheque, y después otro más, y siguieron solicitándome más donativos. Insistían en enviar aquí a uno de sus ejecutivos para que nos conociéramos, comiéramos juntos y todo eso. Después le vendieron mi nombre y mi dirección a alguien y, cuando quise darme cuenta, tenía el buzón a reventar de cartas de gente que pretendía salvar a las ballenas y a los búfalos, a los guepardos y a los glotones canadienses. No les di nada a ninguno de ellos. La cosa se puso tan fea que tuve que cambiar de dirección postal. Hasta que un día el FBI desmanteló la Fundación de los Monos Araña, que era una estafa. Me sacaron once mil dólares, así que no, Simon, no pienso volver a arriesgarme con ninguna organización benéfica.

Simon se las apañó para escucharla mientras le daba vueltas a lo de la comadreja esa del otro lado de la calle, Wally Thackerman, que había añadido su nombre en el testamento para controlarlo todo. Era un acto carente de toda ética por el que además podrían inhabilitarlo, aunque ¿quién querría seguir ejerciendo de abogado cuando ya nada en dinero?

Ella prosiguió con su parloteo.

—Desde que firmé ese testamento estoy hecha un mar de dudas. No parece muy correcto que el abogado pueda apoderarse de la totalidad del patrimonio, ¿verdad, Simon?

—Necesito ver el documento, Netty.

La mujer extrajo un pañuelo de un bolsillo y se dio unos toquecitos con él en las mejillas.

—Discúlpame. Este asunto me resulta muy confuso. Nunca terminó de convencerme, ya sabes, cedérselo todo al señor Thackerman, un hombre al que en realidad no conozco. No fue muy inteligente por mi parte, ¿verdad?

Pues claro que no. Fue una soberana estupidez. Pero con la clienta deshecha en lágrimas, indefensa y sentada en una montaña de dinero, Simon adoptó una actitud aún más cálida.

—Ya encontraremos una solución, Netty, confía en mí. Tiene fácil arreglo. A veces, para planificar el destino del patrimonio se requiere que una parte considerable de los activos se depositen en fideicomiso, y, a menudo, al abogado se le designa fideicomisario.

—Un galimatías.

—Sí, lo siento, pero a veces las leyes pueden ser muy enrevesadas. Deja que le eche un vistazo al testamento y ya decidiremos cómo proceder a partir de ahí.

—De acuerdo.

Simon empezaba a marearse de tanto improvisar respuestas rápidas. Cerró la libreta, le puso el capuchón a la pluma y dijo:

—Mira, mañana tengo que atender unos asuntos en Fairhaven, cerca de donde vives. Reunámonos en el Starbucks nuevo de Millmont Street. ¿Sabes dónde queda?

—Creo que sí, pero tampoco me importa venir al centro.

—No, insisto. Mañana a la misma hora, a las dos de la tarde. Y revisaré el testamento.

—Está bien.

—Y hay algo delicado que debo decirte, Netty, algo que

solo puedo comentarte a ti. Matilda, mi secretaria, no es la persona más discreta a la que he contratado. Ya hemos tenido alguna discusión por su incapacidad para guardar secretos, y este es el tipo de chismorreo que estaría encantada de revelarle a la persona equivocada.

—Ay, Dios.

—Sí. Creo que me voy a ver obligado a rescindirle el contrato. Un abogado no puede permitirse tener a una chismosa en la oficina. Aunque, mientras tanto, es mejor que no vuelvas a hablar con ella. Si me necesitas, llámame al móvil. —Deslizó hacia ella una tarjeta de visita.

—Ay, Dios. —La anciana fingió sorpresa, pero al mismo tiempo estaba disfrutando de la intriga.

—Todo irá bien, confía en mí. Puedo redactar el testamento yo mismo, sin que ella llegue a verlo nunca. Es mejor así.

—Como tú digas.

—Confía en mí. Mañana a las dos en el Starbucks.

La siguió por el pasillo hasta la recepción mientras hablaban del tiempo. Netty fulminó a Matilda con la mirada cuando pasó por su lado, pero no le dijo nada. Simon le abrió la puerta y salió con ella. Una vez que la anciana se alejó y se montó en su coche, el viejo Lincoln, él dirigió la vista hacia el bufete del otro lado de Main Street.

BUFETE DE WALTER J. THACKERMAN. Menudo canalla.

De nuevo en el interior de la oficina, Matilda le dijo:

—Qué ancianita tan simpática. ¿Tienes el cuestionario? Puedo redactar el testamento ahora mismo.

Simon se detuvo a mirar por la ventana que daba a la calle como si ocurriera algo fuera.

—Sospecho que nos va a dar problemas. Es probable que no se encuentre bien, que se le haya ido la cabeza. Me da la impresión de que está bajo tratamiento, así que habrá que ir con cuidado. Además, no tiene claro qué hacer con la casa, prefiere pensárselo durante unos días más. Podría complicarnos mucho la vida.

—Vaya, me había parecido muy agradable.

—Ya veremos. ¿Tengo alguna otra cita esta tarde?

—Sí, con los Pendergrast. El procedimiento concursal los está asfixiando.

—Magnífico.

# 2

El resto del día se fue al traste. No soportaba la idea de sentarse con el señor y la señora Pendergrast para verlos reñir durante una hora acerca de quién tenía la culpa de sus problemas financieros. Simon estaba especializado en procedimientos concursales, los cuales solían causar aún más problemas que los divorcios, de los que detestaba encargarse. Los llamó y canceló la cita, para lo que adujo una de las muchas mentirijillas a las que los abogados recurren con el fin de zafarse de sus compromisos, la de que, de repente, se requería su presencia en el tribunal federal. Pero, en realidad, su presencia no se requería en ninguna parte. El expediente más prioritario que tenía en la mesa consistía en la compraventa de una tienda de helados ubicada calle abajo, una transacción de veinte mil dólares por la que cobraría una tarifa de unos mil pavos.

De pronto, todos los expedientes le parecían triviales. Una clienta anciana que poseía dieciséis millones de dólares en acciones y otro buen puñado en metálico acababa de salir de su despacho con un testamento en activo que le transferiría toda su fortuna a un abogaducho con cara de rata del otro lado de la calle. Simon no podía pensar en otra cosa. Diez minutos más tarde de que Matilda se despidiera puntualmente a las cinco, salió y condujo hasta un bar-motel que había cerca de la interestatal. Era un garito frecuentado por los abogados y los jueces que no querían que se los viera bebiendo en la ciudad, aunque los había que empinaban el codo sin el menor disimulo ni comedimiento. Por suerte, no había allí ninguno de ellos, de modo que Simon se dedicó a acunar una cerveza en un rincón penumbroso mientras intentaba poner en orden sus ideas.

Empezaría por el principio. Debía leer el testamento para comprobar que su querida Netty le había dicho la verdad. No terminaba de creerse que un abogado, fuera el que fuese, tuviera la desvergüenza de añadirse a sí mismo a un testamento que le concedía acceso total a una fortuna. Sin embargo, el mero hecho de que él, el honorable Simon Latch, contemplara la idea de hacer algo muy parecido le hizo darse cuenta de que, en efecto, era posible. Cuando Netty falleciera, se entablaría una encarnizada batalla legal durante la que todo el mundo encausaría a todo el mundo, pero el único fideicomisario oficial, el dichoso Wally Thackerman, llevaría las de ganar.

Sin duda, la fortuna no ascendería a veinte millones. Que él supiera, tanto los impuestos estatales como los federales sobre el patrimonio eran del cuarenta por ciento, la mayor parte de los cuales podían eludirse por medio del fideicomiso marital. Sin embargo, puesto que Netty no tenía marido, su patrimonio sería presa fácil para los recaudadores de impuestos. Ocho millones en tasas que se evaporarían al instante. Simon hizo una mueca de dolor al pensar en que habría que pagarle todo eso al gobierno.

Aun así, doce millones de dólares seguía siendo muchísimo más de lo que él llegaría a ganar trabajando durante treinta años en la esquina de Main con Maple. Se acordó entonces de algo que había leído en el periódico. El Congreso había estado toqueteando los tipos impositivos antes del receso de diciembre. No recordaba los detalles y, de hecho, rara vez estaba al tanto de las noticias, porque a sus clientes no les preocupaban los impuestos que se aplicaban sobre el patrimonio ni sobre las donaciones.

Llamó a un colega de la facultad de Derecho que ejercía en una prestigiosa consultora tributaria de Washington, a una hora de distancia. Tras los habituales primeros minutos de cháchara, fue al grano. Dirk, su amigo, se rio y le dijo:

—Venga ya, Simon. ¿No te has enterado del bombazo?

—Supongo que no.

—El Congreso levantó la sesión sin derogar la enmienda primero.

Simon no sabía muy bien qué significaba eso pero guardó silencio. De todas formas, a Dirk le gustaba hablar.

—Los muy payasos han metido la pata hasta el fondo. La negociación de los impuestos sobre el patrimonio fue un fracaso, no hubo acuerdo, así que no se aplican impuestos. Ninguno, cero, *nothing*. Durante los siguientes doce meses no se recaudarán los impuestos federales sobre el patrimonio y, dado que los estados suelen atenerse a las normas, es el momento perfecto para morirse. De modo que diles a los vejestorios que entren en tu despacho que arreglen sus mierdas y se preparen para diñarla. Que disfruten de las Navidades porque después *bye, bye!* Sus hijos y sus nietos les estarán muy agradecidos.

—¡Es verdad! Sí, lo había visto. Menuda cagada.

—Estas cosas son lo más normal hoy en día.

Cuando la conversación comenzaba a efectuar un peligroso giro hacia la política, Simon cambió de tema y le preguntó a Dirk por otro antiguo compañero de clase que estaba luchando contra un cáncer. Puesto que ambos eran abogados con mucho trabajo, cerraron la charla con la promesa de verse en cuanto pudieran.

¡Volvían a ser veinte millones! Simon pidió otra cerveza y se quedó un buen rato dándole vueltas a la conversación. Tendría que meterse en internet para investigar al respecto e intentar averiguar por qué el Congreso había pasado por alto la estipulación de los impuestos sobre el patrimonio. Como si fuera posible entender nada de lo que hacía el Congreso.

# 3

Simon y su mujer, Paula, no habían solicitado el divorcio porque no podían asumir el gasto. Ninguno de los dos veía el momento de ponerle fin al matrimonio, pero dado que apenas se mantenían a flote en el plano financiero con una casa de por medio, no querían ni pensar en tener que costear dos. Cargados cada uno con su propio repertorio de heridas y cicatrices, estaban cansados de discutir y habían establecido una convivencia más o menos llevadera que les permitía afrontar el día a día sumidos en un sufrimiento mudo mientras criaban a sus tres hijos. Por suerte, los dos mayores, adolescentes como eran, lidiaban como podían con la pubertad sin causarles problemas demasiado graves. Apenas salían de sus respectivos cuartos y era imposible cazarlos desconectados. Siempre había algún dispositivo electrónico al alcance. La pequeña, Janie, tenía nueve años y aún conservaba un carácter dulce.

A fin de evitar posibles conflictos y de que los niños no percibieran la tensión del ambiente, Simon acostumbraba a dormir en el despacho. Había reformado una estancia pequeña de arriba, derribado un par de tabiques y estructurado un habitáculo en el que sobrevivía con un aseo minúsculo y un catre estrecho. Para sus adentros, lo llamaba «El Armario». No era un rincón acogedor pero, al menos, le servía para estar lejos de Paula.

Esta había salido el martes por la noche con motivo del encuentro que todos los meses organizaba el club de lectura, en el que el vino parecía tener más interés que los libros. Simon aprovechó la ocasión para cocinar albóndigas de salchichas italianas con pasta, uno de sus platos preferidos, en compañía de Janie. Hablaron de la escuela, de fútbol y de la vida en general. La pequeña lo cogió desprevenido cuando le preguntó:

—¿A dónde vas por las noches?

—Bueno, muchas veces trabajo hasta tarde y me quedo a dormir en la oficina.

—Eso es muy raro. ¿Por qué no vienes a casa sin más? Tampoco está tan lejos.

—No quiero despertaros a todos. Mamá tiene el sueño ligero y necesita descansar.

—Buck dice que mamá y tú vais a pedir el divorcio.

Buck siempre había sido un mocoso metomentodo y demasiado maduro para su edad. Simon forzó una sonrisa y reparó en que era la primera vez que uno de los niños pronunciaba la palabra «divorcio», al menos que a él le constara.

—No, no vamos a pedir el divorcio —le respondió—. Mamá y yo trabajamos demasiadas horas y nos cuesta encontrar un hueco para vernos, pero eso no es algo tan extraño hoy en día. Todo va a ir bien. Dile a Buck que deje de soltar esas cosas.

El divorcio llevaba como mínimo tres años sobre la mesa, pero siempre habían sido cautelosos en presencia de los niños. A Buck, que ya tenía dieciséis años, no se le escapaba nada. Danny había cumplido los catorce y se enfrentaba a la pubertad con la cabeza en las nubes. Janie quería por igual a sus dos padres. La idea de alejarse de ella hacía polvo a Simon.

—Es raro que duermas en la oficina cuando tienes tu habitación aquí en casa, con nosotros —arguyó la pequeña mientras lo miraba, como si supiera la verdad.

—Todo está bien, Janie, te lo prometo. La pasta está lista, ve a avisar a tus hermanos.

Buck y Danny solo salían de sus respectivos cuartos para comer. Ambos tenían un hambre insaciable y unos modales sonrojantes en la mesa. Paula había desistido de hacerles respetar las reglas. Danny comía con los auriculares puestos y frente a un iPad del que en todo momento escapaban los chirridos de alguna banda de rock ácido; no se oían mucho pero sí lo bastante para resultar molestos. Buck también usaba auriculares, solo que conectados a un teléfono móvil. Simon les pidió que se destaparan los oídos y le contaran cómo les había ido en clase. Ambos lo miraron como si fuera un intruso y lo ignoraron con todo el descaro. En ese momento, Simon podría haber dado una palmada en la mesa, levantado la voz, montado una escena e iniciado una pelea imposible de ganar, todo para no conseguir más que agravar el mal ambiente. Paula se enteraría y se pondría de parte de los niños. Lo más fácil era pasarlo por alto e incurrir en otro acto de cobardía, algo que ya se había convertido en rutina en casa de los Latch.

Así, se dedicó a hablar de esto y de aquello con Janie mientras los niños comían como puercos. Cuanto antes acabaran, antes volverían a la seguridad de su cuarto. Dejaron los platos en la mesa (otro quebrantamiento de las normas), pero Simon volvió a hacer la vista gorda. Después de cenar, con la cocina de nuevo impoluta y la casa en calma, le dio un beso en la frente a Janie y le dijo que tenía que regresar al despacho. Ella quiso responderle, pero, en el último momento, se abstuvo. Simon cerró las puertas con llave, se cercioró de que no hubiera ningún peligro en la casa y se fue unos minutos antes de las diez. Paula no tardaría en volver y, cuanto menos la viera, mejor.

Años antes aparcaba el coche (un Audi en *leasing* que empezaba a pedir que lo sustituyera por un modelo nuevo) delante de su oficina de Main Street cuando trabajaba desde pronto y hasta tarde, un poco a modo de publicidad gratuita para impresionar a la gente con su increíble dedicación al trabajo. Ahora, sin embargo, lo escondía por las noches en un callejón de la parte de atrás para acallar los rumores de que se había ido de casa y vivía en el despacho. Sospechaba que las habladurías se habían propagado ya por todas partes porque algunas de las amigas de Paula eran unas bocazas y él no les caía bien. Daba por hecho que las chicas del club de lectura pasaban más tiempo tomando vino y despellejando a sus respectivos maridos que debatiendo acerca del último superventas.

Aparcó en el callejón y, en lugar de subir por las escaleras de atrás hasta el habitáculo, recorrió tres manzanas camino del sótano de un banco antiguo. El pub de Chub formaba parte de su vida desde hacía años. Fue testigo de cómo Chub convirtió la cervecería de mala muerte que era en sus orígenes, conocida por las partidas de póquer y las apuestas ilegales que allí se celebraban, en un bar deportivo de cierta categoría con una decena de pantallas panorámicas y una clientela menos violenta. El juego seguía estando a la orden del día porque Chub era el corredor de apuestas más destacado de los alrededores, si bien se trataba de una actividad que se llevaba a cabo con absoluta discreción. La brigada antivicio inspeccionaba el local de forma somera una vez por semana, pero solo porque era su cometido. Muchos de los agentes quedaban allí cuando estaban fuera de servicio. Chub incluso les pagaba a algunos de ellos para que le hicieran de gorilas los fines de semana.

Era un martes por la noche de principios de marzo y no había demasiada gente. Simon se dirigió al rincón que solía ocupar al fondo del espacioso establecimiento y se acomodó frente a una pantalla que presentaba un tablero de póquer. La camarera, Valerie, no tardó en aparecer con un bourbon y ginger ale, además de con una sonrisa postiza y el saludo de siempre.

—¿Qué te cuentas, abogado Latch?

—Todo bien, Valerie, ¿qué tal tú?

—Aquí, viviendo la vida. —Sin más, Valerie lo dejó. No tenían demasiadas cosas de las que hablar porque Simon le había llevado dos divorcios exentos de causa, con tarifa reducida, y ella no estaba muy contenta con el resultado del segundo. Con el tiempo, su amistad se había atascado en un distanciamiento cordial que les exigía recurrir a una simpatía forzada pero poco más. Algo similar a lo que le sucedía a él con su matrimonio.

La bebida era gratis mientras jugara al videopóquer, una actividad que seguía siendo ilegal en todo el estado, pero Chub sabía cómo hacer para que no lo descubrieran. Las máquinas estaban conectadas de forma fraudulenta a un archivo que contenía un registro actualizado de lo que cada jugador llevaba ganado y perdido. El dinero nunca cambiaba de manos en público. A la brigada antivicio le era imposible detectar nada irregular a simple vista. Simon y los otros apostantes recibían el resumen que el pub les enviaba todos los meses y saldaban las cuentas en metálico cuando Chub se lo requería.

Cal Poly jugaba contra UC Irvine y Simon se había animado con quinientos dólares, su apuesta habitual. Estaba viendo el encuentro en una pantalla que colgaba sobre los estantes de las botellas mientras disfrutaba de la copa, sin dejar de mirar de vez en cuando el tablero de póquer. No sabía nada de ninguna de las dos universidades, de modo que ¿por qué iba a arriesgar una cantidad sustancial por un partido que se estaba celebrando a miles de kilómetros de distancia? Antes se hacía ese tipo de preguntas, pero con el tiempo perdió el hábito porque, en realidad, tenía muy clara la respuesta. Lo importante era la acción. El March Madness estaba a la vuelta de la esquina y, a fin de prepararse para la temporada, Simon debía ver tanto baloncesto como le fuera posible. El Big Show lo seguía emocionando, sobre todo después del año anterior, cuando triunfó durante el Sweet Sixteen y ganó cuatro mil dólares.

No padecía ningún tipo de adicción al juego. Y estaba seguro de ello porque tenía dos amigos que sí se habían enganchado y habían acabado en la ruina. Los vio caer a un pozo negro en el que arriesgaban en exceso y apostaban más de lo que podían permitirse perder. Simon no ganaba mucho dinero y, por lo tanto, no tenía mucho que perder. Y, tras una década metido en el mundo de las apuestas deportivas, se había convencido a sí mismo de que sus ganancias superaban ligeramente a sus pérdidas. Era demasiado cauto como para buscarse un problema. Además, le tenía demasiado miedo a Paula. Esta no sabía nada acerca de su pequeña afición secreta porque él, y también Chub, siempre manejaban el dinero en metálico.

Chub se colocó tras la barra en compañía, como siempre, de una botella de cerveza.

—¿Con quién vas? —le preguntó al tiempo que alargaba el brazo para darle un apretón de manos rápido.

—Irvine más siete —dijo Simon. Chub sabía de sobra con quién «iba». Habían hecho la apuesta a las diez de la mañana, por teléfono, sin recurrir a mensajes de texto, correos electrónicos y demás tipos de comunicaciones que dejaran algún rastro. Los federales ya habían cogido a Chub durante una redada por organizar apuestas, detención que lo llevó a un paso de la cárcel, pero un abogado muy hábil, que no era Simon, llegó a un trato con el que lo libró de la condena. Durante los doce meses siguientes no hizo nada raro; tuvo que dedicar noventa horas a cumplir servicios comunitarios, ejerciendo como árbitro en los partidos de sófbol, pero después volvió al negocio.

—Me gusta Cal Poly —dijo, y tomó un trago de la botella.

Operaba a ambos lados de la línea de apuestas de Las Vegas y le daba igual a qué equipo apoyaran sus clientes porque él siempre se llevaba el diez por ciento de cada una de esas apuestas. Para ganar quinientos dólares al apostar por Irvine, Simon había tenido que arriesgar quinientos cincuenta. Esa diferencia, el «pellizco», iba a parar a los bolsillos cada vez más abultados de Chub.

Valerie lo llamó desde la otra punta de la barra. Al igual que hacía siempre, Chub le deseó suerte a Simon y se alejó con sus andares de pato. Como de costumbre, vestía un chándal estrafalario, en este caso de un chillón color rojo, que combinaba con unas deportivas de diseño, como si viniera de correr una maratón. Nada más lejos de la realidad. Alguien le colgó el apodo de Chub, «regordete», en primer curso y desde entonces no había logrado desprenderse de él, como tampoco había sido capaz de eliminar el exceso de peso a medida que crecía. Por desgracia, a los cuarenta y cinco, seguía creciendo.

Simon no solía tomar más de dos copas. Masticó el hielo de la segunda mientras Irvine luchaba a la desesperada y perdía por cinco. Sin embargo, había empezado el partido con siete por encima, de manera que Simon caminaba con paso brioso cuando salió del bar. Se despidió con la mano de Chub, que estaba al fondo del local, y el corredor de apuestas le respondió con una mirada que decía: «Bien ganado, ya te cogeré la próxima vez».

Los quinientos dólares que Simon acababa de embolsarse eran más de lo que ese día le habían reportado sus tarifas profesionales.

Sin embargo, el día siguiente se presentaba cargado de promesas.

# 4

El Starbucks ocupaba una de las esquinas de un centro comercial, al límite de una zona residencial de las afueras que distaba quince minutos de su despacho. Estaba muy concurrido cuando Simon llegó con media hora de antelación para echarle un vistazo y elegir un rincón recogido. Tomó un café de tueste oscuro que costaba cuatro pavos la taza y actuó con rapidez en cuanto la mesa de uno de los rincones se quedó libre. Pasó el rato con el ordenador portátil, al igual que los demás clientes, mientras observaba cómo la interminable hilera de coches desfilaba con parsimonia por la ventanilla para vehículos. Al rato vio que el viejo Lincoln doblaba una esquina. Puesto que no había plazas libres junto a la entrada, Netty se fue a aparcar más lejos, sobre una línea amarilla. Conducía como una nonagenaria que llevara setenta años sin respetar ninguna norma de tráfico. Cuando entró, Simon se puso de pie, le hizo señas con la mano y la ayudó a sentarse. No demasiado cómoda con el entorno, miró a su alrededor.

—Lo que imaginaba —dijo—. Soy la única anciana que hay en este sitio.

—¿Qué tomas, un café o un té?

—Solo agua, por favor.

Simon se levantó y le trajo un botellín de agua. Ella lo ignoró y le preguntó:

—¿Seguro que podemos hablar aquí? No parece que ofrezca mucha privacidad.

El cliente que quedaba más cerca de ellos estaba a unos tres metros de distancia, encorvado sobre un portátil del que partían unos cables que subían hasta sus orejas, ocultas bajo una capucha roja.

—Oh, la privacidad está garantizada. Piensa que nadie puede oír nada de lo que decimos porque todo el mundo lleva los oídos tapados.

—Estos jóvenes.

—Sí, están siempre enganchados al móvil y al ordenador. No sé a dónde vamos a ir a parar.

—Es de locos. —Netty desenroscó el tapón del botellín y tomó un trago de agua.

Al cabo, Simon dijo:

—Íbamos a hablar de tu testamento actual, el que te redactó Wally Thackerman.

—Sí, no estoy del todo satisfecha con él.

—¿Lo has traído?

La mujer introdujo la mano en un bolso voluminoso y sacó un sobre. Cuando se lo entregó, volvió a mirar en torno a sí.

—Netty, en serio, no tienes de qué preocuparte. Estos críos están demasiado absortos en sus cosas y no sienten el menor interés en lo que podamos hablar tú y yo.

Simon ardía en deseos de abrir el sobre de un tirón y sumergirse en la jerga escandalosa del documento, pero supo tomarse su tiempo y seguir sonriéndole durante unos instantes más. Se componía de solo cuatro páginas, con los primeros párrafos repletos de la habitual basura abogacil por la que también él sableaba a sus clientes. Y después venía la parte más enjundiosa. En esta se formalizaba el «Fondo Fiduciario Conmemorativo de Eleanor Korsak Barnett», al cual se incorporaban todos los activos líquidos. La casa se pondría a la venta junto con todo lo demás, y el metálico se añadiría al fondo. De los entresijos legales se encargaría, cómo no, el honorable Wally Thackerman, quien no solo intervenía como albacea del patrimonio y único fideicomisario del fondo, sino también como abogado designado a sí mismo para gestionarlo todo. Aplicaba una tarifa de setecientos cincuenta dólares la hora y Simon casi podía ver las facturas infladas que Wally presentaría ante el tribunal para recibir los pagos a cuenta.

Simon frunció el ceño, un gesto que se debía a su incredulidad pero que también aportaba un efecto dramático porque Netty lo observaba atenta, a la espera.

—¿Tan mala pinta tiene? —susurró sin bajar demasiado la voz, desliz que la llevó a taparse la boca con la mano y a echar un vistazo a su alrededor. Nadie la miró. Nadie se percató de que existía.

—Dame un momento para que termine —le pidió Simon en un tono sereno y con una sonrisa falsa en la cara, como si lo que estaba leyendo fuera a todas luces una inmoralidad y solo él pudiera ponerle remedio.

Más allá de las tarifas exorbitantes, lo peor era el poder que se le otorgaba al fideicomisario. En tan solo media página de densa terminología jurídica, Wally se atribuía el derecho de hacer prácticamente lo que le placiese con el fondo. Podía hacerles donativos a las organizaciones benéficas y las entidades sin ánimo de lucro «adecuadas», prestarle dinero a quien considerase oportuno y contratar a asesores, tasadores y expertos en impuestos para que lo ayudaran a «proteger» el fondo. Después de diez años dedicándose a hacer este tipo de chanchullos, y si todavía quedaba dinero, podía desembolsarlo a su discreción y extinguir el fondo.

Simon perfeccionó su cara de póquer. Debía andarse con cuidado. No podía censurar el documento del todo porque, de pronto, había tomado la determinación de preparar uno muy parecido. Al mismo tiempo, tenía que criticarlo lo bastante para que la anciana se pusiera de su lado y así convencerla de que sus activos estarían más protegidos con él.

—No se hace mención de tus hijastros —observó, aún con una arruga en el entrecejo y con las gafas de leer apoyadas en la punta de la nariz.

—Para ellos nada. Creía que ya te lo había comentado.

—Sí, lo hablamos, pero es algo que podría causarnos problemas. Si no reciben nada, cabe la posibilidad de que se molesten y contraten a sus propios abogados para impugnar el testamento.

—Pero no les corresponde nada, ¿verdad? El Wally ese me dijo que es posible excluir a un hijo del testamento, al menos en este estado. ¿Es así? Y, puesto que en realidad no son hijos míos, ¿es cierto que no tienen derecho a reclamar parte alguna de mi patrimonio?

—En efecto. Se puede excluir a todo el mundo salvo al cónyuge.

—Bueno, mi marido está muerto y me lo legó todo a mí. Esos dos bandidos que tenía por hijos no verán ni un centavo. Nada. Corta, corta, corta.

Los ojos le destellaron al hacer el gesto de cortar, y acaso esa fuera la primera vez que dejaba entrever su tacañería. A Simon le complació que ya hubiera empezado a referirse al que pronto sería su exabogado como «el Wally ese». Siguió leyendo y frunciendo el ceño de manera estratégica. Cuando terminó tomó un sorbo de café y dijo:

—Este testamento no me huele bien.

—Lo que yo decía.

—Le concede un poder excesivo sobre el fondo al abogado.

—¿Cómo podríamos arreglarlo?

—Llevará varias horas, pero me pondré manos a la obra de inmediato. Sin embargo, Netty, el verdadero desafío consiste en encontrar otro destino para el dinero. Quiero que hagas una lista de las organizaciones benéficas con las que te gustaría colaborar.

—¿Como cuáles?

—¿Vas a alguna iglesia?

—Sí, más o menos. Harry era luterano y procurábamos ir una vez al año.

—No es mala idea. Pero piensa a lo grande. Hay una infinidad de entidades sin ánimo de lucro que merecen la pena y a las que tú podrías ayudar.

—¿Como cuáles?

—Como las Girl Scouts, la Asociación del Corazón, los orfanatos, los refugios para animales, las bibliotecas municipales, las universidades de menor entidad, las organizaciones de acogida a los refugiados, las que luchan contra el hambre infantil o los grupos ecologistas. Me hablaste de lo que hiciste por los monos araña.

—Aquello fue una estafa.

—¿Te gustan los animales?

—No mucho.

—Vale. No importa. Tómate unos minutos esta noche para sentarte y hacer una lista de todos los grupos, causas y organizaciones benéficas a los que te gustaría ayudar.

—¿Cuál es tu organización benéfica preferida?

La escasa generosidad de Simon se debía más a una falta de fondos que a un inexistente deseo de ayudar. ¿Cómo iba a firmar cheques para colaborar con nadie cuando Paula y él estaban ahogados y al cargo de tres hijos que pronto entrarían en la universidad? No habían donado más de cien dólares a lo largo de los últimos cinco años.

No tardó en ocurrírsele una mentira.

—El Sierra Club.

—No me suena.

—No creo que sea para ti. ¿Has pensado en dejarles algo de dinero a tus amistades?

—Mis amistades, las que aún viven, no saben nada acerca del dinero. Si se lo contara, me volverían loca y me complicarían mucho la vida. Porque eso es lo que hace el dinero, Simon, causar todo tipo de problemas.

Igual que cuando no se tiene, dijo él para sus adentros pero sin desprenderse de su estratégico ceño fruncido. Anotó algo más en la libreta y dijo:

—Vale, sigamos. ¿Quién te hace la declaración de la renta?

—¿Por qué quieres saberlo? —le espetó ella a la defensiva.

—Bueno, porque cuando fallezcas, y detesto decirlo así pero es la verdadera razón por la que estamos aquí sentados, ¿de acuerdo? Bien, cuando fallezcas y el testamento actualizado entre en vigor, el abogado de tu patrimonio tendrá que entenderse con la gestoría que te lleva los impuestos para preparar la devolución.

—¿Quién va a ser el abogado de mi patrimonio?

—Esa decisión queda en tus manos, pero es bastante frecuente que el abogado que redacta el testamento actúe también como abogado de sucesiones.

—Como el Wally ese.

—Sí, algo así.

—¿Y cuál era la pregunta?

—¿Quién te lleva los impuestos?

—Ah, sí, un contable de una pequeña gestoría de Atlanta. Es el que me ha hecho la declaración toda la vida. Un amigote de Harry. Hablo con él una vez al año, así que no hace falta que le molestes.

—Bien, pero tal vez necesite ponerme en contacto con él.

—Eso mismo decía Wally. ¿Por qué los abogados siempre estáis metiendo las narices en todas partes? —Otro indicio de rabia, y en este caso quizá incluso rayase en la mezquindad. La anciana se había puesto a la defensiva de pronto, de manera que Simon se apresuró a cambiar de táctica y replegarse. Hasta ahora había hecho un buen trabajo para ganarse su confianza y no quería contrariarla.

¿Que los abogados metían las narices en todas partes? Por

supuesto que sí. Lo que en realidad buscaba Simon era alguna evidencia de que su querida Netty en efecto poseía todas esas acciones de Coca-Cola y de Walmart y de que tenía varios millones de dólares muertos de risa en el banco. La creía, o al menos deseaba creerla con todas sus fuerzas, pero también era demasiado prudente como para no conducirse con la debida cautela. Los clientes le mentían a diario. Y a los abogados, a menudo después de haberse tomado un par de copas, les encantaba hablar entre ellos de los embustes descabellados con los que la gente intentaba engañarlos.

Daba por hecho que las acciones estaban reunidas en una cuenta de corretaje y que Netty recibía todos los meses un cómodo resumen claro y ordenado, y entendía que pasaba lo mismo con los extractos bancarios. Con los dientes apretados, le preguntó:

—¿Trabajas con algún asesor financiero?

La mujer puso los ojos en blanco en un gesto de frustración y de nuevo miró a su alrededor por si alguien los escuchaba. Frunció el ceño y un cúmulo de arrugas gruesas le plegó la frente.

—¿Te refieres a algo así como un… corredor de bolsa?

—Sí, ¿quién te administra las acciones?

—Bueno, es complicado. Verás, Harry se pasó años haciendo negocios con una compañía de Atlanta, y después esta se fusionó o algo por el estilo con otra empresa más grande, y así sucesivamente. Cuando Harry falleció, una de las compañías compró otra. Cada vez me cuesta más mantenerme al día de esas cosas. Ahora lo lleva todo ese hombre de Atlanta.

—Entiendo. ¿Hay alguien con quien pueda hablar sobre tus activos?

—No lo sé. ¿Por qué necesitas hablar con nadie sobre mis activos?

—Porque el fisco podría requerir una prueba de los activos. —Simon no tenía ni idea de lo que estaba diciendo, pero tal vez la amedrentara si mencionaba al fisco.

—Lo mismo que comentó Wally —mascullό la anciana. Simon se sobresaltó, pero optó por dejarlo correr y retomar la cuestión en otro momento. Hizo como que no la había oído, consultó su reloj de pulsera dándoselas de importante y dijo:

—Bien, empezaré a trabajar con esto. Reunámonos de nuevo dentro de un par de días para repasar el borrador.

—¿Y eso qué es?

—Es la versión preliminar del testamento actualizado. Mientras tanto, vete pensando a qué organizaciones benéficas y fundaciones te gustaría incluir.

—Creía que ya lo habíamos hablado. Creía que ya te había dicho que no tengo ninguna organización benéfica preferida.

No tenía organizaciones benéficas preferidas, ni amigos, ni familia ni parientes lejanos. Nadie heredaría ninguna fortuna cuando su querida Netty estirase la pata. Tal vez esa fuera la razón por la que Wally Thackerman no había incluido a ninguna entidad sin ánimo de lucro. En esencia, su ardid consistía en dejárselo todo a una fundación nueva que se convertiría en su hucha particular después del funeral, y a partir de ahí tendría mil maneras de desviar el dinero hacia sus bolsillos. Simon odiaba admitirlo, pero Wally había elaborado un testamento admirable, pese a que se veía a la legua que no tenía otra finalidad que la de adueñarse del caudal.

Simon se propuso hacerlo mucho mejor. Le puso el capuchón a la pluma, recogió las notas que había tomado y dijo:

—Ocurre una cosa, Netty. Me será imposible preparar el testamento básico si antes no puedo verificar tus activos. No suele ser un proceso necesario con mis otros clientes porque no viven en la opulencia. Pero tú juegas en otra liga.

La mujer miraba fijamente por la ventana con ojos inexpresivos, como si fuera hora de echar un sueñecito. Meneó la cabeza y dijo a media voz:

—Estos tinglados legales.

—Lo sé, lo sé. Pero es importante que hagamos las cosas

como es debido. El testamento actual es un desastre y solo sirve para que Wally Thackerman se apropie de casi todo el dinero. Eso no estaría bien.

La anciana se encontraba al borde del llanto.

—Me siento como una boba.

—Tranquila. Puedo arreglarlo, pero necesito saber cómo se llama el corredor de bolsa de Atlanta.

—Buddy Brown.

Simon repitió el nombre para sí. Aunque no sabía decir por qué, el nombre de «Buddy» no parecía corresponderse con su profesión. Destapó la pluma y tomó nota en una servilleta de papel.

—¿Y el nombre de la empresa?

—Appletree o algo por el estilo. —Comenzaba a evadirse; le temblaban los párpados y le costaba articular las palabras. Fue la primera vez que Simon se preguntó si conservaría el pleno uso de sus facultades mentales. Era una mujer mayor a la que de pronto parecían haberle caído encima unos cuantos años más. «Aguanta un poco más, amiga mía».

Entre las muchas cuestiones que se arremolinaban en la cabeza de Simon destacaba la del reto que supondría someter el testamento actualizado a la firma de dos testigos que dieran fe de la «lucidez de memoria y razón» de la anciana. Se trataba de un trámite rutinario del que siempre se ocupaban Matilda y otra secretaria de la oficina de al lado. Ah, en fin. Otra cosa de la que tendría que encargarse más adelante.

La acompañó hasta el coche y la vio salir a la carretera, en sentido contrario y con un pie en el freno.

# 5

Simon había ideado un plan, por muy horrible que fuera, para librarse de Paula, pero tenía a Matilda en medio. Después de doce años trabajando para él, su secretaria podía ejercer la abogacía o, al menos, podía ocuparse de las gestiones más sencillas del oficio con los ojos cerrados. Era muy eficiente en sus funciones, entendida en materia de tecnología y siempre puntual; además, se manejaba con admirable profesionalidad a la hora de tratar tanto con los clientes como con los abogados y los jueces. Pese a la mentirijilla que Simon le había dicho a Eleanor Barnett, Matilda era discreta y, que a él le constara, nunca había aireado una confidencia relevante.

Procuraban no meterse el uno en la vida personal del otro y Simon no le había hablado sobre lo tensas que estaban las cosas en casa. De vez en cuando discrepaban en alguna cuestión y discutían, pero siempre en privado y sin llevar las cosas demasiado lejos. Tiempo atrás, Matilda solía coquetear cada día con un hombre distinto sin que ninguno de esos acercamientos llegara a cuajar, de modo que ahora parecía haber renunciado a una vida amorosa. Simon y ella evitaban todo contacto físico; ni siquiera se daban un pequeño abrazo de despedida al final de un largo día. No sentían ninguna atracción física, para alivio de ambos. De hecho, los dos estaban decididos a mantener las distancias y no mostrar nunca el menor interés en nada que no tuviera que ver con su relación de empleador y empleada. En ocasiones, durante sus primeros años juntos, Simon le miraba el trasero y las piernas, vistas que admiraba y aprobaba, como cada vez que se fijaba en una mujer joven, pero en la actualidad se obligaba a volver la cabeza. Matilda solo tenía treinta y nueve años, tres menos que él, y cada año que pasaba ganaba un poco más de peso. En la nevera de la cocina almacenaba todo tipo de refrescos dietéticos, batidos sin azúcar, bebidas proteínicas, almuerzos embotellados, purgantes elaborados a base de hierbas y toda esa bazofia que se anunciaba en la tele por cable. Como cabía esperar, ninguno de los bebistrajos le estaba sirviendo de nada, pero, por supuesto, a Simon, a quien le hacía gracia todo aquello, nunca se le ocurriría hacerle ningún comentario al respecto.

Tillie, como la llamaba él en privado, llegaba por la mañana a las ocho, ni un minuto antes, y se marchaba por la tarde a las cinco, ni un minuto después. En función de cómo marchara la jornada, aprovechaba la hora del almuerzo no para comer sino para hacer recados, o al menos eso decía ella. Simon admiraba lo tajante que era cuando se trataba de poner límites. Jamás trabajaba en fin de semana, por muy urgentes que fueran las tareas que se debían despachar, aunque, a decir verdad, pocos de los expedientes que Simon tenía «abiertos» en el escritorio revestían excesiva urgencia. Asimismo, se negaba a responder al teléfono fuera del horario laboral, aunque fuese él quien la llamara. Se tomaba libre todos los festivos federales y planificaba las vacaciones de verano, que abarcaban diez días laborales, ya en enero.

A fin de zafarse de su visión de rayos X y de su oído siempre aguzado, y también con el propósito de prepararse para el inevitable duelo final con Paula, Simon se estaba construyendo un mundo secreto. Podía decirse que vivía arriba, en El Armario, cuya puerta siempre cerraba con llave. Si Tillie sabía que pasaba allí casi todas las noches, no le había dicho una palabra al respecto. En cualquier caso, él daba por hecho que sí estaba al tanto. Actuaba como una esponja gigantesca en lo referente a los chismorreos. Las secretarias de los abogados y los oficiales de justicia que trabajaban en la ciudad conformaban una suerte de hermandad, y prácticamente nada escapaba a su radar.

Simon tenía un apartado de correos en un pueblo a unos doce kilómetros y una cuenta corriente secreta en una pequeña sucursal bancaria que se ubicaba no muy lejos de aquel. Disponía de una tarjeta de crédito con un límite de diez mil dólares y no demasiado saldo de la que Paula no sabía nada. El año anterior se había comprado un portátil barato en el que tenía configurada una cuenta de correo electrónico anónima que solo un profesional conseguiría rastrear. De vez en cuando la usaba para las apuestas.

En esta ocasión le estaba sirviendo para buscar a Buddy, el corredor de bolsa que trabajaba para Appletree en Atlanta. Netty tenía razón; Appletree desapareció hacía mucho tiempo, cuando la compró o cuando se fusionó con una compañía regional de corretaje fundada en Florida, la cual más adelante sucumbió a un procedimiento concursal y un huracán de acusaciones y acabó absorbida por un importante corredor de descuentos californiano, quien la vendió a una empresa privada de valor patrimonial sita en Nueva York que la sobrecargó de deudas, lastre que a punto estuvo de abocarla de nuevo a la bancarrota, antes de que la vendieran a un banco de Texas que a su vez se la traspasó a otro banco de Atlanta. Tras múltiples cambios de nombre y de dirección postal, y fuera cual fuese su actividad, volvía a estar en casa. No había rastro de ningún Buddy. A todas luces, este no era más que una de las muchas víctimas de las hábiles maniobras de las que se servían los inversionistas.

Después de tres horas vadeando el lodazal financiero, Simon no había sacado nada en claro. A regañadientes, llamó a Spade, un especialista que siempre daba con el dinero. Simon no conocía a nadie con un trasfondo más turbio. Era un delincuente sobre el que no pesaba cargo alguno, un trabajador que operaba sin licencia en todos los frentes, una especie de Houdini que habitaba entre las sombras. No tenía despacho, ni sitio web, ni tarjeta de visita ni un número de teléfono que cualquiera pudiese conseguir. Si se lo preguntaba la gente adecuada, unas veces decía que era investigador y otras, contable forense, pero ya procuraba él no cruzarse con la gente adecuada. Se ganaba la vida con los grandes casos de divorcio en los que los abogados de la mujer estaban a punto de descubrir dónde escondía el metálico el maridito. Podía sacar más porquería de internet que cualquiera de sus competidores.

—Ya puede ser algo gordo —gruñó como si estuviera exasperado.

—Buenas tardes también para ti, Spade —dijo Simon—. Parece que estás teniendo un gran día.

—¿De verdad te importa?

—Desde luego. Me paso el día pensando en ti.

—Los abogados y sus mentiras.

Simon no tardó en acordarse de que las conversaciones con Spade siempre empezaban y terminaban con un pullazo.

—Sí. Oye, te invito a una cerveza esta noche donde Chub.

—Puedo pagarme la cerveza yo solito, gracias.

—De nada. Necesito hablar de algo contigo y, para no variar, preferiría no hacerlo por teléfono. No me preocupa el mío, pero me imagino que a ti te lo tendrá pinchado el gobierno o incluso alguna potencia extranjera.

—O alguna exmujer.

—Sí, también. Entonces ¿nos vemos a eso de las diez donde Chub?

—Si no ando muy liado. Duke juega esta noche contra Georgia Tech, con un margen de once. Yo lo veo más ajustado. Voy con Tech por cinco.

Simon lo consideró un segundo y dijo:

—No parece una buena apuesta. Duke es la segunda del país y Tech arrastra un largo historial de derrotas.

—¿Estás intentando decirme algo que yo no sé?

—Con cinco te refieres a quinientos, ¿verdad? No a cinco mil.

Spade era un jugador empedernido que se caracterizaba por apostar a lo grande. Simon nunca arriesgaba más de quinientos.

—Quinientos —refunfuñó Spade como si sospechara que alguien los estaba escuchando de verdad.

—Esta está tirada.

—O subes o te callas.

—De acuerdo. Quedamos a las diez y vemos el partido.

Spade nunca llegaba puntual. Cuando apareció a las diez y media, Georgia Tech disfrutaba de una ventaja de catorce puntos y Duke no veía la manera de hacer un tiro libre. En el bar de Chub nunca faltaban rincones oscuros donde los jugadores y los maleantes podían conversar por lo bajo mientras bebían y miraban las pantallas panorámicas que colgaban a lo lejos. Simon había pedido dos cervezas de barril, y también unos aros de cebolla para Spade, que entre una esposa y otra no se alimentaba demasiado bien. El especialista se sentó y las cervezas llegaron. Tomó un trago largo, se limpió los labios con el dorso de la mano y dijo:

—Creía que no tocabas los divorcios.

—En la medida de lo posible, pero no se trata de un divorcio. Mi clienta es octogenaria, está viuda, no tiene hijos y asegura poseer una fortuna. Quiere que le prepare un testamento básico, pero las cosas podrían complicarse un poco.

—¿Para quién va el dinero?

—No estoy seguro. Antes de nada, debo averiguar si de verdad lo tiene.

Spade se encogió de hombros como si eso no supusiera un problema.

—Te escucho.

—Dice que su difunto marido amasó una montaña de acciones de Coca-Cola y de Walmart. Unos dieciséis millones. Atesoraba las acciones hasta que murió de repente. Él tuvo dos hijos con su primera mujer, ambos muy problemáticos, o así los describe ella, pero ninguno sabe nada sobre esos activos. De hecho, nadie está al tanto. El viejo era un agarrado y llevaban una vida tranquila.

—¿La mujer tiene ochenta años?

—Como poco.

—¿Es guapa?

—Ni se te ocurra.

Spade se rio y le dio otro sorbo a la cerveza.

—Sigue.

—El rastro es muy difuso. La mujer dice que el marido se entendía con una compañía de corretaje que se ubicaba en Atlanta y que tenía por nombre Appletree. He investigado un poco pero no he encontrado nada. Después de varias fusiones, desapareció del todo. La anciana no quiere que vaya por ahí haciendo preguntas sobre su cartera accionarial.

—Seguro que recibe un extracto todos los meses.

—Seguro que sí, pero se niega a enseñármelo. Por eso tengo mis dudas. Por eso y porque nunca he tenido un cliente con semejantes activos.

—¿Y el banco?

—El Security, lo tiene en la misma calle pero solo acude allí para efectuar operaciones menores. Cobra dos mil al mes de la seguridad social y con eso le da para vivir. Conduce un Lincoln del siglo pasado. La casa valdrá unos trescientos mil a lo sumo, sin hipoteca. Dice que el viejo odiaba endeudarse. Era un descendiente directo de la Gran Depresión.

—Conozco a unos cuantos de esos. Te dan cierta perspectiva, ¿sabes?

Los aros de cebolla llegaron y Spade atacó al momento.

Con tres minutos por delante, Duke había reducido la ventaja a siete. Mientras masticaba, el especialista dijo:

—Duke es Duke. Nunca se la puede dar por vencida.

—Sí, pero tienes dieciocho puntos con los que jugar. —Simon le pasó un papel doblado—. Los nombres completos de ella y de él. Lo justo para empezar. Como te decía, no he averiguado gran cosa. Harry falleció aquí hará unos diez años, pero no hay ningún registro de la legalización testamentaria. Es raro, ¿no crees?

—Muy raro, sobre todo si tenía un patrimonio tan cuantioso. Puede que aún figurara como residente de Georgia. Lo comprobaré.

—¿Y por tus servicios?

—Quinientos, en metálico, claro.

A Simon también le apetecía un aro de cebolla, pero de pronto se le hizo un nudo en el estómago. Duke marcó dos triples seguidos y la ventaja de Tech se esfumó.

—Entonces, si la vieja está forrada de verdad —dijo Spade—, ¿quién se lleva el dinero?

—Estamos trabajando en ello.

—Mera curiosidad.

Duke no paraba de cometer faltas y Tech estaba venga a lanzar tiros libres. Al dar la apuesta por perdida, Simon se acercó a la barra y pidió otras dos cervezas. A diez segundos del final y con Tech cuatro puntos por delante, Spade extendió la palma de la mano.

—Cinco, por favor —dijo.

Simon le entregó el dinero.

# 6

Simon retomó sus tareas habituales, que requerían de su presencia en el tribunal que se ubicaba en la misma calle. Se trataba de una citación para revisar la lista de causas pendientes, una tradicional pérdida de tiempo que congregaba a los abogados de la ciudad ante un juez provecto que apenas acertaba a encender el ordenador y que siempre intentaba reprogramar para otro día los juicios de aquellos casos que nunca deberían haberse tramitado.

Mientras esperaban al juez, los abogados cuchicheaban en corrillos y se las daban de importantes ante la muchedumbre que formaban el público y los litigantes. En la sala del tribunal se les permitía tomar café pero no podían tocar los dónuts que uno de los oficiales de justicia, por alguna razón, había dejado en la mesa de taquigrafía.

Simon se las ingenió para iniciar una conversación amistosa con Wally Thackerman acerca del nuevo centro comercial que uno de los clientes de este planeaba construir. Mientras Wally parloteaba, Simon se fingía interesado en el proyecto sin ser capaz de pensar en nada más que en el escandaloso testamento que dos meses atrás su colega había confeccionado a su medida y hecho firmar a Eleanor Barnett.

El hecho de que él mismo pretendiera redactar uno casi calcado no le parecía tan indignante.

¿Cómo reaccionaría Wally cuando la anciana falleciera y él corriera al juzgado para legalizar su versión del testamento de Eleanor, momento en el que descubriría que el documento había quedado revocado y anulado por medio del segundo otorgamiento que había preparado Simon F. Latch, letrado y asesor jurídico? No era un pensamiento muy agradable.

Wally seguía explayándose sobre el centro comercial. La gran noticia era que una nueva y aclamada cadena de franquicias de sándwiches fundada en California estaba a punto de firmar un contrato de alquiler a largo plazo, acuerdo que sin lugar a dudas atraería a otros arrendatarios del mismo buen tono.

El problema radicaba en que Eleanor no tenía ni idea de qué hacer con su fortuna y necesitaba que alguien la asesorara como correspondía, información que le resultaba imposible encontrar en ninguna parte. Alguien debía ayudarla y estaba claro que no podía ser un charlatán que no paraba de hablar de emparedados de aguacate. No había nadie más indicado que Simon.

Por suerte, su señoría se centró lo suficiente para entrar en la sala y sentarse en el estrado. Simon logró zafarse de la perorata de Wally sobre sus tratos y se sentó en una de las mesas de los abogados. ¿Bocadillos de salmón? No provocaban precisamente que se te hiciera la boca agua. Simon se estremeció al pensar que parte del dinero de Eleanor podría acabar invertido en ese tipo de empresas. Wally era famoso por enredarse en negocios fallidos.

El juez cogió unos papeles, frunció el ceño y les dio los buenos días a los presentes. Procedió a la soporífera rutina de agradecerles a los abogados que hicieran tan bien su trabajo y, a continuación, tuvo el mismo gesto con los oficiales de justicia y el resto de los intervinientes. Leyó el nombre del primer caso y anunció que el primer juicio empezaría dentro de una hora. Se enfrascó en otra disertación monótona.

Simon se adormiló pero mantuvo los ojos abiertos. Se espabiló al imaginar la salvaje lucha de testamentos que podría librarse en esa misma sala. Se mareó al visualizarse sentado en la mesa de los abogados, convertido en el blanco de la mirada incrédula de todos los presentes (el jurado, los letrados, los oficiales de justicia, el público...), quienes no tendrían la menor duda de que pretendía engatusar a una anciana desvalida para sacarle todo el dinero.

Como era obvio, la acusación carecería de fundamento porque la anciana conservaría todo el patrimonio hasta el día de su muerte, pero, aun así, el caso derivaría de inmediato en un infierno que calcinaría la imagen pública de Simon. Con el tiempo se adaptaría a ese infierno e incluso lograría dejarlo atrás, pero, por supuesto, para eso debía hacerse con el control del dinero.

Había demasiadas cosas que podían salir mal.

Spade llegó con solo un cuarto de hora de retraso. Simon estaba en la barra, inclinado sobre una pantalla de videopóquer mientras de vez en cuando miraba un partido de baloncesto que no le interesaba mucho. Pidió dos cervezas y unos aros de cebolla y se retiraron al mismo rincón penumbroso de la noche anterior.

—¿Con quién vas? —le preguntó Spade, que señaló con la cabeza una pantalla panorámica colocada sobre la barra.

—Con ninguno. Tulsa contra Tulane. No es precisamente un encuentro a vida o muerte.

—Así que solo juegas cuando te gusta algún equipo. Muy mala estrategia.

—Gracias por el consejo. Lo de Eleanor Barnett.

—Empiezan a salir cositas. Harry Korsak estaba limpio. Nació en Knoxville en 1941, se casó con Betsy en 1965, tuvieron dos hijos, Clyde y Jerry. Betsy falleció en 1981 y él se casó con Eleanor Barnett en 1989. Trabajó en Coca-Cola durante varias décadas, primero en un almacén, hasta que lo promovieron a un puesto de ventas regionales. El ascenso le permitió optar al reparto de beneficios de la compañía y empezó a comprar acciones. Se jubiló en 2002 y la espichó cuatro años después. —Spade se interrumpió para tomar un trago de cerveza y se limpió los labios con la manga.

—Vale, pero ¿cuántas acciones compró? —dijo Simon.

—A eso iba. Lo cierto es que no se puede saber. En 1990, por ejemplo, Coca-Cola tenía en circulación sesenta millones de acciones ordinarias, las cuales estaban en manos de medio millón de personas y entidades. Casi todas eran entidades grandes, como fondos mutualistas, de cobertura o de pensiones. Todas ellas tienen que informar de lo que poseen. Se trata de registros públicos. Por ejemplo, el fondo de pensiones de los funcionarios de Michigan, en 1990, poseía ochocientos millones de dólares en acciones de Coca-Cola.

—Desde luego, está bien saberlo.

—Solo estoy intentando explicarte las cosas, Latch, así que voy paso a paso, ¿vale?

Los aros de cebolla llegaron y Spade enseguida se metió uno en la boca.

Aún no lo había tragado cuando prosiguió.

—Pero sacar nombres específicos es más complicado, sobre todo si las compras se llevaron a cabo a través del plan accionarial de la compañía. Hay un registro de cuando el viejo Harry estuvo comprando las acciones de Coca-Cola, desde 1965 hasta que se jubiló, pero no hay registros que indiquen las cantidades. Y tampoco hay registros de lo que pudo llegar a vender mientras tanto.

—La mujer dice que Harry no vendió nada.

—¿Y te crees todo lo que te dicen tus clientes?

—No.

—Me lo imaginaba. Para que te hagas una idea, Latch, hoy se han comercializado unos nueve millones de participaciones de Coca-Cola en la bolsa de Nueva York, las mismas que circularon ayer y las mismas que circularán mañana. Es casi imposible estar al día de quién posee las acciones. Y lo mismo ocurre con Walmart.

—¿Cuántas participaciones de Walmart se comercializaron? —preguntó Simon con inocencia para arrepentirse al instante.

—¿Tienes ordenador? Si sabes encenderlo, te llevará diez segundos.

Simon soltó una risa bobalicona para quitarle hierro a su estupidez. Masticó un aro de cebolla y miró cómo iba el partido.

—Entonces ¿no sabemos cuántas acciones podría tener la anciana?

—Haría falta un emplazamiento. Y aquí está la chicha. Esa compañía de la que hablaba la mujer, Appletree, pasó por sucesivas absorciones años atrás. Ahora lo que queda de ella se llama Rumke-Brown, una discreta compañía de gestión dineraria que ocupa una oficina normal y corriente en Buckhead. ¿Y sabes quién es Brown?

—Ni idea.

—Lo habrías deducido de haberte molestado. Buddy Brown, supongo que el que siempre ha llevado las gestiones de nuestra chica.

—¿Cómo que «nuestra chica»? ¿No estarás interesado?

—Tal vez, porque Buddy y su gente no se mezclan con el vulgo. Se requiere tener veinticinco millones solo para presentarse en su puerta.

—Déjala en paz. Tiene ochenta y cinco años.

—Lo sé, y eso significa que la diñará pronto y que entonces podré comprarme una casa más grande.

—Spade, no sigas por ahí.

—Lo sé, lo sé. Es toda tuya.

—¿Podemos llevar esto con un mínimo de profesionalidad?

Spade se rio como si solo hubiera sido una broma y se echó a la boca otro aro de cebolla. Lo empujó con otro trago de cerveza y dijo:

—Se mudaron aquí y compraron la casa aprovechando un bajón del mercado. Cuando llevaban dos meses instalados, a Harry le dio un síncope y la palmó. Todavía figuraba como votante de Atlanta, donde habían vivido durante mucho tiempo. Y otra cosa: no se procedió a la legalización testamentaria. Muy extraño para tratarse de un patrimonio tan cuantioso, ¿no te parece?

—Supongo, pero no tanto si tenían los activos en gananciales.

—Exacto. Lo tenían todo en gananciales, bajo derechos de supervivencia, de modo que todo pasó de inmediato a manos de Eleanor sin necesidad de legalización previa. El viejo Harry se las sabía todas. Entre la desgravación marital completa y los activos en gananciales, se la dio con queso al fisco y ella se lo llevó todo.

—Sí que estaba empeñado en mantener la herencia lejos de sus dos hijos.

—Y de esos chupasangres que son los abogados patrimonialistas. Sin ánimo de ofender.

—Por supuesto.

Spade, que estaba atento al partido, dijo:

—He apostado mil por Tulsa menos ocho y están perdiendo por veinte. ¿Te acuerdas del dinero que me diste anoche?

—Creo que te va a durar poco en el bolsillo. ¿Cuál es el siguiente paso?

—No lo tengo muy claro. Podríamos pagar a un hacker para que les echara un vistazo a los libros de la compañía y a la cuenta de la mujer.

—Eso sería un delito.

—Me lo dices o me lo cuentas. Casi me trincan hace tres años, ¿recuerdas? Había recurrido a un hacker de Rusia que estaba a punto de delatarme cuando alguien lo pilló a él primero. Fue un marrón. No pienso ir a la cárcel, Latch.

—Ni yo. Entonces ¿se puede decir que la señora Barnett está forrada?

—Yo apostaría a que sí, pero tampoco apostaría a todo o nada. Hay demasiados interrogantes. ¿Llegó a vender alguna acción el bueno de Harry? ¿Las vendió la señora Barnett? ¿Ha visto esta reducido su patrimonio en gran medida pero Buddy le vigila el dinero porque lleva años haciéndolo? ¿Las compañías la mantuvieron entre sus clientes cuando se fusionaron? Me atrevería a decir que la mujer conserva una buena parte de las acciones, pero quién sabe cuántas exactamente.

—Ella lo sabe, aunque dudo que acceda a enseñarme un extracto. Lo he intentado una vez y se ha negado en redondo.

—Venga ya, Latch, ¿con lo encantador que eres? Dile a la señora que no podrás representarla si desconoces qué bienes posee.

—Ya lo he probado.

—¿Quieres que hable yo con ella?

—¡Ni loco!

—Es broma, Latch. Por cierto, me haría falta el resto del adelanto, tengo que pagarle a Chub. ¡Tulsa!

—Con mucho gusto, Spade.

# 7

Eleanor se negó a quedar de nuevo en el Starbucks; decía que allí se sentía demasiado vieja, como si, a sus ochenta y cinco años, existiera algún lugar donde pudiera sentirse joven. Simon no insistió y le propuso que se reunieran en su despacho una tarde a las seis, tras un supuesto largo día en el juzgado y bastante después de las cinco, cuando se iba Matilda. Ahora, cada vez que Simon hablaba de esta, lo hacía de tal forma que su comportamiento pareciera sospechoso. Netty admitió que en realidad no se fiaba de ella. Buena chica.

Hasta el momento, la última voluntad en la que Simon estaba trabajando suponía un completo misterio para su secretaria, y era crucial que las cosas se mantuvieran así.

Netty tomó un sorbo de agua con gas y dijo:

—En serio, Simon, me gustaría dejar esto bien atado. No me permite vivir tranquila.

—Lo entiendo. Solo un par de cosas. He elaborado una lista con una treintena de organizaciones benéficas y de entidades sin ánimo de lucro para que consideres la idea de añadirlas al testamento. Quien reciba la herencia en fideicomiso tendrá la autoridad de liberar el dinero a su discreción.

—¿Y esa persona quién es?

—Bueno, ahora mismo, el fideicomisario es Wally Thackerman.

—Ese rufián. Cuanto más pienso en él, más lo desprecio.

—Lo entiendo. Me hablaste también de una sobrina y un sobrino.

La mujer agachó la cabeza y los ojos se le humedecieron. Se había puesto muy triste de pronto. Tragó saliva con dificultad y dijo:

—Te hablé de ellos solo porque me preguntaste por mis parientes. Verás, Simon, yo no tengo familia alguna. Mis padres murieron jóvenes. Mi hermana Rose y yo nunca estuvimos muy unidas. A decir verdad, nunca me gustó. Ahora está muerta y sus dos hijos son mis únicos parientes. Es muy triste, ¿sabes?, enfrentarte a la vida sin familia, sin tu gente.

—Sé de unos cuantos a los que eso les parecería una bendición —dijo él, pero el chascarrillo distó mucho de hacer blanco.

—Vince Barnett y yo lo intentamos, pero no podíamos tener hijos. Éramos muy jóvenes.

—¿Dónde está tu sobrino?

—Bah, ¿quién sabe? Lo último que supe de él fue que había abandonado a su mujer y sus hijos para largarse con una jovencita.

Simon empezó a hacerle preguntas cada vez con mayor cautela.

—¿Y no mantienes ningún tipo de relación con él?

—Ninguno. Me lo crucé en el funeral de mi hermana hace quince años. Apenas me dirigió la palabra. Sencillamente, no nos conocemos.

—¿Y tu sobrina?

Eleanor guardó un silencio largo mientras trabajaba en el asomo de una sonrisa.

—Maggie. Sin duda, es mucho mejor persona que su hermano, pero hace décadas que no sé de ella. Verás, Simon, no tuvieron una infancia fácil, y Maggie se marchó en cuanto pudo. Necesitaba alejarse de sus padres y su hermano. Se hizo veterinaria y se mudó a África, donde se dedica a estudiar a las jirafas, según tengo entendido. No hemos vuelto a comunicarnos desde que terminó la universidad; ni siquiera pudo regresar a casa para asistir al funeral de su madre. Somos una familia bastante lamentable, ¿verdad?

—He visto casos mucho peores. ¿Y si le hicieras un donativo a la fundación para la que trabaja?

—¿Para el estudio de las jirafas?

—Seguro que hacen una labor magnífica. ¿Conoces el nombre?

—¿El de las jirafas?

Simon respiró hondo mientras tomaba nota de algo y se preguntó si sería cierto que se le estaba yendo la cabeza.

—No, el de la organización sin ánimo de lucro para la que trabaja Maggie.

—Ah, no, qué va. Ni siquiera sé en qué país se encuentra. Además, hace por lo menos treinta años que no se toma la molestia de ponerse en contacto conmigo. Así que ¿por qué iba a enviarle yo un cheque ahora? Estaré muerta, ¿no es así? Ya sabes, cuando Maggie lo reciba.

—Sí, pero ese es el propósito de este testamento.

—De modo que Maggie recibe un cheque que no se espera de su querida tía Eleanor, de quien está claro que ya no se acuerda y quien, en realidad, nunca le importó, ¿y qué se supone que tiene que hacer? ¿Escribirme una carta de agradecimiento? Estaré muerta para entonces, Simon. ¿Quién iba a leer esa carta?

«Te aseguro que yo no», dijo Simon para sus adentros, pero era una muy buena pregunta.

—Está bien, está bien, dejemos la familia a un lado. ¿Se te ocurre alguien, no sé, una amiga, una vecina, quien sea, a quien no te importaría legarle una parte del dinero?

—No. Ya me lo preguntaste. Y también Wally. Y ya te dije que no.

—Bueno, a Wally le dejaste un pellizco.

—No lo creo.

—Sí, Netty, en el párrafo catorce, sección A, se estipula con claridad una donación para Wally Thackerman por valor de cuatrocientos ochenta y cinco mil dólares.

La anciana lo miró boquiabierta mientras meneaba la cabeza.

—Será miserable...

—¿No te lo explicó?

—Claro que no. No lo creo. Y, si me lo explicó, ya no me acuerdo. ¿Por qué iba a hacer algo así?

Simon estaba esperando la ocasión adecuada para mencionarle la donación a Wally. Como imaginaba, la mujer no estaba al tanto porque no había leído el testamento con la debida atención. Había confiado a ciegas en Wally, igual que confiaría a ciegas en Simon, con suerte, lo bastante para permitirle que le explicara las distintas disposiciones a grandes rasgos, incidiendo en los puntos clave y omitiendo la letra pequeña.

—No entiendo en qué estaba pensando Wally —dijo él.

—Tú no me la jugarías así, ¿verdad, Simon?

—Por supuesto que no. Sería una inmoralidad, además de un motivo de inhabilitación.

—Los abogados y vuestros galimatías. Te lo ruego, no te aproveches de mí.

—No he incluido ningún donativo para mí en tu testamento. Así de sencillo. Como abogado administrador de tu patrimonio y del fondo, me corresponderán las tarifas asociadas a mis servicios, pero se trata de tarifas que figurarán en registro público y que tendrá que aprobar el tribunal.

La anciana suspiró en un evidente gesto de alivio. Alargó el brazo y le tocó la mano.

—Gracias, Simon.

—Solo hago mi trabajo, Netty. Y, entre otras cosas, mi trabajo consiste en proteger tu patrimonio e impedir que surjan problemas. Por eso mismo, quiero que les legues una parte del dinero a tus dos hijastros.

La mujer retiró la mano aprisa y frunció el ceño.

—¿Y por qué iba a hacer eso?

—Porque podrían complicarlo todo durante la legalización testamentaria. Si averiguan cuánto dinero tienes en realidad, es casi seguro que contratarán a su propio abogado para impugnar el testamento.

—¿Con qué excusa?

—Oh, los abogados se pueden poner muy creativos cuando huelen dinero. Aducirán todo tipo de razones. Pero este es el punto clave: incluiré en tu testamento una disposición que invalide las donaciones a quienes lo impugnen. Entonces, pongamos que le legas cien mil dólares a cada uno de tus hijastros. Bien, pues si uno de ellos impugna el testamento, se arriesga a quedarse sin la donación.

—Mira que eres listo, Simon.

Él sonrió y consideró la idea de negarlo y decirle que ese tipo de estipulaciones se enseñaban en segundo de Derecho, pero dejó a un lado la falsa modestia y se congratuló en silencio de ser tan listo.

—Además, ¿no querría Harry que sus hijos se quedaran con parte del dinero en el que él estuvo invirtiendo tantos años?

—Supongo.

—Vale. Entonces, cien mil para Clyde y lo mismo para Jerry. ¿Te parece bien?

—Sí, lo que tú digas.

Simon tomó nota de cómo se repartiría esa porción del dinero de la señora Barnett. Una porción muy pequeña, eso sí.

—Bien, y ya sé que también hemos hablado de esto, pero ¿no querrías hacerle una donación a tus amistades o tus conocidos?

—Lo he estado pensando, sí. Inez Mulberry es una vieja amiga de Atlanta. Vive en una residencia de allí y no se encuentra demasiado bien. Tiene noventa y un años. ¿Conoces a alguien que se encuentre bien con esa edad? —La ocurrencia le arrancó una risita y Simon se le sumó con una carcajada estentórea.

—¿Cuánto para Inez Mulberry? —preguntó él mientras escribía el nombre.

—Hum, digamos, no sé..., veinticinco mil.

—Bien. No es mucho. ¿Necesita ayuda económica?

—Uy, qué va, si nada en la abundancia. Su marido trabajaba en Coca-Cola con Harry y compró un montón de acciones.

«Entonces ¿por qué le haces una donación?». Simon lo dejó estar. Era más sencillo añadir a Inez al testamento y seguir adelante.

—De acuerdo, la incluiré con veinticinco mil. ¿Alguien más?

—No, no se me ocurre nadie.

—Bien, continuemos. Te había preguntado acerca de la compañía de Atlanta que te gestiona la cartera accionarial, a lo que me respondiste que se llamaba Appletree o algo por el estilo, ¿verdad?

La mujer puso los ojos en blanco con ademán frustrado y masculló para sí.

—Otra vez con lo mismo.

Simon hizo como que no se había dado cuenta y prosiguió.

—Como te decía, para mí sería importante mantener una charla con el asesor que te administra las acciones y demás.

—Ahora sí que hablas igual que Wally, y eso no me gusta un pelo.

Simon iba con pies de plomo y decidió no presionarla. Era evidente que la señora Barnett no les profesaba lealtad alguna a sus abogados patrimonialistas y él no quería arriesgarse a perderla. Su querida Netty podría ser su billete a una vida más fácil y gratificante. Casi podía verse nadando en el dineral que le depararían sus tarifas.

—Lo entiendo, pero si queremos sacarles partido a las leyes impositivas, es probable que necesitemos proteger algunos de tus activos. Y, para protegerlos, primero debo saberlo todo sobre ellos.

La anciana cerró los ojos y contrajo el ceño con fuerza, como afectada por una migraña repentina. Tras un silencio tan prolongado como tenso, dijo:

—No te fías de mí, ¿verdad, Simon? No me crees cuando te digo que tengo todo ese dinero. —La voz empezaba a quebrársele y los ojos se le humedecieron.

A la mañana siguiente, Simon estaba sentado en una sala pequeña del tribunal, donde ocupaba el tiempo borrando mensajes de voz mientras esperaba para litigar una moción en un pleito que con toda seguridad iba a perder, cuando notó una vibración discreta de su móvil. Número desconocido, Atlanta. Salió aprisa al pasillo para responder.

—Latch.

—Buenos días, señor Latch. Me llamo Buddy Brown y dirijo una asesoría de gestión patrimonial en Atlanta. ¿Cómo está? —Tenía una voz agradable, se expresaba con corrección y debía de tener entre sesenta y cinco y setenta y cinco años.

—Bien, señor Brown. Le agradezco que me llame.

—Un placer. Eleanor Barnett es clienta mía desde hace muchos años. Conocía también a su marido, Harry. Murió demasiado joven y le legó unas acciones ordinarias de Coca-Cola y de Walmart. No tengo autorización para revelar las cantidades exactas, pero puedo decirle que la señora Eleanor está más que cubierta.

—Bien, lo entiendo. Me hallo en proceso de elaborar un testamento que no es demasiado largo. No hay herederos ni parientes, de manera que todo se va a la beneficencia.

—Parece muy propio de la señora Eleanor, aunque hace años que no la veo. Sabe lo que quiere. Mucha suerte, señor Latch.

—Gracias, señor.

Estaba claro que Buddy era parco en palabras y que tenía asuntos más urgentes que atender. Spade había dado con el hombre en cuestión, pero la pregunta de hasta dónde llegaba el patrimonio neto de Eleanor seguía siendo un enigma. Por una parte, la conversación con Buddy lo había tranquilizado porque este corroboraba que la anciana era rica. Cabía suponer que los clientes que llevaban tantos años recurriendo a una consultoría de ese tipo contarían con unos activos considerables. Por otro lado, eran muchas las cuestiones sobre las que Buddy no se había parado a hablar y, de hecho, parecía tener prisa por colgar el teléfono desde el momento en que Simon respondió a su llamada.

Simon regresó a la sala del tribunal cuando ya estaban dando comienzo al juicio. Se dirigió a la parte delantera, saludó al juez con la cabeza y se sentó en la mesa de los abogados. Su adversario, un hombre mayor, empezó a exponer una moción por la que su señoría no tardó en perder el interés. Simon se rio para sí. Allí estaba, poniéndole objeciones triviales a una moción inútil en un juicio que no valía la pena, cuando al mismo tiempo había conseguido a una clienta con veinte millones de dólares en activos líquidos.

Aunque él no tenía apenas activos líquidos pero sí una montaña de deudas, y pese a que su matrimonio se estaba yendo a pique y su bufete no había terminado de despegar después de dieciocho años, de pronto contemplaba el futuro con esperanza. Seguiría construyendo un mundo alternativo hasta que un día pudiera perderse en él. Dejaría atrás la vida con Paula y, a la vez, continuaría siendo una figura relevante para sus hijos. Se desprendería de Matilda, si bien aún debía ultimar esa estrategia. Aguardaría pacientemente a que Eleanor Barnett sucumbiera al transcurso de los años, y, en cuanto la anciana estirara la pata, correría al tribunal de testamentarías y se haría con el control de toda la fortuna.

# 8

La formalización del testamento se concibió con absoluto cuidado, o eso creía Simon. Dado que no era un delincuente, no discurría como tal. ¿Cómo era aquella cita tan famosa de la película *Fuego en el cuerpo*? «Cuando cometes un asesinato, incurres en diez errores. Si se te ocurren siete, eres un genio». O algo así. Simon no pretendía asesinar a nadie ni cometer ningún tipo de delito pero, aun así, se sentía culpable. Hizo todo tipo de listas, tablas y diagramas y, cuando le pareció que todo encajaba a la perfección, dio el plan por válido.

Sucedió el 27 de marzo, cuando Matilda iba a almorzar lejos de la oficina con motivo de su cumpleaños. Como hacía a menudo, Simon les pidió el favor a sus vecinos. Tony y Mary Beth Larson regentaban una agencia de seguros familiar en Main Street, junto al bufete de Simon, y a menudo se pasaban por el despacho para ejercer de testigos durante la firma de un testamento. La ley requería la presencia de dos personas que no estuvieran emparentadas con la *testatrix*, que en este caso era Eleanor Barnett, para que charlaran distendidamente con ella durante unos minutos y despejaran cualquier duda relativa a sus facultades mentales. Como testigos, no era necesario que leyeran el testamento (y en este caso Simon estaba firmemente decidido a que no lo hicieran), sino que bastaba con que comprobaran que la señora Barnett entendía lo que estaba haciendo y que no actuaba sometida a ningún tipo de influencia indebida.

Simon había escrito el testamento al completo en su portátil y lo había imprimido en su angosto cuarto de baño, donde tenía la impresora nueva, que le había costado ciento cincuenta dólares en un Walmart. Por lo general, no compraba en ese comercio, pero, de pronto, sentía un gran interés por la compañía. Y lo mismo le sucedía con Coca-Cola. Tras varios borradores, estaba seguro de que era casi idéntico al que habría redactado Matilda. Se componía de cinco páginas y estaba repleto de párrafos farragosos, los cuales él le explicó a Eleanor en unos términos sencillos que no lo revelaban todo.

«Un galimatías», dijo ella exasperada en repetidas ocasiones. En resumen, el documento resolvía que, tras el fallecimiento de la señora Barnett, su fortuna pasaría a manos de una fundación, una no demasiado distinta de la que su vecino Wally había elegido, y que el dinero se repartiría entre múltiples organizaciones benéficas de la zona que lo emplearían para todo tipo de causas nobles. Al conservar el dinero en el ámbito local, Simon imaginaba que el testamento sería más aceptable para el jurado en el caso de que más adelante se celebrara un gran juicio. Bancos de alimentos, hogares para los sin techo, clubes de chicos, clubes de chicas, los Cub Scouts y las Brownies, las ligas de fútbol, los centros para jubilados, la United Way, la orden fraternal de los policías y una decena de las iglesias más relevantes de la ciudad, de todos los credos. La Fundación Eleanor Barnett haría sonreír a mucha gente durante los próximos años y Simon Latch sería su Santa Claus. Como albacea del testamento y como único administrador del fondo, y también por su papel de abogado gestor del patrimonio, tendría el control absoluto. Sus tarifas se engrosarían de forma considerable.

Al contrario que Wally, ese cabronzuelo codicioso, Simon no recibiría ningún pago directo en metálico tras la muerte de

Eleanor. Entre las cláusulas más recónditas y enrevesadas de su versión del testamento, Wally incluía una donación concreta de cuatrocientos ochenta y cinco mil dólares para sí mismo. Se necesitaba una lupa para poder leerlo. Era un pago en concepto de «servicios prestados», una categoría especial de las donaciones testamentarias sobre la que, como cabía esperar, no existía una descripción específica. No entraba en cabeza humana que Eleanor llegara a deberle semejante suma a Wally.

Pero no importaba. Iba a servirle de poco. Wally no iba a sacar nada del testamento que él había redactado ni del que la buena de Netty se disponía a firmar ahora en presencia de los dos testigos.

Como siempre, Simon había organizado la formalización y les preguntó a Tony y Mary Beth Larson si comprendían que estaban garantizando la lucidez mental de la señora Eleanor Barnett. Entusiasmados, ambos respondieron que sí y se apresuraron a rubricar el otorgamiento. Hubo sonrisas e incluso risitas durante toda la reunión. Simon validó ambas firmas y, así, selló el destino del testamento más cuantioso que prepararía jamás.

En agradecimiento a los Larson, solía llevárselos a almorzar, y ese día insistió en que Eleanor se les uniera. Parecía una invitación inocente pero, pese a la buena fe del gesto, existía una segunda intención. Simon, ahora en previsión de un litigio, quería que los Larson pasaran más tiempo con su clienta. No tenían motivos para sospechar que casi con toda probabilidad más adelante los citarían en calidad de testigos si todo saltaba por los aires. Cuanto más tiempo pasaran con Eleanor, sobre todo durante la mañana en la que la anciana firmó el testamento, más credibilidad revestiría su declaración.

Por supuesto, Simon no les comentó que podrían verse implicados en una disputa testamentaria. Los Larson llevaban años participando como testigos en las firmas de los otorgamientos y nunca había surgido ningún tipo de problema. ¿Por qué alarmarlos ahora? En cualquier caso, Simon se sentía un tanto culpable porque no podía advertirles que el día menos pensado era posible que recibieran un emplazamiento. Aun así, por el momento, prefirió no obsesionarse con esa posibilidad.

Simon les daba vueltas a todas estas cuestiones mientras degustaba una ensalada de pollo en un restaurante que había a dos manzanas de Main, un local anodino donde era difícil encontrarse con los abogados y el personal de los tribunales. No quería que Wally lo viera por ahí con Eleanor Barnett, que se lo estaba pasando en grande conversando con Tony y Mary Beth. Los Larson eran gente amigable; vendían seguros y a Eleanor le cayeron bien desde el primer momento. La anciana, enfrascada en la charla, apenas tocó la ensalada.

Tras una hora durante la que se limitó a escuchar a sus interlocutores, Simon puso fin a la fiesta con la socorrida mentirijilla de que lo requerían en el juzgado.

El testamento estaba hecho, ya debidamente firmado y validado en presencia de testigos. No quiso cobrar los doscientos cincuenta dólares que costaba el trámite, más que nada porque prefería que Matilda no viera el cheque. Dejaría que se los quedara Eleanor. Tenía un gran plan para recuperarlos más adelante, y con creces.

De regreso en el despacho, Eleanor se estaba despidiendo cuando se acordó de algo.

—¿Podemos hablar un momento?

—Por supuesto —respondió Simon. Todos los momentos que ella quisiera.

—Bueno, no sé muy bien cómo funcionan estas cosas, pero ¿qué va a ocurrir ahora con Wally?

—¿A qué te refieres?

—¿No deberíamos decirle que he hecho otro testamento y que el que él redactó ya no es válido?

Eso era lo último que Simon pretendía hacer. Wally podría tomárselo a mal y actuar de manera imprevisible. Podría presionar a Eleanor para que volviese a pensárselo mejor. Y sin duda vertería todo tipo de amenazas contra Simon, si bien era poco probable que las cumpliera. El haberse incluido a sí mismo en el testamento de la anciana para embolsarse cuatrocientos ochenta y cinco mil dólares contantes y sonantes podría valerle una inhabilitación de la licencia de uno o dos años, si no se la revocaban de forma permanente. Simon prefería no verse obligado a lidiar con Wally todavía. Ya tendrían tiempo para discutir más adelante, después del funeral.

—La ley no exige que un abogado informe al otro de que su cliente ha firmado una nueva versión del testamento que invalida la anterior —contestó él—. Nadie lo hace.

—Pues a mí me parece que tendríamos que avisarle.

—Por ahora no. Tal vez más adelante. La razón por la que nadie lo hace es que el cliente, tú en este caso, tiene derecho a cambiar de opinión siempre que quiera. Quizá el mes que viene decidas modificar algún aspecto del testamento actualizado. O incluso podrías solicitarle a otro abogado que te redacte una versión distinta. —A Simon le costaba creer que acabara de cometer semejante insensatez.

Eleanor sonrió y le tocó el brazo.

—Nunca haría eso, Simon. Ahora estoy en las mejores manos. En ningún momento me sentí así con Wally Thackerman. Todavía no he asimilado que pretendiera apoderarse de mi dinero.

—Olvidémonos de eso. Es agua pasada. Guardaré el original aquí, en la caja fuerte, y tú te llevarás una copia y la esconderás en casa. Netty, es muy importante que nadie vea nunca el testamento, ¿lo entiendes? Ni tus amistades, ni tus hijastros ni quien te atienda la casa... Nadie debe verlo.

—Lo entiendo.

—Hay un último detalle del que no hemos hablado, y son

tus últimas voluntades. Es un tema muy delicado y creo que deberíamos quedar en breve para tratarlo mientras almorzamos.

—¿Te refieres al funeral y esas cosas?

—Me temo que sí. Vives sola y no tienes familia cerca, y, según parece, tampoco lejos. ¿Quién toma las decisiones tocantes a tus tratamientos médicos? ¿Quién responde al teléfono cuando caes enferma? Y, sí, también están el funeral y la inhumación. ¿Tienes una póliza de decesos?

—Sí, Harry y yo contratamos una hace años. Me llevarán a descansar con él al cementerio Eternal Springs. Es un lugar precioso.

—Estoy seguro. Es un placer para mí ayudarte a tomar este tipo de decisiones, Netty, algunas de las cuales podrían ser de carácter legal.

—Los abogados y vuestros galimatías.

—Lo sé. Quedemos dentro de un par de semanas para almorzar y hablar de todo esto.

—Me encanta salir a almorzar, Simon. Y los Larson son una gente muy agradable.

—En ese caso, tendremos que repetir —dijo él con una sonrisa. A los Larson, sin embargo, no se les invitaría.

# 9

Aquella noche, un viernes, se jugaba la segunda ronda del Sweet Sixteen. A Simon se le ocurrió la brillante idea de hacerle una llamada amistosa a Paula para proponerle que cenaran una pizza en familia mientras veían el baloncesto. Ella se mostró bastante tibia, pero eso suponía un paso de gigante en su relación. Los niños podrían quedarse levantados hasta tarde. Simon dormiría en el sofá y, si por casualidad alguien lo veía allí echado, Paula y él se reirían y dirían que sus ronquidos no la dejaban dormir.

Pidieron la pizza y la repartieron entre varias mesitas portátiles que se llevaron al salón para sentarse frente a la pantalla panorámica. Simon había preparado un esquema con los posibles enfrentamientos del torneo y todos habían elegido a los equipos que creían que llegarían a la Final Four. Simon, que había manejado con soltura la línea de apuestas de Las Vegas, puso en práctica los trucos que había aprendido donde Chub. Danny y Buck también habían hecho sus respectivos análisis y ya estaban fanfarroneando sobre lo acertado de sus elecciones. Janie, a sus nueve años, había escogido a sus equipos basándose en las mascotas de las distintas universidades y en los colores de las equipaciones y, aun así, se había alzado invicta tras los partidos de la primera ronda del día anterior. Paula, que no podía estar menos interesada en la competición, se animó y afrontó los encuentros como si quisiera ganar. Eligió a sus ganadores basándose en la apariencia de los entrenadores principales (si estaban en forma, si tenían buen aspecto, si vestían un traje elegante con una cortaba a juego, etcétera). Hasta ahora había ganado tres partidos y perdido uno. Todos pusieron cinco dólares para el bote ganador, que se decidiría en función de quien hubiera elegido a más equipos de los que pasarían a la Final Four.

Simon habría dado cualquier cosa por acompañar la pizza con una cerveza, pero el alcohol estaba prohibido en la casa. El año anterior se produjo una situación traumática en el instituto cuando una fiesta acabó saliéndose de madre. Unos estudiantes de primer año que se habían juntado en una casa lujosa sin que nadie los supervisara procedieron a vaciar el mueble bar. Un chico y una chica perdieron el conocimiento y no había manera de que reaccionaran. Se llamó a una ambulancia y los jóvenes pasaron la noche en el hospital. Aunque al final sobrevivieron, las respectivas familias estaban avergonzadas. En el instituto se pusieron nerviosos y no dejaron de mantener reuniones durante un mes. Algunos de los padres se comprometieron a sacar hasta la última botella de su casa. Paula, que bebía muy de vez en cuando, adoptó una postura inflexible. A Simon no le quedó más remedio que transigir. Era otra buena razón para vivir en la oficina.

Buck, que tenía dieciséis años, no estaba en aquella fiesta, pero conocía a casi todos los chicos que se vieron implicados. Les aseguró a sus padres que él no sacaba cerveza de casa a escondidas, pero pronto empezaría a conducir y Simon sabía que, en cuanto llegara a esa etapa, podía esperarse cualquier cosa. Paula estaba convencida de que debían predicar con el ejemplo, controlar qué hacían los niños y con quién y protegerlos para que no hicieran las cosas que todos los críos de su edad querían hacer.

Además, no le gustaba la idea de que cada uno pusiera cinco dólares para el bote ganador. Al fin y al cabo, no era más que otra forma de apostar.

Cuando faltaba poco para el comienzo del primer partido, Buck le preguntó a Danny:

—¿Cuál es el combinado?

—Ciento veinticuatro —contestó Danny sin titubear.

A Simon le llamó la atención que hubiera respondido tan rápido, pero no hizo ningún comentario. Prestaría aún más atención y, con suerte, no detectaría más indicios de que sus hijos dominaban el mundo del juego. El de los adolescentes que se metían en internet para apostar, sobre todo durante los eventos deportivos, era un problema cada vez más extendido.

Paula frunció el ceño.

—¿Qué es eso del «combinado»?

Buck y Danny se quedaron mudos. Simon salió al rescate con la aclaración.

—Los puntos totales de los dos equipos.

—No te he preguntado a ti —dijo ella sin alterarse. Miró a Danny y le repitió la pregunta—. ¿Qué es el «combinado»?

—Lo que dice papá. La suma de los puntos de los dos equipos.

—¿Y se puede apostar a eso?

—Si quieres. Yo nunca lo hago. —No resultó muy convincente.

—Bien, eso espero. Espero que no apostéis ni a eso ni a ninguna otra cosa.

Sin apartar los ojos del televisor, Buck dijo:

—Acabamos de hacer una apuesta, mamá. Todos hemos puesto cinco dólares para el bote ganador, así que cada uno de nosotros ha apostado al menos esa cantidad. Es decir, que también estamos jugando.

El comienzo del partido supuso una ocasión para tomar aire y disfrutar del silencio que se hizo en la estancia. Simon se sintió aliviado cuando el momento quedó atrás, pero también estaba seguro de que sus hijos apostaban con cierta frecuencia. Buscaría la manera de sacar el tema con ellos más adelante. ¿De verdad había de que preocuparse? Ninguno de los dos chicos tenía trabajo, ni ingresos ni ahorros. Al igual que muchos otros adolescentes, se pasaban el día viendo competiciones deportivas y sabían más sobre los jugadores, las estadísticas y los chismorreos de la ESPN de lo que él llegaría a saber nunca. ¿Y si solían ganar? Por supuesto, a los menores no se les permitía apostar en internet, pero estaba claro que era muy complicado hacer cumplir ese tipo de leyes.

¿Y si Buck y Danny pudieran incluso darle consejos de experto a su padre?

Janie se durmió antes de las diez. Alrededor de las once, Paula ya había visto bastante y les dio las buenas noches. Media hora más tarde, los niños empezaron a dar cabezadas y Simon los mandó a la cama. Cuando todo estaba en calma, cruzó el pasillo y entró en su dormitorio. Las luces estaban apagadas. Supuso que su mujer ya se había dormido. Se lavaría los dientes sin hacer ruido, se pondría el pijama y volvería al salón.

Ya en el cuarto de baño, le sorprendió ver una botella de whisky escocés junto a dos vasos y una cubitera pequeña. Abrió la puerta a la vez que Paula encendía la lámpara de su mesilla.

—Aquí hay una botella de whisky —señaló él.

—Sí. Llena los vasos y siéntate en la silla.

Simon siguió sus indicaciones. Transcurrieron cinco minutos en completo silencio mientras bebían el licor bajo la luz tenue y se resistían a mirarse el uno al otro.

—Gracias por el trago —dijo Simon al cabo—. Lo necesitaba.

—Puede que te haga falta otro trago.

—Vale. ¿Cuál es el tema de esta noche?

—No es por el divorcio. Esa conversación ya la hemos tenido. Hace más de cuatro meses que no practico sexo.

—Lo recuerdo vagamente.

—No hay mucho que recordar.

—Uf. Así que es una charla sobre sexo.

—Sí. Tengo cuarenta y un años, Simon, y no estoy lista para renunciar al sexo.

—A mí tampoco me vendría mal un poco más.

—Quiero practicar sexo, Simon, pero no contigo.

Fue como un gancho en el estómago, pero Simon lo encajó sin mover una ceja. Se limitó a encogerse ligeramente de hombros y después le dio un sorbo largo al licor.

—¿Y tienes a alguien en mente?

—No. Y tampoco busco una pareja. Lo último que necesito es meterme en otra relación. Una vez que estemos divorciados, dudo que vuelva a pensar en casarme de nuevo.

—Yo también estoy un poco harto.

Respiraron hondo y tomaron otro sorbo.

—Entonces ¿estás hablando de una relación abierta de esas? —preguntó él.

—Nuestro matrimonio se ha acabado, eso ya lo tenemos claro. Ahora se trata de dejarlo atrás. Hasta entonces, quiero disponer de la libertad de salir a tontear por ahí. Seré discreta y me mantendré alejada de los hombres casados. Solo busco un poco de diversión, no más problemas.

Simon reproduciría la conversación una y otra vez en su cabeza durante los días posteriores, sin que dejara de sorprenderlo lo poco que le importaba en realidad. Hacía años que no estaba enamorado de Paula y en aquel momento fue consciente del rechazo que sentía por ella. Incluso celebraba la idea de que su mujer saliera «a tontear por ahí» porque él estaría encantado de concederse el mismo derecho.

—No necesitas mi aprobación —le dijo.

—No, pero tenemos que estar de acuerdo. No sería justo

que esto fuera un inconveniente cuando nos divorciemos. Además, eres abogado y no me fío de ti.

—Gracias. Yo siempre me he fiado de ti.

—Y yo siempre te he sido fiel. ¿Tú puedes decir lo mismo?

—Sí. —Simon hizo tintinear el hielo contra el vaso y vio que necesitaba un par de cubitos más. Después añadió—: Supongo que no tenemos más remedio que aceptarlo y empezar a ser más abiertos.

—¿No te parece bien?

—Te aseguro que me da igual lo que hagas.

—Y a mí me da igual lo que hagas tú.

—Muy bien, pues todos contentos.

—Sírveme otro whisky. No he terminado.

Paula pasó al siguiente tema cuando ya iba por la mitad del segundo vaso.

—Hoy he visto a Harriet.

—¿Harriet?

—Mi terapeuta.

—Ah, sí. Es verdad. Ya no me acordaba de ella.

—Hacía tiempo que no la mencionaba.

—Es genial que estés yendo a terapia, Paula, porque quizá a mí también me vendría bien. El problema es que no puedo permitírmelo. Esa gente cobra más por hora que yo.

—Diría que eso es un problema personal.

—¿Y no estamos hablando de nuestros problemas personales?

Años atrás, cuando las cosas empezaron a torcerse, sopesaron la idea de ir a un terapeuta de pareja, un experto que les mostrara a cada uno lo destrozado que estaba el otro y les diera las claves para que recuperaran el amor sincero y sólido que siempre se habían profesado. Nunca dieron ese paso, más que nada porque para entonces ya estaban hartos el uno del otro y lo último que querían era hacer un esfuerzo desganado por encontrar una felicidad forzada.

Simon pagó doscientos dólares por conversar durante una hora con un consejero cuya verdadera intención era asegurarse otras diez sesiones con él. Matilda les daba mejores consejos a sus clientes mientras estos esperaban para entrar en el despacho del señor Latch.

—Da igual —dijo Paula—. El caso es que Harriet cree que deberíamos hablar con los críos y prepararlos para lo inevitable.

Simon tomó un sorbo y reflexionó al respecto.

—Supongo que tiene razón. No podemos seguir así. Los niños se están haciendo mayores y no son tontos.

—Buck y Danny nos tienen calados. Janie se ha dado cuenta de que las cosas no están bien. Harriet dice que es mejor hablar con ellos uno a uno. Cuanto antes, mejor.

Otro sorbo y otro silencio largo.

—Está bien, yo hablaré con los niños —repuso Simon al cabo—. Tú te ocupas de Janie.

—Creo que será lo mejor. Deberíamos decírselo mañana por la tarde, por separado. Después podríamos pedir otra pizza para cenar y ver el baloncesto.

—Como una familia feliz.

—Simon, ¿cuándo fue la última vez que tú y yo nos sentimos felices?

—No me acuerdo.

—Yo tampoco.

Ambos tomaron un trago bajo la quietud del dormitorio. A pesar de los cuatro metros que los separaban, Simon la oía respirar. Paula estaba sentada en la cama, reclinada sobre las almohadas y cubierta hasta la cintura con la colcha, de tal forma que sus pechos bien formados se intuían bajo el leve camisón. Por un momento, a Simon le costó imaginársela metiéndose en la cama con otro hombre.

Se sacó la idea de la cabeza.

—¿Algún cambio en la distribución de bienes?

Paula tomó otro sorbo.

—Creo que no. ¿Por tu parte?

—Tampoco. —Siempre habían estado de acuerdo en los términos del divorcio. Se establecía la custodia compartida de los niños, que permanecerían en su casa y seguirían durmiendo cada uno en su dormitorio, al igual que la madre, quien también pasaría la noche donde se suponía que debía pasarla. Simon entraría y saldría a su discreción, pero sin presentarse por sorpresa. No tenía intención de perderse ningún partido ni ningún recital y tampoco las obras de teatro escolares ni las graduaciones. La vida seguiría adelante como siempre. La parte que él poseía de la vivienda se le transferiría a Paula y él continuaría pagando la hipoteca. No aportaría pensión alimenticia pero sí participaría con generosidad en la manutención de los hijos. Seguiría viviendo en otra parte. Todo se haría de la manera más organizada e indolora posible, si bien Simon era consciente de las muchas cosas que podían ir mal. Ahora que ambos tenían luz verde para verse con otras personas, solo era cuestión de tiempo que uno de los dos se enamorase.

Se despreció a sí mismo por permitir que entre el revoltijo de pensamientos que tenía en la cabeza surgiera el siguiente, porque se acordó de Netty, de su nueva versión del testamento y de su fortuna. Si todo salía según lo planeado, y sabía de sobra que las cosas podían ponerse muy feas, dentro de no tanto empezaría a cobrar unas tarifas más que cuantiosas como abogado y fideicomisario de su patrimonio. Si de verdad la anciana acumulaba veinte millones de dólares en activos (y se había convencido de que no era una exageración), no sería excesivo ni inusual que el abogado percibiera un diez por ciento del patrimonio, que se distribuiría durante un periodo de varios años. No le daría para jubilarse, pero desde luego sí sería suficiente para reducir la presión de un bufete de ciudad pequeña que no iba a ninguna parte.

Era crucial que Paula nunca llegara a saber nada sobre esas tarifas hipotéticas, quizá incluso ilusorias.

Consiguió olvidarse durante un rato de su querida Netty. Se dijo a sí mismo que debía disfrutar del momento. Paula y él estaban colaborando sin fricciones para ponerle fin a su vida en común, una separación que tendría que haberse producido hacía mucho tiempo. Los niños lo pasarían mal, pero también eran fuertes. Con suerte, no sufrirían traumas permanentes. Muchos de sus amigos habían pasado por el divorcio de sus padres y no parecían acusar secuela alguna.

De nuevo hizo tintinear los cubitos y preguntó:

—¿Podemos dar por terminada la conversación?

—Sí. Ahora quiero dormir.

—¿Te importa si me sirvo el último?

—Me da igual lo que hagas. Me da exactamente igual.

Simon se cargó el vaso un poco más que antes, apagó la luz del baño y salió del dormitorio.

Ya en el sofá, la emoción le impedía conciliar el sueño. Se sentía como si estuviera reviviendo la etapa en la fraternidad universitaria, cuando fantaseaba con las alumnas más atractivas. Empezó por las mujeres solteras a las que conocía y sopesó las posibilidades que tenía con cada una de ellas, para poco después continuar con las señoras casadas, aunque solo las que se veían atrapadas en un matrimonio infeliz. Este último grupo presentaba demasiadas complicaciones, de modo que enseguida volvió a centrarse en las que no tenían pareja.

El tercer escocés terminó de hacer su trabajo y Simon se evadió del todo. Durmió varias horas, se despertó sintiéndose de maravilla (y soltero de nuevo) y recogió las almohadas en el sofá. Se dirigió a la cocina, preparó una jarra de café y degustó la primera taza mientras veía despuntar el alba por encima de los árboles del patio trasero. Al cabo, Paula salió del pasillo en penumbra y entró también en la cocina. Simon le sirvió una taza y le dijo:

—Se me había ocurrido que podría preparar unas tortitas con salchichas para desayunar.

—Tendrás que ir al súper.

—Vale. ¿Necesitas algo?

—Solo un rato de tranquilidad para disfrutar del café.

—Muy bien. Ah, y preferiría no decirles nada hoy a los niños.

—¿Por qué no?

—Porque quizá este sea uno de los últimos días que pasemos en familia. Aún podríamos sacarle partido. Dejémoslo para dentro de una semana o así.

—Como quieras.

Paula giró sobre sus talones y se llevó el café al dormitorio.

# 10

La mañana del lunes, Simon salió de El Armario dando un traspié, vestido con los pantalones cortos del gimnasio y una camiseta, bajó las escaleras y se sentó en el escritorio. Todavía no eran las siete, de modo que disponía de toda una hora antes de que Matilda entrara y le organizase la semana. Necesitaba más de una hora. Necesitaba estar en un bar tiki de una playa remota, bebiendo una copa helada mientras veía romper las olas sin pensar más que en cuestiones intrascendentes.

Aparte de lo bien que se lo había pasado con los niños, no había sido un fin de semana fácil. Aún debía hacerse a la idea de que su mujer anduviera a la caza de otros hombres, pero poco a poco lo iba digiriendo. El verdadero problema era el torneo. Se estaba quedando en la ruina. Dentro de la competición familiar, Janie, que seguía basando sus elecciones según las mascotas de los distintos equipos, había ganado diez partidos y perdido solo dos. Paula, que insistía en guiarse por los entrenadores más elegantes, llevaba nueve y tres. Buck y Danny se mantenían a la par. Y él, Simon, el jugador serio y el verdadero experto, había ganado cuatro partidos y perdido ocho. Iba el último.

Aun así, los cinco dólares que había tirado en casa no eran nada en comparación con la paliza que había recibido en el pub de Chub, donde había palmado siete mil dólares, su récord personal. Estaba seguro de que los recuperaría durante la Final Four, aunque esa certeza empezaba a flaquear.

Tomó un sorbo de café bien cargado y se metió en internet para escuchar a los gurús de las apuestas, que solo sabían desbarrar con sus análisis mordaces a la vez que se curaban en salud (uno de ellos se decantaba por Duke; otro, por Kentucky, y otro, por Wisconsin). ¿Qué se suponía que debían hacer los apostantes desesperados? Consultó la agenda y no vio más que la rutina infructuosa de siempre. De hecho, dudaba que sus tarifas le granjearan más de dos mil dólares en toda la semana.

La Final Four. Solo quedaban tres partidos para el final del torneo y de la temporada. En un momento dado, a principios de enero, llegó a verse con cuatro mil quinientos dólares en positivo. Después de los accidentados enfrentamientos de conferencia, acabó la fase regular a tres mil por cobrar. Cuando iba ganando, quería jugar más, y, cuando iba perdiendo, sentía el impulso de apostar todavía más fuerte para recuperarse. Pero, como siempre, mantenía la cabeza fría porque conocía sus límites. O, al menos, eso era lo que decía para sus adentros.

La Final Four. Quedaban Wisconsin, Duke, Estatal de Michigan y Kentucky, a ninguno de los cuales había elegido dos semanas antes, durante la etapa frenética de los esquemas predictivos, cuando todos los entusiastas se las daban de listos. Dejó de darle vueltas a la cuestión y regresó a El Armario, donde volvió a ducharse como pudo en el barato tubo de cristal que un cliente le había instalado por quinientos dólares. El agua brotaba más o menos caliente y sin entrecortarse demasiado de una alcachofa en la que empezaba a acumularse algún tipo de moho sospechoso. Tras golpearse los codos varias veces contra los inestables paneles de cristal, salió antes de transcurrido un minuto. Se vistió aprisa con unos pantalones caquis, una camisa blanca y una corbata y bajó a la cocina del despacho para tomarse otro café. El Armario no contaba con una cocina propiamente dicha.

Observó que la nevera contenía un nuevo surtido de cartones de bebidas dietéticas, todos bien ordenados en el lado de Tillie. Entre otros brebajes, había varias gaseosas con sabor a espárrago y otras verduras. La pérdida de peso estaba prácticamente garantizada. Simon sonrió a la vez que meneaba la cabeza y lo sintió por la pobre chica, obstinada en batallar contra sus volúmenes.

Dieron las ocho en punto, pero aún no había llegado. Simon prestó atención por si oía abrirse la puerta o percibía los otros ruidos que su secretaria solía hacer cuando entraba en la oficina. Rara vez se retrasaba. A las ocho y cuarto pensó en llamarla, convencido de que le había ocurrido algo. Sin embargo, decidió esperar un poco más y, justo a las ocho y media, oyó sus pasos. Siempre llamaba a su puerta y le decía: «Buenos días, Simon». Cuando así hizo, nada más llegar, él aparentó estar enfrascado en la lectura de un documento, demasiado atareado para preocuparse por su tardanza.

Matilda entró en el despacho.

—Verás, sé que son las ocho y media, pero tengo un nuevo horario. En adelante, llegaré a esta hora y me iré a las cinco y media.

Que su secretaria hubiera tomado una decisión así sin consultarlo antes con él no le hizo demasiada gracia, pero, aun así, se mostró indiferente, como si no le importara cuándo entraba y salía. Y lo mismo podía decir de su mujer. Su intención era quitárselas de en medio a las dos.

—¿Y la razón es?

—Me he apuntado a un gimnasio nuevo y tengo clase de seis y media a siete y media. Después necesito un momento para volver corriendo a casa, ducharme y esas cosas.

En su empeño febril por conseguir un cuerpo tonificado y flexible, ya había cambiado de gimnasio en varias ocasiones, sin el menor éxito.

—Muy bien, podemos probar —dijo él sin aceptar ni descartar el cambio. Por un segundo, Matilda pensó en insistir y establecer sus límites, pero un lunes por la mañana no era el mejor momento para mantener una disputa. Se mordió la lengua, forzó una sonrisa falsa y se dio media vuelta para abandonar el despacho. Según salía, Simon, por simple costumbre, la miró de arriba abajo. ¿Estaría funcionando de verdad el zumo de espárrago? ¿O el gimnasio nuevo? ¿Serían imaginaciones suyas o quizá Tillie, en efecto, estaba perdiendo unos kilitos? ¿O sería que, ahora que le habían dado luz verde en casa, actuaba con más naturalidad y miraba a las mujeres con otros ojos?

Una cosa sí estaba clara: en la lista de las diez mejores maneras de echar tu vida a perder, practicar sexo con una empleada ocupaba una de las tres primeras posiciones. Las leyes sobre acoso sexual eran de las más despiadadas.

¿Qué posición ocuparían las apuestas?

Resurgió en su cabeza la cuestión de la Final Four, pero el teléfono comenzó a sonar. El mundo estaba lleno de gente agraviada y furiosa que necesitaba un abogado.

Diez minutos más tarde, Tillie asomó la cabeza por la rendija que abrió en la puerta de su despacho.

—Simon, ¿tienes un minuto? —le preguntó.

—Claro. —Aún no había empezado a trabajar, ocupado como estaba considerando las recomendaciones que los corredores de apuestas de Las Vegas ofrecían de forma gratuita en internet.

Tillie dio un paso más.

—Todavía tengo abierta la ficha de Eleanor Barnett —dijo—. Hace tiempo que no llama. ¿Quieres que la cierre?

Simon fingió que titubeaba como si de verdad tuviera que pensárselo.

—Espera una semana o así. Dudo que volvamos a saber de ella.

Tillie asintió y se retiró de nuevo. Se sentó en su escritorio y tomó unas notas en su iPad, pero solo para uso personal. Acababa de pillar a su jefe en una mentira, la cual tal vez revistiera una cierta gravedad, aunque todavía no estaba segura. Una amiga que trabajaba en la oficina de un corredor de bienes raíces había visto a Simon en el restaurante el viernes pasado, cuando Matilda se tomó el día libre. Estaba almorzando con Tony y Mary Beth Larson y una señora mayor. Matilda llamó a Mary Beth para consultarle unos detalles sobre el seguro de otro cliente. Solían hablar a menudo y repasaban los cotilleos del momento. Como quien no quiere la cosa, Matilda le preguntó a Mary Beth si su marido y ella habían participado como testigos en la formalización de un testamento el viernes. Mary Beth vaciló solo un segundo, tiempo suficiente para que su actitud resultara sospechosa, y dijo que sí, que los dos habían asistido. Por el otorgamiento de la señora Eleanor Barnett, una mujer adorable.

Matilda aparentó naturalidad, como si ya estuviera al tanto de todo, y terminó la llamada. Si Eleanor Barnett había firmado el testamento, ¿quién lo había redactado? A lo largo de los doce años que llevaba trabajando con Simon, habían preparado y formalizado cientos de otorgamientos y, que ella recordara, él nunca había redactado ninguno. Tampoco había presidido ninguna sesión de firma sin la participación de Matilda.

Simon podía ser una persona muy complicada y tenía sus defectos, pero no era ningún embustero. Si se veía en la obligación de contar una película o inventarse un cuento, podía echarle mucha imaginación, pero cuando se trataba de un asunto más serio jamás mentía.

Hasta ahora.

Durante el almuerzo con Tony y Mary Beth Larson, a Simon le llamó la atención que Netty se entusiasmara cuando les sirvieron una ensalada César de pollo asado que no parecía estar muy fresca. Supuso que la mujer seguía la típica dieta blanda que observaban las viudas ancianas, quienes, en lugar de cocinar, a menudo preferían comer de lata.

Simon la invitó a otro almuerzo. Ella aceptó muy emocionada, algo que a él no le extrañó. Primero le propuso que fueran a un chino, después le sugirió un kebab afgano y, por último, un faláfel. La mujer nunca había oído hablar de estas dos últimas viandas y recelaba de la primera opción. Armado de paciencia, Simon le explicó que a él le gustaban las distintas cocinas del mundo y que quería que ella disfrutara de la misma experiencia. Y, si daban con un plato que no les agradaba, tampoco pasaba nada. Bastaba con que fueran a otro sitio la próxima vez. Seguirían experimentando. Ella no veía el momento de salir de casa. Simon se ofreció a recogerla en su puerta, sobre todo porque sentía curiosidad por ver dónde y cómo vivía. Si el Lincoln tenía quince años de antigüedad, ¿de qué año serían los muebles y las alfombras? Daba por hecho que era una anciana de gustos sencillos, pero ¿no sería todo un teatro para engañar a la familia y las amistades y evitar que los curiosos se interesaran por su fortuna? Simon dedicaba demasiado tiempo a sopesar estas cuestiones.

Ella declinó el ofrecimiento e insistió en que quedaran en el propio local. Se enorgullecía de conservar todavía la capacidad de conducir cuando a casi todas sus amistades les habían confiscado las llaves. ¿Qué amistades serían esas? Simon aún tenía muchas cosas que averiguar.

Se encontraron en un restaurante griego en el que Simon ya había estado y del que guardaba una buena opinión. Se ubicaba a las afueras de la ciudad, junto a la autopista principal en dirección a Washington, a una distancia prudencial de Main Street. Simon no quería toparse con Wally Thackerman de ninguna manera durante el almuerzo, algo que sucedía a lo sumo una vez al año. No había muchas probabilidades, pero cosas más raras se habían visto y no quería ni pensar en las consecuencias de cruzarse con él. Primero surgirían las sospechas, después vendrían las acusaciones y, por último, se iniciaría un enfrentamiento y demás. Wally daría por hecho desde el principio que Simon pretendía robarle a una clienta, y, en concreto, una clienta millonaria.

Pidieron un estofado de cordero con kebabs, unos platos bastante enjundiosos que acompañaron con pan de pita y agua para beber. La anciana le preguntó por su familia. Ella no tenía mucho que contar sobre la suya y sentía curiosidad por la de él. Simon intentó reorientar la conversación hacia el lado de su interlocutora. No quería presumir de sus hijos y, desde luego, tampoco le hablaría de su matrimonio fracasado. Le pintó un retrato amable de su hogar y supuso que ya habría tiempo para sincerarse más adelante. Se interesó por sus hijastros, Clyde y Jerry Korsak, y de inmediato entendió que se había excedido. Tanto su sobrina como su sobrino seguían siendo un misterio. Habían transcurrido por lo menos cuarenta años desde que la familia pasó reunida un fin de semana de verano en las montañas de Catskill, un encuentro desastroso que terminó de mala manera y tras el que, como era obvio, sus miembros ya no volvieron a verse.

Ella estaba casada con Vince Barnett por aquel entonces. Sin la menor duda, Vince fue el marido con el que más disfrutó, su primer amor. Se casaron muy jóvenes, pusieron todo su empeño en formar una familia y viajaron mucho porque los niños no llegaban. Para ella supuso un golpe devastador que él falleciese de pronto a la edad de cuarenta años.

Después de tres cuartos de hora, el almuerzo comenzaba a hacerse demasiado largo. A Netty no parecía apasionarle nada y rara vez salía de casa. Se pasaba el día viendo la tele mientras completaba un rompecabezas tras otro. Se despidieron en el aparcamiento y Simon la vio alejarse zigzagueando por en medio de los dos carriles, con un pie en el freno y ajena a los cláxones airados de los que circulaban detrás.

A Simon, mientras conducía de vuelta a la oficina, lo asaltó la fastidiosa posibilidad de que la anciana viviera diez años más. Luego se recriminó el que no dejara de pensar en su fallecimiento. Debía sacarse de la cabeza el testamento de la mujer de una vez por todas y centrarse, sencillamente, en ser su amigo.

# 11

Tras barajar una decena de excusas poco convincentes para retrasar lo ineludible, Simon y Paula llegaron por fin a un acuerdo, cosa rara. Se lo dirían a sus hijos al mismo tiempo y luego se las apañarían para sobrevivir a las consecuencias. Infligirían el dolor, se darían una llantina y, a continuación, recogerían los pedazos. Se tranquilizaron recordándose mutuamente que muchos de sus amigos habían logrado superar las mismas conversaciones espantosas y habían seguido adelante. Los niños estarían bien.

Un viernes por la noche, Simon llevó a Buck y a Danny a un centro comercial para ver una película y después tomaron helado en una zona de restauración con vistas a una cascada cursi. ¿Cómo abordar el tema? No había una forma sencilla de hacerlo. Se aclaró la garganta.

—Chicos, supongo que sabéis que vuestra madre y yo no nos llevamos muy bien últimamente —dijo.

Los muchachos intercambiaron una mirada que habló por sí sola. Eran conocedores de lo inevitable, pero no les apetecía tener esa conversación. El momento que llevaban tiempo temiendo había llegado.

—¿Por eso te quedas a dormir en el despacho? —preguntó Buck.

—Sí, es por eso. —Paula les había dicho a los niños la verdad en cuanto resultó obvia—. Hemos decidido divorciarnos.

Dejó que la palabra flotara en el aire durante unos segundos mientras observaba sus reacciones. Danny, el hijo menor, era más sensible, y se le humedecieron los ojos a pesar de que parecía dispuesto a hacerse el duro. Con Buck las cosas resultarían más difíciles.

—Mamá dice que ya no la quieres —señaló este último.

—Yo siempre querré a vuestra madre. Os tuvimos a vosotros y a Janie, y estamos más que orgullosos de los tres. —Había ensayado muchas veces esas palabras, y resultaron demasiado automáticas y desprovistas de emoción—. Pero el hecho de querer a una persona no significa que te lleves bien con ella. Vuestra madre y yo ya no somos capaces de llevarnos bien; eso es todo.

Para unos adolescentes de dieciséis y catorce años, o de hecho para cualquier crío, aquello sonaba a rollo incomprensible. Los hijos siempre querían que sus padres permanecieran juntos y fueran felices.

—¿Por qué no os lleváis bien? —quiso saber Danny.

—Porque a veces las personas se enamoran, se casan, tienen hijos y luego se distancian. Hemos llevado una vida muy ajetreada y, bueno, las cosas han cambiado.

—¿O sea que crees que la culpa es nuestra? —dijo Buck.

—No, Buck. No culpo a nadie salvo a mí mismo; eso que quede claro. Tu madre no ha hecho nada malo, ni yo tampoco. Nadie se ha portado mal. Os queremos, y a Janie también, y estamos decididos a apoyaros en todos los sentidos. Lo que pasa es que ya no nos apetece estar juntos.

Por decirlo suavemente. Lo cierto era que Paula y él no se soportaban. Y en cuanto a portarse mal, no paraba de fantasear sobre la idea de con quién debía de estar saliendo ella a escondidas. Por su parte, sin duda, andaba al acecho puesto que tenía luz verde, pero de momento no había tenido éxito.

Los muchachos guardaron silencio, muy confusos. Simon aún tenía que tachar varias cosas pendientes de la lista, de modo que las soltó de un tirón.

—No voy a marcharme lejos, no voy a casarme con nadie, no voy a perderme ningún partido ni entreno, ni los cumpleaños o las Navidades. Voy a estar a vuestro lado, chicos, igual que siempre. Y siento mucho lo que está pasando. Tanto vuestra madre como yo lo sentimos muchísimo. Cuando nos casamos hace diecisiete años, ninguno de los dos imaginaba que esto podía ocurrir.

Un grupo de jovencitas se instaló en una mesa cercana y Buck las reconoció.

—¿Podemos irnos a casa? —preguntó tras un momento de silencio.

—Claro.

En casa, las cosas estaban siendo igual de complicadas. Janie ocupaba un extremo del sofá y Paula, el opuesto. Ambas habían llorado durante una hora entera. A Janie le había destrozado conocer la noticia. Paula se sentía fatal tras haberle soltado aquello a su hija y haber visto cómo se deshacía en un mar de lágrimas. Aún tenía los ojos rojos e hinchados cuando Simon y los niños regresaron.

Danny hizo caso omiso de su madre y su hermana, fue directo a su habitación y cerró la puerta de golpe. Buck se dejó caer en un amplio sillón frente al televisor. Simon besó a Janie en la coronilla pero no dijo nada. Ignoró a su mujer y ella hizo lo mismo con él. Estuvieron sentados mucho rato sin hablar, ambos mirando al suelo, a un cojín o a cualquier cosa que no les devolviera la mirada. Era un momento terrible y muy doloroso para la familia, pero Simon sabía que todos se recuperarían y saldrían adelante. Paula estaba dispuesta a aguantar el chaparrón durante otra hora más o menos; luego se iría a la cama y se despertaría habiendo superado un gran obstáculo.

Podían buscar un terapeuta para sus hijos. Sus vidas habían sufrido un parón momentáneo, pero cada día sería mejor que el anterior. Los padres estaban decididos a facilitarles las cosas con amor y atención, y a ayudarlos a crecer y madurar. Por lo menos, eso era lo que les decían constantemente.

Los padres también estaban decididos a apartarse cada uno del camino del otro.

Fue Paula quien por fin rompió el hielo.

—¿Qué tal la película?

Buck se encogió de hombros.

—Bueno.

—¿Quieres ver otra?

El chico volvió a encogerse de hombros y repitió la misma respuesta.

—Voy a hacer palomitas —dijo Simon, levantándose.

Esa noche, Chub estaba en su salsa. En una esquina del pub, un hábil jugador de billar de la localidad estaba en plena partida mientras los apostadores lo observaban sin ahorrarse los comentarios. Tres pantallas ofrecían partidos de la NBA, y la afición insultaba a los árbitros. En otra esquina, el reproductor de música funcionaba a todo trapo. Simon dio con un sitio en la barra y se situó frente a una pantalla de videopóquer. Valerie le sonrió desde la distancia y pronto apareció con un bourbon y ginger ale.

—¿A quién estás empapelando, Latch? —preguntó con una de sus formas de saludo habituales.

—A todo el mundo —contestó él con una sonrisa.

Valerie se alejó para meterse con otro cliente.

Simon necesitaba el alcohol y dio un gran trago. Miró hacia el televisor situado por encima de las botellas de licor. Los

Heat contra los Rockets, un partido sin mucho interés en el que había apostado quinientos dólares a favor de los Rockets y había acertado.

Era importante dejarse caer por el pub de Chub al menos una vez a la semana. Tenía que dar la impresión de que todo iba bien, de que seguía en el juego y no le afectaba el hecho de haber perdido seis mil trescientos dólares. Esa era la cantidad que le debía a Chub, además de otros mil cuatrocientos a un casino virtual con sede en el extranjero y, teóricamente, ilegal. Su gran remontada durante la Final Four no se materializó.

Chub acabó por aparecer, tal como Simon había previsto, y saludó con entusiasmo a los parroquianos mientras avanzaba hacia él.

—¿Qué te cuentas, abogado Latch? —preguntó con una amplia sonrisa.

—Lo mismo de siempre, Chub. ¿Qué tal tú?

—Estupendamente. Los jugadores pierden y el negocio va viento en popa. Pero me preocupan los federales. Si legalizan las apuestas virtuales, me quedaré con la mierda hasta el cuello. ¿Crees que será así?

—¿Quién sabe, Chub? El mundo del juego está en pleno cambio, tío.

—No me hables. Cada año hay nuevas reglas. En Las Vegas se están dejando un pastón en sobornos para que el Congreso proteja sus intereses, pero lo tienen crudo. Los indios están fuera de control con sus casinos. ¿Todo bien con las finanzas?

«¿Todo bien con las finanzas?» significaba: «¿Te das cuenta de que le debes seis mil trescientos dólares a la casa y aún no has empezado a pagar?». Y: «¿Te das cuenta de que nunca habías caído tan bajo?».

Simon le respondió con una sonrisa que había imaginado tranquilizadora, pero que resultó todo lo falsa que era.

—Claro, Chub, eso no me preocupa en lo más mínimo. ¿Y a ti?

—Si tú no estás preocupado, yo tampoco, Latch. Pero será mejor que vea algún progreso, ¿vale?

«Y, si no, ¿qué?». A Simon nunca le habían puesto la cuerda al cuello y no le gustó verse presionado. Le dirigió una mirada muy seria a Chub y volvió a centrar la atención en su pantalla de póquer. El propietario del pub no dijo nada más y se mezcló con la multitud. Se rumoreaba que ocultaba un lado desagradable, que estaba en contacto con un sindicato del crimen de New Jersey, que tenía intereses en clubes de striptease de Florida, etcétera. Chub mantenía sus asuntos en privado, pero a su alrededor los rumores se esparcían de todos modos. A la mayoría de los delincuentes les gustaba lucir un halo sospechoso.

Francamente, Simon siempre se había burlado de las conjeturas que equiparaban a Chub con una especie de pez gordo de la mafia con ambiciones. Lo conoció quince años atrás, cuando abrió su primer bar a tan solo tres manzanas de distancia, y desde entonces siempre había sido su corredor de apuestas. Chub ganaba mucho dinero con las apuestas y el videopóquer, y sus clubes eran populares. Se mantenía al margen de las drogas y estaba haciendo pinitos en el negocio inmobiliario con los centros comerciales y los edificios de apartamentos. Simon solo lo sabía por encima, porque Chub trataba con otro abogado para sus asuntos legales, un tipo turbio con quien él procuraba no tener nada que ver.

Salió del bar, se dirigió a su despacho, subió por la escalera de atrás y entró en El Armario casi a las dos de la madrugada. Se quedó en bóxer, se tumbó en la cama (un mueble barato que había rescatado en un mercado de segunda mano) y se dedicó a mirar el techo. La única luz era un haz mortecino procedente de una farola de Main Street. En la ciudad no había tráfico a esas horas, y reinaba un silencio sepulcral.

Dieciocho años en la abogacía y ahí estaba, en un simple camastro con un colchón endeble, sin somier y con unas sábanas que no había lavado desde hacía semanas. Se escondía en un apartamento improvisado y diminuto porque…, bueno, porque ese espacio le pertenecía y no tenía ningún otro sitio adonde ir. Quizá, cuando terminaran los trámites del divorcio, se confirmaran los rumores y toda la ciudad supiera que Paula y él habían roto, encontraría un piso de verdad que incluyera espacio para una placa de cocción y una nevera de tamaño normal. Mientras tanto, a un kilómetro y medio de distancia, su familia dormía cómodamente en una bonita casa que Paula y él habían comprado ocho años atrás gracias a una cuantiosa hipoteca para la que apenas reunían las condiciones porque ya en esa época iban muy justos de dinero. A la hipoteca en cuestión le quedaban veintidós años de pago, con dos mil ochocientos dólares de cuota mensual, durante doce meses al año sin excepción, y estaban a punto de cargarlo a él con la obligación de sufragarla centavo a centavo. Pensaba renunciar legalmente a la casa en favor de Paula, pero tendría que continuar pagando porque su familia se había acostumbrado a vivir a lo grande.

Con respecto a la economía, estaba sin blanca y la cosa no tenía visos de mejorar.

¿Merecía la pena? ¿Alejarse de Paula y dejar a los niños compensaba una vida de pobreza? Se dijo que así era, que solo tenía cuarenta y dos años y era más que capaz de recuperar con creces su posición. Pero ¿qué posición? Los dieciocho primeros años de su carrera no le habían generado riquezas precisamente. ¿Por qué iban a ser distintos los dieciocho siguientes?

Necesitaba otra copa. Se levantó y fue a su despacho de la planta baja, donde escondía las botellas en un armario bajo llave.

# 12

La cuarta comida tuvo lugar en un restaurante coreano algo más estiloso que, según había oído Simon, era excelente. Había manteles y servilletas de lino, y un ambiente más tranquilo que en algunos de los anteriores antros. Hasta el momento habían hecho una cata de Grecia, Tailandia y Afganistán, y, aunque Netty estaba disfrutando muchísimo con los platos, no se sintió impresionada por la amplia variedad gastronómica. Además, daba la impresión de estar más que dispuesta a dejar que Simon corriera con todos los gastos, cosa que él hizo despotricando para sus adentros. Las comidas formaban parte de su gran estrategia de seducción.

Ella estudió atentamente el menú, y se sintió sobrepasada por completo. Simon volvió a hacerse cargo de todo y pidió varios platos tradicionales: *mandu*, unas empanadillas fritas rellenas de carne de cerdo picada; *noodles japchae*, unos fideos traslúcidos muy finos acompañados con setas, zanahorias y espinacas troceadas, y el favorito de todos: pollo frito a la coreana, todavía más crujiente tras haber sido rebozado con harina de arroz. Simon se aseguró de que el camarero comprendiera que deseaban tomar la versión más suave de esa receta. La más picante estaba dando de que hablar en toda la ciudad.

Durante la segunda comida, Eleanor le había dejado claro

que no tomaba alcohol, así que nada de vino. Animó a Simon a pedirse una copa si le apetecía, pero él no solía beber a mediodía. El alcohol hacía que por la tarde sintiera pesadez.

Cuando el camarero se hubo marchado, Simon decidió ir directo al grano.

—No hemos llegado a hablar de las últimas voluntades, ¿verdad?

—¿Qué quieres decir?

—Bueno, cuando el señor Korsak murió de repente, ¿quién tomó el mando y se ocupó de las decisiones importantes sobre el funeral y el entierro?

—Ay, Dios. —Se le humedecieron los ojos y apartó la mirada—. ¿De verdad crees que es momento de eso?

—Me temo que sí. Como tu albacea, y en ausencia de miembros de la familia, tendré que tomar esa clase de decisiones. A menos, claro está, que quieras que lo haga otra persona.

—Ay, no, Simon. Confío en que te encargues tú.

—Gracias. Aprecio tu confianza, Netty. ¿Cuál será la funeraria?

—Cupit & Moke, en el centro de la ciudad. Creo que siguen al frente del negocio.

—Ah, no, los dos murieron, pero siguen llevándolo sus familiares. ¿Te importa si echo un vistazo a la póliza?

—¿Por qué? Ni siquiera sé si seré capaz de encontrarla. No pensaba tener que echar mano de ella tan pronto. —La mujer soltó una carcajada ante su propia broma, y Simon le siguió la corriente y rio sin ganas.

—¿Tu tumba está al lado de la de Harry? —preguntó él.

—Exacto. En Eternal Springs, el cementerio. Es el más bonito de los alrededores. Voy de visita una vez al mes y llevo flores. Bueno, no todos los meses, pero casi.

—¿Y la parcela está al corriente de pago?

—Ah, sí, que yo sepa. Hace siglos que no veo ninguna factura.

—Supongo que la póliza cubre los gastos funerarios habituales, el ataúd y demás.

—Seguro que sí. El ataúd de Harry era precioso, de roble, y se tuvo que pagar aparte.

—Repito que me gustaría ver la póliza —dijo Simon—. Hoy día se tiende a no seguir las pautas de un entierro tradicional. Muchos clientes optan por ser incinerados. ¿Has oído hablar de ello?

—Lo he leído en alguna parte. Dottie Watson, del club de póquer, murió hace dos años, y la incineraron y la metieron en un nicho de un mausoleo. En aquel momento pensamos que la familia lo había hecho para ahorrarse dinero.

—Mi mujer y yo queremos que nos incineren —prosiguió Simon—. Es más fácil, más rápido y mucho más barato. Además, es respetuoso con el medio ambiente. Piensa en los millones de personas que han muerto y han sido embalsamadas, y ahora esas sustancias químicas están yendo a parar al agua potable. Se avecina un desastre medioambiental.

Eleanor, que estaba a punto de dar un sorbo de agua, se quedó petrificada y dejó el vaso.

—No lo había pensado —dijo horrorizada.

—Es cierto. Cuando una persona muere, los de la funeraria rellenan el cuerpo con toda clase de sustancias químicas como el formaldehído, el fenol, el metanol y la glicerina, solo para que se conserve hasta el funeral. Es realmente ridículo. Casi cuatro millones de litros de esos componentes acaban calando en la tierra todos los años. Con el tiempo, cuando el cuerpo se descompone, los productos se liberan y se filtran sin importar la clase de ataúd que se use.

—Nunca habría pensado que... —Se interrumpió.

—La solución es la incineración, y está claro que es la tendencia actual, por lo menos en este país. Te enviaré artículos de periódicos.

—¿No se usa ataúd ni nada?

—No, nada. Se introducen las cenizas en una urna crematoria y la entierran en un mausoleo o un columbario.

—¿Un qué?

—Un columbario. Es una estructura donde se colocan las urnas crematorias.

Mientras en el ambiente reinaban los pensamientos sobre restos en descomposición, llegaron los *mandu* servidos en una bandeja. Eran unas empanadillas de arroz, pequeñas y redondas, que olían de maravilla.

—Cambiemos de tema —propuso Netty.

—Buena idea.

Simon se las apañaba relativamente bien con los palillos, pero a Eleanor le faltaba mucha práctica. Él le sugirió que recurriera al tenedor y ella aceptó encantada. Las ocho pequeñas empanadillas desaparecieron en cuestión de minutos, justo cuando servían los fideos y el pollo frito. Eleanor no había mostrado demasiado entusiasmo por el kebab de Afganistán ni por los rollitos de huevo picantes de Tailandia, pero devoró el pollo crujiente. Y, en opinión de Simon, le hacía falta comer. Se la veía muy delgada y frágil, no enfermiza pero sí con necesidad de ganar unos kilos.

El camarero era un joven norteamericano de origen coreano con acento de Jersey. Mientras despejaba la mesa, Simon le preguntó:

—¿Algún postre típico que esté rico?

—Ahora mismo lo traigo —dijo él, seguro de sí mismo—. ¿Café?

—Por supuesto.

Eleanor pidió un té especiado.

Al cabo de cinco minutos, el camarero estaba de vuelta con un platillo de barritas de sésamo con miel. Eleanor mordió una, arrugó la nariz y dio un sorbo de té.

—¿Hemos terminado con la conversación sobre las últimas voluntades? —preguntó Simon.

—No lo sé. ¿Tú qué crees? No estoy muy convencida de lo de la incineración. ¿Seguiría siendo posible que me enterraran al lado de Harry? Él y yo nunca hablamos mucho sobre la idea de descansar en paz en la misma parcela.

A Eleanor volvieron a humedecérsele los ojos. Simon la escuchó con una sonrisa. Tenía clarísimo que Paula y él no pasarían la eternidad el uno junto al otro.

—Seguro que podrán enterrar tus cenizas al lado de Harry —dijo.

—Pero sin ataúd ni nada, solo en un jarrón, o una cajita, o...

—Urna. Una urna crematoria. Hay miles de modelos entre los que elegir. Es mucho más sencillo y también más barato.

—Bueno. Deja que lo piense.

—No hay ninguna prisa, Netty.

—Espero que no, la verdad —repuso ella con una risa demasiado estridente.

# 13

Un perfecto día de primavera de finales de mayo, Simon salió de su despacho a las cuatro mientras Matilda batallaba con el teléfono. El abogado se alegraba de que el aparato siguiera sonando sin parar, aunque eso significara que a la mañana siguiente tendría un montón de llamadas por devolver. Por alguna extraña razón, su actividad había entrado en una racha de mucho trabajo después del último periodo de calma y le estaba reportando unos honorarios suculentos. Pero tenía pendiente el divorcio, y eso le costaría un dinero del que no disponía. Además, la situación en el pub de Chub no había mejorado. Apostar en los partidos de la NBA, de nuevo, estaba resultando más difícil que la NCAA.

La verdad era que tenía muchas ganas de jugar nueve hoyos de golf por primera vez en varias semanas, pero el fútbol lo llamaba. Al equipo sub-10 de Janie, el Slash, le quedaba un partido más en el complejo deportivo, un lugar que estaba empezando a aborrecer. Pero no se atrevía a saltarse la cita porque su hija se daría cuenta antes de empezar de que él no estaba. Paula, por supuesto, llegaría puntual, en parte para demostrar que era la más diligente de los dos padres. ¿A quién le importaba? No iban a pelearse por la custodia.

Dio con el campo (había una docena y en todos se disputaban partidos) y vio a Paula sentada sola en un extremo.

—¿Cómo van? —preguntó situándose a su lado sin mirarla.

—Uno a cero. Janie ha marcado un gol en los primeros treinta segundos. Te lo has perdido.

—Anótalo en tu marcador.

—Es muy buena, la verdad. Su entrenador quiere ficharla para una gira de verano.

Simon hundió ligeramente los hombros a la vez que exhalaba un suspiro de frustración.

—¿Una gira? O sea que nada de vacaciones. ¿Cuántos partidos se juegan?

—Muchísimos. Son seis fines de semana de torneos. Washington, Baltimore, Charlotte, Atlanta... No me acuerdo del resto.

—Estupendo. Y supongo que ya has dicho que sí.

—No. Lo ha mencionado por primera vez esta mañana a la hora del desayuno.

—¿Cuánto cuesta?

—Cuatro mil doscientos.

—Lo dirás de broma.

—No. Hay que pagar uniformes bonitos, viajes, cuotas de torneos y todo lo necesario. Además, el entrenador cobra.

—¿Un entrenador que cobra? La niña tiene nueve años, Paula.

—Sí, ya lo sé.

Aún no se habían mirado a la cara. Un mes atrás, más o menos, estaban sentados juntos en las gradas y la conversación derivó en una discusión. Era mejor que se mantuvieran alejados de los otros seguidores.

—Seguro que Janie quiere pasarse el verano jugando al fútbol —dijo él.

—Eso creo. Su terapeuta dice que quiere estar lejos de casa todo lo posible.

—¿Su terapeuta?

—Sí. Ha tenido dos sesiones.

—¿Por qué yo no sabía nada?

—Porque no has estado en casa. Soy yo quien los está educando, y sola, al parecer.

A Simon le entraron ganas de ponerse a gritar y a soltar improperios, pero supuso que eso alteraría el partido y su hija se sentiría fatal. Además, solo serviría para que Paula tuviera más argumentos a su favor. Debía mantenerse ecuánime en todo momento. Apretó los dientes y se obligó a sonreír.

—¿Cuánto cuesta el terapeuta?

—Doscientos cincuenta la hora.

Unos honorarios equivalentes a los del honorable Simon F. Latch, letrado y asesor jurídico. Tragó saliva.

—¿Alguien más de la familia va al loquero, aparte de Janie y tú? —preguntó con todo el sarcasmo de que fue capaz.

—De momento no. Voy a proteger a los niños, Simon. Cueste lo que cueste.

—Lo dices como si yo fuera a hacerles daño.

—El divorcio en sí ya les hace daño.

—Y lo hemos decidido de mutuo acuerdo, ¿verdad? Los dos queremos divorciarnos.

—Cuanto antes mejor.

El balón de fútbol rebotó cerca, fuera del campo, y Janie lo recogió para devolverlo al terreno de juego.

—¡Bien jugado, Janie! ¡Sigue así! —gritó Simon con todas sus fuerzas.

Por supuesto, la niña hizo como que no oía sus palabras de ánimo. Simon miró a Paula y esta puso los ojos en blanco con gesto asqueado. Menuda bruja. Ni siquiera le permitía aclamar a su hija en condiciones.

Simon sabía que las opciones de que Janie ganara un simple dólar jugando al fútbol eran tan escasas como que él se hiciera multimillonario gracias a un fallo contra un gigante farmacéutico. Pero sus sueños habían terminado, mientras que los de Janie acababan de empezar.

—¿Algún comentario sobre el acuerdo de distribución de bienes? —preguntó él para cambiar de tema y dejar de hablar del fútbol.

¿Por qué había elegido precisamente eso?

Ella suspiró y miró alrededor para comprobar que estaban solos.

—¿De verdad este es el mejor sitio?

—Nadie nos oye. ¿Prefieres que me pase por casa y lo hablemos delante de los niños?

—¿Quién lo ha redactado?

—Yo. Ya te lo dije.

—Lo suponía. Estaré más tranquila si lo revisa un abogado contratado por mí, pero no me fío de ninguno de por aquí porque los conoces a todos.

—Pues claro. Digamos que es inherente al desarrollo de la actividad profesional. Pero el simple hecho de que conozca a un abogado no significa que me fíe de él. De hecho, desconfío prácticamente de la mitad de los que hay en la ciudad, y la mayoría no me caen bien.

—Buscaré uno por mi cuenta.

—Estupendo. Y págale cinco mil dólares para que le encuentre muchas pegas a un convenio que es sencillo y justo, y que incluye todo lo que ya hemos acordado de antemano, ¿vale?

—Estás levantando la voz, Simon, por favor.

El partido se hizo eterno. A Simon le hervía la sangre, Paula estaba que echaba chispas y los dos tenían ganas de largarse pero ninguno quería ser el primero, porque Janie se daría cuenta al instante. Hacia el final del partido, la niña marcó el tercer gol. Su padre fingió un grito de entusiasmo mientras se preguntaba cuánto dinero iba a costarle. Cuando el balón salió del campo en el otro extremo, dio media vuelta y se marchó sin pronunciar palabra.

# 14

A la semana siguiente, un caballero más bien beligerante, mal vestido y que apestaba a alcohol entró armando escándalo en la recepción del bufete de Wally Thackerman, situado frente al edificio de Simon, en el lado opuesto de Main Street.

Fran, la secretaria, que tenía años de experiencia tratando con gentuza de la calle, reaccionó rápidamente.

—¿En qué puedo ayudarlo? —preguntó.

—Quiero ver a Wally Thackerman, el abogado —exigió el hombre.

—¿Tiene una cita?

—¿No eres tú la que programa las citas? Pues claro que eres tú, y si fueras un poco más espabilada sabrías que no, no tengo ninguna cita. Pero tampoco pienso irme.

—Muy bien. ¿Puede decirme su nombre y a qué se dedica?

—Me llamo Clyde Korsak y a lo que yo me dedique no es asunto tuyo.

—Como quiera, pero es que resulta que el señor Thackerman está con un cliente en este momento. No me importa reservarle una cita para mañana, digamos sobre las tres.

—Ah, qué eficiente. Pues no volveré mañana porque no me voy a ir. Ese cabrón me recibirá ahora mismo porque no pienso largarme de aquí.

Wally, que se hallaba en la biblioteca del bufete, más cercana a la recepción que su despacho, oyó un vozarrón acalorado y se acercó a inspeccionar.

—¿Va todo bien, Fran? —dijo, asomándose desde el pasillo.

—¿Eres tú Thackerman? —gruñó el hombre.

—Pues sí, soy Walter Thackerman. ¿Y usted, señor, quién es?

—Soy Clyde Korsak, el hijastro de Eleanor Barnett, y tenemos que hablar.

Fran fue rápidamente a preparar café, no porque Clyde lo hubiese pedido, sino porque le pareció necesario en ese momento. Wally lo acomodó en la biblioteca, junto a la gran mesa, y se las arregló para mantener con él una charla intrascendente mientras esperaban el café.

El hombre daba miedo. Había cumplido a regañadientes los cincuenta, pero seguía aferrado a los treinta, con una melena densa y grasienta mal teñida de oscuro que le llegaba hasta los hombros, al estilo de un roquero de los años ochenta que aún seguía las giras de pequeño formato. Tenía ambos antebrazos cubiertos con tatuajes llamativos y una especie de araña verde que le trepaba por el cuello. Los ojos, hinchados y enrojecidos, estaban surcados de arrugas, igual que la frente. Llevaba baratijas alrededor de las muñecas y las orejas adornadas con sendas cruces de oro. Chupa de cuero negro envejecido y botas de motero.

Wally se planteó llamar a la policía antes de sentarse con él.

—Madre dice que le estás llevando lo del testamento y demás.

«¿Madre?». Cuando Wally asesoró a Eleanor Barnett, le había preguntado acerca de los hijos, claro, como era habitual. Ella dijo que no tenía ninguno. Wally recordaba vagamente algún comentario sobre un hijo, o quizá dos, de Harry Korsak, pero no habían entrado en detalles.

—Hummm, mire, señor, yo no recuerdo que Eleanor mencionara a ningún hijo. Estoy seguro de que dijo que no tenía ninguno.

—Eres un puto mentiroso.

—No miento. ¿Dice que es su hijastro?

—Sí, y mi hermano también. Ella nos crio, con ayuda de papá, claro.

Fulminó a Wally con la mirada, y este se sintió más y más incómodo.

—Madre dice que has estado ayudándola con el testamento. ¿Es cierto?

Wally sintió cómo una ola de indignación se adueñaba de él al ver agraviada su ética profesional.

—Mire, señor, no puedo decirle nada de lo que la señora Barnett me ha contado. Es confidencial. Ella es mi clienta y no puedo hablar de sus asuntos legales.

Dio la impresión de que Clyde iba a explotar justo en el momento en que Fran entró con una cafetera llena y dos tazas.

—Señores, aquí tienen café recién hecho —dijo la secretaria con voz alegre.

Lo sirvió con torpeza y ellos ignoraron la bebida por completo.

—¿Quiere que tome notas? —le preguntó Fran a Wally.

Una idea fantástica. Nunca había tomado notas durante una reunión con un cliente, pero ese caso requería unas reglas más estrictas. Quizá Wally necesitara un testigo, o peor, alguien capacitado para llamar a emergencias. Fran se sentó al final de la mesa con el bolígrafo a punto. Clyde no le prestó ninguna atención.

—¿Le has escrito un nuevo testamento a madre? —preguntó con exigencia.

—Señor, revelar información de un cliente es motivo de inhabilitación. Podría perder la licencia de abogado.

Clyde soltó una risa burlona.

—Anda, sí que eres listo. ¿Y los dientes? ¿Has pensado que podrías perderlos? Y también algunos litros de sangre.

Wally consiguió hacer caso omiso de la amenaza, o por lo menos mantuvo la compostura.

—Ella sí que puede contárselo, pero yo no. ¿Le ha preguntado?

—Sí, pero no se acuerda. Dice que metiste demasiadas palabrejas legales y no está segura de quién va a heredar las cosas. A mí me toca una parte del dinero porque lo ganó papá. Él sí que tenía cerebro, no como esa vieja piltrafa.

Por una fracción de segundo, Wally miró a Fran a los ojos. «Llama a la policía», le dijo con la mirada. Ella pulsó una tecla. En teoría, los refuerzos estaban en camino.

De un bolsillo oculto de su chupa de cuero, Clyde sacó una pistola, una pequeña automática de color negro brillante, y la depositó en la mesa frente a él sin hacer comentarios. No fueron necesarios. Wally miró el arma y se sintió desfallecer. Fran volvió a accionar la tecla una y otra vez.

Lo primero que le vino a la cabeza a la secretaria fue una idea rara que luego recordaría: Wally recibiría el primer disparo, y eso tal vez le concedería a ella un par de segundos para huir. Pero enseguida se avergonzó de haberlo pensado y no se lo contó a nadie.

—Quiero ver el testamento de madre —exigió Clyde.

Wally respondió con la mayor calma posible.

—Guárdese esa pistola, señor Korsak, a menos que quiera acabar en la cárcel.

—¡Ja! Ya he estado en la cárcel. No me da miedo.

—Guarde la pistola, señor.

—Papá nunca nos dijo cuánto dinero tenía, y, desde luego, a nosotros no nos dio ni un centavo.

—Por favor, guarde la pistola.

—Me parece que no hemos terminado. Quiero ver el testamento.

—No está aquí. Guardo los documentos de mis clientes en una caja fuerte del banco.

—Ah, ya, qué inteligente. Y a esta hora los bancos están cerrados, ¿verdad? Pero si vengo por la mañana, me acompañarás sin poner pegas y le echaremos un vistazo a ese testamento, ¿a que sí?

—Claro, siempre que Eleanor me autorice.

—Tienes respuesta para todo, ¿verdad?

Clyde cogió una de las tazas de café y parecía que iba a dar un sorbo cuando, de repente, arrojó la bebida sobre Wally. La taza estaba llena y el café, caliente, y quedó esparcido por la camisa blanca y la cara del abogado sin que tuviera tiempo de reaccionar.

—¡Mierda! —gritó.

—¡Eres un hijo de puta! —gritó Clyde a su vez.

—¡Parad ahora mismo! —gritó Fran, pero Clyde se lanzó contra Wally y le dio un bofetón en la nariz con el dorso de la mano que lo tiró de la silla al suelo.

El abogado intentó levantarse, pero Clyde se abalanzó sobre él y se lo impidió a bofetada limpia. Los dos hombres estaban en la cincuentena, pero Clyde tenía mucha más experiencia en peleas que Wally. La emprendió a insultos y gritos mientras golpeaba al abogado, y parecía decidido a matarlo a puñetazos cuando, de repente, se oyó un disparo que sonó como un cañonazo y dejó paralizados a los dos hombres.

Fran había cogido la pistola y apuntaba al techo, donde se había alojado la primera bala.

—¡Fuera de aquí! —le gritó a Clyde, y este se levantó despacio mientras miraba la pistola, boquiabierto.

Wally se arrastró por debajo de la mesa y salió por el otro lado. La nariz le sangraba con profusión.

—¡Fuera de aquí! —repitió la secretaria, y señaló la puerta agitando la pistola.

—Devuélveme eso —dijo Clyde sin mucha energía.

—Ah, claro, ahora mismo. ¿Dónde quieres la bala? ¿Entre los ojos o en las pelotas?

Clyde se estremeció de forma instintiva.

—Vete ahora mismo —le ordenó Fran—. Ya me encargo yo de entregársela a los agentes cuando lleguen dentro de un minuto. Mi hijo es policía.

No era cierto, pero sonó auténtico. Tal vez Clyde se lo tragó, quizá el hijo de Fran le había enseñado a disparar. Fuera como fuese, había llegado el momento de largarse antes de que algo acabara mal.

—Volveré —masculló como un mal actor, y desapareció dando un portazo.

A las cinco y media de la mañana, Simon estaba durmiendo, como de costumbre, cuando le sonó el móvil junto a la cama. Era Matilda. Jamás lo había llamado a esas horas, por ninguna razón.

—He pensado que te gustaría echarle un vistazo al *Gazette* en internet. Parece que ayer por la tarde agredieron a tu colega Wally Thackerman en el bufete. Aún está en el hospital, pero pronto le darán el alta.

—Sigue.

—¿Nos suena el nombre de Clyde Korsak? Diría que un poco.

—Sí, es el hijastro de Eleanor Barnett. ¿La recuerdas? Vino hace unos meses, quería hacer testamento.

—Ah, sí. Creía que habíamos cerrado el expediente.

Pues no.

—No logró decidirse. Tiene demencia. Es una viuda con dos hijastros que quieren dinero.

—Bueno, el tipo está en la cárcel por la agresión. ¿A que no sabes por qué atacó a Wally?

—Ni idea. Supongo que ejercemos una profesión de riesgo.

—Ten cuidado. Nos vemos a las ocho y media.

El *Gazette* era un periódico local con muchos cupones de descuento y pocas noticias, aunque lo cierto era que no había gran cosa de que hablar dejando aparte las necrológicas y los resultados del fútbol americano. Una paliza a un abogado de la ciudad era algo demasiado bueno como para dejarlo pasar, y el titular prácticamente gritaba la noticia: ATACAN A UN ABOGADO EN SU DESPACHO. EL CULPABLE HA SIDO DETENIDO.

La palabra «atacan» era mucho más efectista que «agreden». Aparecía una foto antigua del honorable Walter Thackerman, sacada de un directorio de abogados, pero ninguna imagen policial del agresor. Lo habían identificado como Clyde Korsak; se desconocían su edad, dirección y profesión. Lo acusaban de agresión con circunstancias agravantes y varios delitos de armas, además de embriaguez en vía pública y resistencia a la autoridad. La fianza ascendía a doscientos cincuenta mil dólares, lo cual era mucho dinero por los supuestos delitos, pero la víctima era un abogado y el colectivo tenía que protegerse. El acusado había sido citado en los tribunales ese mismo día, más tarde.

Simon se puso la bata y bajó a la cocina del despacho para preparar una cafetera mientras trataba de asimilar la noticia. Tenía que hablar con Eleanor, pero esperaría a una hora decente. Era un suceso impactante que podía tener muchas consecuencias. La agresión no podía derivar en nada bueno.

Sin embargo, mientras prestaba atención al siseo y el goteo de la cafetera, consiguió encontrar algo de cómico en el suceso. Al pobre Wally le habían dado una paliza por redactar el borrador de un testamento que había sido revocado de forma discreta, y ni él ni su agresor tenían la más remota idea.

Pero enseguida dejó de verle la gracia. Aquello podía complicarse de muchas maneras.

Se sirvió una taza, se la llevó al despacho, encendió el ordenador y empezó a leer los comentarios sobre lo ocurrido.

Jacknut: «Yo digo que organicemos una revuelta y ataquemos todos los bufetes. ¡A las armas, compatriotas! ¡Tenemos que protegernos de la ley y los abogados!».

Ole Possum: «¿A qué viene semejante fianza por una agresión? ¡Joder! Incluso a los asesinos los cargan con menos. ¿Es posible que sea otra artimaña del sistema judicial para protegerse a sí mismo?».

Katty Kate: «Ya era hora de que alguien le parara los pies a ese imbécil. Hace diez años, dejó bien jodida a mi familia por culpa de un mal acuerdo de venta de unas tierras. Debería llevar mucho tiempo entre rejas».

Slasher: «Hace seis años tuve un accidente de coche y cometí el error de contratar a Wally Thackerman para emprender acciones contra la compañía de seguros. Se olvidó del caso y dejó que prescribiera. Al final conseguimos saldar el asunto de forma confidencial y así pudo conservar la licencia. No volvería a contratarlo ni para fregar el suelo».

Finalmente, Miss Preen había escrito: «Parad ya. Wally es una persona encantadora y mi abogado desde hace muchos años. Espero que las lesiones no sean graves».

Tres tazas de café más tarde, a las ocho en punto de la mañana, Simon telefoneó por fin a Eleanor. Cuando sonó el cuarto tono de llamada, volvió a preguntarse qué hacía esa mujer con el móvil. No se aclaraba mucho. Era habitual que se equivocara de número, y muchas veces cortaba la comunicación a media frase y esperaba de Simon que le devolviera la llamada de inmediato y se disculpara por la interrupción. Solía olvidarse de llevar puestos los audífonos, por lo que le gritaba al auricular y exigía que él le respondiera también casi a gritos. La mitad de las veces, si no más, las llamadas iban a parar al contestador, y Simon pronto aprendió a prescindir de los mensajes de voz.

—¿Diga? —se oyó por fin con voz débil.

—Buenos días, Eleanor, soy Simon. ¿Estás bien?

—No mucho. ¿Te has enterado?

—Sí, por eso te llamo. ¿Has visto a Clyde?

—Por desgracia sí. Tenemos que hablar, Simon. Necesito ayuda. Ya me ha llamado tres veces esta mañana y quiere dinero, veinticinco mil, para salir de la cárcel. Y me ha hablado muy mal. Creo que es peligroso.

Evidentemente.

—Eleanor —dijo Simon—, estoy dispuesto a ir a tu casa ahora mismo para hablar de esto.

—No. Iré yo a tu despacho.

Parecía muy decidida.

—De acuerdo. Ven cuando quieras durante la mañana. Cuanto antes, mejor.

—Muy bien. Ya estoy vestida y preparada. Llegaré dentro de media hora.

—Vale. También estará Matilda, o sea que cuidado con lo que le dices.

—¿Quién es Matilda?

# 15

Lo último que Eleanor había sabido de Clyde era que estaba en Irak, trabajando para las Naciones Unidas y tratando de reparar los desastres causados por la guerra. Según le dijo, se encontraba en una zona verdaderamente peligrosa donde todos los días había tiroteos, y solo quería hablar con ella para que supiera que estaba haciendo algo importante. De eso hacía varios años. Como de costumbre, no se creyó ni una palabra. Una llamada hecha desde ve a saber dónde casi siempre precedía a otra en que le pedía dinero.

Dos noches atrás había vuelto a llamarla. Le dijo que estaba allí de paso y le pidió si podía dormir en el sofá de su casa. Antes de que ella lograra negarse o evitarlo de algún modo, lo tenía aporreando la puerta de entrada. La historia entre ambos era complicada, llena de tensiones y desconfianza, y centrada por completo en el hecho de que él era un embaucador que nunca había tenido un verdadero empleo, estaba siempre sin blanca y solía andar un paso por delante de la ley. Llevaba veinte años convencido de que Harry, su padre, le había dejado en herencia un montón de dinero a la viuda. Era cierto, aunque Eleanor nunca lo confirmó. Harry se empeñó en que ni Clyde ni su hermano, Jerry, recibieran ni un centavo de sus bienes.

Ella le preparó un cuenco de sopa de tomate, y él se la tomó y quiso dos más. Como siempre, comió como un cerdo y se limpió la boca con la manga. Eleanor le dijo que no podía quedarse a dormir en el sofá ni en ninguna otra parte de la casa, y discutieron. La mujer tenía miedo de su fuerza física y pensó en llamar a la policía, pero optó por marcharse a su dormitorio, cerrar la puerta con llave y pasar la noche en blanco mirando a través de las rendijas de la persiana por si veía su coche alejarse por el camino de entrada. No fue así. Cuando, a la mañana siguiente, se aventuró a salir de la habitación, Clyde estaba cómodamente instalado en la cocina con una cafetera y el periódico matutino.

Charlaron, y la conversación fue cordial pero forzada. Entonces, Eleanor cayó en la cuenta de que había olvidado cerrar con llave la puerta del pequeño despacho donde tenía un escritorio y algunos archivadores. La puerta estaba entreabierta. Había dos testamentos: el que preparó Wally Thackerman y ella firmó cuatro meses atrás, y el redactado por Simon hacía dos. El contenido del segundo contradecía e invalidaba el primero, aunque el pobre Wally no tenía ni idea. Ambos estaban guardados en una caja fuerte ignífuga, junto con la escritura de la casa, la titularidad del coche, el seguro de decesos, el seguro de invalidez, el seguro de vida y algunos documentos más que consideraba importantes. La caja fuerte estaba oculta en el fondo del armario.

Sobre el escritorio de su despacho, había una pila de facturas actuales y una bandeja con cartas, artículos y otros papeles de los que había optado por no deshacerse por el momento, aunque al cabo de un año más o menos casi todo habría ido a parar a la basura. En el cajón central estaba su talonario de cheques, emitido por el Security Bank, que mostraba un saldo de un poco más de tres mil cien dólares. El cajón no estaba cerrado con llave y habría resultado de fácil acceso a cualquiera lo bastante entrometido para merodear por allí.

No lo invitó a desayunar, aunque él dijo por lo menos dos veces que tenía hambre. Reunió el coraje para soltarle con pocos preámbulos que estaba abusando de su hospitalidad y que era hora de largarse. Él le pidió prestados cinco mil dólares y ella se los negó de plano. Por fin salió de la casa hecho una furia, y Eleanor avisó de inmediato al cerrajero y cambió todas las cerraduras de la casa salvo la de la caja fuerte.

Sobre el escritorio, en la bandeja del correo y debajo de una pila de, al menos, cuatro dedos de correspondencia variada y otros documentos, la mayoría de los cuales no recordaba por qué había guardado, dio con el problema. Era una carta del bufete de Walter J. Thackerman, en la que se leía lo siguiente: «Ayer la llamé dos veces y el día anterior, una. Nos veremos el martes a las tres de la tarde en mi despacho para terminar de redactar el testamento».

En ese punto de su relato, Simon no pudo evitar interrumpirla.

—¿Has dejado alguna carta mía encima del escritorio, Netty?

—Ah, no. Lo he comprobado.

Se sintió aliviado. No quería pasarse los siguientes cinco meses pendiente de llevar una pistola en el bolsillo o de tenerla a mano.

La mujer prosiguió con una explicación de lo que era evidente. Clyde había registrado su escritorio durante la noche y había encontrado la carta de Wally. Cuando se marchó, ella revisó cada documento del despacho y no encontró nada que pudiera causar problemas. A continuación, se deshizo de todo.

—Era solo basura, cosas que no necesito. ¿Qué voy a hacer, Simon? —preguntó con voz suplicante—. Está sentado en una celda y no tiene a nadie que lo ayude.

—Pues que se aguante, Netty. Ya ha estado allí otras veces y se lo merece. Ese hombre es peligroso. Va por ahí con un arma y está desesperado.

—¿Podrá recuperar la pistola?

—Lo dudo.

—¿Lo condenarán?

—Es lo más probable. Los jueces miran con muy malos ojos a los maleantes que agreden a abogados en sus bufetes. Además, es un delincuente peligroso con un arma de fuego. Le caerán unos cuantos años.

—En fin, supongo que es algo bueno. Me da miedo.

—¿Su hermano pagará la fianza?

—No lo sé. Jerry vive en alguna parte de Florida y no tienen mucha relación, o por lo menos antes no la tenían.

Matilda se había quitado los zapatos de tacón y andaba de puntillas por el edificio, buscando los mejores sitios para poner la oreja. Sin embargo, Simon y la señora Barnett estaban en una pequeña sala de reuniones con una moqueta gruesa y los conductos de ventilación en el suelo. Nada transmitía el sonido de sus voces.

—No contestes al teléfono, Netty —dijo Simon bajito—, y no te acerques a la cárcel. Y, por favor, no hables con Wally aunque te llame.

—¿Por qué iba a llamarme?

—No lo sé, pero es posible que esté preocupado por el testamento y el revuelo que se ha armado. Si corre la voz de que lo han agredido porque redactó el testamento de una clienta cuyo hijastro está descontento, todo el mundo querrá saber qué pone en el documento, y eso es lo último que él desea. No olvides, Netty, que se ha procurado nada más y nada menos que medio millón de dólares en efectivo.

—Estoy confundida. Ese testamento ya no es válido, ¿verdad?

—No es válido ni inválido. Está ahí, esperando a que te mueras.

—Ay, Dios.

—Siento ser así de directo. Un testamento no sirve de nada a menos que se legalice tras la muerte del titular. El documento que yo he redactado revoca expresamente el que preparó Wally, de manera que ese quedará invalidado. Pero él no lo sabe, claro.

—Lo más honesto es que se lo digamos. Acaban de darle una paliza por nada.

—Le han dado una paliza porque Clyde es idiota. No, la ley no exige que tú, yo ni nadie le diga a Wally que tienes otro testamento que invalida el que él redactó.

—Me parece un engaño muy feo.

—Es posible, pero tienes tus motivos. Y, por desgracia, hay muchas leyes que parecen engañosas pero son tremendamente necesarias.

—Si tú lo dices, Simon. Yo confío en ti.

En el juzgado, se requería la presencia de Simon de forma imperiosa. No tenía que representar a ningún cliente, ni tampoco ayudar a que se movieran los engranajes de la justicia, pero debía estar allí porque prácticamente el colectivo en pleno había acudido por pura curiosidad. Conocía a los otros abogados, a los habituales de los pleitos que andaban de aquí para allá con la esperanza de captar a algún cliente, y, mientras esperaban, no dudaban en propagar los últimos rumores. En dieciocho años, Simon nunca había oído nada tan sensacional: le habían dado una paliza a un abogado en su propio bufete.

Unos veinte años atrás, cuando estudiaba en la facultad de Derecho, habían pillado en flagrante a un abogado muy conocido especializado en divorcios mientras se lo montaba con una clienta en su despacho. Por lo visto, se cobraba los honorarios en el sofá. La cosa se complicó cuando apareció otra víctima. El abogado perdió su licencia, se marchó de la ciudad a toda prisa y, según las últimas noticias, estaba dándose la buena vida como guía de pesca en Montana. Simon pensaba en él a menudo, sobre todo durante esos días monótonos en que su único aliciente era otro procedimiento concursal.

No recordaba ningún otro escándalo relacionado con un bufete, aunque estaba seguro de que algo más saldría a la luz cuando llegara al juzgado. Tenía que estar allí. Tenía que enterarse de si se había establecido alguna conexión entre el agresor, Clyde Korsak, y la clienta adinerada de Wally, Eleanor Barnett. Además, tenía curiosidad por el estado de Wally. ¿Cuál había sido la magnitud de la paliza?

Daba la impresión de que las lesiones no revestían especial gravedad. Durante la citación de las nueve y media para revisar las primeras comparecencias en las causas penales, algo a lo que Simon nunca asistía, se decía que a Wally le habían dado el alta tras pasar una noche en el hospital. Tenía la nariz rota, algunos cortes y hematomas, y una ligera conmoción cerebral. «No ha sufrido daños cerebrales adicionales», comentaban con ironía sus compañeros de profesión. Pero la verdadera diversión vino con los diferentes relatos de Fran cogiendo la pistola y disparando al techo. Un ayudante de la fiscalía estaba haciendo correr la voz de que la policía había oído el disparo al acercarse al bufete de Wally y había pillado al agresor en el portal mientras huía a trompicones, borracho como una cuba.

Simon estuvo por allí una hora, el tiempo suficiente para convencerse de que los rumores no vinculaban a Eleanor Barnett con Clyde Korsak. El acusado seguía en la cárcel, y por fin había dejado de llamar a su madrastra.

Dos días más tarde, Simon volvió al juzgado, y, como de costumbre, se estaba paseando por las instalaciones mientras intercambiaba chistes con los alguaciles y oficiales de justicia en el momento en que trasladaron a Clyde a la sala de vistas para la primera comparecencia. Tres noches en una celda no le habían hecho ningún favor a su aspecto, aunque seguramente el mono naranja de presidiario estaba más limpio que las prendas que llevaba cuando lo detuvieron. Se le veía sucio, sin afeitar y sin arrepentimiento. Miró a la jueza con mala cara, como dispuesto a propinarle un bofetón a la mínima oportunidad, y transmitía la impresión de que le traían sin cuidado la cárcel y los procedimientos judiciales. El joven abogado de oficio que lo representaba permanecía de pie a su lado, no demasiado cerca, y le dijo a la jueza que el señor Korsak no tenía empleo ni dinero con el que contratar a un abogado o pagar la fianza, que no disponía de bienes más allá de su coche, y este había sido incautado por la policía. La fianza que le habían impuesto era excesiva y debían reducirla de forma sustancial.

—¿Consta algún domicilio? —preguntó la jueza.

—Señoría, mi cliente reside actualmente en casa de un amigo, en la zona de Baltimore.

—Eso es bastante ambiguo. He visto que tiene antecedentes penales.

—Sí, señoría, pero fue por un delito sin violencia de hace muchos años. Y se suponía que iban a eliminar el historial.

—Bueno, en cualquier caso, no lo han hecho.

Clyde decidió echar una mano.

—La culpa la tiene el abogado, jueza. Es un puto estafador.

—Entiendo. No vamos a reducirle la fianza, señor Korsak. Permanecerá en prisión preventiva, bajo custodia de la policía.

—Gracias por nada —masculló Clyde mientras los alguaciles lo sacaban de la sala.

Simon estaba lo bastante cerca para darse cuenta de que no quería tener nada que ver con el acusado. Había cometido la insensatez de agredir a Wally, y de mil amores derramaría la sangre de otro abogado.

Eleanor lo llamaba varias veces al día, siempre a su móvil particular, y de momento había conseguido ocultar las conversaciones a Matilda, que tenía puesto el radar de máxima alerta. Su clienta estaba inquieta, asustada y convencida de que Clyde pronto saldría de la cárcel y se presentaría allí para causar más problemas. Los últimos mensajes que le había dejado eran violentos y amenazadores.

Simon vio la oportunidad de hacerse imprescindible. También le preocupaba Wally. No le cabía duda de que el abogado se pondría en contacto con Eleanor para contarle lo del ataque, y seguro que volverían a hablar del testamento. Eleanor le aseguró que no había tenido una conversación con él desde hacía meses.

La idea era que la mujer se marchara de la ciudad unos días, no lejos, pero a algún lugar agradable donde pudiera mantenerse a salvo. Simon sabía de un sitio. Había un lago precioso en la cordillera Blue Ridge, a media hora de Braxton, cerca de la frontera con Maryland. El lago Murray estaba flanqueado por dos hotelitos muy populares entre las parejas mayores para una escapada de fin de semana. Los restaurantes eran decentes, igual que los spas. Se trataba del destino perfecto para relajarse y apartarse de todo durante unos días. A Eleanor le gustó la idea, pero tenía miedo de hacer la reserva a su nombre, por si Clyde tenía forma de localizarla. Por eso Simon usó su tarjeta de crédito secreta para reservar una habitación de cuatrocientos dólares la noche.

Tras una comida en una taquería, la siguió hasta su casa, lo cual fue en sí toda una aventura. Netty no debería sentarse al volante de un coche, pero Simon no sabía muy bien cómo abordar el tema. La mujer apenas levantaba el pie del freno y no ponía nunca el intermitente. En cuanto a los semáforos, o bien le pasaban desapercibidos, o hacía caso omiso, o se los tomaba como simples sugerencias. Dos veces, en un trayecto de diez minutos, se ganó los bocinazos airados de conductores muy cabreados, pero ella pareció no haberlos oído. Cuando por fin se detuvo en el camino de entrada de su casa y apagó el motor, Simon pudo volver a respirar.

Tenía una casa idéntica a todas las de su calle, la calle adyacente y las cinco siguientes. Un terreno suburbano con propiedades de ciento ochenta metros cuadrados, todas cortadas por el mismo patrón, que se extendía en dirección este, hacia Washington D. C. La mujer le ordenó que la esperara junto a la farola cercana a la acera en que se ubicaba la puerta principal mientras ella entraba, decidida a no dejarle poner los pies en su casa. A él le extrañó su comportamiento. ¿Qué ocultaba allí dentro? A juzgar por su coche, su indumentaria y, ahora, su casa, era obvio que Eleanor Barnett no solía gastar, y quizá no supiera hacerlo. ¿Acaso el viejo Harry y ella habían dedicado tanto tiempo a amasar dinero que no sabían hacer otra cosa?

O quizá, como ya se había planteado otras veces, todo fuese una farsa para mantener oculta su fortuna. Una cosa estaba clara: si se propusiera vivir de acuerdo con sus posibilidades, no duraría mucho en esa zona. Al contemplar las hileras interminables de casas idénticas, Simon tuvo que reconocer que admiraba a Eleanor por ser capaz de llevar una vida tan austera.

# 16

Simon cargó la maleta en su coche y se marcharon.

—¿Dices que hace diez años que te trasladaste aquí con Harry? —preguntó mientras observaba las construcciones gemelas.

—Más o menos. No suelo recordar las fechas. Por entonces, la casa era nueva, y acabábamos de estrenarla cuando él murió de repente. Fue horrible.

—Lo siento mucho. Y antes vivías en Atlanta, ¿no?

—Exacto. Nunca me gustó vivir allí. Es demasiado grande y hay mucho tráfico.

A lo largo de las comidas que habían compartido, Simon supo que la mujer procedía de una pequeña localidad cercana a Nashville y que había conocido a Harry mientras estaba de vacaciones con unos amigos en la zona de Destin. Se habían instalado en Atlanta.

—¿Por qué vinisteis aquí? —quiso saber él.

—Buena pregunta. Harry acababa de jubilarse y buscábamos un cambio de aires. Nos gustaban las montañas y el clima más benigno. Las casas eran baratas, por lo menos mucho más que en los otros sitios que barajábamos.

«Baratas». Era una palabra que usaba a menudo. Diez años atrás, cuando Harry murió, tenía sesenta y nueve años y una larga carrera en Coca-Cola, donde, según ella, había adquirido todas las acciones a su disposición para después guardarlas bien guardadas. Y a eso había añadido las de Walmart. Según se deducía, en el momento de su muerte debía de tener un patrimonio neto considerable. ¿A qué venía, entonces, tanto interés en comprar una casa barata?

Simon se recordó que, posiblemente, invertía demasiado tiempo en analizar la historia y tratar de entender las finanzas de ese hombre. Era más que probable que Harry, un hijo de la Gran Depresión, fuese un simple tacaño, y Eleanor, tras veinte años de matrimonio, hubiera adquirido los mismos hábitos. Ella nunca se había referido a sí misma en la infancia como una niña pobre. Su calificativo favorito era «modesta». Quizá también había crecido en una familia extremadamente austera.

Y siempre cabía la posibilidad de que no existiera tal fortuna. Esa idea asaltaba a Simon de vez en cuando y lo ponía nervioso. Sin embargo, seguía resultando difícil entender por qué motivo una persona tan modesta y sin pretensiones como Eleanor iba a inventarse la falacia de que poseía millones. ¿Qué podría ganar con semejante farsa?

Simon no tenía respuesta para eso, pero, una vez más, se prometió que seguiría indagando.

Sonó el móvil de Eleanor. La mujer dio con él en el fondo de su bolso, consiguió desenterrarlo y le echó un vistazo.

—Ay, Dios. Es Wally. ¿Qué hago?

Simon tenía clarísimo lo que había que hacer. Quería oír la conversación.

—Será mejor que hables con él. Dile que estarás fuera de la ciudad unos días, y pon el altavoz. Os escucharé pero me mantendré en silencio.

Ella parecía muy confusa mientras el teléfono sonaba por quinta vez. Pulsó una tecla y contestó.

—¿Diga?

—Eleanor, soy yo, Wally. ¿Qué tal está?

—Estoy bien, Wally, ¿y usted?

—Bien también. Supongo que ha visto las noticias. Hace unos días tuve un pequeño roce con Clyde Korsak. ¿Ha estado en contacto con él últimamente?

Eleanor miró a Simon, y este hizo un breve asentimiento.

—Pues sí. Pasó por mi casa hace unos días. Hacía años que no lo veía. No tenemos mucha relación, ¿sabe?

—Ya. Bueno, esa tarde vino al bufete, dijo que quería que habláramos de su testamento, quería ver el documento. Le expliqué que me era imposible tratar ese tema con él. Estaba borracho y beligerante, sacó una pistola y empezó a amenazarme. Fue una situación muy desagradable, Eleanor. Al final, se me echó encima y se lio a puñetazos.

—Lo siento mucho, Wally. ¿Está usted bien?

—Sí. Clyde sigue en la cárcel. ¿Ha hablado con él mientras tanto?

—Ah, me ha llamado un par de veces. Estoy pasando unos días fuera de la ciudad.

Hubo una pausa larga mientras Wally probablemente se preguntaba adónde podía haber ido.

—No es mala idea, la verdad. Tengo que hacerle una pregunta, Eleanor. Clyde y yo no nos conocíamos. ¿Cómo es que sabía que me encargué de redactar su testamento? ¿Se lo dijo usted? No me imagino que haya hecho una cosa semejante.

—Ah, no, Wally, no le mencioné a usted para nada. Tal como me aconsejó, el testamento es totalmente confidencial, no le he dicho nada a nadie.

Miró a Simon con gesto acusatorio, como si él tuviera la culpa de algo.

—Qué raro. Me pregunto cómo ha sabido Clyde que soy yo quien la representa.

—Me extraña mucho. Yo no le he dicho ni una palabra.

—De acuerdo. Bueno, tenga cuidado. Y, cuando vuelva a la ciudad, avíseme para que nos reunamos y revisemos el testamento. Han pasado casi seis meses.

—Sí, casi.

Eleanor puso fin a la llamada y sostuvo el móvil en su regazo. Estuvieron un rato sin decir nada.

—Siento que lo estoy engañando, Simon. No me gusta.

—Netty, si le explicas a Wally que tienes otro testamento, se pondrá como loco y te exigirá que os sentéis y arregléis las cosas. Luego me llamará a mí para amenazarme. Será un desastre.

—Ya lo supongo.

Pasaron un rato más en silencio. Había mucho que decir, pero no tenían las ideas claras.

—¿Cuánto tiempo estará Clyde en la cárcel? —preguntó la mujer al fin.

—No lo sé. La pena por agresión con circunstancias agravantes puede ascender a diez años. De todos modos, sospecho que, cuando Wally entre en razón, retirará los cargos.

—No lo entiendo.

—Es lógico. Lo último que Wally quiere es que tu testamento sea del dominio público. Obró muy mal cuando incluyó para sí una remuneración en metálico, y no precisamente pequeña. Si la cosa llega a saberse y tú dices que no estabas al corriente, Wally podría enfrentarse a cargos disciplinarios por parte del colegio de abogados del estado.

—Todo esto es muy complicado, Simon. ¿Qué pasaría si no hubiera firmado el otro testamento, el que me preparaste tú? ¿Si me hubiera muerto antes y Wally hubiera hecho la lectura, o legalización, del documento que redactó, con su remuneración incluida? En ese momento se habría sabido, ¿verdad?

—Sí.

—¿Y entonces la cosa no le habría supuesto un problema? No entiendo nada.

—Bueno, la verdad es que no tiene mucho sentido. Sí, seguramente se habría metido en problemas, pero estuvo dispuesto a correr el riesgo. Sería tu abogado patrimonial y el fideicomisario de los bienes que se administran en el testamento que él redactó. Estaría en una posición muy fuerte para manejar mucho dinero. Creo que Wally vio la oportunidad y no pudo resistir la tentación.

Simon intentó no parecer un mojigato. También él había visto su oportunidad y tampoco había resistido la tentación. Ciertamente, Wally había sido más osado y avaricioso, pero, en el testamento de Simon, no cabía duda de que Simon salía muy bien parado. Intentaba no pensar demasiado en los honorarios, pero era imposible obviarlo.

—Menudo galimatías, todo junto.

«Es peor que eso», pensó Simon.

Robin's Retreat era un hotelito situado a orillas del lago Murray. Quedaba recogido al pie de unas suaves colinas, lejos del bullicio del puerto deportivo con sus bares y restaurantes. Simon ayudó a Netty con los trámites del registro y la esperó en el vestíbulo durante media hora mientras ella se preparaba para ir a comer. Tomaron un menú a base de platos tradicionales norteamericanos en un muelle cuyas suaves olas lamían las pequeñas embarcaciones a un metro y medio de distancia.

—¿Qué tal la habitación? —preguntó él.

—Es preciosa. Da al lago y tiene una vista bonita. Gracias por traerme aquí, Simon.

—Quédate unos días, a ver qué pasa con Clyde. Tendré la oreja pegada a los juzgados, es algo que igualmente hago a diario. Hablaré con la policía y el fiscal, y te avisaré si me entero de algo importante.

—He traído dos libros para leer.

—Perfecto. Tómatelo con calma, descansa, ve a que te hagan un masaje en el spa si te apetece. Me das un poco de envidia.

—¿Te has alojado en este hotel?

—Una vez, hace muchos años. Paula y yo celebrábamos un aniversario y pasamos aquí dos noches. Fue genial.

No era cierto. Habían discutido y se habían marchado un día antes de lo previsto.

Tras unos cuantos bocados, Simon miró el reloj. Era uno de esos gestos deliberados con los que hacía saber a la persona del otro lado de la mesa que le había surgido algún quehacer.

—Debo irme, Netty. Tengo una reunión importante a las tres.

—Estaré bien, Simon. Tú sigue con lo tuyo.

—Llámame si necesitas algo.

—Muchas gracias. Eres un encanto.

La telefoneó dos veces al día a lo largo del fin de semana, y todo iba sobre ruedas. El lunes por la mañana, recibió una llamada de Robin's Retreat sobre un asunto poco común. Al parecer, el hotel hacía una comprobación rutinaria de los antecedentes crediticios de los huéspedes no habituales. Puesto que Simon no había usado nunca su tarjeta de crédito en ese establecimiento, y como la señora Barnett pedía que lo cargaran todo a su habitación, el hotel llamó a la compañía Visa. Entre el precio del alojamiento, la pensión completa y las diversas visitas al spa, además del recargo de alta ocupación, la tasa turística y los impuestos de alimentos y bebidas, los gastos ascendían a mil doscientos dólares al día. Según Visa, Simon tenía un límite de diez mil dólares que la señora Barnett había agotado durante el día anterior. La deuda actual en el hotel superaba por poco los cuatro mil cien dólares. El préstamo consumido ascendía a casi siete mil, incluyendo algunas apuestas en línea que, por suerte, Visa no reveló.

Simon tuvo que pararse a tomar aliento, y trató de explicar que, en el momento del registro, le había dejado muy claro al empleado de recepción que todos los cargos corrían a cuenta de la huésped, Eleanor Barnett. Solo usó su tarjeta de crédito para efectuar la reserva de la habitación. Después de una espera eterna, el director general se puso al habla para informarle de que la señora Barnett había dado instrucciones explícitas de que lo cargaran todo en la cuenta del señor Latch. Eso fue después de que él se marchara.

Simon estuvo de un humor de perros hasta mediodía y, en cuanto se marchó Tillie, se precipitó al coche y fue al lago Murray. Encontró a Eleanor en el restaurante. Ella se alegró mucho de verlo y le propuso que comieran juntos, como si fuera una invitación.

Llegó el momento en que la camarera les llevó la cuenta.

—Aquí tiene, señora Barnett —dijo muy amable, tratando a la mujer como a una clienta habitual.

Simon la observó firmar la nota.

—¿Has pedido que lo carguen a tu habitación? —le preguntó.

—Pues claro. Creía que eso era lo que me habías dicho —contestó ella con una sonrisa dulce.

—Vale, pero también te dije que usaras tu tarjeta de crédito para los gastos. Esta mañana me ha llamado el director del hotel y me ha dicho que la cuenta asciende a más de cuatro mil dólares. Y la han cargado a mi tarjeta, no a la tuya.

—Pero tú me pediste que usara tu tarjeta para que nadie me localizara. Estoy en una especie de escondite, ¿no? Fue idea tuya.

Sí, había sido todo idea suya, y en ese momento no estaba seguro de haberle dejado claro a Netty quién debía correr con los gastos. Siguió sonriéndole y asintiendo como si no hubiera ningún problema. El gran abogado estaba forradísimo.

—Siento no haber sido más claro, Netty, pero seguro que puedes costearte la breve estancia en este sitio.

—Abogados, solo pensáis en el dinero.

—Eso no es verdad.

Pero sí que lo era, sobre todo porque él, Simon, no tenía ni un centavo. Estaba decidido a no dar su brazo a torcer, porque tenía razón y porque no pensaba caer en la encerrona de pagar una factura que para Eleanor Barnett representaba mera calderilla.

—¿Por qué no haces las maletas mientras yo hablo con el director general?

—¿Tengo que irme?

—Sí, es hora de volver a casa.

A la mujer se le llenaron los ojos de lágrimas, pero a él le dio igual. Cuando por fin se presentó en el vestíbulo una hora más tarde, Simon estaba esperándola junto con un recepcionista. A regañadientes, Eleanor le tendió una tarjeta Visa. El recepcionista la pasó por el datáfono y ellos aguardaron pacientemente a que se cargaran todos los gastos. Al fin, el hombre les sonrió, y Simon cogió la maleta de Eleanor.

Acababa de evitar otra crisis financiera.

# 17

Durante las siguientes dos semanas, todo estuvo tranquilo mientras Clyde permanecía en prisión y Netty retomaba su rutina, que consistía en no hacer casi nada. Simon no paraba de presentar solicitudes de procedimientos concursales, y estaba más ocupado que nunca. Paula y él siguieron con su guerra silenciosa mientras se ignoraban mutuamente y abrigaban la esperanza de que algo les obligara a firmar los documentos del divorcio.

Todas las mañanas, Simon comprobaba a través de su contacto en la cárcel que Clyde continuaba allí. Por las tardes, llamaba a una secretaria de la fiscalía para seguir de cerca todos los movimientos sobre el caso. La secretaria tenía treinta y cinco años, estaba divorciada y era famosa por sus devaneos. Simon la había incluido en su lista, por si algún día encontraba el tiempo y la energía necesarios para volver a andar detrás de alguna mujer.

Al fin cesaron los rumores sin que se dijera ni una palabra sobre un testamento sospechoso redactado por Wally. Por lo que Simon sabía, nadie había establecido ningún vínculo entre el nombre de Eleanor y la historia de la agresión. Ni tampoco con el suyo. Corría el rumor de que Wally tenía la narizota del tamaño de un balón de fútbol americano y su cara lucía todos los colores del arcoíris a medida que los hematomas maduraban y se juntaban unos con otros. No se dejaba ver, y habían aplazado sus casos mientras estaba de baja.

Fran disfrutó durante un breve periodo de su fama de secretaria audaz que, con una sola bala, había espantado a Clyde y lo había amenazado con castrarlo. Según se decía, había crecido junto con tres hermanos que salían a cazar todo el año, con licencia o sin ella. Para ellos, los ciervos siempre estaban en temporada alta, y Fran había matado su primera presa macho con trece años.

Sin embargo, entre bastidores Wally estaba barajando llegar a un acuerdo, tal como Simon había previsto. Ofrecía retirar todos los cargos excepto el de lesiones básicas si Clyde se avenía a marcharse de la ciudad y no volver jamás. Se consideraría un delito menor que no generaría antecedentes penales permanentes, con un año de suspensión. No tendría que pagar ninguna multa, solo irse. Clyde aceptó el trato encantado, y al cabo de dieciocho días fue puesto en libertad. No tuvo que responder a las preguntas de la policía ni hablar con nadie del incidente. Se subió a su viejo coche y desapareció sin dejar atrás nada salvo unos cuantos puntos de sutura en la cara de Wally.

Simon volvió al bufete tras otro día de locos en el Tribunal Concursal. Fue bastante amable con Tillie, quien, como siempre, estaba ocupada con una montaña de trabajo. Se quitó la chaqueta y la corbata y se sentó frente al escritorio para comprobar las llamadas telefónicas. Tillie llamó a la puerta y entró sin esperar.

—Tienes que telefonear a Eleanor Barnett. Dice que es una urgencia.

Simon miró el móvil, el único teléfono al que se suponía que debía llamarlo Netty, pero no vio ninguna notificación suya.

—¿Qué clase de urgencia? —preguntó.

—Tiene que ver con una citación en el tribunal esta tarde. No me ha dicho gran cosa.

—Vale. Gracias.

Tillie dio media vuelta y salió del despacho, no antes de que

Simon tuviera tiempo de apreciar que había perdido peso y lucía mucho mejor aspecto que en los últimos años. Era obvio que los batidos de espárragos y apio hacían su efecto, junto con la hora entera que pasaba en el gimnasio todas las mañanas. «Ánimo, chica».

La secretaria cerró la puerta y Simon pulsó una tecla.

—Ya era hora —le soltó Netty, bastante molesta—. Llevo toda la mañana llamándote.

—Hola, Netty. Supongo que tengo el móvil averiado. No me ha saltado ninguna llamada tuya.

—Pues estaría bien que te compraras uno nuevo.

Un móvil nuevo costaba mil dólares, y Simon no estaba dispuesto a pagarlo. Además, el que sostenía en la mano funcionaba bien. Tenía cierta corazonada sobre el motivo por el que no había recibido ninguna notificación de Netty, pero no era el momento de discutir.

—¿Qué pasa, Netty?

—Estoy citada en el juzgado a las cuatro, y creo que necesitaré un abogado.

La única vista de un miércoles a las cuatro de la tarde era la del Tribunal Municipal de Tráfico.

—Vale. ¿De qué se trata?

—Bueno, un guardia muy estúpido me ha parado y me ha puesto una multa. Pero yo no he hecho nada mal.

—¿Por qué no me has llamado hasta ahora?

—Porque creía que podía solucionarlo sola. Ha sido un malentendido, ¿sabes? Pero ahora que estoy aquí veo que todo el mundo tiene un abogado. ¿Yo también lo necesito?

Había varios tipos en la ciudad que anunciaban su habilidad para conseguir rebajar las multas o incluso anularlas, y solían merodear por el Tribunal de Tráfico para persuadir a los posibles clientes que, en realidad, no necesitaban sus servicios.

—¿De qué te acusan?

—No lo sé, de varias cosas. Creo que de exceso de velocidad. De circular en dirección prohibida. Han dicho algo de un permiso caducado. Todo es muy confuso. No voy a ir a la cárcel, ¿verdad, Simon? Esto me da mucho miedo.

Lo del exceso de velocidad era muy improbable, puesto que siempre circulaba con el pie en el freno.

—Llegaré en un cuarto de hora. No te preocupes.

El juzgado estaba a cuatro manzanas, en un anexo detrás del edificio del ayuntamiento. Simon se puso la chaqueta de mala gana, pero no la corbata, puesto que el Tribunal de Tráfico no exigía ninguna indumentaria específica. El juez era un empleado a tiempo parcial que disponía de licencia para ejercer pero no lo había hecho con anterioridad, y dedicaba cuatro horas semanales a arbitrar conflictos sobre multas de aparcamiento y de tráfico a cambio de quinientos dólares al mes. Si tenía toga, no se la había puesto jamás.

Simon entró en la atiborrada sala de vistas a las cuatro menos diez y encontró a Netty sentada en la última fila. Ella se mostró aliviada al verlo y le estrechó la mano. El abogado respondió dándole unas palmaditas en la suya.

—Todo irá bien —susurró.

Miró la multa y consiguió mantener una cara de póquer. Cinco infracciones. La sanción la había impuesto un tal teniente Andy Reece, uno de los varios agentes de la policía local que Simon no conocía.

—¿Ves al agente Reece en la sala? —le preguntó a Eleanor en voz baja.

—Sí —respondió la mujer, y señaló con la cabeza hacia la puerta, donde aguardaban varios agentes—. Es el alto con el pelo rojo.

—Vale. Enseguida vuelvo.

Fue hasta el frente de la sala, intercambió unas palabras con dos abogados conocidos suyos y se acercó a los agentes, que iban y venían. Se presentó al agente Reece, le preguntó si tenía un minuto para hablar con él y este aceptó. Salieron de la sala de vistas al pasillo, donde Simon le entregó la multa y este la miró.

—Ah, ¿esa mujer? Es un peligro.

—¿Puede explicarme qué ha pasado?

—Claro. Tenemos un radar en Kidder Extended, ya sabe, una calle de un solo sentido, a dos manzanas del supermercado Kroger.

—Conozco la zona.

Era un punto donde se cometían muchas infracciones a causa del control de velocidad.

—Entró a toda pastilla en dirección contraria. El radar detectó una velocidad de setenta en una zona donde el límite es cuarenta. Circulaba de forma temeraria a velocidad excesiva, en sentido contrario al de la vía, sin luces y con el permiso de circulación caducado.

—¿Cuándo le caducó?

—Hummm, la semana pasada, creo.

—¿Iba sin luces?

—Sí. Llovía, ¿sabe?, y tenía los limpiaparabrisas en funcionamiento. Si los limpiaparabrisas funcionan, las luces deben ir encendidas.

—¿Estaba usted solo?

—Ah, ¿se refiere a si tengo algún testigo?

—Sí, más o menos.

—Estaba solo, pero tengo el vídeo. Lo grabé con la *dashcam*. A cámara lenta y a todo color. Pídamelo correctamente y le mandaré el enlace.

—De acuerdo. Mire, debo hablar con el juez. ¿Tiene alguna objeción a que aplacemos la vista unas semanas?

—Ninguna.

En los juzgados municipales, era habitual que las vistas se aplazaran durante un mes aproximadamente, sobre todo si había abogados de por medio.

—Gracias.

—De nada —dijo el agente—. Pero, escuche, ¿le ha contado lo de los otros cargos?

—Me temo que no.

—Tiene dos pendientes, ambos por violación del código de circulación. La semana pasada se saltó un semáforo en rojo, y hace dos usó indebidamente un carril. También hay imágenes de la *dashcam*. Si las infracciones persisten, probablemente es hora de vender el coche.

—Gracias.

En el interior de la sala, Simon se acercó al puesto del oficial de justicia y rellenó una breve petición de aplazamiento de la vista. Salió del edificio junto con Eleanor y recorrieron dos manzanas hasta una cafetería, donde pagó dos cafés y ocuparon una mesa en la esquina.

Simon le dirigió una sonrisa afable.

—Deberías haberme contado lo de las multas, Netty —empezó diciendo—. La cosa es más seria de lo que creía.

A ella se le llenaron los ojos de lágrimas.

—Ya lo sé. Es que no quería preocuparte con eso. Ya has hecho mucho por mí. Has redactado el testamento y me mandaste fuera cuando Clyde estaba en la ciudad. Detesto darte problemas. Sé lo ocupado que estás.

Él siguió sonriendo mientras la escuchaba con afabilidad y comprensión.

—Nunca estoy demasiado ocupado para ayudar a mis clientes, Netty. Es mi trabajo. Bueno, ¿con qué aseguradora estás?

La mujer frunció el entrecejo y cerró los ojos un segundo.

—Ay, ¿cómo se llama la agente? Trabaja en Allstate, en el norte de la ciudad, cerca del centro comercial. Haré memoria.

—Daré con ella. Esto puede suponer un problema muy serio, Netty. La conducción temeraria es una infracción grave y a las compañías de seguros no les gusta. Además, tienes otros cargos de los que no me habías dicho nada.

—Lo siento mucho. ¿Me quitarán el carnet? —Era obvio

que temía que así fuera, y Simon lo sintió por ella. Poder moverse es esencial en la vida, y perder esa libertad precipitaría su final.

—No lo sé, probablemente no. El mayor problema es que tal vez pierdas la cobertura de la aseguradora. No puedes conducir sin póliza.

—Ay, Dios.

—Pero yo me ocuparé. Bueno, ¿qué pasa con el permiso de circulación? Me dijiste que sigues pagando todas las facturas.

—Y las pago —contestó ella, molesta—. Todos los lunes, lo primero que hago es pagar las facturas. Es un viejo hábito de Harry.

—Ya. ¿Y cómo es que te olvidaste de la renovación del permiso?

—No lo sé, se me habrá pasado algo. No es un cargo mensual, ¿sabes? —Se hizo la ofendida unos instantes y, de repente, cambió de tema—. Doris quiere que comamos juntos un día. Conoce un restaurante indio fuera de la ciudad, en una antigua estación de servicio. Dice que la comida está riquísima.

Doris era una de las pocas amigas que mencionaba de vez en cuando. A Simon no le entusiasmaba la idea de salir a comer con una desconocida.

—¿Ella aún conduce?

—Ah, sí. Solo tiene setenta y nueve años.

—¿Y está casada?

—Más o menos. Delbert vive en una residencia y no está muy en sus cabales. Lleva dos años sin articular palabra. Es muy triste. Le conté que salimos a comer de vez en cuando y me dijo que le gustaría mucho venir con nosotros.

—No sé, Netty. Solemos hablar de temas delicados y hay cosas que aún están por decidir. Será mejor que esperemos un poco antes de compartir la información con otras personas.

A Eleanor no le gustaba que le llevaran la contraria, y empezó a hacer pucheros.

# 18

Una magnífica mañana de sábado de principios de septiembre en que se respiraba cierto frescor en el aire y las hojas doradas caían de los robles y los arces, Simon se despertó temprano en El Armario y salió para hacer algo que actualmente temía: permanecer al margen de la multitud mientras contemplaba cómo su hija de nueve años perseguía un balón de fútbol por el campo. El partido empezaba a las ocho y media, y él llegó diez minutos antes para asegurarse con éxito de que Janie lo viera allí. Paula había asistido al partido anterior, y ese le tocaba a él. Lo de los turnos funcionaba de maravilla puesto que no tenían otra opción.

Habían sobrevivido al verano con un calendario de viajes de periodos alternos, lo que para Simon había implicado pasar largos fines de semana en Raleigh, Pittsburgh y Baltimore. Como Janie jugaba en una liga recreativa local durante el otoño, todos los partidos se celebraban en el mismo complejo deportivo. Simon agradecía los pequeños milagros, pero no había resultado fácil. El mismo tipo que hizo de entrenador del equipo durante el verano (a cambio de unos honorarios de cuatro mil doscientos dólares por jugador) también estaba al frente de una gira de otoño (que costaba otros cuatro mil quinientos dólares), con torneos de fin de semana celebrados en sitios tan distantes como Atlanta. Tenían garantizados cinco partidos, con decenas de ojeadores universitarios que tomaban notas mientras examinaban a los atletas de diez años de edad. Por supuesto, Janie se había mostrado entusiasmada ante la perspectiva de pasar el otoño viajando, pero los dos progenitores, en un raro momento de cooperación, se habían negado.

Simon se quedó de piedra al ver a Paula.

—Te he traído un café —dijo ella, y le entregó un vaso alto de color blanco con una tapadera.

—Gracias. ¿Qué estás haciendo aquí?

—Un sábado no lo es sin un partido de fútbol, ¿verdad?

—Creía que estabas en el torneo de natación con Danny.

—Lo ha dejado.

—¿Danny ha dejado la natación?

—Sí.

—¿Cuándo?

—Esta mañana. No quería salir de la cama y me ha dicho que lo dejaba.

Simon tuvo ganas de celebrarlo. De todos los deportes que los chicos habían probado hasta el momento, la natación le parecía el peor porque duraba todo el año. Danny había sido un pez hasta los doce años, luego los otros niños alcanzaron su nivel. En la actualidad, rara vez ganaba una carrera y estaba perdiendo su afición por el deporte.

El árbitro hizo sonar el silbato y dio comienzo el partido.

—¿Qué actitud está teniendo Janie estos días? —preguntó Simon.

—¿Quién sabe? Un día está bien y al siguiente tiene un humor de perros. Lo está pasando peor que los niños con el divorcio. Últimamente, en casa hay un ambiente más bien sombrío.

—Pues será mejor que acabemos con los trámites y sigamos adelante.

—¿En qué dirección?

Esa era la gran pregunta. ¿Qué les esperaba a continuación?

¿Cuál sería el resultado de haber roto la familia? ¿Qué era lo que se suponía que iba a aportarles plenitud en la vida? Simon no tenía respuestas, ni Paula tampoco, pero de lo único que estaban seguros era de que no podían seguir juntos.

—Hay algo más —anunció ella, y guardó silencio.

Ah, ese era el verdadero motivo por el que se había presentado en el campo de fútbol a primerísima hora un sábado por la mañana que no tenía asignado en el calendario. Simon aguardó sin pronunciar palabra porque se negaba a echarle una mano.

—Van a vender The Glen, es una especie de fusión. No tengo claro lo que implica.

Paula había cursado un máster en administración de empresas y ganaba setenta y dos mil dólares al año como directora financiera de un complejo residencial para la tercera edad llamado The Glen. Era propiedad de una gran corporación de legitimidad dudosa que cambiaba de nombre cada tres años y cuya reputación no era precisamente espectacular.

—Ayer se produjo la primera tanda de despidos.

—¿Y qué probabilidades hay de que te afecte?

—No estoy segura, pero toda la plantilla está muerta de miedo.

Solo les faltaba más incertidumbre. El salario estable de Paula había constituido la única certeza de una economía, por lo demás, bastante inestable.

—¿Tienes alguna idea de cuándo despedirán a más gente?

—No. Los de arriba no dicen gran cosa, seguramente porque no saben qué pasará y también tienen miedo. Las decisiones las están tomando en San Diego.

—Lo siento.

Y lo decía en serio. Un despido solo serviría para añadir más sinsabores a un año que ya de por sí era digno de olvidar. Y él se vería obligado a ser más productivo todavía. Lo más probable era que no tuvieran más remedio que abordar el tema de la venta de la casa.

Janie, invariablemente, marcó el primer gol, un lanzamiento desde la línea de veinte metros que aterrizó en lo alto de la portería y dejó de piedra al equipo contrario. Simon, el padre jubiloso, se las apañó para aplaudir, y Paula gritó algo que no llegó a oírse.

A pesar de los gastos y los impuestos del bufete, Simon siempre conseguía cerrar el año con unos ingresos superiores a los de su mujer. Se trataba de una cuestión de orgullo. Era abogado, había cursado siete años de estudios superiores y formaba parte de un colectivo que gozaba de antigüedad y reconocimiento. ¡Se suponía que debía forrarse! Daba igual que la mayoría de sus colegas de Main Street tuvieran que dejarse la piel para sobrevivir y acabaran ganando menos que un camionero.

—¿Por qué no firmas el acuerdo de distribución de bienes para que podamos iniciar los trámites legales?

—Porque en casa necesitamos algo de dinero.

—Me lo dices o me lo cuentas... —dijo Simon frustrado.

—No pienso rebajarme y mendigarte una pensión, Simon. Estamos hablando de nuestros hijos.

Kelsey, del club de café matutino, apareció de la nada y procedió con su estúpido ritual de los abracitos. Era una cotilla incorregible, y probablemente no podría resistir la tentación de meter las narices en la última contienda de los Latch. Los rumores de la ruptura estaban a la orden del día y, cómo no, Kelsey se moría de curiosidad y tenía ganas de ver u oír algo que pudiera servirle para correr la voz. Simon y Paula forzaron una conversación intrascendente sobre los niños y sus estudios. Al fin, Kelsey captó la indirecta y se largó.

—Todos están pendientes de nosotros —dijo Paula.

—Acabemos de una vez con los trámites del divorcio.

—Necesito doce mil dólares en efectivo.

—¿Para qué?

—Para las clases de conducir de Buck, los brackets de Danny, el piano de Janie y el cambio de nombre del coche; eso son cuatro mil, y luego está el horno nuevo. Extiéndeme un cheque por esa cantidad y el lunes yo firmaré el acuerdo de distribución de bienes en el despacho de mi abogada.

—¿Puedo preguntarte quién es esa abogada nueva?

—Myrna Covington.

—Es la primera vez que oigo ese nombre.

—No es de por aquí.

—¿Y qué parte de esos doce mil dólares servirá para pagarle los honorarios?

—No puedo decírtelo, es información confidencial.

Simon se marchó renegando para sus adentros. Dejó atrás un campo de fútbol tras otro, partido tras partido, cientos de niños felices y de padres y abuelos orgullosos que los observaban y soñaban con un glorioso futuro futbolístico.

Él no tenía doce mil dólares esperándolo en una cuenta bancaria para gastarlos sin más. Sí que disponía de una línea de crédito en la entidad de un simpático banquero con sede en su misma calle, un tipo fiel que llevaba años prestándole pequeñas sumas de dinero. La mayoría de los abogados de la ciudad necesitaban algún que otro empujoncito en los tiempos de vacas flacas, y ese banquero en particular siempre estaba dispuesto a echarles una mano y sacar tajada.

Curiosamente, la suma que Paula necesitaba igualaba con exactitud la deuda actual que Simon tenía en el pub de Chub. El sábado era un día importante para el fútbol americano universitario, y se jugaban partidos decisivos de todas las ligas principales, por lo que el abogado había pasado toda la semana estudiando las opciones. Había leído los resúmenes de los partidos, había seguido a los expertos en apuestas de Las Vegas, o por lo menos a aquellos de los que se fiaba, había estudiado minuciosamente las chuletas de los otros jugadores y escuchado algunos pódcasts, y estaba convencido de que era el día perfecto para lanzarse a la acción de forma atrevida y poco convencional.

Se conectó a internet y apostó siete mil dólares en siete partidos diferentes. Llamó a Chub y apostó otros tres mil quinientos en los mismos partidos.

Era imposible que perdiera.

Hacia las ocho de la tarde, Simon se sentía el tipo más listo del mundo y tenía ganas de tomar una copa. Entró en el pub con una sonrisa en la cara y se sentó frente a la barra. Había ganado las primeras cinco apuestas, lo que le reportó siete mil quinientos dólares en un día (a lo que, obviamente, tenía que restarle el pellizco), y aún quedaban dos partidos por jugar. Nunca había tenido tanta suerte. Valerie le sirvió un bourbon con ginger ale. LSU jugaba en Florida y Clemson, en la NC State. Ambos partidos se mostraban el uno junto al otro en las pantallas grandes. Chub, que siempre era un buen perdedor, no tardó en acercarse.

—¿Por qué sonríes? —preguntó.

—Hoy puede ser un gran día, Chub.

—Que no se te suban los humos.

—En esto, imposible.

—Te lo haré pagar —dijo Chub entre carcajadas.

—No me cabe duda.

Ambos rieron mientras observaban el saque inicial de LSU. Valerie llamó a Chub para que fuera a atender un asunto de trabajo. En la barra se apiñaban clientes que bebían y jugaban. A lo lejos, en una esquina, un grupo tocaba música y la gente bailaba a su alrededor. A pesar de que era ilegal, Chub permitía que la gente fumara dentro del local, y una densa niebla azulada saturaba la capa baja de la atmósfera y velaba la luz. En el pub había un ambiente muy ruidoso que, a veces, rayaba la estridencia. A fin de cuentas, ¡era sábado noche!

Un hombre vestido de vaquero se sentó junto a Simon e introdujo un billete de veinte dólares en la máquina de videopóquer. Valerie se abrió paso hasta allí y él le pidió una cerveza de barril. Simon siempre procuraba no hablar con desconocidos en los bares, por lo que ignoró al tipo. Había ganado setenta dólares jugando al videopóquer y saboreaba en silencio el día de mayor éxito de todos los tiempos.

—Yolanda te manda saludos —dijo el vaquero en voz baja.

Simon vaciló un segundo, pero no miró al hombre. Había conocido a una sola Yolanda en toda su vida.

—Trabajamos juntos —siguió diciendo el vaquero al ver que Simon, por toda respuesta, se encogía de hombros.

Yolanda era una novia que había tenido en la facultad de Derecho, y estuvieron saliendo durante dos años con sus más y sus menos hasta que decidieron dejarlo. Después, ingresó en el FBI y se marchó de la ciudad. Lo último que sabía de ella era que trabajaba en la comisaría de Richmond. No habían vuelto a tener contacto desde que se celebró la reunión del décimo aniversario de la graduación. Por lo que Simon sabía, estaba casada y muy comprometida con su carrera en la policía federal.

Simon le echó una mirada al hombre, que estaba concentrado en su póquer y no alzaba la vista.

—Es muy maja.

—Ajá. Supermaja. Te manda recuerdos.

Simon pidió una copa y se dedicó a observar los partidos. El FBI estaba en el pub de Chub; una vieja amiga acababa de darle el soplo. El pequeño nudo que tenía en el estómago empezó a pesarle como si fuera un ladrillo. El vaquero y Yolanda estaban haciendo lo impensable: estaban poniendo en peligro una operación secreta. Debían de considerar que Simon era solo un jugador de poca monta y no merecía la pena tenerlo en cuenta. Su plan apuntaba a Chub y los grandes apostadores. Él era insignificante.

Era obvio que se trataba de una conversación extraoficial, por lo que el vaquero no llevaba ningún micrófono oculto.

—¿Por dónde anda últimamente? —preguntó Simon al fin.

—No muy lejos.

El tipo no pensaba proporcionarle más información.

—Pues dale recuerdos también, y gracias.

—Lo haré. No te entretengas mucho rato por aquí.

De hecho, Simon tenía ganas de salir corriendo del bar y esconderse en alguna parte. Pero jugó unas partidas de póquer, vio cómo sus dos equipos perdían ventaja e intentó ignorar sin éxito la tensión palpable que destilaba el vaquero; y, mientras, esperó. El tipo no había tocado su cerveza, lo cual era un gesto muy poco profesional que revelaría a cualquiera que lo estuviera mirando que no solía frecuentar el local y no era un verdadero cliente. Claro que, por lo que Simon había observado, nadie lo estaba mirando, y el vaquero se marchó sin pronunciar media palabra más.

Simon se tomó el tercer bourbon con ginger ale para aplacar los nervios.

A medianoche, estaba sentado frente a su escritorio en completa oscuridad, vestido solo con el bóxer, mientras analizaba la situación. ¿Era posible que él y muchos otros llevaran tanto tiempo frecuentando el garito de Chub sin consecuencias que hubieran dado por sentado que estaban a salvo? El juego era tan habitual en todas partes y a todos los niveles que la aplicación de la ley se tomaba en broma. A la vista estaban los miles de millones que los casinos ganaban de forma legal en prácticamente todos los estados. Y los también miles de millones generados mediante apuestas electrónicas ilegales, que iban a parar a paraísos fiscales.

Se le revolvieron las tripas al imaginar la magnitud del desastre. Si los federales entraban en acción con todos sus medios —escuchas telefónicas, cámaras ocultas, presentación de pruebas, órdenes judiciales, filtraciones de noticias, ruedas de prensa, fuerzas especiales... —, entonces Chub y sus compinches, fueran quienes fuesen, junto con decenas, quizá cientos, de buenos clientes, incluido el propio Simon, sufrirían la desgracia, la humillación o algo peor. En su caso, podía perder la licencia para ejercer y el sustento. ¿Qué pensarían sus hijos?

Él no era abogado penalista, pero conocía bastante bien el poder del gobierno federal. El FBI podía ser brutal, injusto, implacable e incluso despiadado. Los fiscales podían carecer de empatía y albergar grandes ambiciones, y siempre anhelaban el reconocimiento público. Los más de cinco mil estatutos del Código Penal hacían que existieran formas de empapelar a casi todo el mundo.

Tenía que idear un plan, pero no era capaz de hilar dos pensamientos seguidos. El miedo se apoderaba de todos sus razonamientos. Durmió de forma interrumpida, y al alba estaba en pie con una cafetera, todavía en bóxer y dando vueltas por el despacho.

A las siete de la mañana recibió una notificación en el móvil y se abalanzó sobre él. Era un mensaje de Paula.

Janie tiene un partido de fútbol a las 9. El que
no pudieron jugar el miércoles por la lluvia.
¿Irás?

Menuda broma. ¿Fútbol, un domingo por la mañana? Sin embargo, sabía que era cierto porque había ocurrido otras veces.

No lo sé. Se me había olvidado.

Cómo no. Anoche durmió conmigo,
estaba muy inquieta. Deberíamos ir.

Vale.

Se duchó a toda prisa —en El Armario, las duchas siempre eran precipitadas— y salió del despacho. Caminó por la calle, compró el periódico dominical y se instaló en un reservado de Ethel's Diner para tomar unos huevos con beicon.

Tenía que hablar con Spade.

Todos los domingos por la tarde, un oscuro rincón del pub de Chub quedaba reservado a unos hombres que fumaban unos cigarros largos, negros y extremadamente fuertes. Ese día, Spade llevó una cajetilla para compartir y explicó que la había comprado a un contrabandista cubano. Estaba sentado con dos amigos, echando volutas y observando tres partidos al mismo tiempo. Tuvo que mirar dos veces cuando Simon se acercó.

—¿Qué te trae por aquí un domingo? —preguntó con una sonrisa.

—Sentía la necesidad de salir de casa.

—¿Quieres un cigarro?

—No, gracias.

—¿Con quién vas?

—Esta noche con Dallas.

—Igual que yo. Igual que todo el mundo. Mala señal.

Los hombres rieron, fumaron un poco más y siguieron viendo los partidos. Simon estaba tan paranoico que le costaba respirar, pero consiguió aparentar tranquilidad. ¿Y si algunos de esos tipos llevaban micros ocultos? ¿Y si el FBI los estaba espiando con cámaras ocultas?

Cuando uno de los amigos fue a por más cerveza y otro se alejó para hablar por teléfono, Simon se inclinó hacia Spade.

—Tenemos por aquí al FBI —dijo.

El hombre reaccionó con calma pero sus ojos lo delataban. Simon había captado su atención. El abogado no pertenecía a los bajos fondos; seguía siendo abogado, con sus contactos.

Y también era un jugador de apuestas que llevaba años frecuentando el pub de Chub.

—¿A los federales?

—Sí.

—¿Tienes algún contacto?

—Estuvo aquí anoche.

—¿Hablaste con él?

—No, él habló conmigo.

Spade bebió de su cerveza.

—¿Puedes decírselo a Chub? —susurró Simon.

El hombre exhaló un suspiro y puso los ojos en blanco como indicando que no serviría de nada.

—No lo sé. Lo pensaré —dijo encogiéndose de hombros.

El amigo que hablaba por teléfono ocupó su asiento y puso fin a la conversación. Pero Simon había hecho entrega del mensaje. Se quedó un rato tomándose otra cerveza y luego se marchó. En la barra estuvo hablando con Valerie. Seguro que ella no llevaba ningún micrófono oculto. Buscó a Chub con la mirada, pero no lo encontró.

Al salir del local estaba oscureciendo, y mirando atrás se preguntó cuándo volvería por allí, si es que volvía.

# 19

Tras otra noche de sueño irregular con continuas interrupciones por pesadillas con gente esposada y titulares de periódicos, Simon, vestido con unos vaqueros y una camiseta, descendió a la planta baja, donde se preparó un café. El día prometía ser otro de esos lunes deprimentes. Tenía una lista de once llamadas telefónicas no deseadas que arrastraba a causa de la improductividad de la semana anterior. Antes, sin embargo, tenía que ocuparse de la clienta más adinerada y sus crecientes problemas legales.

Se tomó un momento de descanso y miró los teléfonos. ¿Cuál debería usar? ¿El móvil o el fijo? Como era un jugador de poca monta, quizá el FBI no tuviera interés en él, ¿verdad? ¿Le enviaría Yolanda algún aviso si fuese un objetivo importante? Y ¿lo estarían espiando? Esos pensamientos lo habían tenido toda la noche sin pegar ojo. Decidió usar el antiguo teléfono de sobremesa.

En relación con el seguro de coche de Eleanor, se sentía obligado por lo menos a notificarle a Allstate que a la mujer le habían impuesto tres multas por violar el código de circulación. Tuvo cuidado de señalar que, como abogado suyo, iba a impugnar los cargos y no se había producido ninguna resolución final. Simplemente, quería mantener informada a la compañía.

Llamó a la oficina del fiscal de la ciudad y habló con una secretaria. Los ayudantes del fiscal estaban ocupados; después de todo, era lunes por la mañana. Pero quedaron en que le devolverían la llamada. Media hora más tarde, una fiscal novata llamó para informar al señor Latch de que no tenía autoridad para rebajar las penalizaciones por infracciones de circulación. La mujer era una estirada con muchos humos que parecía equiparar la conducción temeraria con un homicidio en primer grado. Después de colgar, Simon buscó información sobre ella en internet y vio que se había graduado en la facultad de Derecho el mes de mayo anterior y acababa de superar la prueba para ejercer la abogacía.

Justo antes de las diez, recibió por fin la llamada de su banquero, y se vio obligado a repetir la cantinela habitual sobre la necesidad de otra inyección en su línea de crédito. Los términos de aquel miserable acuerdo eran claros y no exigían que Simon justificara nada. Los veinticinco mil dólares estaban a su disposición, sin preguntas, pero debía avisar al banco antes de usarlos.

Todos los días de su vida maldecía la línea de crédito. En realidad, no era culpa suya haber contratado esa mierda. Cinco años atrás, una noche estaba trabajando hasta tarde en su despacho cuando vio una pila de correo que Tillie había abierto y dejado en la bandeja de su escritorio. La amable oferta de la entidad Union Bank decía lo siguiente: «¿Necesita usted diez mil dólares?». De hecho, en ese momento así era. El primer párrafo declaraba que el dinero era suyo porque, de algún modo, cumplía los requisitos. Sin solicitud. Sin verificación de crédito. Sin aval. Sin pagos durante doce meses. El dinero era suyo, simplemente, porque trabajaba como abogado por cuenta propia. Como medida de precaución, Simon firmó solo por cuatro mil. El trámite fue muy fácil y aligeró un poco su carga. Al cabo de un año, había llegado al límite y necesitaba más, y el banco, de buen grado, aumentó la cantidad a quince mil. Como excusa, dijo que había tenido problemas con hacienda, cosa que la entidad solía oír decir a los abogados. A eso siguieron más problemas fiscales, y el banco acabó por poner fin a la sangría al llegar a los veinticinco mil.

Tras la primera ronda de llamadas de la mañana del lunes, Simon estaba de mal humor y decidió empeorar más las cosas. Nunca sería un buen momento para contárselo a Tillie, y hacerlo no le resultaría nada agradable. Así pues, ¿por qué no aprovechar un día ya de por sí horroroso en vez de estropear uno bueno?

Justo antes de comer, le pidió que fuera a su despacho, cerrase la puerta, tomara asiento e ignorara el teléfono. Ninguno de los dos recordaba la última vez que la secretaria había estado sentada allí.

—Paula y yo vamos a divorciarnos.

Ella recibió la noticia con cara triste, pero hizo un breve asentimiento que indicaba que lo imaginaba. Además, hacía tiempo que sabía que su matrimonio no iba bien.

—Lo siento mucho.

—Seguramente te has dado cuenta de que paso muchas horas en el despacho.

—¿Vives aquí?

—Más o menos, sí.

—Lo siento, Simon. Debe de ser horrible.

—Lo es, sobre todo para los niños. Pero también lo era cuando vivíamos los dos bajo el mismo techo.

Tillie y Paula habían deducido hacía tiempo que la vida les resultaba más fácil si guardaban las distancias. Paula había perdido el interés en la carrera de Simon años atrás, y no quería saber nada de ella salvo por los ingresos que le reportaba, claro, y lo que significaba para su economía, invariablemente precaria. Tillie la consideraba desde siempre una mujer más bien fría, seguramente porque tenía estudios universitarios y un trabajo cualificado.

—¿Puedo preguntarte si vuestra relación es civilizada?

—Sí que puedes, y sí que lo es en general. He preparado un acuerdo sencillo de distribución de bienes y Paula lo está revisando. Se lo queda prácticamente todo, incluidos los niños. Yo tendré derecho a un régimen de visitas flexible. Nos hemos repartido los gastos, y yo pagaré la hipoteca. Por el momento, nada que destacar. No hay alegaciones de mala conducta.

—Es muy triste.

—Sí, pero nos irá bien. Estoy decidido a superarlo y, con suerte, construirme una vida mejor. No debería afectarte en ningún sentido.

—No estaba pensando en mí, Simon.

—Lo sé. Aprecio la labor que haces aquí, Tillie, y sé que no te lo digo lo suficiente.

—Gracias, Simon. Me gusta mi trabajo.

—Me alegra oírlo. Y, ya que hablamos de malas noticias, he vuelto a pasar por el banco porque Paula necesita dinero. Sabes que no me gusta nada tener que recurrir a eso, pero no me queda elección.

—La decisión es cosa tuya, jefe. —Sonrió y se puso de pie—. Y, si necesitas hablar con alguien, aquí me tendrás. Así contarás con un punto de vista femenino. Además, yo también estoy divorciada, de manera que sé por lo que estás pasando.

—Gracias.

La secretaria dio media vuelta y se dispuso a salir del despacho. Simon no pudo evitar mirarla con admiración. Tillie, sin duda, se estaba poniendo en forma. Cuando hubo cerrado la puerta, el abogado cayó en la cuenta de algo que no debería haberle pasado desapercibido. Últimamente, se la veía más radiante y feliz, y no solo estaba más tiempo en el gimnasio, sino también ante el espejo. Además de usar una talla menor, sus prendas eran más estilosas y favorecedoras. ¿Era posible que Tillie, después de tantos años de abstinencia, hubiera conocido a alguien? Esperaba de verdad que así fuese.

# 20

Eleanor empezaba a ponerse belicosa con lo de quedar para comer, y describía esos encuentros como «sus citas». Simon lo aguantaba porque cabía la posibilidad de que acabaran reportándole su peso en oro. Además, la aventura gastronómica había sido idea suya y no podía ponerle fin sin más. La relación con Netty era cada vez más cercana, y la mujer le tenía una confianza creciente. Incluso se le llegó a escapar que lo necesitaba.

Su amiga Doris había ido a comer dos veces al Bombay Oven, una cafetería pequeña y pintoresca construida en una antigua estación de servicio situada ocho kilómetros al oeste de la ciudad. Eleanor quería ir allí sí o sí, aunque solo fuese por no ser menos que Doris, que a su vez la envidiaba porque salía a comer con un abogado joven y de buena planta. Cuantas más cosas sabía Simon de Doris, menos ganas tenía de conocerla.

Llegó temprano, como siempre, para poder evaluar las plazas de aparcamiento y tomar posiciones, agachado tras el volante, con el objetivo de observar las habilidades de conducción de Eleanor. La carretera era comarcal y había poco tráfico, pero Netty se las apañó para formar una buena caravana. Cuando la divisó a lo lejos, avanzando en el viejo Lincoln a no más de cincuenta kilómetros por hora, tenía una docena de coches pegados detrás, parachoques con parachoques. Al reducir todavía más la velocidad para tomar el desvío, ni se le ocurrió poner el intermitente. Se oyeron bocinazos mientras los coches pasaban de largo.

Simon ayudó a la mujer a salir del vehículo. Tenía muy buen aspecto, como siempre, a punto para la iglesia con su bonito vestido azul, uno que él había visto varias veces, y un fular de estampado floral enrollado al cuello, medias oscuras y zapatos de tacón bajo. Cuando entraron en la cafetería, el abogado casi esperaba notar olor de gasóleo y aceite de engrase, pero el interior era ultramoderno, con el suelo embaldosado en blanco y negro, espejos, cristal y mesas adornadas con manteles de lino.

«No está mal para ser una comida barata», pensó para sí. Para empezar, pidieron té con pan plano horneado. En el restaurante, cuyas mesas estaban situadas a una distancia razonable unas de otras, reinaba el silencio y no había mucha gente. Simon tenía cosas que hacer, pero no quería ir con prisas. Esos encuentros significaban mucho para Eleanor.

Tras algunos comentarios acerca de la absoluta falta de conocimientos sobre cocina india por parte de ambos, eligieron el menú y cerraron la carta. A continuación, Eleanor se puso seria.

—Esta mañana, Wally Thackerman ha vuelto a llamarme.

—¿Otra vez?

—Sí. Lleva un mes con las llamadas, y quiere que vaya a su despacho para revisar mi patrimonio y demás.

En esos momentos, a Simon no se le ocurría nada de su complicada vida que pudiera equipararse en importancia al patrimonio de Eleanor, y lo inquietaba la idea de que otro abogado, en especial un buitre como Wally, le echara la garra.

Se encogió de hombros con indiferencia.

—¿Qué le has dicho?

—No soy ninguna mentirosa, Simon —afirmó ella con una mirada que implicaba que él creía que había mentido.

—¿Y quién ha dicho que lo seas? —preguntó él a la defensiva.

—Le he dicho que no me encontraba bien, lo cual era cierto en ese momento porque sus llamadas me incomodan. Pero no va a darse por vencido, es evidente. ¿Qué haremos?

«Pegarle un tiro a ese cabrón», pensó Simon de forma instantánea, pero lo dejó estar.

—Bueno, siempre podemos llamar a Clyde y decirle que vuelva para terminar lo que dejó a medias.

Simon sonrió ante su propio sentido del humor, pero a Eleanor no le hizo gracia.

—Lo siento, estaba bromeando.

—Yo hablo muy en serio, Simon. Sigue pareciéndome deshonesto no decirle la verdad: que he firmado otro testamento y que el que él redactó no sirve. Lo considero obrar mal.

—¿Y crees que Wally ha sido transparente contigo? Acuérdate de esto, Netty: te ocultó que el testamento incluía una remuneración para sí mismo. Casi medio millón de dólares. No estás tratando con una persona muy ética precisamente. Como te he explicado más de una vez, no tienes ninguna obligación de informar a Wally sobre el testamento actual. Además, ¿por qué te preocupas, Netty? Por lo menos te quedan diez años más de vida, o quizá veinte.

Eso le arrancó una sonrisa a la anciana. La camarera les llevó una bandeja con pan *naan* y un cuenco de hummus con ajo y especias. Ambos degustaron un bocado.

—Bueno, ¿y si voy a su despacho y hablo con él, solo para ver qué quiere? —propuso Eleanor—. No tengo por qué explicarle nada ni tampoco acordar nada con él, ¿verdad?

—Tienes razón, es muy buena idea. Ve a ver a Wally, que te explique lo que pasó con Clyde y a ver qué se trae entre manos.

—Eso haré.

La camarera regresó a la mesa.

—Un amigo indio me ha recomendado el *kofta* —dijo Simon—: unas albóndigas rellenas de cerdo, cebolla y más cosas; y también el curri de pollo.

—Yo tomaré lo mismo —resolvió Eleanor.

La camarera los escrutó a ambos antes de responder.

—Les recomiendo que sean prudentes con las especias, ¿de acuerdo?

Los dos estuvieron de acuerdo, y la chica tomó nota.

—Me gustaría que termináramos de hablar de las últimas voluntades, si no te importa.

—No es mi tema de conversación favorito.

—Lo entiendo. Pero es necesario hablar de tu muerte, Netty. Si no fuera por eso, no habrías llamado a mi despacho. Cuando acabemos con toda la burocracia, podremos olvidarnos del tema.

Ella mordió un trozo de pan plano con cara de estar a punto de echarse a llorar.

—¿De verdad crees que viviré diez años más?

—Sí, como mínimo —respondió él sonriente.

—¿Y crees que debería decidirme por la incineración?

—Sí, la verdad. Es rápida, fácil y más respetuosa con el medio ambiente.

—Bueno, si insistes.

Simon anotó unas frases ininteligibles en un pedazo de papel.

—¿Qué hay de la misa del funeral? Te pedí que escribieras algunas ideas.

—Pero faltan diez años.

—Mira, Netty. No quiero tener que hacerlo yo. Soy tu abogado, no un pariente consanguíneo. Esto es cosa de tus familiares, ¿lo entiendes? A mí me da igual qué clase de final prefieres.

A ella se le llenaron los ojos de lágrimas, y Simon se sintió mal por lo que acababa de decir. La mujer se quitó las gafas y se enjugó los ojos. Simon miró alrededor para ver si alguien los estaba observando. Eleanor volvió a ponerse las gafas y tragó saliva.

—No tengo a nadie. Ya te lo expliqué —repuso.

—Lo siento, Netty, no lo he dicho con mala intención. Pero insisto: cuanto antes zanjemos estas cosas, antes podremos dejar de hablar de ellas.

—He escrito algunas ideas sobre el funeral, las traeré el próximo día. Será una ceremonia sencilla en la capilla de la funeraria, a cargo de un pastor luterano. Con unos cuantos amigos y ya está. Mis sobrinos no sabrán nunca que me he ido de este mundo. Qué triste lo de no tener a nadie, ¿verdad, Simon?

Dio la impresión de que iba a volver a llorar, y el abogado lo sintió por ella de corazón.

En primer lugar, sirvieron el curri de pollo en unos cuencos pequeños. El aroma era delicioso, y ambos comieron en silencio durante unos minutos. Eleanor dio un sorbo de té.

—Pues menos mal que se han moderado con las especias. Esto pica de lo lindo —dijo.

—Pero está riquísimo —opinó Simon. Tomó un poco de té y decidió volver a la carga, porque no había forma de obviar el tema.

—Hay algo más, Netty, y es una cuestión delicada.

—Ay, Dios. Estos abogados…

—Sí, has dado en el clavo. Los abogados cobramos por horas. No tenemos nada que vender salvo nuestro tiempo, y estoy invirtiendo muchas horas en tus asuntos legales.

—¿Adónde quieres ir a parar? —preguntó la mujer con desconfianza.

Su mirada y su tono denotaban suspicacia. Simon sintió que estaba cometiendo un error, pero a esas alturas daba igual. No podía permitirse trabajar gratis.

—Tengo que cobrar mis honorarios, Netty, igual que todos los otros abogados de la ciudad. Eres mi clienta favorita, pero todos los clientes pagan. Así de simple.

—Harry no creía en eso de contratar a un abogado.

—Ya. Pero Harry lleva muerto diez años. No quiero faltarle al respeto, pero, sinceramente, me da igual lo que pensara de nosotros. Yo tengo que mantener el bufete y sacar adelante a mi familia, y necesito cobrar.

—¿Cuánto?

Menuda pregunta. Simon llevaba semanas dándole vueltas. Si se excedía, quizá la mujer se ofendiera y le estampara la puerta en las narices. Era improbable, la verdad, pero no quería parecer avaricioso. Más dinero le aguardaba a la vuelta de la esquina. Necesitaba tener contenta a Netty. Pero si tiraba a la baja, no cobraría los honorarios que merecía y que le hacían tanta falta. Decidió optar por un punto medio.

—Tres mil dólares, o un poco más.

Ella agitó la mano con gesto despectivo.

—¿Eso es todo? —preguntó.

Qué bellas palabras. Así podría acabar por presentarle una factura algo más jugosa.

—Sí, Netty. Cobro unos honorarios muy ajustados. Me gusta trabajar para mis clientes.

Menuda mentira.

—Me ocuparé de ello —dijo la mujer a la vez que daba un bocado—. ¿Cuándo iremos al juzgado?

Se refería al Tribunal de Tráfico, pero Simon estaba pensando en la legalización testamentaria. Tenían la cabeza en mundos distintos.

—Dentro de un par de semanas. Revisaré el registro de señalamientos.

Ay, cuánto les gustaba a los abogados esa palabra: «señalamientos». Implicaba juicios importantes y audiencias en salas de tribunal llenas a rebosar, con la balanza pendiente de decantarse hacia el lado de la justicia. Pero el Tribunal de Tráfico equivalía a poco más que un formulario para rellenar sobre una tablilla sujetapapeles.

Las albóndigas llegaron acompañadas de un aroma aún más suntuoso.

—Me prometiste que me presentarías a tu familia, Simon —dijo Netty—. Seguro que tienes una mujer y unos hijos adorables.

No exactamente. Era estupendo tener a Janie cerca, pero los otros estaban demasiado afectados. Con el divorcio colgando sobre sus cabezas, Paula no consentiría en conocer a alguien como Netty; no quería tener nada que ver con su marido ni el ejercicio de su profesión. Buck y Danny eran unos adolescentes difíciles que no habían aprendido a presentarse y estrecharle la mano a un adulto. No tenían ningún interés en conocer a alguien de edad superior a los dieciocho años.

Simon sonrió y le mintió.

—Te lo prometo, te lo prometo. Es que andan muy ocupados con la escuela, el fútbol, el teatro, el coro, el piano, los deberes… Tienen los días a tope. En algún momento intentaré reunirlos a todos.

El postre era arroz con leche coronado con pistachos y almendras laminadas, y acompañado de un café bien cargado que Simon necesitaba para resistir la tarde. Hora y media después de que llegaran, la camarera llevó la cuenta a la mesa. De nuevo, Eleanor, que echaba constantes miradas al salón mientras comía y a quien parecía que nada le pasaba desapercibido cuando, a veces, hacía comentarios sobre los otros platos, la decoración o la indumentaria de alguna mujer elegante, hizo caso omiso de la nota.

Esa era, por lo menos, la séptima vez que comían juntos. Por fin Simon sacó una tarjeta de crédito y volvió a pagar. Setenta y siete dólares con treinta y cinco centavos. Muy caro para tratarse de un restaurante de la zona rural de Virginia. Se lo cobraría.

Durante el trayecto hacia el despacho, planeó retocar su factura mensual y añadir un par de dietas para equilibrar un poco las cosas. Eleanor se había burlado de la cantidad inicial con una frase que no olvidaría: «¿Eso es todo?». Se prometió a sí mismo que le haría llegar una minuta más impactante.

A decir verdad, le daba igual lo que hubiese costado la comida, porque había conseguido aclarar lo de sus honorarios con Netty. Por primera vez en todos los meses que habían pasado desde que la conoció, la mujer le pagaría.

Puesto que era imposible ocultarle las facturas y los recibos a su secretaria, esa tarde se reunió con ella y le explicó lo que estaba haciendo para Eleanor Barnett. Por lo menos en parte. Iba a cursar una factura por varias horas dedicadas a dos asuntos: 1) su representación ante el Tribunal de Tráfico, y 2) las consultas sobre la gestión de su patrimonio. El importe ascendía a tres mil seiscientos cincuenta dólares, y Tillie la envió por correo electrónico esa misma tarde.

Simon no le confesó a la secretaria que había redactado el testamento de Eleanor; únicamente le dijo que la estaba ayudando con las cuestiones patrimoniales, ya que las cosas eran más complicadas de lo que parecía en un inicio. Tillie aceptó sus explicaciones con calma y sin cuestionarle nada, aunque tenía claro que le estaba mintiendo.

# 21

A Simon le ampliaron la línea de crédito una vez más. Recibió una notificación del banco por correo electrónico, informándolo de que acababan de depositar doce mil dólares en su cuenta corriente personal. El dinero le proporcionaba múltiples opciones. La primera, y la más obvia y sensata, era extenderle un cheque a Paula para que firmara el acuerdo de distribución de bienes y poder finalizar los trámites del divorcio.

La segunda era hacer una retirada de efectivo, meter siete mil novecientos dólares en un sobre, tratar de dar con Chub en alguna parte, lejos de sus locales, y saldar sus deudas de juego de una vez por todas.

La tercera consistía en coger todo el dinero, hacer las maletas, comprar un billete de avión con destino a las islas Vírgenes y desaparecer. Se acabaron el miedo a que lo descubriera el FBI, la preocupación por las deudas, las llamadas quisquillosas de clientes contrariados, el estrés de Paula, las noches durmiendo en una cama tan confortable como un catre militar y las maquinaciones para intentar hacerse rico a costa de Eleanor Barnett. Una copa en la playa parecía la solución perfecta.

Podría vivir así un mes, más o menos, hasta que el dinero se agotara. Pero qué mes tan glorioso. Otra cosa sería la pesadilla de tener que volver.

Retiró los siete mil novecientos dólares para su corredor de apuestas. Al tratarse de un hombre que vivía en las sombras, bebía cerveza hasta medianoche y cerraba las puertas de sus locales nocturnos hasta casi mediodía, Chub no era precisamente madrugador. Alrededor de las diez, se levantaba a trompicones y se dirigía a una cafetería barata de las afueras de la ciudad. Era un local para clases obreras, con una carta en la que predominaban la harina blanqueada y la manteca de cerdo. Chub necesitaba grasa todas las mañanas de su vida. Si querías verlo antes de mediodía, tenías que ir a Bobby's Biscuits.

Simon descubrió su camioneta aparcada en la calle. Chub tenía dinero, pero llevaba una vida modesta y no hacía nada que atrajera la atención de esas personas tan temibles que andaban por ahí con sus placas. El vehículo era un potente Ford último modelo con una robusta defensa delantera, unas llantas enormes y unos neumáticos capaces de trepar por las laderas de las montañas. A pesar de que había sido diseñado para aventuras todoterreno, estaba lustroso e impecable, y daba la impresión de que nunca había circulado fuera del asfalto.

Cuando Simon entró en el local, el olor a grasa le dio la bienvenida como una bofetada de aire tropical. Cerca del techo había acumulada una densa nube de humo cuyo origen no eran los cigarrillos. Le fue fácil ver a Chub porque, como siempre, llevaba puesto uno de sus chándales rojos, naranjas o amarillos. El de ese día era naranja.

Estaba solo frente a su mesa favorita, con las gafas de leer en la punta de su nariz roja y bulbosa, examinando un periódico sin desdoblar.

—Bueno, bueno. ¿Qué trae a un abogado por esta zona de la ciudad? —preguntó con una sonrisa sincera, pero pronto captó que algo no iba bien.

—¿Te importa si me uno a ti?

Por si, por un casual, estaban espiando a Chub mediante micros ocultos, Simon planificó esa visita sorpresa en un lugar donde nunca se habían reunido antes. Si llevaba algún micrófono oculto, todavía estaría en la camioneta o en la mochila.

—No, para nada. —Chub apartó el periódico y Simon vio que había marcado con un círculo los resultados de algunas carreras de caballos. En su plato había restos dispersos de galletas, huevos y jamón curado—. ¿Tienes hambre? Siéntate.

—No, gracias. —Los ligeros rugidos de apetito que Simon había sentido cinco minutos antes se disiparon al entrar en contacto con el ambiente de humo y grasa. Tomó asiento, y enseguida se acercó una camarera que apenas se entretuvo el tiempo necesario para llenar las dos tazas. Simon se apresuró a entregarle el sobre a Chub—. Siete mil novecientos —dijo—, en metálico. Con esto estamos en paz.

En cuanto le tendió el dinero, Chub lo cogió y se lo guardó en uno de sus muchos bolsillos ocultos.

—¿Seguro que está todo?

—Segurísimo.

—¿A qué viene esto?

—Voy a retirarme.

—Eh, no tiene gracia, Latch. Lo has hecho bien.

—Con suerte, habré ganado tanto como he perdido. Y llevo demasiado tiempo en tablas.

Chub sonrió y dio otro sorbo de su taza.

—¿Sabes, Latch? Siempre he pensado que eras más listo que los otros. El juego es de tontos. Siempre gana la banca. Las casas de apuestas, los casinos, la lotería... Hay un buen motivo por el que siguen construyendo casinos.

—Lo sabía, pero, como casi todos los jugadores, mantenía la esperanza de que podía salir victorioso. Es imposible, ¿verdad, Chub?

El hombre sonrió y se limpió los restos de huevo del bigote.

—Yo nunca lo he visto.

—Vamos, Chub. Seguro que conoces a algunos tipos que saben elegir bien sus apuestas.

—Uno o dos, quizá. El secreto es frenar cuando vas ganando y acelerar cuando te quedas atrás, pero es justo lo contrario de lo que te pide el cuerpo. He conocido a tipos que están en racha un año o dos, luego pierden sus poderes mágicos y se dejan la piel. Tú eres listo, Latch. Pero no le cuentes a nadie que te lo he dicho.

El abogado se echó a reír.

—Dudo que llegues a ver el declive de todo esto. Los expertos pronostican lo contrario. Hay estudios que demuestran que en este país se juega más y más cada año.

—Espero que sea verdad.

—¿Has visto a Spade últimamente?

Chub le sostuvo la mirada un momento y luego la desvió al móvil.

—Viene un par de veces por semana. ¿Por qué lo preguntas?

—Por nada. Me cae bien, es un buen tío. Un poco misterioso, como casi todos tus clientes.

Chub se echó a reír.

—En eso tienes razón —dijo.

Simon miró el reloj.

—Tengo que volver al despacho —se excusó.

—No desaparezcas del mapa, Latch. Pásate por el pub y te invitaré a una cerveza.

—Lo haré, Chub, te lo prometo.

Dos días más tarde, Simon condujo una hora en dirección sur por la interestatal 81 y cruzó el valle Shenandoah hasta la ciudad universitaria de Harrisonburg. Era un trayecto que recorría como mínimo dos veces al mes. Uno de los tribunales concursales del país tenía su sede allí, y Simon le daba mucho trabajo. La lista de señalamientos, actualizada, estaba en internet, de modo que cualquiera con un ordenador podía conectarse a la sede judicial, comprobar las demandas concursales presentadas a trámite y ver qué abogados estaban al cargo.

Esa tarde tenía tres audiencias de descargo y terminó a las cuatro y media. Cuando salía del juzgado, se topó con un agradable recuerdo del pasado: Yolanda, su antiguo amor de la facultad de Derecho de George Mason. No se habían visto desde el décimo aniversario de la graduación.

—¿Qué haces por aquí? —preguntó Simon tras una charla preliminar marcada por cierto nerviosismo.

—Pillar a los malos, Simon. Es mi trabajo.

—¿En Harrisonburg?

—Ah, están en todas partes. Incluso en Braxton.

—El otro día conocí a un compañero tuyo.

—No me digas. ¿En el pub de Chub?

—Exacto.

—¿Adónde vas tú?

—Al bar, a invitarte a una copa.

—No tendrían que vernos juntos.

Simon se echó a reír.

—Pues en la facultad de Derecho siempre estábamos juntos, ¿no?

—Al principio sí. Mira, a las afueras de la ciudad hay un asador. Está cerca de un aparcamiento de camiones.

—Sé cuál es. No tienen una barra muy selecta.

—No pienso pasarme toda la noche de copas. Es un sitio discreto. Nos veremos allí.

Con la segunda cerveza, habían terminado de hablar de los viejos compañeros de clase y pasaron a temas más serios.

—En la reunión del aniversario conocí a tu mujer —dijo Landy, que era como todo el mundo llamaba a Yolanda—. Es muy guapa. ¿Seguís juntos?

—Sí, pero no por mucho tiempo.

—Lo siento.

—Yo también. Tenemos tres hijos, toneladas de facturas y mucho estrés. El matrimonio hizo aguas a cámara lenta, y cuando nos dimos cuenta ya era demasiado tarde. Lo siento mucho por mis hijos, pero no veo el momento de acabar con esto.

En algún momento, durante el segundo curso de Derecho, Simon se sintió aterrorizado ante la idea de enamorarse de Landy. Era su primera relación seria y, simplemente, no estaba preparado. Quería acabar la carrera, iniciar su trayectoria profesional en Washington D. C. y establecerse. Landy había pasado por un par de rupturas dolorosas y andaba con aún más cautela, lo cual les vino bien. No se tomaron tiempo para explorar sus sentimientos, en primer lugar porque la carrera de Derecho les exigía mucho esfuerzo, pero también porque el sexo era una prioridad mucho mayor. Cuando se acostaban, desde luego que no se dedicaban a hablar.

—Disculpa, creo que te has quedado en Babia. ¿Estás pensando en el sexo?

—Sí.

—¿Pasado o presente?

Simon rio porque lo había pillado, pero sabía que ella estaba pensando lo mismo.

—Por ahora, pasado. —Había una tensión extraña y palpable. Dos viejos amantes recordaban las proezas sexuales que ninguno de ellos había olvidado y ambos se negaban a olvidar. Él quiso cambiar de tema—. No me has contado gran cosa de tu marido.

—Trabaja para el FBI, como yo. De hecho, somos iguales en todo: rango, salario y responsabilidad. Cuando empezamos a salir, nos recomendaron que fuéramos precavidos, y tenían razón. La mayoría de los matrimonios entre agentes no funcionan; demasiados viajes y demasiadas reasignaciones.

—¿El vuestro va bien?

—No. Nos hemos distanciado y he perdido la oportunidad de tener hijos. Eso me entristece.

—Los hijos están sobrevalorados. Yo quiero mucho a los míos, pero todo son problemas.

Habían vaciado los vasos de cerveza y su límite eran dos. Landy miró el reloj.

—¿Te quedas aquí esta noche? —preguntó.

En otras palabras: «Ven a mi casa».

—No, tengo que volver. ¿Intercambiamos los teléfonos?

—Es una idea magnífica.

Él respiró hondo y decidió aventurarse.

—¿Me habéis tachado de la lista?

—Eso depende de mi jefe, pero yo diría que sí. Juegas un papel secundario, como el ochenta por ciento.

—¿Por qué no os olvidáis de Chub? Es inofensivo. Puede que sea el mayor corredor de apuestas de Braxton, Virginia, pero no hay para tanto.

—Eso tampoco depende de mí.

—Y sé que hay peces más gordos.

—¿Por ejemplo?

—Ah, no sé; narcotraficantes, ciberterroristas o *crackers* rusos, por mencionar algunos.

—Uf. No he oído nada.

—Vale, no volveré a decirlo. Pero Chub no es de los malos.

—Llámame, Simon, y nos pondremos al día.

# 22

Cuando por fin Eleanor paró el motor, su Lincoln estaba estacionado a caballo entre dos plazas perfectamente señalizadas de un pequeño aparcamiento junto a Maple Street. Salió del vehículo y, poco a poco y con cierta reticencia, empezó a caminar hacia la hilera de edificios protegidos por toldos de la acera contigua a Main Street. Se detuvo frente a la puerta con el rótulo WALTER J. THACKERMAN, ABOGADO, y dio la impresión de vacilar. A continuación, la empujó y entró.

Simon la observaba con atención desde la ventana a oscuras de un segundo piso de la acera de enfrente. Cuando la mujer cerró la puerta tras de sí y desapareció, el abogado cerró los ojos mientras se preguntaba qué sucedería allí dentro durante la hora siguiente. A veces, Eleanor era tan influenciable que imaginaba a Wally importunándola y poniéndola nerviosa hasta el punto de obligarla a confesar la verdad. Todo podía volar por los aires. Esperaba pensando que en cualquier momento le sonaría el móvil, que Wally lo llamaría profiriendo gritos y amenazas.

Simon y Netty habían ensayado la escena con anterioridad, pero la mujer era incapaz de concentrarse, y tantos esfuerzos lo convencieron de que no podía fiarse del todo.

Fran saludó a la anciana con una amabilidad poco habitual. Ella rechazó la invitación a café, té o agua, y tuvo poco que decir cuando la secretaria se puso a hablar del tiempo. Como esta no se atrevía a sacar el tema de la visita tan memorable que Clyde Korsak les había hecho varias semanas atrás, esperaba que lo hiciera Eleanor. Fran le había explicado lo sucedido a prácticamente todo aquel dispuesto a escucharla, y durante un tiempo el tema estuvo candente en la ciudad. Pero, a medida que pasaban los días, la historia iba perdiendo fuerza, y Wally le había advertido que no hablara del incidente con aquella importante clienta.

La mujer solo tuvo que esperar unos minutos mientras el señor Thackerman ponía fin a «una teleconferencia con un juez federal».

—Por favor, sígame —dijo Fran tras ponerse de pie. Y, mientras avanzaban por el estrecho pasillo, añadió con un susurro—: Ha estado ocupadísimo desde que sufrió la agresión.

Eleanor le dirigió una mirada inexpresiva.

Wally se reunió con ella en la puerta y la guio hasta un mullido sillón contiguo a una mesita auxiliar. Tras dejarlos solos, la secretaria permaneció en el pasillo, desde donde podía oírlo todo. El abogado quería que fuese testigo de la conversación. Cuando su clienta se marchara, se reunirían e intercambiarían opiniones sobre su cordura.

El testamento que Wally Thackerman había redactado para la señora Barnett se firmó en el mes de enero. La secretaria acató instrucciones de incluir la cláusula por la que el abogado recibiría cuatrocientos ochenta y cinco mil dólares, y la explicación era que ese dinero serviría a modo de provisión de fondos de la que descontaría sus facturas cuando la cuestión del patrimonio quedara resuelta. En los quince años que llevaba trabajando para Wally, Fran nunca había visto una cláusula ni una provisión de fondos semejantes, y de inmediato supo que se trataba de un timo. Cuando el abogado se dio cuenta de que estaba tan poco convencida, le ofreció una prima de cincuenta mil dólares en efectivo, y con eso se quedó satisfecha. Lo pasaron en grande repartiéndose los bienes de la mujer antes incluso de que esta firmara el testamento.

Wally decidió abordar primero la cuestión más desagradable.

—Hay una cosa que me tiene intrigado, Eleanor. —La mujer le permitía a Simon que la llamara Netty, pero a Wally no—. ¿Cómo es que Clyde Korsak sabía que yo soy su abogado?

—Eso ya me lo preguntó.

—Pues se lo pregunto otra vez. Siento mucha curiosidad.

—Ay, no lo sé, la verdad. Si le soy sincera a mí también me parece curioso.

—Ese hombre no ha vivido nunca aquí y, que yo sepa, no tiene contacto con nadie. Sin embargo, de algún modo me identificó como su abogado. ¿Cómo ha podido pasar?

—Es que no lo sé.

—Ya. ¿Le preguntó directamente quién es su abogado?

—No me acuerdo. Me hizo muchas preguntas. Al final le exigí que se fuera de mi casa. La verdad es que yo no lo había invitado. Nunca me han caído bien él ni su hermano, Jerry.

—¿Le pidió dinero?

—Pues claro. En principio, quería que le prestara cinco mil dólares, y le dije que no. Luego lo detuvieron y me pidió veinticinco mil para la fianza. Volví a decirle que no. No me gustan esas preguntas.

Wally se dio cuenta de que había llegado el momento de dejarlo estar, pero tenía una pregunta más.

—¿Clyde y Jerry saben lo de las acciones de Coca-Cola y Walmart?

La mujer respiró hondo y se quedó pensativa unos instantes.

—Ah, no lo sé. Quizá. Un día, hace muchísimos años, Harry y yo estábamos hablando de los chicos y de los dolores de cabeza que nos daban, y él me dio a entender que se había ido de la lengua sobre las acciones. Pero apenas recuerdo esa conversación y no sé qué les dijo. Deben de haber pasado veinte años.

Wally dio un sorbo de café y frunció el ceño como indicando que era hora de centrarse en las cosas importantes.

—¿Ha leído el testamento últimamente?

—No.

En parte, era verdad. El día anterior, en una cafetería, Simon había sacado el documento y le había hecho un resumen del contenido. Le mostró el párrafo largo y denso en el que Wally había incluido las palabras «cuatrocientos ochenta y cinco mil dólares». Era una cifra que él debía cobrar en cuanto fuese factible tras la legalización del testamento. Para desviar la atención de la cantidad, el abogado obvió el uso de números y signos monetarios. En opinión de Simon, el carácter abusivo e insidioso de esa cláusula le acarrearía problemas con el colegio de abogados si alguien presentaba una queja.

Sin embargo, Simon no le leyó el testamento completo, por lo que su respuesta era más o menos sincera.

—¿Hay algo en su testamento que quiera cambiar o desee comentar?

«¿Aparte de que quieres expoliarme?».

—No, creo que no.

Simon la había entrenado para que hablara lo menos posible. «No digas nada por iniciativa propia, no acuerdes nada nuevo y finge que todo va bien».

A Eleanor no le gustaba tener que fingir. ¡Esos abogados y sus tejemanejes!

Con todo, el hombre le despertaba cierta compasión. Menudo disgusto se llevaría cuando llegara al juzgado con su testamento anterior y se enterara de que Simon acababa de salir de allí tras la legalización del documento nuevo.

No eran ni las once de la mañana, pero Wally le propuso que comieran juntos. Con Fran, claro. Conocía el sitio ideal, un local de *sushi* inaugurado hacía poco que la gente ponía por las nubes.

Eleanor le dio las gracias con amabilidad. La propuesta la

pilló por sorpresa, pero supo rechazarla con elegancia diciendo que no se encontraba muy bien del estómago.

Ya había ido a comer a ese sitio con Simon y no le entusiasmó.

En menos de media hora, habían terminado. Eleanor le dio las gracias a Wally por su tiempo, y él hizo lo propio. La acompañó a la puerta del bufete y se despidió de ella en la calle, donde Simon los vio desde la acera de enfrente.

En Braxton, una población de treinta mil habitantes, las opciones de gozar de una cena exótica eran limitadas. Por el momento, su aventura gastronómica los había llevado a catar platos de Asia oriental, América Latina, Europa, Afganistán y la India. Nueve restaurantes en total. Y Simon tenía ganas de poner fin al proyecto. Él, a mediodía, solía tomar un sándwich barato en la mesa del despacho, que a menudo se preparaba en casa cuando existía un lugar al que podía llamar así.

Cuando Netty lo llamó para sugerirle que fueran a comer, tuvo ganas de proponerle que hicieran un paréntesis. No conocía ningún otro restaurante étnico en Braxton ni en los alrededores. En Washington D. C. los había a millares, pero eso estaba como mínimo a una hora de trayecto.

—Pues volvamos al Tan Lu —dijo ella—. Creo que es mi favorito.

Simon no se había planteado concederle una vuelta de la victoria.

—Claro. Me parece estupendo.

Era un restaurante vietnamita con una comida excepcional, y a las 12.15 del mediodía de los seis días de servicio semanales solía estar a rebosar.

Llegaron a las once y media y encontraron una mesa libre. En el Tan Lu no se molestaban en hacer reservas. La camarera era la hija adolescente de los propietarios, una estudiante excepcional nacida en Braxton que tenía planes de ingresar en la universidad. Tomó nota de la ración de *pho*, la tradicional sopa de fideos orientales con pescado y cebolla. Empezaron con una ensalada *goi* y pidieron rollitos de gamba como guarnición.

—Y galletas de jengibre, claro —añadió Netty entre risas.

Las galletas de jengibre vietnamitas eran tan populares que los propietarios las vendían en cajas para llevar.

Mientras la mujer seguía charlando sobre las partidas de cartas con Doris y las chicas, a Simon volvió a asaltarlo el temor de que lo estuviera tomando por tonto. No había comprobado sus activos. La mujer se negaba a mostrarle sus extractos bancarios y los informes de corretaje. ¿Acaso tenía tantas ganas de creerla y codiciaba tanto su dinero que estaba obviando las banderas rojas de forma consciente?

La camarera les sirvió un plato de verduras crudas de colores vistosos acompañadas por una salsa de pepino, y Netty se sirvió té especiado de un recipiente pequeño.

—Aún no hemos hablado de ese rollo del Tribunal Municipal, ¿verdad, Sy?

Él salió de su ensoñación.

—No, pero la cosa está en vías de solución —repuso él—. He negociado con el fiscal y el tribunal lo descartará todo a excepción de una multa de tráfico. Te costará cuarenta dólares y no quedará ninguna sanción permanente en tu historial. A principios de diciembre me presentaré en el juzgado y me ocuparé de todo.

—¿Yo tengo que ir?

—Ah, no, Netty. He arreglado las cosas para que no tengas que presentarte allí otra vez.

La mujer suspiró con dramatismo y dio la impresión de estar al borde de las lágrimas.

—Muchas gracias, Sy. No me gustó nada estar en aquel juzgado con toda aquella gente.

—¿Con esa gentuza?

—No lo he dicho yo. Ya me entiendes.

—Te entiendo perfectamente.

—Gracias por salvarme de tener que ir al juzgado, Sy.

—De nada. Es mi trabajo. —Uno que, al parecer, no le iba a reportar ningún ingreso inmediato, aunque tenía planeado recuperar hasta el último centavo de los gastos—. Pero conduce más despacio, Netty. Y haz caso de las señales de tráfico. Si te ponen otra multa, quizá no sea capaz de obrar mi magia.

¿Magia? Cualquier abogado de Main Street sería capaz de manipular al Tribunal de Tráfico como él había hecho.

Llegó el *pho*, y del caldo emanaba vapor. Ambos aspiraron el aroma a la vez que cogían la cuchara. Comieron y hablaron de los temas habituales, aunque Netty pareció menos interesada en su familia. A lo mejor se había dado cuenta de que no iba a presentársela. Simon volvió a fingir interés en el club de póquer, como solían llamarlo las chicas. Una vez a la semana, se reunían para jugar un torneo de *gin rummy* en sus respectivas casas. Tomaban jerez, comían bombones y jugaban por equipos tras apostarse un dólar, y en ocasiones también veían una película. Lo pasaban muy bien y Netty dijo que le gustaría que Simon se uniera a ellas. El abogado estuvo a punto de dormirse.

De postre, les sirvieron las galletas en sendos platillos, acompañadas de miel caliente para mojarlas. A Netty le encantaron, y le pidió la receta a la camarera. Era una masa de harina de trigo integral, harina ecológica, jengibre triturado, leche y mantequilla, recubierta por semillas de sésamo y glaseado de azúcar moreno. Estaban muy crujientes y se deshacían al comerlas, pero a ambos les traían sin cuidado las migas. Netty se comió cuatro y las acompañó con una taza pequeña de *cà phê*, un café de huevo con leche condensada.

La comida costó casi ochenta dólares, y la cuenta corrió a cargo de Simon.

# 23

Recibió la llamada en su móvil el jueves por la noche, mientras veía el baloncesto universitario, uno de esos partidos de pretemporada soporíferos en los que el equipo local le paga unas buenas «dietas de viaje» a uno visitante muy inferior, que normalmente encaja al menos noventa puntos y anota como mucho la mitad. No tenía ni el más mínimo interés en el partido y echaba dolorosamente de menos apostar como hacía antes. En la pantalla del teléfono salía el nombre de Eleanor, así que contestó inmediatamente.

—¿Señor Latch? —preguntó una voz masculina que no conocía.

—Sí, soy Simon Latch. ¿Quién es?

—Soy el sargento Pully, del Departamento de Policía de Braxton. Creo que nos hemos visto una vez en los juzgados.

—Oh, sí, lo recuerdo. —No tenía ni idea de quién era, pero siempre era aconsejable seguirle la corriente a la policía, sobre todo cuando llamaba a horas intempestivas. Estaba claro que había sucedido algo y seguro que no era bueno—. ¿Qué ocurre?

—Ha habido un accidente de tráfico en el que se ha visto implicada Eleanor Barnett. La han trasladado al hospital con varias heridas, pero parece que su vida no corre peligro. Ella me ha dicho que usted es quien se encarga de sus asuntos y me ha pedido que lo llame.

No habían acordado explícitamente que él se ocupara de sus asuntos, pero, como había visto según iba evolucionando su relación personal, era evidente que Eleanor no tenía a nadie más. Y tampoco le suponía a Simon ningún problema.

—Sí, es cierto. ¿Puede contarme lo que ha pasado?

—Claro, pero ella quiere verlo. Estoy en el hospital, así que véngase por aquí y hablamos. —No era una petición, sino más bien una orden.

Veinte minutos después estaban los dos delante de la puerta de Urgencias, porque Pully quería fumar.

—Conducía la señora Barnett y llevaba con ella a una acompañante, Doris Platt —le contó el policía—. ¿Conoce a la señora Platt?

—Más o menos. Aunque nunca nos hemos visto en persona.

—Según la señora Platt, ambas habían ido a una fiesta de Navidad con un grupo de señoras de cierta edad. Allí jugaron a las cartas, al *gin rummy* creo, cenaron y demás, y al parecer lo remojaron todo bien con jerez. Cuando se fueron, la señora Barnett se puso al volante.

—Se supone que no debe conducir de noche.

—Y por muy buenas razones. Y tampoco beber y conducir es una buena combinación. La señora Platt ha contado que iban solas por la carretera y charlando, cuando se saltaron un semáforo en rojo en South Poplar y chocaron con otro vehículo. Los dos ocupantes del otro coche están bastante magullados, pero no tienen nada grave, o al menos eso dice el informe inicial.

—Oh, madre mía —exclamó Simon mientras meneaba la cabeza.

—Ocurrió hace un par de horas. Los cuatro llegaron al hospital en ambulancia y creo que están todos estables. Le he echado un vistazo al expediente de la señora Barnett. No pinta bien. Tiene tres multas por exceso de velocidad pendientes y una también incluye conducción temeraria. Y la compañía le anuló el seguro del coche este mismo mes.

—¿En serio?

—Me temo que sí. Allstate se lo notificó al Departamento de Vehículos a Motor el 2 de diciembre.

Simon frunció el ceño y volvió a menear la cabeza.

—Creía que usted se ocupaba de sus asuntos —comentó el policía.

—No de todos. Ella se encarga de sus facturas, o al menos eso es lo que me decía. ¿Está seguro de que el accidente ha sido culpa suya?

—Todavía no ha concluido la investigación en la escena, pero hay testigos oculares que la vieron saltarse el semáforo en rojo. Además, la declaración de Doris Platt confirma lo que han dicho todos ellos.

—Y no tenía seguro en vigor.

—Aparentemente no. Además, por lo que dicen los testimonios, había bebido.

—Ella no bebe.

—Pues esta noche ha hecho una excepción. Doris lo ha confirmado.

Doris debería cerrar la boca, pensó Simon, pero se mordió la lengua.

—Nos ha dejado tomarle una muestra de sangre —continuó Pully—. Estamos esperando los resultados.

—¿Le han sacado una muestra?

—Sí. Ella dio el consentimiento, por escrito.

—¿Pero sabía lo que firmaba?

—Sí. Había dos enfermeras presentes y ambas confirman que estaba lúcida.

—¿Ha perdido la consciencia en algún momento?

—Creo que no, pero yo no he estado en la escena. Tiene la pierna izquierda bastante magullada, aunque no sé qué se verá en las radiografías. Todavía la están evaluando. —Pully frunció el ceño y prestó atención a algo que le decían por el auricular que llevaba puesto—. Tengo que ir a comprobar una cosa. ¿Le importa esperarme en la sala? No tardaré mucho.

Simon había dejado de fumar en la universidad, pero en aquel momento le pidió un cigarrillo a Pully y le dijo que le esperaría allí fuera. El sargento regresó una hora después. Encendió otro cigarrillo y anunció:

—El análisis preliminar de la muestra de sangre da un resultado de 0,9. Por encima del límite permitido. La acaban de trasladar a una habitación y el médico dice que puede pasar a verla. Está muy alterada y quiere hablar con usted.

—¿Sigue bebida?

Pully lo encontró divertido y soltó una carcajada.

—Seguramente estará todavía bastante «contenta». Vamos, le acompaño.

Era casi medianoche cuando Simon entró en la habitación. Había dos enfermeras recolocando tubos y comprobando monitores. Eleanor tenía la mitad de la frente cubierta por un aparatoso vendaje hecho con gasas y la pierna envuelta en uno de algodón. Tenía los ojos cerrados.

Como no se le ocurrió otra cosa que decir, se limitó a preguntar:

—Bueno, ¿cómo está?

—No es su mejor día —contestó una enfermera—. Dos costillas rotas en el costado izquierdo. Cortes y muchos hematomas. La rodilla izquierda se ha llevado un buen golpe. Va a estar dolorida bastante tiempo.

Eleanor abrió los ojos, lo vio y extendió el brazo derecho, del que colgaban dos tubos. Él le apretó los dedos con suavidad.

—Hola, Netty —saludó—. Siento mucho lo que te ha pasado.

—Yo también —repuso ella con una voz apenas audible—. ¿Has visto a Doris?

Él negó con la cabeza.

—Está al final del pasillo —señaló una de las enfermeras.

—Le vamos a inyectar morfina para el dolor —dijo la otra—, así que va a dormir durante un buen rato. ¿Le duele, señora Barnett?

Ella cerró los ojos.

—Un poco, supongo —contestó—. Quédate, Simon, por favor.

A él ni se le había pasado por la cabeza quedarse allí toda la noche. Miró alrededor en busca de algún sitio para acomodarse y una enfermera le señaló con la cabeza la única butaca que había en la diminuta habitación.

—Esa butaca se puede reclinar. La gente duerme ahí.

Simon se quedó mirando el mueble. Se trataba de un extraño engendro diseñado para destrozar las lumbares inferiores.

Pully prestó atención a lo que le decían por el auricular de nuevo.

—Tengo que irme —anunció—. Volveré mañana para tomarle declaración a la señora Barnett.

Simon estuvo a punto de exclamar: «Ella no le va a decir ni una palabra más a la policía», pero decidió guardar silencio. Ya se ocuparía de los problemas legales al día siguiente. La enfermera le inyectó a la paciente en la vía el líquido que la iba a dejar KO, le sonrió a Simon y articuló en silencio moviendo solo los labios: «Se dormirá enseguida».

—Está en su casa —dijo la otra.

Y las dos salieron de la habitación y lo dejaron a solas con su clienta. Se quedó junto a la puerta mucho rato, intentando digerir la imagen surrealista que tenía delante. Eleanor parecía diminuta y frágil en esa cama, cubierta hasta el cuello por una fina sábana blanca, con la cabeza girada hacia la izquierda, y un tubito saliéndole de una ventana de la nariz.

¿Cómo podía ser que esa persona, esa amable anciana que había conocido nueve meses antes, hubiera entrado en su vida de esa forma tan dramática? ¿Cómo había vivido cómodamente durante ochenta y cinco años, para al final llegar a un punto en el que no tenía a nadie que se preocupara por ella más que él? Ni familia, ni amigos, aparte de Doris, a la que había estado a punto de matar.

Tenía que admitir, solo para sí mismo, que la avaricia había sido la razón que lo impulsó desde un principio. Meses atrás podría haber hecho únicamente lo que ella le pedía, un testamento sencillo por el que le habría cobrado doscientos cincuenta dólares, y haberse lavado las manos. Y eso es justo lo que habría ocurrido si ella no hubiera tenido dinero. Matilda habría archivado su testamento con los otros cientos que había hecho y él se habría olvidado de ella inmediatamente.

Pero la clienta no era pobre, ni mucho menos, y parecía bastante vulnerable. Así que su habitual buen juicio quedó corrompido por la avaricia. Vio una forma fácil de hacerse con el control de su dinero; una fortuna que además estaba oculta a ojos de todos los demás, una situación ideal, y que, bajo su diestro control, seguiría siendo un maravilloso secreto.

Miró el reloj digital que había en la esquina de uno de los monitores que ella tenía encima de la cabeza. Los números verdes marcaban las 00.42.

Examinó la butaca y encontró una forma de acomodarse en ella sin destrozarse una vértebra. Cuando cogió la postura, consiguió tumbarse con la cabeza apoyada en la pared. Estudió la silueta de la figura diminuta que había bajo las sábanas. Se oía el pitido suave, constante y molesto de una máquina que le controlaba algo. También los pasos de las enfermeras y los celadores por el pasillo. Y se preguntó cómo era posible que alguien durmiera allí, aparte de los pacientes que, por suerte, estaban drogados.

Cerró los ojos e intentó respirar profundamente.

Había muchos asuntos de los que preocuparse. Su querida Netty tendría que enfrentarse a una acusación penal por conducción bajo los efectos del alcohol. Y seguro que la demandaban las otras personas que habían terminado heridas en el accidente. Eso sería justificación suficiente para que los abogados de las partes investigaran sus finanzas. Los cargos penales y las demandas se harían públicos.

Cuanto más lo pensaba, más problemas iba encontrando. Abrió los ojos y miró el reloj: las 00.46.

Se levantó con cuidado de la butaca y salió de la habitación. Bajó por las escaleras las dos plantas que lo separaban de la entrada y al llegar siguió las indicaciones para la cafetería. Sus tres hijos habían nacido en aquel mismo hospital, pero eso fue antes de que lo reformaran varias veces. Siempre que iba, encontraba nuevas alas y pasillos. La cafetería estaba cerrada, así que se vio obligado a sacar un café de la máquina. Salió del edificio, dio un sorbo y tiró el resto.

Pensó en huir. Eleanor estaba fuera de combate y seguiría así varias horas. ¿Por qué no se iba a dormir él también? Podría volver a El Armario, acostarse hasta las seis de la mañana, ducharse y volver al hospital. No tenía sentido hacerle de niñera a una mujer totalmente ajena a lo que pasaba en este mundo.

# 24

Había un par de abogados en la ciudad que todo el mundo sabía que pululaban por las Urgencias y los pasillos del hospital, buscando aprovecharse de las circunstancias y conseguir que los contratara alguno de los familiares de las personas que habían sufrido lesiones en accidentes de tráfico o laborales. Eran reminiscencias de un pasado anterior a la avalancha de anuncios en televisión y vallas publicitarias, cuando no se veía bien lo de «perseguir ambulancias». Estaban atentos a las radios policiales, sobornaban a los conductores de las grúas y utilizaban infinidad de trucos más para asegurarse clientes. Simon los conocía bien y quería mantenerlos lo más lejos posible de Eleanor, aunque cualquiera de ellos no tardaría en enterarse de que era más que probable que ella acabara siendo la acusada, y no la demandante.

Volvió al hospital a las siete de la mañana y encontró a la anciana todavía completamente dormida. Se acomodó junto a su cama con los periódicos de la mañana y una gran taza de café, como si hubiera pasado allí toda la noche. Tosió, agitó las páginas de los periódicos e hizo todo el ruido posible. Por fin, Netty se despertó y abrió los ojos. Entonces fue a sentarse en el borde de la cama, le preguntó cómo se encontraba y ella dijo que no lo sabía. Entró un médico y le revisó superficialmente los vendajes. Cuando se fue, Simon preguntó:

—¿Te apetece algo de comer?

—No, gracias. Pero me alegro de que estés aquí, Simon.

No tenía intención de dejarla por nada del mundo.

—¿Quieres un café?

—No, pero sí me vendría bien un poco de agua.

Fue a por un vaso de plástico con agua y se le pasó por la cabeza que debería preguntarle qué tal llevaba la resaca.

Ella bebió con una pajita y preguntó:

—¿Dónde está Doris?

—Al final del pasillo. Se encuentra bien. Al parecer llevaba puesto el cinturón. Y tú no.

—Ay, Dios. No recuerdo gran cosa.

—Te has dado un golpe en la cabeza, te han puesto puntos. También tienes dos costillas rotas.

—¿Me puedes contar qué pasó?

Él le dio una palmadita en el brazo.

—Es una larga historia y no es bonita.

Se fue pasadas las nueve y, al salir, tuvo una conversación con la enfermera jefe, Loretta Goodwin. Le dio órdenes de que nadie, ni la policía ni ninguna otra persona, hablara con la señora Barnett, y le pidió que estuviera atenta para que no se le acercaran tampoco otros abogados, peritos de seguros o gente por el estilo. Loretta asintió a la vez que ponía los ojos en blanco. En ese trabajo ya había visto de todo.

Cuando llegó al despacho, le contó lo que había ocurrido a Matilda y le dijo que no le pasara llamadas. Cerró la puerta, se tumbó en el sofá e intentó organizar sus pensamientos. Eleanor seguramente permanecería unos cuantos días en el hospital, una oportunidad de oro para poder investigar en profundidad sus finanzas y volverse indispensable para la anciana. Podía solicitarle al juzgado que estableciera una curatela para ocuparse de sus facturas y esas cosas; si conseguía que se la concedieran, tendría acceso a prácticamente todo. La desventaja era la notoriedad. Quedaba constancia pública de cualquier petición que se hiciera en un juzgado y no faltaban cotillas en ese lugar. Hasta el momento, en los nueve meses más o menos que llevaba representándola, había logrado que su nombre no se relacionara con el de ella. Eso cambiaría cuando falleciera y él legalizara su testamento, pero por el momento prefería seguir en el anonimato.

Acababa de quedarse dormido cuando Matilda aporreó la puerta. Sin esperar a que le respondiera, entró con cara de pánico. A Simon no le dio tiempo ni a levantarse antes de que ella dijera:

—Hay dos hombres con traje negro ahí fuera. FBI, con placas y demás. Unos tíos muy serios.

—¿Qué es lo que has hecho ahora?

—¿Quién, yo? No, jefe. Vienen a verte a ti.

—Diles que pasen.

Simon inspiró hondo varias veces, intentó relajar la expresión, se obligó a mostrar una sonrisa y fue a recibirlos a la puerta. Otro emocionante día en la vida de un abogado en una ciudad pequeña.

Como todos los agentes del FBI son «especiales», se presentaron como agente especial Perez y agente especial Underwood. Llevaban trajes y camisas iguales, pero las corbatas eran de diferentes tonos de azul. Se sentaron en las sillas de delante del gran escritorio, frente a Simon, que ocupaba su trono giratorio. Entonces este puso el móvil encima de la mesa, pulsó una tecla y advirtió:

—Solo por diversión, voy a grabar todo lo que se diga en esta habitación.

Los dos se encogieron de hombros a la vez.

Tras un incómodo intercambio de frases sobre el tiempo, fue al grano.

—¿Qué se les ofrece?

Underwood, que parecía un poco mayor, veintinueve o treinta tal vez, era el que estaba al mando. Obviamente tenía más experiencia en cuanto a bravuconerías y fanfarronadas.

—¿Ha visto mucho últimamente a Hubert Nelson?

Simon se quedó perplejo y no fue capaz de responder.

—También se le conoce como «Chub». Es dueño de unos cuantos bares en la zona —añadió el agente especial.

—Perdonen, no sabía que Chub tenía un nombre de verdad. Hace quince años que lo conozco y nunca he oído que nadie se dirigiera a él como Hubert. Aunque sí he visto cómo lo llamaban muchas otras cosas. —A Simon ese comentario le pareció gracioso, pero por lo visto a ellos no—. ¿Qué es lo que ha hecho Chub?

—Estamos intentando averiguarlo —contestó Underwood—. La investigación se centra en un tema de apuestas ilegales. Nuestras fuentes nos dicen que Chub está implicado en ellas. ¿Sabe algo de eso?

—Bueno, caballeros, estas son las normas. Si soy sospechoso de algún delito, no voy a hablar con ustedes sin mi abogado presente. Así de sencillo.

—No le he preguntado nada sobre usted. ¿Qué me dice de Chub? ¿Alguna vez ha hecho alguna apuesta deportiva con él?

—Si lo hubiera hecho, sería un delito. Así que, si me están preguntando si he cometido un delito, les repito que podemos volver a hablar de eso cuando llegue mi abogado.

Los dos se levantaron a la vez. Underwood tiró una tarjeta de visita sobre la mesa.

—Gracias, estaremos en contacto —dijo a modo de despedida.

Simon no se movió cuando abrieron la puerta y salieron. Los oyó hablar con Matilda e irse. Inspiró hondo varias veces para intentar bajar la velocidad de sus pulsaciones. Se recostó y puso los pies en la mesa, como si no le preocupara nada en el mundo. También pensó en qué le iba a contar a Tillie, que aparecería en cualquier momento.

—¿De qué iba todo eso? —preguntó ella desde el umbral.

—Siéntate.

Su versión de la historia era que los federales estaban investigando unas apuestas ilegales que supuestamente organizaba Chub. Desde que se había separado de Paula, Simon había pasado más tiempo en el pub de Chub y había hecho alguna que otra apuesta pequeña en algunos partidos. Nada importante. Había ganado más de lo que había perdido, etcétera. Todos sus amigos apostaban. Los federales solo estaban comprobando pistas.

—Yo voy a Yesterday's de vez en cuando —comentó ella—. Es un sitio agradable.

Yesterday's era el único intento de Chub de tener un bar en el que todo era legal. Lo frecuentaban solteros y matrimonios jóvenes.

—No hay nada de lo que preocuparse —dijo Simon, pero el estómago le dio un vuelco—. ¿Es que no tienen delitos más importantes para entretenerse?

—¿Apostar sigue siendo un delito?

—Depende de cómo lo hagas. Pero no te preocupes. No tiene importancia.

Ella cerró la puerta al salir y Simon volvió a tumbarse en el sofá. ¿Dónde demonios estaba Landy? ¿No le había garantizado prácticamente que no iban a por él? Hizo otra serie de respiraciones profundas y después decidió que esa visita solo era algo rutinario por parte de un par de novatos que tenían que presentarle algo a su supervisor. Seguía negándose a creer que podía enfrentarse a cargos penales por apostar. También sabía que la popularidad creciente de las apuestas deportivas no las convertía en algo legal, ¿pero por qué los federales habían escogido a Chub entre los miles de corredores de apuestas de la ciudad? ¿Y por qué habían elegido a Simon entre los millones de apostadores ocasionales?

No quería creer que podía estar metido en un lío.

Dejó de pensarlo, fue a su mesa, llamó a Tillie y le dijo que le enviara flores a Eleanor Barnett, a la habitación 328 del Blue Ridge Memorial Hospital.

A la hora de la comida, Simon volvió al hospital. Mientras aparcaba, se preguntó cuántas veces tendría que hacer lo mismo durante las próximas semanas. Los hospitales eran sitios muy deprimentes.

Llamó a la puerta y la abrió diciendo:

—¿Hay alguien en casa?

Pero la cama estaba vacía. No, no había nadie. Oyó voces detrás de él, y, cuando se giró, vio que alguien abría la puerta de par en par. Dos hombres jóvenes con uniformes del hospital empujaban una camilla en la que iba la frágil Eleanor, tapada con las sábanas de cintura para abajo. Estaba incorporada y apoyada en las almohadas y lo miró con una gran sonrisa.

—Hola, Sy, qué bien que hayas vuelto —lo saludó.

Él se apartó para dejar sitio a la camilla.

—Estos son dos nuevos amigos —dijo ella, demasiado alegre, como si hubiera estado bebiendo otra vez. Simon entendió inmediatamente que era el efecto de los fármacos—. Me han llevado abajo para hacerme más radiografías. Son Bill y Oscar.

Simon los saludó con un gesto de la cabeza, pero ellos ni se fijaron. Cuando se preparaban para volver a acostarla en la cama, uno de ellos dijo:

—Por favor, salga al pasillo. No tardaremos.

Simon se quedó mirando la tarjeta de identificación que llevaba sujeta a la parte de arriba del uniforme blanco: OSCAR KOFIE.

Obedeció y al salir se encontró con Loretta Goodwin, que parecía estar esperándolo.

—¿Tiene un momento?

—Sí, claro.

La enfermera miró alrededor y le habló en voz baja.

—Durante la ronda de esta mañana, a los médicos les ha preocupado el estado de su pierna. Hay una hemorragia que puede que requiera una cirugía menor, nada complicado. Pero han pedido más radiografías. El problema es que la señora no tiene testamento vital, declaración de voluntades anticipadas, ni poder de representación médica. Y evidentemente no tiene familia. Lo ha puesto a usted como persona de contacto. ¿Hay alguien más?

—No, que yo sepa.

—Vale. Entonces ¿podría usted hablar con ella y explicarle que tiene que cumplimentar algo de papeleo y que sea cuanto antes?

—Claro, encantado de ayudar. ¿Cuándo será la cirugía?

—No la han programado todavía y es posible que ni siquiera sea necesaria. La van a tener en observación un par de días. Todo esto es solo porque el hospital necesita que tenga registrado a alguien como su representante a la hora de tomar decisiones médicas.

—Vale. Se lo explicaré.

En la puerta apareció la camilla vacía y Bill y Oscar se alejaron por el pasillo con ella.

Simon le dictó a Tillie un poder y una declaración de voluntades anticipadas, en los que se le otorgaba a él total autoridad sobre prácticamente todos los aspectos de los negocios y los asuntos médicos de Eleanor. Volvió al hospital, donde tuvo que estar media hora esperando en la puerta de la oficina de la directora y administradora principal, la doctora Connor Wilkes. Cuando entró, le explicó lo que quería hacer y le pidió su ayuda.

—Necesito que quede claro que ella firma estos documentos comprendiendo perfectamente todo lo que contienen.

—¿No hay familiares?

—Me temo que no. Yo preferiría no tener que hacer esto —afirmó muy serio—. Pero es que no hay nadie más.

La doctora Wilkes se mostró reticente. Obviamente no le gustaba la idea de que un abogado pretendiera que una paciente de avanzada edad y muy medicada firmara papeles importantes. Pero Simon se mostró convincente e insistió.

—Deme una hora para explicárselo todo a mi clienta —pidió.

No fue nada fácil, dado su estado mental. Estaba horrorizada por lo que había hecho, y muy preocupada por Doris y los ocupantes del coche con el que había chocado. Para ella era inconcebible tener que enfrentarse a una acusación por conducción bajo los efectos del alcohol.

—No voy a ir a la cárcel, ¿verdad? —le preguntó varias veces.

Simon le prometió que no, aunque no estaba muy seguro. Quería apaciguar sus miedos, pero era imposible. Se mostró firme, aunque comprensivo, porque lo sentía realmente por ella.

—Nadie está pagando tus facturas, Netty —le dijo—. Yo me ocuparé de todo el papeleo hasta que te pongas bien. Ojalá hubiera alguna otra persona a quien recurrir.

Ella se limpió las lágrimas.

—Ojalá, Simon, pero no hay nadie.

En cuanto al poder, le explicó que era solo algo temporal y que podía revocarse cuando ella quisiera. Y le prometió que no firmaría ningún cheque sin antes consultárselo, pero que era importantísimo que tuviera acceso a su talonario, sus facturas y cualquier otro documento financiero.

—¿Y no voy a poder volver a conducir? —preguntó ella sin dejar de llorar.

—No, Netty, eso se ha acabado para ti.

La declaración de voluntades anticipadas era más complicada. En ella se establecía que su «representante médico» tendría acceso a sus datos, sus médicos y similar. En caso de que quedara completamente incapacitada, el documento especificaba su deseo de no resucitación, y también que la paciente no quería que se prolongara su vida con la ayuda de fármacos, tubos de alimentación, respiradores u otros dispositivos médicos.

—¿Me voy a morir? —no dejaba de preguntar.

Simon le aseguró que, por el momento, se iba a recuperar y que esa declaración, que también incluía sus últimas voluntades en caso de fallecimiento, solo se utilizaría para futuras eventualidades médicas.

Cuando llegó la doctora Wilkes, vino acompañada de un séquito en el que también estaba el doctor Samuel Lilly, el médico que atendía a Eleanor. La habitación se llenó de gente con el ceño fruncido, que miraba a Simon con mucho recelo. No esperaba otra cosa. Así que sacó su lado más encantador, explicó el contenido de ambos documentos, preguntándole varias veces a Eleanor si comprendía lo que le estaba pidiendo que hiciera. La doctora Wilkes habló largo y tendido con la paciente y esta fue capaz de seguir la conversación razonablemente. Fue un interrogatorio bastante exhaustivo, así que Eleanor empezó a cansarse y el séquito también.

Cuando se quedó sin preguntas, Simon se dirigió a la doctora Wilkes.

—Podemos dejar esto para otro momento, si lo prefiere —ofreció.

Pero ninguna de las personas que había en aquella habitación quería repetir la reunión. Eleanor parecía entender lo que estaba haciendo y ella misma decidió terminar la entrevista.

—No, no quiero tener que volver a pasar por esto otra vez. Confío en Simon y quiero firmar esos papeles.

Lo hizo y un funcionario certificó sus firmas. Simon les dio las gracias a todos y prometió entregarles copias para los archivos del hospital. Cuando se fueron, Eleanor le dijo que estaba rendida, exhausta y que tenía hambre, así que la dejó en manos de las enfermeras. Se despidió y prometió que volvería por la noche.

En el vestíbulo se encontró con el sargento Pully y tuvieron una tensa conversación sobre la situación. Pully le preguntó a Simon cómo quería que se hiciera la detención.

—Lo dirá en broma. ¿Qué prisa tiene? No se va a ir a ninguna parte.

—¿Cuánto tiempo va a permanecer en el hospital?

—Acaba de ingresar. No la atosigue.

—Sus víctimas se están quejando.

—Pues que sigan haciéndolo. No hay ninguna prisa. Cuando pueda caminar, cooperaremos completamente. Pero, por ahora, déjela en paz, ¿quiere?

—Me gustaría tomarle declaración.

Simon se irritó aún más.

—No va a hablar con ella, ¿lo entiende? Ni una palabra. Déjela tranquila o llamaré a su jefe.

—Oiga, no me gusta que me amenacen, sobre todo los abogados.

—Y a mí no me gustan los policías que se exceden en sus funciones. Seguro que tiene cosas mejores que hacer que acosar a ancianas ingresadas en un hospital. Tómeselo con calma y le aseguro que cooperaremos.

—Más le vale. Los veré en los juzgados.

—Señor, le aseguro que ese es el último lugar donde quiere verme.

Y Simon se alejó con aire arrogante, como si realmente fuera un abogado litigante muy duro de pelar.

# 25

Simon no quería seguir en la casa después de que anocheciera, ni que la gente se fijara en que había un coche desconocido en la entrada. No era aconsejable que apareciera algún vecino cotilla, llamara al timbre y se pusiera a hacer preguntas. Tampoco le convenía parecer abogado, ni una persona con cierta autoridad, así que se puso unos vaqueros y una chaqueta informal. Su intención era hacer las cosas con tranquilidad, sin que nadie le metiera prisa.

A las tres de la tarde aparcó donde ella tenía antes el viejo Lincoln y apagó el motor. Acababa de dejar el coche de Netty en el depósito de la ciudad, para que lo convirtieran en chatarra. Había quedado siniestro total. Ella había tenido suerte de salir del accidente solo con heridas leves. Le hizo unas fotos antes de llevarlo por si acaso, pero seguro que no las necesitaría.

La casa no tenía sistema de alarma. Netty le había dicho que Harry opinaba que no servían para nada y no quería gastar dinero en eso. Hacía diez años ya de la muerte de su marido, pero ella a menudo hablaba de él como si todavía estuviera vivo.

Cuando entró en el salón, le llegó un aroma agradable, seguramente restos de una vela aromática. Parecía olor a pino. Encendió las luces del salón y la cocina y se quedó allí parado, haciendo inventario. La casa estaba inmaculada y todo en orden. Las encimeras de la cocina estaban despejadas; encima solo había una tostadora y una cafetera, que tenían, al menos, treinta años. Pasó un dedo por la barra de desayuno de madera. Ni una mota de polvo. Los muebles eran bastante modernos; no tenía nada antiguo ni nada recién comprado. Pero la televisión sí era un poco vieja, una de la marca Motorola con dos mandos a distancia. Había un piano de pared en un lado. No recordaba que Netty le hubiera mencionado nunca que tocara el piano. Entró en el pequeño estudio y fue directo al escritorio, un excedente del gobierno que se remontaba a los años sesenta, con patas cromadas y paneles de metal. Como ella le había dicho, el correo reciente estaba en una bandeja en la esquina derecha.

La silla, de mimbre y con el respaldo recto, era tan frágil e inestable que parecía diseñada para una mujer que pesara menos de cuarenta y cinco kilos. Se sentó despacio para que no se desintegrara. El escritorio tenía la superficie de cristal y estaba bien organizado, no había nada fuera de su sitio. En una taza grande había la habitual colección de bolis, lápices, clips, etcétera. Netty era muy limpia y ordenada. No había ordenador, ni iPad, ni ningún otro aparato electrónico. Cogió un montón de correo y se puso a ojearlo, con cuidado de no dejar nada fuera de su sitio. No encontró la factura de ninguna compañía de internet. Tal vez la tenía combinada con la tele por cable, como él. También se dio cuenta de que en ese montón no estaban todas sus facturas mensuales. Llegarían otras más adelante.

Aunque le picaba la curiosidad, se sintió como un asqueroso *voyeur*, metiendo las narices en los asuntos privados de la anciana. Pero no dejaba de decirse que no tenía elección, que alguien debía hacerlo.

Encontró unas cartas bastante bruscas de Allstate en las que informaban a Eleanor de que le cancelaban el seguro del automóvil. Y varios avisos de falta de pago y facturas sin pagar.

El talonario de cheques estaba en el cajón central, exactamente donde ella le había dicho. Lo guardaba en una carpeta de cuero azul tipo cuaderno. Había tres cheques por página y las matrices de otros que revelaban gastos de hasta dos años atrás. Las revisó y se hizo una imagen clara de lo que ella compraba, nada inusual ni sorprendente. Aparte tenía una tarjeta de crédito, una Visa, la que se había visto obligada a usar para pagar el hotel junto al lago en el que se había alojado dos meses antes. Pero la utilizaba muy poco. En otro cajón encontró los extractos de otra Visa antigua, que estaban perfectamente ordenados por meses. Detrás estaban los extractos mensuales de su banco local. Los últimos eran de octubre y mostraban un saldo en su cuenta corriente de tres mil cien dólares. Llevaba una hora revisando cosas cuando se dio cuenta de que no había rastro de la factura de su despacho, que le debía desde hacía meses.

En el cajón inferior derecho había un montón de revistas (*AARP*, *Southern Living*, *Medicare Bulletin*, *Travel & Leisure*). Algunas tenían más de diez años y no había nada que indicara por qué razón las había guardado.

Lo que Simon quería encontrar era un extracto mensual de Rumke-Brown, la asesoría de gestión patrimonial de Atlanta que se ocupaba de sus acciones. Y también quería los extractos bancarios del East Federal, el banco en el que supuestamente tenía guardado el grueso del dinero. No encontró ninguno de los dos y eso le pareció preocupante. ¿Por qué los habría escondido?

Le había dicho que sus papeles importantes estaban bajo llave, en una caja fuerte escondida en lo más profundo de su armario. Él no le pidió esa llave y ella tampoco se la ofreció.

Cuando acabó de revisar todos los cajones, ya había oscurecido. Para ser su primera visita, ya llevaba allí demasiado tiempo, pero a esas alturas tenía más preguntas que cuando llegó.

Entonces sonó el timbre y Simon se sobresaltó, como si lo

hubieran pillado robando. Fue a la puerta, la abrió y le sonrió a una pareja de unos sesenta años.

—Vivimos al lado y hemos visto el coche —explicó el hombre.

—¿Qué hace usted aquí? —quiso saber la mujer.

—Me llamo Simon Latch. Soy el abogado de Eleanor. Ella está en el hospital.

—Ya lo sabemos. Nos lo han contado todo.

Simon los miró de arriba abajo mientras ellos también lo examinaban a él.

—No se preocupen, la estoy ayudando con sus cosas —los tranquilizó.

—¿Qué tal se encuentra? —preguntó el hombre.

—Más o menos. Pero tendrá que quedarse ingresada unos días.

—Nos han dicho que iba borracha —continuó la mujer—. Conducir bebida... No es propio de Eleanor.

—No puedo contarles nada, disculpen.

—¿Cómo ha dicho que se llama? —insistió el hombre.

—¿Y ustedes?

—Frazier, Norris Frazier. Y esta es mi mujer, Rose.

—Genial. Encantado de conocerlos. Yo soy Simon Latch, abogado. Le diré a Eleanor que han pasado a verla y a asegurarse de que todo estuviera en orden.

—Sí, por favor. ¿Podemos ir a verla al hospital? Aunque lo más seguro es que no vayamos. El año pasado Rose estuvo una semana en el hospital y Eleanor no apareció por allí. No, señor.

Durante un segundo Simon no supo qué responder.

—Mejor que no vayan aún, quizá dentro de un par de días —dijo por fin—. Los avisaré. Van a ver mi coche aparcado aquí de vez en cuando. —Empezó a cerrar la puerta mientras se despedía diciendo—: Pásense a saludar cuando quieran.

¿Era Frazier Norris o Norris Frazier? Se lo tendría que decir a Netty y no se había quedado con el nombre correcto. Rose era la mujer. La cabeza no paraba de darle vueltas por la acumulación de preguntas y posibilidades, y todavía tenía el corazón acelerado por la interrupción. Necesitaba irse ya de allí. Evitó la frágil silla de mimbre y se sentó en un taburete de cuero que había cerca del escritorio, cerró los ojos y respiró profundamente diez veces. Una verdad muy fea estaba empezando a rondarle por la mente y se hundió en un estado de ánimo sombrío.

No había dinero, ni fortuna, ni olla de oro llena de acciones de Coca-Cola y Walmart, ni un montón de efectivo en el banco de Atlanta. Había sido un imbécil, la víctima de una anciana desquiciada con una mente retorcida, un alma solitaria que lo había engañado, a él y seguro que a alguno más, haciéndole creer que era rica. ¿Rica? Miró a su alrededor, al pequeño estudio, y no vio nada que indicara que Eleanor Barnett tuviera ni la más mínima riqueza real. Era cierto que todo estaba pagado y, dado su propio estado financiero actual, eso le parecía un sueño, pero no tenía más dinero que muchas señoras mayores cuyos maridos habían sido frugales toda la vida. En los nueve meses que hacía que la conocía, ella no había gastado un centavo en nada que no fuera necesario. Ni siquiera se ocupaba de sus facturas. Él la había invitado a por lo menos una docena de comidas. Ella siempre llevaba la misma ropa, un día tras otro. No viajaba, ni decía que quisiera hacerlo.

Y en aquel momento estaba hecha polvo en un hospital y tendría que enfrentarse a demandas y a una complicada acusación por conducción bajo los efectos del alcohol. ¿Por qué demonios se encontraba metido en ese lío?

Por avaricia.

Al menos lo reconocía.

Cenó un sándwich de atún y queso fundido, sentado al fondo del Ethel's Diner, cuatro puertas más allá de su despacho. Junto a la caja había un pequeño árbol de Navidad de aluminio.

De fondo sonaba bajito *Jingle Bells*. Iban a ser sus primeras Navidades fuera de casa, lejos de los chicos, y eso lo deprimía mucho.

Pero le agobiaban todavía más unas ideas muy desagradables. Había llegado el momento de enfrentarse a Eleanor y exigirle que le mostrara sus extractos financieros. Solo cuando los tuviera sabría con seguridad si su testamento era un fraude, y entonces podría dar los pasos necesarios para librarse de esa clienta. Ella tenía ya muchos problemas legales, que se había buscado solita, y no tenía intención de dejarse liar para convertirse en su abogado a la hora de enfrentarse a todo eso. Ni siquiera le había pagado su primera factura de tres mil seiscientos cincuenta dólares. Si no cortaba el cordón inmediatamente, se vería metido en su acusación por conducción bajo los efectos del alcohol, que normalmente implicaba unos honorarios de cinco mil dólares, y a las demandas que pudieran llegar después por las consecuencias del accidente. No había forma de calcular a cuánto ascendería esa minuta, y eso sin contar con las indemnizaciones por los daños.

Se rio, a pesar de todo, por la ironía de que él, un abogado concursal, se viera obligado a solicitar la ejecución de un concurso de acreedores en nombre de Eleanor Barnett, una anciana excéntrica que seguramente llevaba toda la vida mintiendo sobre su patrimonio. Pero la risa se le atragantó enseguida. Pagó la cena y salió a la calle. En la acera opuesta, unos cantantes de villancicos estaban amenizando la noche a un pequeño grupo de gente que había delante de la iglesia episcopaliana. Durante un momento echó de menos su casa.

Como postre se tomó un bourbon con ginger ale, el primero de la noche. Lo necesitaba por culpa de la tarea desagradable que tenía entre manos. En una mesita que había en un rincón de su despacho extendió las facturas mensuales de Netty, las que estaban todavía en plazo y las pendientes desde hacía mucho, y cogió la gruesa carpeta de los cheques. Abrió las tres anillas y sacó las matrices. Miró detrás para ver cuántos cheques quedaban. Todavía había muchos. En la parte de atrás de la carpeta había un bolsillito que era casi indetectable. Dentro, bien guardada, había una libreta pequeña y fina, de unos veinte por doce centímetros. La sacó, la abrió y miró la primera página rayada. En el centro estaba escrito un año: 2015. Al pie, con una letra diminuta pero clara, estaba el nombre de Eleanor Barnett. Pasó la página. Allí había anotado con tinta azul:

4 de abril, BB: Coca-Cola a 41$, 238.000 acciones, total: 9.758.000$
WMart a 51$, 127.000 acciones, total: 6.400.000$
Albert, East Federal Atlanta, cuenta de efectivo: 362.000$
Dinero East Fed, cuenta bursátil: 890.000$
East Fed, certificado de depósito Jumbo: 744.000$
East Fed, cuenta de bonos del Tesoro: 501.000$
Third Fed, certificado de depósito 2016: 522.000$
East Fed, certificado de depósito 2017: 1.330.000$

Simon se quedó mirando esas cifras sin respirar durante largo rato y después intentó sumarlas mentalmente. Le daba miedo moverse, pero al final consiguió pasar otra página y se encontró el 6 de julio. Las cifras variaban ligeramente. Evidentemente Netty prefería redondear a la decena de millar más cercana.

Después estaba el 7 de octubre. Era obvio que BB y Albert la llamaban la primera semana de cada trimestre para informarla. Supuso que BB sería Buddy Brown. No tenía ni idea de quién era ese Albert, pero estaba claro que trabajaba para el East Federal.

Le dio otro trago a su copa y sintió que se le relajaba todo el cuerpo, como si se hubiera quitado el peso de una montaña de los hombros. El bourbon le había llegado ya al cerebro y había calmado las cosas considerablemente.

Lo de la libreta tenía sentido. Eleanor estaba obsesionada con el secretismo y sentía un miedo constante a que alguien descubriera el dinero y las acciones que poseía. Así que no guardaba pruebas de su existencia por ninguna parte. Rumke-Brown y el East Federal no le enviaban extractos mensuales, porque ella no los quería. Pero sí la llamaban para darle actualizaciones trimestrales. Eleanor era una mujer inteligente que tenía controlado su dinero.

La última entrada era del 6 de diciembre, casi tres semanas antes. Al pie de la página había apuntado: «Coca-Cola ha subido un 4% este año; WMart un 2,5%. Las tasas de interés de los certificados de depósito siguen siendo demasiado bajas».

Simon podía imaginársela tomando nota cuidadosamente durante las llamadas, y después volviendo a guardar la libreta en su escondite. Solo tenía veinticinco hojas de un papel cebolla de un color más bien beis. Se preguntó dónde tendría escondidas las libretas de los años anteriores.

Santa Claus acababa de llegar y Simon sintió que necesitaba reivindicarse un poco. No había sido tan tonto como pensaba. Su querida Netty estaba forrada y él se encargaría de gestionar su patrimonio algún día. Vació lo que le quedaba de la copa en el desagüe, se lavó los dientes, hizo gárgaras con el enjuague bucal, salió de su despacho y fue en coche hasta el hospital.

Cuando entró en la habitación, tras llamar a la puerta, se la encontró viendo la televisión a oscuras.

—Netty, soy yo. ¿Estás despierta?

Su cara se iluminó con una gran sonrisa y le tendió la mano derecha, con los tubos colgando del brazo y todo. Él le dio un apretón en los dedos frágiles y huesudos y le dijo en voz baja:

—¿Qué tal estás?

—Me encuentro mucho mejor —respondió contenta y con una voz más fuerte de la que él esperaba—. Gracias por venir de nuevo, Simon.

Era la tercera vez que iba a verla ese día. Miró a una mesita junto a la cama. Sobre ella descansaban tres ramos de flores y todos los habían enviado desde su despacho.

—¿Te ha visitado alguien más?

Como siempre, le preocupaba que Wally Thackerman o algún otro abogado estuvieran rondando por allí.

—No, nadie más que tú —contestó ella con tristeza.

—He ido a tu casa. Está todo en orden. Tus vecinos, Norris y Rose, aparecieron en la puerta.

—¿Y qué querían?

—Nada. Vieron el coche y se les ocurrió pasarse a comprobar. Les dije que era tu abogado y se quedaron tranquilos.

—Él es agradable. Ella es un poco altiva, se cree que está por encima de los demás. Pero intentó hacerse miembro del club de campo y no logró que la admitieran.

A Simon le daba completamente igual.

—Fueron muy amables. Solo tenían curiosidad.

—Sí, demasiada. —Le quitó el sonido a la televisión y continuó—: Ven a sentarte aquí, que quiero hablar contigo. Estoy muy preocupada por lo del accidente, Simon. Creo que no fue culpa mía.

Él acercó la butaca con dificultad y se acomodó como pudo.

—¿Esa gente está bien? Los que iban en el otro coche —preguntó ella a continuación.

—Se van a recuperar —aseguró.

Los dos tenían huesos rotos y estaban de baja en el trabajo. Seguro que contratarían a un abogado y, en cuanto se enteraran de que ella no tenía seguro, probablemente la demandarían. Pero en aquel momento a Simon no le preocupaba eso, porque ya sabía la verdad sobre la situación financiera de Netty. No sería difícil negociar un acuerdo generoso y dejar atrás todo el asunto. En cuanto a la acusación por conducción bajo los efectos del alcohol, no podía hacerla desaparecer, pero dudaba que el fiscal fuera demasiado duro con ella, teniendo en cuenta su edad. Además, Simon se ofrecería a pagar una buena multa. El dinero normalmente servía para que los ricos consiguieran sentencias muy leves.

«Es estupendo tener dinero», pensó.

—¿Qué tal la comida? —preguntó él.

—Horrible. Platos típicos de hospital.

—Vale, ¿qué te apetece? ¿Unos rollitos de huevo de ese restaurante coreano? ¿O *dumplings* chinos? Hemos probado todos los locales de la ciudad.

—Es una idea estupenda, Simon. Unos cuantos rollitos de huevo, los que tienen gambas.

—Hecho. Iré en cuanto abran por la mañana.

—¿Qué haría yo sin ti, Simon?

# 26

Dos días antes de Navidad, Matilda anunció que iba a salir una hora antes para hacer unas compras. Como apenas se movía nada en todo lo relacionado con la abogacía durante la segunda mitad del mes de diciembre, el bufete estaba muy tranquilo y a Simon no le importó que se fuera. Él estaba corrigiendo el borrador de unos contratos de un cliente inmobiliario, un trabajo tan aburrido que llevaba retrasándolo un mes, pero que se había propuesto acabar ya y no arrastrar hasta 2016, un año que prometía ser tan tedioso e improductivo como el corriente, a menos, claro, que surgiera alguna tarea patrimonial productiva. Relacionada con el patrimonio de Eleanor Barnett, claro. Meneó la cabeza al pensar, una vez más, en las horas que había desperdiciado soñando con la muerte de esa mujer.

Cuando levantó la vista, se encontró a su secretaria.

—¿No te habías ido ya? —preguntó.

—Justo iba a salir cuando ha entrado un hombre.

—Hoy no tengo ninguna cita.

—Viene sin cita.

—Entonces líbrate de él.

Simon había aprendido años antes que la gente que aparecía sin avisar era muy molesta y además no tenía dinero. Nunca venía con el talonario de cheques en el bolsillo.

—Deberías recibir a este tío. —Parecía inquieta.

—¿Quién es?

—Se llama Jerry Korsak, el hermano de Clyde. Hijastro de ya sabes quién. No creo que esté dispuesto a irse sin más.

—¿Te ha parecido violento? —preguntó Simon. Después abrió despacio un cajón y miró la pistola del calibre 38 que tenía dentro.

—No, es bastante educado. Y lleva corbata.

Simon no llevaba. Inspiró hondo y pensó en la realidad a la que se enfrentaba.

—Vale. ¿Puedes interrumpirnos dentro de treinta minutos?

—Recuerda que me iba de compras...

—Vale. Llámame entonces dentro de treinta minutos para decirme que hay un asunto urgente.

—Lo haré.

Simon se quedó pensando un segundo y volvió a mirar al cajón. Al final negó con la cabeza.

—Seguro que no pasa nada —comentó.

—Yo no sé disparar tan bien como Fran, pero sí que puedo hacer bastante ruido —contestó ella.

Los dos se rieron al recordar la leyenda de Fran. Su amenaza de volarle los testículos a Clyde seguía provocando carcajadas por toda la ciudad.

—Gracias, pero seguro que no es necesario.

—Vale. Voy a pasarme por el hospital a ver a Eleanor. Le he hecho unos *brownies* y tengo otras cosas para ella también. A la pobre señora no va nadie a verla.

—Gracias, Tillie. Es una anciana entrañable metida en un buen lío.

Llevaba un nudo muy elegante en la corbata, que combinaba bien con la camisa de cuadros y el blazer de lana. Jerry tenía cincuenta y pocos, era delgado, e iba bien arreglado y afeitado.

Simon vio a Clyde en el juzgado el día después de que le pegara al pobre Wally, y tuvo que reconocer que la diferencia entre ambos hermanos era muy llamativa.

Jerry le dijo que vivía «en la zona de Washington D. C.» y que trabajaba para un contratista del gobierno, lo que reducía un poco las cosas: solo se podía referir a unos cinco millones de personas. Simon no insistió, porque no quería que pareciera que tenía demasiado interés, y también porque se había dado cuenta enseguida de que todas sus respuestas eran vagas. Mientras charlaban un poco, incómodos, y se tomaban un café, Simon intentó desesperadamente descubrir si Jerry sabía que Eleanor estaba en el hospital y, si tenía ese dato, quién se lo había dicho. Él se refería a ella como «mamá». Clyde había utilizado el término «madre». Al parecer, ni siquiera en eso se ponían de acuerdo. Tras varios minutos de conversación intrascendente, Simon supo sin lugar a dudas que no se podía creer una palabra de lo que dijera Jerry. Ese hombre no fijaba la mirada en ninguna parte, parpadeaba mucho y no se atrevía a mirar a Simon de frente.

—¿Qué le trae por Braxton? —preguntó por fin.

—Oh, bueno, es que mamá me llamó anoche, me contó lo del accidente y me dijo que viniera a verla.

Simon escuchó con una expresión implacable, como si nada de eso fuera cierto y quisiera que Jerry supiera que era consciente de que estaba mintiendo descaradamente.

—¿Y quién le dijo que yo soy el abogado de Eleanor?

—Una enfermera del hospital.

—Ah, ¿sí? ¿Cuál?

—No sé. No apunté su nombre.

—¿Así que ha pasado por el hospital?

—Vengo de allí. Parece que mamá se está recuperando bien, ¿no cree?

—Supongo. El golpe fue muy aparatoso.

—Estoy pensando en quedarme a pasar las Navidades con ella.

—¿En el hospital?

—No, me ha dicho que le dan el alta mañana. Supongo que necesitará que esté en casa con ella para ayudarla.

—No va a salir del hospital. Ni siquiera puede andar todavía.

Jerry intentó reírse, la primera vez que lo hacía.

—Pues alguien tendrá que decírselo.

—He hablado con el médico esta mañana —explicó Simon, haciendo todo lo posible por controlarse—. Dentro de un par de días la van a trasladar a una unidad de rehabilitación para empezar a trabajar con su pierna. Va a tardar bastante en volver a su casa.

La idea de que Jerry fuera a aquella casa le ponía de los nervios, aunque Simon ya se había llevado todo el material sensible que encontró. Estaba bajo llave en un cajón a tres metros de su mesa.

—Muy bien —aceptó Jerry y sus ojos empezaron a moverse todavía más rápido. A continuación preguntó—: ¿Tiene un testamento en vigor?

—Debe preguntárselo a ella. Yo no puedo revelar datos de mis clientes.

—Es mi madrastra, la viuda de mi padre. Podrá decirme al menos eso.

—¿Por qué quiere saberlo?

—Porque mi padre nos prometió a Clyde y a mí una buena parte del patrimonio.

—Murió hace diez años.

—Ya, y se olvidó de esa promesa. Siempre hemos pensado que mamá arreglaría las cosas en su testamento.

—¿Ve a Eleanor con frecuencia?

—Eh…, no mucho. Antes vivía en Florida y está muy lejos, ¿sabe? Pero hablamos por teléfono continuamente.

Simon había visto las facturas telefónicas y había revisado todas las llamadas a larga distancia que había hecho ella el año anterior. Otra mentira.

—Es extraño, porque conozco a Eleanor desde marzo y nunca me ha mencionado que hubiera hablado con usted.

—¿Me está llamando mentiroso?

—No, señor.

Evidentemente Jerry no era tan impulsivo como su hermano. Solo se encogió de hombros y dejó la taza de café.

—Está bien, solo quería pasarme a saludarlo y decirle que ahora mismo vivo solo a una hora de aquí, por si me necesita.

A Simon se le ocurrieron una docena de respuestas, pero consiguió decir simple y educadamente:

—Gracias.

No se podía imaginar ninguna situación en la que pudiera «necesitar» a ese hombre. Su repentina aparición suponía un problema.

Cuando se fue, Simon se quedó sentado largo rato e intentó analizar aquella visita. Nada tenía sentido. Una hora después, cuando iba de camino al hospital, decidió no mencionarle a Netty el episodio. Si Eleanor le comentaba algo, le preguntaría. Si no, daría por hecho que Jerry mentía.

Loretta Goodwin lo interceptó en el pasillo y le dijo que era mal momento para entrar a verla. La anciana por fin se había dormido, después de haber pasado un mal día. Le costaba respirar y su tensión arterial era errática, así que necesitaba descansar.

—¿Ha venido alguien a verla hoy? —preguntó él.

—Yo no he visto a nadie.

—¿Algún abogado intentando meter las narices?

—Ahora que lo dice... —Loretta sacó una tarjeta de visita del bolsillo y se la dio—. ¿Conoce a este hombre?

Simon miró la tarjeta. Podría ser peor.

—Me temo que sí.

—Se fue hace como una hora.

—Gracias. Me voy un rato a la cafetería. Si se despierta, vaya a buscarme.

—Como si no tuviera otra cosa que hacer...

# 27

La mañana del día de Nochebuena, Simon se dirigió a la casa que una vez fue su hogar para despedirse de su familia. Paula y los niños estaban haciendo las maletas para el viaje de dos horas hasta Richmond, donde iban a pasar un par de días con los padres de ella. Paula quería esperar hasta el día después de Navidad para darles la noticia del divorcio. Simon también estaba retrasando el momento de contárselo a su madre y su padrastro, a los que no iba a ver hasta después de Año Nuevo.

Los niños estaban emocionados por las fiestas y tenían ganas de reencontrarse con sus abuelos. Además, dos primos vivían cerca y les gustaba pasar tiempo con ellos. Pero Simon estaba encantado de perderse ese viaje.

Cuando se fueron, cerró la casa y se dirigió al hospital a ver a Eleanor. Hizo una parada en el restaurante chino Ming, que abría a las once. Fue su primer cliente. Pidió dos raciones grandes de rollitos con gambas y una caja de tortitas de arroz crujientes. Cuando llegó, encontró a Eleanor en una silla de ruedas en la pequeña capilla, cantando villancicos con una docena de pacientes. Un pastor joven de la iglesia metodista los dirigía mientras aporreaba el piano. Simon esperó en el vestíbulo y se entretuvo consultando la línea de apuestas de Las Vegas para los partidos de fútbol americano.

A la hora de la comida, la llevó en la silla de ruedas hasta la cafetería y encontró una mesa que tenía unas buenas vistas de las montañas. Le desenvolvió los rollitos y le puso un poco de miel al alcance de la mano. Ella dio solo dos mordiscos. Se la veía apática.

No parecía ella. Le habían quitado el vendaje de la cabeza y la herida con los puntos tenía una pinta horrible. Simon se preguntó, y no por primera vez, cuánto daño le habría causado el impacto y qué consecuencias estaban teniendo tantos medicamentos. Su pierna izquierda estaba prácticamente inutilizada y necesitaría muchas horas de rehabilitación para poder volver a andar. Estaba muy preocupada por sus problemas legales y se echó a llorar al pensar que ella había provocado el accidente que les causó las lesiones a los demás. Hablaba despacio y tenía lagunas. Tosía mucho y se oía un ruido cuando respiraba. La enfermera le había dicho a Simon que les preocupaba la fiebre y los dolores de cabeza que tenía.

—Sy, prométeme que no voy a ir a la cárcel —repetía Eleanor una y otra vez.

—Te lo prometo. Te doy mi palabra.

Era cierto. Había hablado con el fiscal varias veces y estaban trabajando para llegar a un acuerdo. Nadie quería verla entre rejas. Le habían llamado la atención al sargento Pully y él había dejado de amenazar con llevársela esposada.

Pareció un poco más interesada en las tortitas de arroz. Simon fue a por café. Ella se comió una y mordisqueó otra antes de dejarla. Cuando le dijo que estaba cansada, la llevó de vuelta a su habitación y esperó en el pasillo mientras los celadores la acostaban. Ya estaba dormida cuando volvió a entrar, así que se sentó con ella sin hacer ruido.

En la mesita junto a la cama había cinco ramos de flores, cuatro de su despacho y otro que no sabía de quién era. Había cuatro tarjetas para desearle que se recuperara, una bandeja con *brownies* que no había tocado, y dos cajas de galletas de jengibre vietnamitas del restaurante Tan Lu.

Tenía la respiración pesada, incluso trabajosa a ratos, pero no aparecía ninguna alarma en los monitores. Al poco se relajó y siguió durmiendo plácidamente. Simon se preguntó si el otro visitante, aparte de Tillie y él, habría sido Jerry Korsak. ¿Ese payaso se habría pasado de verdad por allí o mentía? ¿A qué jugaba?

Cerró los ojos y vio problemas acechándolo en todas las esquinas.

No podía dormir en esa butaca de tortura y enseguida se aburrió de estar allí sin hacer nada. Cuando salía del hospital, recibió una llamada y su suerte cambió bruscamente. Era Landy.

—Jo, jo, jo. ¿Qué tal estás pasando la Navidad? —fue su forma de saludarlo.

—Lo mismo te digo. A mí me va bien, ¿y a ti?

—Maravilloso. ¿Tienes algún plan especial?

—La verdad es que no. Paula se ha llevado a los niños a ver a su familia, así que creo que me espera una Nochebuena solitaria junto al fuego. ¿Qué vas a hacer tú?

—Lo mismo. Mi marido está en Puerto Rico, ocupado con la vigilancia de un traficante de armas. No sabe cuándo volverá. Menuda Navidad más poco feliz me espera.

—Sí, no suena nada bien. ¿Dónde andas?

—En Georgetown. En casa de una amiga. ¿Ya habéis presentado los papeles del divorcio?

—Sí. El acuerdo de reparto de bienes está presentado y estamos contando los días para que se haga oficial.

—¿Y los críos?

—Tristes, pero estamos intentando que le vean el lado bueno, por ahora. Paula se está portando bien. No nos hemos peleado.

Ella se quedó callada un momento.

—Vamos a vernos, para alegrarnos un poco la Navidad.

—¿Ahora?

—¿Por qué no? Solo estoy a una hora de allí. Coge el coche, vente y nos vamos a cenar a alguna parte.

—Hecho.

—Y después nos buscaremos una habitación.

Aquella llamada supuso para él algo más importante que una invitación a cenar y practicar sexo. Significaba que ya no era un objetivo en la investigación del FBI sobre las apuestas ilegales. Landy nunca quedaría con alguien al que estuviera investigando.

¿O sí?

Se encontraron en el bar del hotel, uno que no podía cerrar en Nochebuena por los huéspedes. Casi todos parecían extranjeros y allí se oían media docena de idiomas. El vestíbulo y el bar estaban cubiertos de hiedra y lucecitas, y se oían villancicos por el hilo musical. El espíritu navideño era contagioso, sobre todo después de la primera copa. Landy se había desembarazado de su atuendo típico del FBI y se había puesto un vestido corto y ceñido y tacones. Estaba bastante atractiva y la mente de Simon enseguida comenzó a divagar. Se pusieron a recordar sus días de universidad, como si fueran una pareja de vejestorios en vez de dos cuarentones a punto de entrar en la mediana edad. Cuando empezaron a hablar de los antiguos compañeros y los profesores difíciles, en lo que pensaban en realidad los dos era en las sesiones de sexo salvaje que compartían entonces.

—Tienes que decirme la verdad, Landy. Sobre la investigación —interrumpió de repente Simon.

—¿Crees que estaría aquí si todavía te estuviéramos investigando?

—No. Cuando me llamaste, supuse que me había librado.

—Así es. Justicia va a cerrar la investigación. Alguien de

arriba al final ha pensado lo mismo que tú y ha decidido que hay peces más gordos en el mar. Los jugadores ocasionales abundan, pero ¿dónde están sus víctimas? A mí me pareció una pérdida de tiempo desde el primer momento.

Él no pudo reprimir una sonrisa. Cerró los ojos y dijo:

—Gracias. ¿Y Chub?

—Libre y sin cargos. No tenemos ni el tiempo ni la energía para perseguir a corredores de apuestas ilegales.

—¿Se lo puedo decir?

—Ya lo sabe. Informaron a su abogado ayer. Feliz Navidad para todos.

Simon no dejó de sonreír mientras veía cómo desaparecía esa nube gorda y oscura que se había estado cerniendo sobre él. No era la única, pero ninguna de las otras podía desembocar en una acusación federal.

—Aunque debes tener más cuidado, Simon —continuó ella—. Cuando vi tu nombre, me quedé en shock.

—¿Cuántos nombres había?

—Unos doscientos. Chub no tiene tiempo para aburrirse. Al principio creíamos que trabajaba con unos mexicanos distribuyendo fentanilo, pero nuestras fuentes no pudieron confirmarnos nada. Cuando nos dimos cuenta de que era solo un corredor de apuestas, perdimos todo el interés. Pero es uno importante, que hace negocios por toda la costa este. Yo guardaría las distancias con él.

—No te preocupes.

Sin embargo Simon ya estaba pensando en visitarlo de madrugada en cuanto pudiera, para tomarse un par de copas y ver los partidos en las pantallas grandes.

—Me muero de hambre. ¿Por qué no nos quedamos a cenar aquí? Podemos pedir algo de la carta del bar.

—Buena idea. E invito yo, hombre libre.

Pidieron sándwiches y patatas fritas y se tomaron otra copa mientras hablaban de sus carreras y sus frustraciones. Ella llevaba dieciocho años en el FBI, desde la universidad, y, como todos los agentes, tendría que jubilarse a los cincuenta y siete. No quería esperar tanto antes de largarse, pero tampoco tenía otra opción. Se sentía muy mayor para aprender a esas alturas a ejercer la abogacía.

Simon le recomendó que no lo hiciera. Le dio una letanía de razones para evitar el suplicio en que se había convertido su vida y su carrera. Llegó la comida y la conversación se fue centrando poco a poco en la razón por la que estaban allí. Dos personas casadas, que fueron amantes en el pasado, que habían quedado en un bar en Nochebuena y estaban en plenos juegos de seducción para después subir a la habitación a echar un polvo rápido, por los viejos tiempos.

—Creo que deberíamos esperar antes de irnos a la cama —dijo ella sin previo aviso y lo sorprendió.

—¿Esto no es esperar?

—Lo digo en serio. Ya casi estás divorciado. Mi matrimonio es un desastre. Me parece una estupidez empezar ahora algo que solo servirá para complicar las cosas.

—¿Y cuándo quieres empezarlo?

—No sé. Tú ya has dado el gran paso. Curt y yo lo hemos hablado. Nos hemos distanciado tanto que ya casi ni nos dirigimos la palabra. Hace tres semanas que no lo veo y no sé ni cuándo va a volver. Me llamó hace cuatro días. Seguramente estará liado con alguien.

—Sí que es un desastre.

—Dame tiempo. Te prometo que no se alargará demasiado. De verdad que quiero que nos veamos, Simon.

—Me tienes aquí delante.

—Ya sabes lo que quiero decir.

# 28

La tos persistía y Eleanor ya no respondía a la medicación que le estaban dando. Las cosas se volvieron preocupantes cuando empezó a expectorar flemas. La fiebre y los dolores de cabeza iban y venían, pero cuando llegaban le producían sudores y después escalofríos. Se quejaba de que notaba una presión en el pecho y que le costaba respirar. No tenía ganas de comer y lo rechazaba todo, solo tomaba galletas de jengibre y té verde. Aunque estaba agotada no podía dormir por la tos. Dos días después de Navidad, el doctor Lilly informó a Simon de que tenía neumonía, aunque aseguró que la tenían controlada. Con unas rondas de antibióticos acabarían con la infección, dijo.

La neumonía la mantuvo en cama, sin poder hacer fisioterapia. Después de una semana en el hospital, apenas había mejorado. Los antibióticos no le hacían efecto y su respiración se fue volviendo cada vez más pesada. De repente sonaron las alarmas de uno de los monitores y tuvieron que ponerle ventilación mecánica. La mañana del 28 de diciembre, Simon y Tillie fueron al hospital a ver a Eleanor. Tillie se sentó junto a su cama y él fue a hablar con el doctor Lilly, la doctora Wilkes y otros dos médicos. Estuvo presente en la reunión en la que todos ellos valoraban las diferentes opciones. Decidieron que le iban a poner inmediatamente un drenaje en los pulmones. Todavía estaba consciente la mayor parte del tiempo.

Simon ya vivía prácticamente en el hospital, acampado en la sala de espera. Un par de amigas de su «club de póquer» fueron a verla, pero no las dejaron entrar en la habitación.

Después de diez horas con el respirador, sus pulmones se estaban encharcando más rápido de lo que eran capaces de drenarlos. Simon le dijo algo al oído y, por primera vez, ella no respondió. Se reunió con el doctor Lilly, que le advirtió:

—No puede respirar sola. Me temo que se está asfixiando. Apenas hay actividad cerebral.

Simon fue perfectamente consciente de que habría abogados que revisarían todo lo que dijera e hiciera durante las siguientes horas, así que, tras oír el dictamen del médico, procuró hablar lo menos posible.

—Esperemos unas horas —propuso el doctor Lilly.

Simon murmuró un «vale». Fue a su despacho e intentó dormir.

Tillie lo despertó, diciéndole que lo necesitaban en el hospital. Él le pidió que fuera con él. Era posible que necesitara un testigo, aunque no se había mencionado. Como siempre, llevaba su maletín. Dentro tenía la declaración de voluntades anticipadas y el poder firmado por Eleanor.

Su estado había empeorado aún más. Incluso con el respirador a máxima velocidad, a su cuerpo frágil y demacrado le costaba respirar. Su cerebro había dejado de mostrar actividad y los pulmones y el corazón solo le funcionaban gracias a las máquinas.

—Simon, creo que la decisión es suya —anunció la doctora Wilkes.

Ya se esperaba algo así y negó con la cabeza.

—No, no pienso decidir nada. Es una cuestión médica.

—La declaración de voluntades anticipadas es muy clara. Ni resucitación, ni ventilación mecánica, ni tubos de alimentación, ni prolongar su vida artificialmente.

—Lo sé, la redacté yo. Pero no voy a tomar ninguna decisión. No soy pariente y no estoy cómodo hablando de este tema.

El doctor Lilly puso la declaración sobre la mesa.

—Está bien. Reunámonos de nuevo aquí a las ocho de la mañana —propuso. Y salió de la habitación, seguido de los otros dos médicos y Loretta Goodwin.

El mismo grupo volvió a encontrarse a las ocho de la mañana siguiente.

—El estado de la paciente no ha mejorado —explicó el doctor Lilly—, de hecho ha empeorado. No puede respirar y los monitores no muestran actividad cerebral. Recomiendo retirarle la ventilación mecánica.

—¿Señor Latch? —le interpeló la doctora Wilkes.

—Haré lo que aconseje el equipo médico de mi clienta. ¿Están todos de acuerdo?

Todos asintieron. Simon se fue a la cafetería e intentó tomarse un café. Pasaron noventa minutos hasta que apareció Loretta Goodwin y le dijo en voz baja:

—Ha fallecido.

Certificaron la muerte de Eleanor Barnett a las 10.02 de la mañana del 30 de diciembre de 2015, en el Blue Ridge Memorial Hospital.

Simon fue a la oficina de administración para hacer el papeleo con la doctora Wilkes y su personal.

—Seguro que ya se ha ocupado usted de las últimas voluntades.

—Sí. He contactado con Cupit & Moke. ¿Cuándo les entregarán el cuerpo?

—Están preparando el certificado de defunción. Dentro de una hora vendrá un forense para firmarlo. Creo que habremos terminado con todos los trámites a eso de la una de la tarde.

Un informante anónimo entró en escena para dar un soplo poco después de la certificación de la muerte, a las 10.26 para ser exactos, según unos registros telefónicos que se iban a analizar durante meses. Se consideró que la persona que hizo la llamada era de sexo masculino, aunque nadie pudo asegurarlo. La voz anónima estaba evidentemente distorsionada. La llamada se transmitió desde la torre de telecomunicaciones que había encima del hospital. Un teléfono desechable barato, que seguro que tiraron al estanque inmediatamente después. Su contenido se grabó y después se escucharía miles de veces:

«Eleanor Barnett acaba de fallecer en el Blue Ridge Memorial Hospital. Los médicos han determinado que la causa de la muerte ha sido neumonía. Pero su muerte es sospechosa. Alguien debería investigarla».

El operador de Emergencias llamó al Departamento de Policía de Braxton y le envió la grabación al inspector Roger Barr. En aquel momento era el único inspector que estaba de servicio. Si se podía decir que la policía de Braxton tenía una unidad de homicidios, Barr era su único miembro. El último homicidio se había producido diecisiete meses atrás y había habido cuatro testigos, así que la investigación fue muy fácil. Barr escuchó la grabación y después se la puso a su jefe, que se encogió de hombros y dijo:

—Investígalo por si acaso.

El inspector Barr llamó al hospital, habló con la doctora Wilkes, que le dio bastantes detalles, y después cogió el coche para ir a la funeraria Cupit & Moke. Ya estaba esperando en el salón cuando metieron a Eleanor por la puerta de atrás y la llevaron a la zona de los congeladores. Una secretaria de avanzada edad vino con el señor Douglas Gregg, el propietario y agente funerario, vestido con el traje negro que lucía a diario.

—¿En qué puedo ayudarlo? —preguntó el hombre con una sonrisa.

Barr, con su habitual chaqueta azul marino que había visto tiempos mejores, pantalones chinos arrugados y botas de vaquero desgastadas, le dijo:

—¿Qué se va a hacer con el cuerpo de la señora Barnett?

—Ha solicitado ser incinerada y después enterrada junto a su marido en el cementerio Eternal Springs.

—Muy bien. ¿Quién está ejecutando sus últimas voluntades?

—Su abogado, el señor Simon Latch.

—Su nombre me suena, pero no lo conozco. Oiga, retrase la incineración hasta que pueda hablar con el señor Latch, ¿vale?

—Claro, inspector. Aquí nunca nos tomamos las cosas con prisa. ¿Hay algún problema?

—Aún no lo sé.

Simon estaba en su mesa, examinando un sándwich de ensalada de huevo que llevaba en su nevera, por lo menos, dos semanas. Era industrial. Seguro que tenía suficientes sustancias químicas para evitar que se hubiera puesto malo, aunque la verdad era que tenía un olor extraño y muy fuerte. Pero no había nada más en la nevera, al menos en su parte. En la de Tillie había una impresionante selección de bebidas vegetarianas y batidos de frutas, que le estaban sirviendo estupendamente para su propósito.

¿Cómo podía estar pensando en la figura de su secretaria en un momento como aquel?

Eleanor Barnett acababa de morir. Había formado una parte importante de la vida de Simon durante nueve meses y, seguramente, protagonizaría también su futuro. Le había cogido cariño y también le daba pena esa simpática mujer que se había pasado sus últimos años sin familia y con la única compañía de unos pocos amigos. También le aliviaba haberse librado de las preocupaciones y responsabilidades que implicaba su cuidado, aunque gestionar todos sus asuntos le iba a llevar años. Y la verdad es que no iba a echar de menos sus quedadas para comer, aunque en algunas lo había pasado bien.

Mantuvo a raya sus emociones porque se convenció de que Netty había vivido una vida larga y feliz y había muerto sin sufrir. Él no creía que llegara a cumplir ochenta y cinco, como ella.

Tillie llamó a la puerta e interrumpió sus pensamientos. Después entró con una expresión que solo anticipaba problemas. Le dio una tarjeta de visita que ponía: «INSPECTOR ROGER BARR, POLICÍA DE BRAXTON».

—¿Qué quiere?

—Se ha negado a decírmelo. Me voy a comer.

Barr se acomodó en la silla de una forma que dejaba ver la Glock negra que llevaba en la cadera. Menudo aficionado. Simon no lo conocía, porque siempre había intentado evitar los casos penales.

Un grueso bigote cubría el labio superior del inspector. De la boca que se ocultaba debajo salieron las siguientes palabras:

—Vengo de la funeraria. ¿Por qué tiene tanta prisa en incinerar a la señora Barnett?

—Solo hace dos horas que ha muerto. ¿Cómo es que ha aparecido usted tan pronto?

—Eso es asunto mío, señor Latch. ¿Tiene usted alguna prisa?

—Ninguna. Llamé a la funeraria cuando se certificó la muerte. Es lo habitual. Esa llamada la tiene que hacer la familia o el hospital.

—¿Es usted familiar?

—No. La señora Barnett no tenía parientes. —Todo en ese hombre le resultaba irritante, desde su aparición repentina hasta su sonrisa altiva, como si supiera que había algo allí que olía mal. Simon decidió contraatacar—. ¿Y qué relación tiene usted con la señora Barnett?

—Ahora mismo solo pregunto por ella por curiosidad. El certificado de defunción dice que murió de neumonía, ¿no es así?

—¿Qué es lo que me está preguntando?

—¿Realmente murió por esa enfermedad?

—Oiga, yo no soy médico, ni he sido yo quien ha firmado el certificado. Si ahí dice que fue por neumonía, esa será la causa. ¿Por qué no le pregunta a su médico?

—Oh, no se preocupe, que lo haré. Y tengo muchas preguntas para él. Pero por ahora retrase la incineración, ¿de acuerdo?

—¿Y con qué autoridad me está usted haciendo esa petición?

—Conseguiré una orden judicial. ¿Pero para qué apresurarse?

—No pretendo apresurarme. Nunca me he visto en esta situación. El hospital le entregó el cuerpo a la funeraria y la señora Barnett en su declaración de voluntades anticipadas pidió que se la incinerara y después se la enterrara. Solo estoy cumpliendo los deseos de mi clienta.

—Lo entiendo. Pediré una orden judicial de todas formas.

Simon estaba contrariado, pero intentó ir un par de pasos por delante. Una orden judicial podría llamar la atención y eso era lo último que quería.

—No será necesario —concedió—. Llamaré a la funeraria y les diré que esperen.

—Ya lo he hecho yo.

# 29

El año no iba a acabar de forma tranquila. El jueves, 31 de diciembre, la jueza del Tribunal de Distrito Mary Blankenship Pointer estaba en el rincón del desayuno de su cocina, tomándose el café matutino con su marido, ambos aún en pijama. Hablaban de la reducida cena de Nochevieja a la que les habían invitado, pero que querían evitar a toda costa, cuando sonó el teléfono fijo de su casa.

La voz que había al otro lado se identificó como Teddy Hammer, abogado del bufete tal y tal, de Washington D. C. Le explicó que tenía entre manos un asunto urgente y que necesitaba que la jueza celebrara una vista esa misma mañana, si era posible. La jueza Pointer le aclaró que en Nochevieja trabajaba hasta el mediodía, aunque normalmente no había mucha actividad. El señor Hammer le explicó la urgencia y le dijo que le iba a enviar enseguida por e-mail una solicitud de medidas cautelares. Era breve, solo dos páginas, e informó a la jueza de que podía estar en su juzgado a las diez de la mañana.

Mientras esperaba a que le llegara la solicitud, la jueza buscó en internet datos sobre el señor Hammer, un abogado del que nunca había oído hablar, algo que tampoco resultaba extraño, porque había un millón de abogados en Washington D. C. Esa enorme ciudad estaba a mucha distancia de Braxton, en más de un aspecto. En su bufete había diez abogados y contaban con oficinas en Connecticut Avenue y en Arlington. La web que tenía delante era típica de abogados, llena de fanfarronería y autobombo.

El señor Hammer representaba a Jerry y Clyde Korsak, los dos hijastros de la señora Eleanor Barnett, que había fallecido el día anterior. A sus clientes les preocupaban las «misteriosas circunstancias» que habían rodeado la muerte de su madrastra, y querían llegar al fondo del asunto. Solicitaban que se interrumpieran todos los preparativos del funeral y el entierro (en jerga legal, habían presentado «una petición de suspensión»), hasta que se pudiera hacer una autopsia. Al pie de la segunda página el señor Hammer informaba de que también se le había enviado por e-mail una copia de la petición al señor Simon Latch, abogado de Eleanor Barnett.

Latch estaba en su mesa, estudiando la línea de apuestas de Las Vegas del fútbol americano con un café en la mano, cuando le llegó el e-mail. Durante un instante terrorífico se olvidó del fútbol y soltó un exabrupto. Tenía la puerta del despacho abierta, pero no había nadie. Tillie, por supuesto, libraba todo el día. No tenía citas. De hecho, Simon estaba en el despacho en bóxer.

En el centro de la mesa había un recipiente pequeño con yogur griego light, arándanos y cereales integrales que estaba a punto de engullir. Pero después de leer el correo se quedó mirando la comida, inapetente. Se le había hecho un nudo en el estómago y hubo de contener las náuseas.

¿Sería eso el principio del fin? ¿Su gran plan y su estafa iban a salir a la luz? ¿Qué tenía de misteriosa la muerte de Netty? Él había visto cómo se iba deteriorando por la neumonía: la tos, la fiebre, la dificultad para respirar..., todos los síntomas estaban presentes y él había hablado de su enfermedad con las enfermeras y los médicos. Una mujer de ochenta y cinco años que se había lesionado gravemente en un accidente de tráfico, que no podía caminar, tampoco comía mucho y tomaba muchos medicamentos, al final se había ido apagando poco a poco. ¿Dónde estaba el misterio?

Pero los buitres habían empezado a rondar.

Cuando logró centrarse y el despacho dejó de girar a su alrededor, pensó en llamar al señor Teddy Hammer y soltarle un par de frescas. Por otro lado, el enfoque más diplomático y beneficioso era hacer la llamada para presentarse profesionalmente y obtener algo de información. Pero ambas opciones eran mala idea.

Investigó el bufete de Hammer por internet. Miró detenidamente la primera imagen del abogado que le salió, e inmediatamente despreció todo lo que vio en ella. Unos cincuenta años, traje oscuro caro, mejillas rechonchas, ojos hinchados y la sonrisa de suficiencia de un picapleitos sin escrúpulos que sabía dónde atacar. Su bufete no era gran cosa: contaba con el elenco habitual de buscavidas, pero intentaba dar una imagen de sitio selecto de ciudad con muchos contactos.

Había muchas circunstancias que le preocupaban en aquel momento, pero una de las que más era que Jerry y Clyde habían unido fuerzas. Cuando Simon le había preguntado a Eleanor sobre ellos, ella siempre había dado a entender que sus hijastros vivían en mundos totalmente distintos y no se llevaban bien. Pero de repente ambos habían hecho piña con un abogado agresivo para buscar juego sucio en la muerte de Eleanor.

Cuando Simon entró en el juzgado, a las diez y media en punto, la jueza Pointer ya estaba en su lugar, hablando con un funcionario. La estenógrafa judicial se estaba limando las uñas mientras esperaba, obviamente cabreada de que la hubieran hecho ir a trabajar en un día festivo. Simon saludó a Teddy Hammer, que estaba solo, y se presentó. El único espectador que había en la sala era el inspector Roger Barr, que estaba sentado en la primera fila y hojeaba una revista.

Estaban en la Sala de vistas B, una pequeña que se utilizaba para juicios sin jurado. A la jueza Pointer le gustaba más que la grande, porque era más acogedora, además de que el sistema de climatización que había allí era más fiable. La Asamblea General de Virginia la había nombrado juez catorce años antes, así que no necesitaba preocuparse de campañas de reelección complicadas, y los abogados tenían buena opinión de ella. Tras un breve intercambio de las frases educadas de rigor, abrió la sesión y la estenógrafa empezó a tomar nota de todo lo que allí ocurría.

—Estamos celebrando una vista urgente para este asunto —empezó la jueza Pointer—, que en circunstancias normales exigiría la notificación a todas las partes y un cierto tiempo de preparación, pero, por lo que he entendido, la señora Barnett falleció ayer y a una parte le preocupa lo que podría pasar con sus restos mortales en las próximas horas. Señor Latch, ¿es usted el abogado de la fallecida? Siéntese, por favor.

—Supongo que sí, señoría. Yo redacté su testamento y sus últimas voluntades y tengo un poder otorgado por ella para ocuparme de sus asuntos, pero el juzgado no me ha autorizado aún para hacerme cargo de su patrimonio. Así que ahora mismo estoy en una especie de limbo.

—Muy bien. Sigamos con el asunto.

—Señoría —se apresuró a añadir Simon—, para evitar cualquier interferencia, solicito que esta vista se haga a puerta cerrada y que se declare el secreto de las actuaciones, al menos por ahora.

—No me opongo —intervino Hammer.

—Está bien —concedió la jueza Pointer—. El único espectador que veo en la sala es el inspector Barr, de la policía de Braxton. Señor Barr, ¿le importaría salir? Lo llamaremos si lo necesitamos.

Barr se molestó y atravesó a Simon con la mirada cuando salió de la sala.

—Señor Hammer, la solicitud la ha hecho usted —empezó la jueza Pointer—. Así que tiene la palabra.

—Gracias, señoría. Es algo muy sencillo. Represento a los dos hijastros de la señora Eleanor Barnett, que falleció ayer. Al parecer, el señor Latch tiene muchas ganas de que se incineren cuanto antes sus restos mortales. En este momento su cadáver se encuentra en un congelador del sótano de la funeraria Cupit & Moke Funeral Home, al final de esta misma calle. Todavía no podemos formular ninguna acusación, ni enunciar ninguna sospecha, pero mis clientes quieren saber la causa exacta de la muerte de la señora Barnett antes de su entierro. Por eso solicitan que se detenga cualquier procedimiento funerario y se le haga una autopsia.

Simon había tomado años antes la decisión de evitar los juzgados en la medida de lo posible. Odiaba los juicios y nunca se había sentido cómodo en ellos. Las salas de vistas que frecuentaba no tenían bancada del jurado, ni mesa para la defensa, porque en la mayoría de los asuntos de los que se ocupaba no había conflicto. Pero le quedó claro enseguida que Teddy Hammer era un litigante experto, que se había dirigido a muchos jueces y jurados.

—La señora Barnett estuvo en el hospital durante dos semanas antes de morir —intervino Simon—. La trataron los mejores médicos de la ciudad. Estuve con ella todos los días y la vi ir sucumbiendo poco a poco a la neumonía. Sus médicos lo intentaron todo, incluso la ventilación mecánica durante los dos últimos días. Ninguno de ellos dudó de que hubiera muerto por la neumonía. Creo que no hay necesidad de realizar una autopsia.

—¿Y fue usted quien redactó su testamento? —preguntó la jueza Pointer.

—Así es.

—¿Y en él se incluyeron instrucciones referentes a sus últimas voluntades?

—No, señoría. Se aportaron en un documento que firmó posteriormente: una declaración de voluntades anticipadas.

—¿Y cuándo firmó ese documento?

—Hace doce días.

—¿En el hospital?

—Sí.

—¿Y también lo preparó usted?

—Sí.

La jueza pareció sospechar. De hecho, en aquel momento la duda pareció sobrevolar aquella sala del juzgado. Hammer lo detectó enseguida y aprovechó para decir:

—Señoría, mis clientes creen que su padre y su madrastra tenían un seguro de decesos firmado con Cupit & Moke, en el que se incluyen los servicios funerarios y el entierro de ella junto a su padre, en el cementerio Eternal Springs. También cubre el embalsamamiento y preparación del cadáver, un buen ataúd, un servicio religioso y el entierro. Lo habitual. Pero en esa póliza no se habla de incineración.

—¿Señor Latch?

—No me parece nada raro, señoría. La señora Barnett simplemente cambió de opinión. Hablamos del tema muchas veces. La incineración se está volviendo cada vez más popular en este país y a ella le gustaba la idea.

—¿Tiene copia de esa declaración de voluntades anticipadas?

—Por supuesto. —Le entregó enseguida una copia a la jueza y otra a Hammer. Los dos se tomaron su tiempo para leérsela de cabo a rabo.

—Señoría —dijo Hammer cuando ambos terminaron—, se puede incinerar a la señora Barnett la semana que viene, después de realizarle la autopsia y cumpliendo sus deseos. No tenemos inconveniente, pero tampoco prisa. Este fin de semana es fiesta. Nadie va a trabajar hasta el lunes. Permita que la familia haga la autopsia y se quede tranquila, y, si se demuestra que la causa de la muerte fue la neumonía, se la podrá incinerar. Por nosotros no hay problema.

La jueza Pointer apartó la carpeta del caso.

—Bien, esto es lo que vamos a hacer. Voy a conceder las medidas cautelares y ordenarle a la funeraria que transporte los restos mortales para que se realice una autopsia. Mientras, dejaré en suspenso todo lo relacionado con el patrimonio de la fallecida, hasta conocer el resultado de la autopsia y que se produzca el sepelio. Entonces volveremos a vernos y decidiré qué se hace con la legalización del testamento. La grabación y el archivo correspondiente a este caso quedan sellados. Todos los participantes deben mantener la más estricta confidencialidad sobre este asunto. ¿Entendido?

Ambos abogados asintieron. La jueza Pointer levantó la sesión y se fue. Simon y Teddy se levantaron y se estrecharon la mano.

—¿Quién va a hacer la autopsia? —preguntó Simon.

—El forense jefe del laboratorio de criminalística de Richmond.

¿Criminalística? Simon inspiró hondo e intentó decir algo.

Teddy lo miró con un aire cómplice que hablaba por sí solo y añadió:

—Extraoficialmente, señor Latch, hay muchas posibilidades de que su clienta no muriera por causas naturales.

# 30

El inspector Barr salió del juzgado y cogió el coche para ir al hospital. De camino, lo llamó Teddy Hammer para contarle todo lo que había pasado en la sala después de que lo hicieran salir.

En el hospital, Barr había quedado con la doctora Wilkes, que lo llevó a una sala de reuniones pequeña, cuya mesa estaba cubierta por varios objetos que se habían sacado de la habitación que ocupaba Eleanor Barnett. La enfermera Loretta Goodwin y un celador habían ordenado los objetos y hecho un inventario. Barr lo fotografió todo cuidadosamente y después lo grabó en vídeo.

Había una bandeja de aluminio desechable con once *brownies* de chocolate y unas cuantas migas. Al parecer, a Eleanor no le gustaba mucho el chocolate. También vio tres ramos de flores de la misma floristería, todos con tarjetas del bufete de Simon Latch. Las flores estaban marchitas y ya había que tirarlas a la basura. También tenía delante cuatro tarjetas que le deseaban a Eleanor una pronta recuperación de cuatro personas diferentes. Y dos cajas decoradas de comida para llevar del restaurante vietnamita Tan Lu. En el interior de una había dos galletas de jengibre. En la otra, que era idéntica, había nueve. El nombre y el logo del restaurante estaban en ambos lados de la caja.

Barr procuró no tocar ninguno de los objetos. Loretta y el celador llevaban guantes de nitrilo.

—Bien, como no quiero pillarme los dedos, voy a esperar a tener una orden de registro para llevarme estos objetos. Hasta entonces, por favor, guárdenlos en una caja y consérvenlos en un lugar fresco. La comida se va a deteriorar si no.

—¿Cuánto tiempo? —preguntó la doctora Wilkes.

—Poco.

A las dos de la tarde del jueves, 31 de diciembre, metieron el cuerpo de Eleanor Barnett en un ataúd de metal barato, lo subieron al coche fúnebre de Cupit & Moke, e hicieron con él un trayecto de dos horas hasta el laboratorio de criminalística estatal de Richmond. Lo colocaron en un soporte en el depósito de cadáveres, junto con otros seis cuerpos, para esperar unos días hasta que pudieran hacerle la autopsia.

Ese fin de semana era fiesta y la forense estaba fuera de la ciudad.

Para Simon fue el peor fin de semana de Año Nuevo de su vida. No hizo más que caminar arriba y abajo por su despacho, en el que se había encerrado con llave, reproduciendo mentalmente lo que había ocurrido todos los días de diciembre, intentando recordar conversaciones, reuniones y movimientos. Estaba deseando meterse en internet y buscar información sobre autopsias, pero no se atrevía. Todo dejaba rastro. Recordaba un caso tristemente famoso, en California, en el que el marido era sospechoso por la desaparición de su mujer y la policía contrató a un experto para examinar su actividad en internet. El experto vio que había buscado cosas del estilo de: «cómo deshacerse de un cuerpo humano», «matar sin dejar rastro» y «asesinatos fantasma». Ese marido en la actualidad estaba cumpliendo cadena perpetua, sin posibilidad de libertad condicional.

Cada e-mail, web o mensaje de texto podía ser analizado en

algún momento futuro. Así que se limitó a mirar los sitios de apuestas e información deportiva que conocía muy bien.

¿Pero qué tenía que temer? Él no había hecho nada.

Intentó ver a los niños, pero Paula no estaba de buen humor. Si ella supiera... El suyo era mil veces peor, así que prefirió no acercarse a la casa. Cuando empezó a agobiarse en el despacho, se fue al pub de Chub, donde estuvo varias horas jugando al videopóquer, mientras Valerie le servía una copa detrás de otra. Cuando prácticamente había perdido cualquier inhibición, decidió que le daba igual y se puso a apostar a diferentes partidos, cien dólares cada vez. Ganó las cinco primeras seguidas y entonces subió la apuesta.

Se despertó el sábado, 2 de enero, con una resaca monumental y se cabreó consigo mismo por haberse comportado de esa forma tan patética. Como penitencia, se preparó algo para comer y cogió mucha agua, para después conducir dos horas hasta el extremo sur del Shenandoah National Park. La temperatura caía en picado y el pronóstico del tiempo avisaba de que se avecinaban nevadas, pero eso era lo que quería. Se decidió por un camino y lo recorrió durante horas, adentrándose en el parque. Cuando se enamoraron, Paula y él se pasaban horas recorriendo esos mismos caminos, muchas veces hasta que oscurecía. Entonces montaban la tienda y se metían juntos y desnudos en el mismo saco de dormir. Para que sus mochilas no pesaran mucho, no llevaban mucha comida, solo cecina y carne enlatada, así que después de tres días de senderismo y sexo salían de allí muertos de hambre y algo más delgados. Y entonces iban siempre al mismo restaurante de barbacoa de la localidad de Staunton.

La nieve por fin empezó a caer a media tarde y entonces Simon dio la vuelta. Le dolía todo, desde la cabeza, que no paraba de latirle, hasta las plantas de los pies, pero le daba igual. El ejercicio le había aclarado la mente, aunque fuera solo durante unas horas.

# 31

En Virginia se realizaban autopsias a menos del cinco por ciento de los cadáveres. Había varias razones para hacer una, pero el potencial homicidio era la más común. En esos casos, las fuerzas del orden locales se ponían en contacto con el forense y le enviaban el cadáver. La presunta causa de la muerte se escribía en una etiqueta, que se ataba al cuerpo.

En el caso de Eleanor Barnett la etiqueta decía: «POSIBLE ENVENENAMIENTO».

Con esa advertencia previa, la forense del estado, la doctora Dendra Brock, supo qué debía buscar. Empezó a trabajar a las 9.31 de la mañana del lunes, 4 de enero. No había heridas de entrada ni de salida, balas, fragmentos, quemaduras producidas por ligaduras o incisiones de objeto punzante de las que preocuparse, así que se concentró en los órganos. La ayudaba el doctor Henry Roster, toxicólogo forense, que tenía a sus técnicos de laboratorio a la espera. Además de realizar otros procedimientos, le extrajeron el hígado, los riñones, el corazón, los pulmones, el estómago, el esófago, el páncreas y secciones del intestino grueso y delgado. Pesaron cada órgano y después lo diseccionaron para obtener muestras de tejido.

Tras trabajar durante dos horas sin descanso, volvieron a introducir los órganos en la cavidad correspondiente, cosieron el cuerpo y limpiaron todo.

La causa de la muerte no era neumonía. Era un caso claro de ingestión de un veneno altamente tóxico. Seis horas después, el doctor Roster llamó a la doctora Brock y le informó de que el veneno era talio. Inodoro, incoloro e insípido, se conocía desde hacía décadas y se había utilizado, o al menos se sospechaba de su uso, en docenas de asesinatos por todo el mundo. En Estados Unidos se prohibió su producción en 1984.

Al día siguiente, la doctora Brock se reunió con el inspector Barr y le informó de sus descubrimientos. Ella no tenía ningún control sobre lo que se iba a hacer con el cadáver, pero recomendó a la policía que evitara la incineración. Barr escoltó al coche fúnebre en el camino de vuelta a Braxton. Por el camino, llamó a Teddy Hammer para darle la noticia que los dos estaban esperando. Llamó a la jueza Pointer, que accedió a suspender indefinidamente la incineración. No llamó a Simon Latch. Pidió una orden de registro y se llevó los objetos que habían quedado en la habitación del hospital de Eleanor. Además solicitó otra orden para registrar la casa de la fallecida, que la jueza también accedió a firmar. El miércoles por la mañana, Barr volvió al laboratorio de criminalística estatal con los objetos y se los entregó al doctor Henry Roster. Como él ya sabía perfectamente lo que estaba buscando, su trabajo le resultó mucho más fácil.

Según la enfermera jefe, Loretta Goodwin, los *brownies* los había hecho Matilda, que los había llevado al hospital en persona. A Eleanor no le gustaron e intentó dárselos a las enfermeras y los celadores. Por suerte todos los rechazaron; iba en contra de las normas del hospital aceptar comida que les hubieran llevado a los pacientes. Para entonces los *brownies* tenían por lo menos una semana. El análisis químico demostró que no había nada tóxico en ellos.

Pero las galletas de jengibre vietnamitas eran otra historia. Había once, dos en una caja, más viejas y rancias, y nueve en otra. Ambas cajas procedían claramente del restaurante Tan Lu. Encontraron niveles altos de talio en todas las galletas.

La mañana del jueves, el inspector Barr entró en el restaurante Tan Lu con una orden de registro y pidió los recibos de las ventas. Los vietnamitas estaban aterrados y mucho más que dispuestos a cooperar. Encontraron lo que les pedía enseguida. La camarera identificó a Simon Latch en una foto. Incluso recordaba su nombre.

Simon llevaba días sin apartar los ojos del teléfono y hecho un manojo de nervios. El fijo que tenía en su mesa no había sonado ni una vez. La primera semana de enero era normalmente la más tranquila del año, y tampoco es que ese teléfono sonara muy a menudo. Pero, dadas las circunstancias, no hacía más que coger el auricular para comprobar que estuviera funcionando. Habría llamado él mismo, si supiera a quién. No tenía contactos en la oficina del forense, y, aunque los hubiera tenido, no podía levantar el teléfono sin más y preguntar por el resultado de la autopsia. Esa información era estrictamente confidencial, al menos hasta que llegaba a un juzgado. Podría llamar a la funeraria, ¿pero por qué perder el tiempo? Con quien quería hablar en realidad era con el inspector Barr, un hombre que poblaba sus pensamientos, sus sueños e incluso sus pesadillas, pero sabía que el inspector aparecería cuando él quisiera.

La espera era desquiciante y lo estaba matando. No podía concentrarse en nada, así que todos sus casos actuales estaban allí, acumulando polvo.

El inspector Barr llamó un poco antes de las seis de la tarde del jueves y le preguntó si podía pasarse por su despacho. Como si Simon pudiera negarse...

Los dos se sentaron en la sala de reuniones, separados por una mesa ancha. Barr miró sus notas, y parecía tener muchas, y preguntó:

—¿Redactó usted el testamento de la señora Barnett?

—Sí, en marzo.

—¿Me lo enseña?

—No. Es confidencial.

—Su clienta ha fallecido y usted tendrá que legalizar ese testamento, ¿no?

—Esa es la idea, en cuanto la jueza Pointer me dé luz verde.

—Y la legalización testamentaria es un proceso público, ¿me equivoco? Así que todo el mundo podrá verlo, ¿no es así?

—Tal vez. O tal vez no. Es posible solicitar que el expediente sea privado y confidencial.

—Qué conveniente. ¿La señora Barnett tenía mucho dinero?

—No puedo hablar de ese tema ahora mismo. Tal vez más adelante. ¿Qué me dice de la autopsia?

—No puedo darle detalles.

—¿Ha confirmado que murió de neumonía?

—No puedo decírselo.

—Parece que aquí hay muchos secretos y demasiadas cosas de las que no podemos hablar.

—Sí, supongo que ya saldrá todo en el juzgado —comentó Barr con una sonrisita desagradable.

—¿En el juzgado? ¿Quién va a ir a juicio?

—No puedo hablar de eso ahora mismo.

—¿Y por qué nos hemos reunido, si no puede contarme nada?

—Quiero ver el testamento.

—Pues lo siento.

—Conseguiré una orden.

—Hágalo.

—Y tendré que revisar sus ordenadores.

—No se lo permito.

—Pediré más órdenes.

—No voy a intentar detenerlo.

—Ya nos veremos. —Barr se levantó bruscamente y salió de la habitación.

Simon se quedó unos minutos sin moverse. Cuando lo hizo se dio cuenta de que estaba sudando por las axilas y que tenía la camisa pegada a la espalda. Salió al callejón que había detrás de su despacho y se colocó en medio de una ráfaga de aire ártico. Hizo una llamada. Una hora después, giró la esquina más cercana y recorrió la calle hasta el despacho del mejor abogado penalista de la ciudad. Un hombre que no le caía bien a casi nadie, y Simon no era una excepción.

Raymond Lassiter era un abogado grandote, excéntrico y escandaloso, que se esforzaba por vestir siempre con muchos colores. Se había forjado su reputación gracias a un par de juicios por asesinato muy sensacionalistas, que ganó varios años atrás, y todavía representaba a delincuentes de alto nivel de todo el valle del Shenandoah. En el pasado, alardeaba de haber ganado diecisiete juicios por asesinato seguidos, pero nadie había podido verificar el dato. Muchas de las cosas que decía necesitaban comprobación, pero ¿para qué molestarse? A la mayoría de la gente le gustaba su forma de actuar y sus rutinas, y se tomaban el resto con calma. Era un hueso duro de roer en los juzgados. La policía y los fiscales preferían evitarlo. Si estabas metido en problemas y tenías dinero, Raymond era el abogado al que debías llamar. Tenía setenta y pocos años y todavía trabajaba los siete días de la semana. Como bebía demasiado, por la mañana las cosas con él iban un poco lentas y pocas veces cogían ritmo antes de las cinco, cuando todo su personal se había ido ya. Se sabía que trabajaba hasta medianoche, normalmente con una copa de bourbon en la mesa y un puro en el cenicero. Pero seguía una disciplina muy estricta cuando empezaba un juicio: dejaba de beber y se centraba completamente. La sobriedad hacía que fuera más despiadado.

No estaba del todo sobrio cuando Simon llegó poco después de las ocho, aunque tampoco se podía decir que estuviera borracho. Raymond se podía pasar todo el día bebiendo y mantener una concentración de alcohol en sangre de 1 g/l, lo suficiente para sentirse un poco «contento», pero no lo bastante para distraerlo. Simon aceptó un bourbon, pero rechazó el puro. Raymond apoyó los pies en su enorme escritorio y dijo:

—Cuénteme su historia, pero solo quiero oír lo que necesite saber, no todo, ¿me comprende?

Nunca antes había compartido secretos con un abogado penalista, así que no estaba seguro de qué era lo que quería oír.

—¿No deberíamos firmar algo, como un contrato de representación? Ya sabe, con unos honorarios. Para hacerlo oficial.

Raymond agitó la mano en la que sujetaba el puro.

—Después. Mis honorarios son cinco dólares por los siguientes veinte minutos. Quiero oír su historia. Nos ocuparemos del papeleo después.

—¿Entonces estamos hablando entre abogado y cliente? ¿Todo confidencial?

—Sí, sí, venga, cuente.

Tras los detalles básicos, el abogado lo interrumpió.

—¿Entonces no sabe qué dice la autopsia?

—No. El inspector Barr no ha querido decírmelo.

—Barr es un buen tío. No es muy listo, pero es duro y tenaz. Lo he tenido en el estrado unas cuantas veces. —Raymond soltó el humo como si hubiera eviscerado cuidadosamente a Barr y estuviera considerando si hablar de ello después.

—Pero Teddy Hammer dejó caer con bastante seguridad que la muerte no fue por causas naturales —añadió Simon.

—Hammer es un imbécil —dijo Raymond, dejando escapar más humo.

—Parecía muy seguro de sí mismo. No me han acusado de nada, Raymond, pero noto que sospechan de mí.

—¿Sospechas? Esto es una pesadilla para su imagen. Un abogado avaricioso descubre a una ancianita amable que tiene una fortuna secreta, así que prepara un testamento que le otorga a él el control de los bienes y después la convence, mientras está herida y drogada en el hospital, para que firme un poder y una declaración de voluntades anticipadas que le proporcionan aún más control, incluso el de desenchufarla, algo que termina haciendo el 30 de diciembre, cuando está a punto de quedarse sin tiempo. Al final ella muere justo el año pasado, cuando no había impuestos estatales, lo que le concede al abogado avaricioso aún más dinero con el que forrarse. Su muerte es sospechosa y el abogado intenta por todos los medios que se incinere el cadáver, idea suya, no de ella, antes de que a alguien se le ocurra hacer preguntas. ¿Y me habla usted de «sospechas»?

Simon nunca se había sentido tan culpable. El abogado lo tenía sangrando y contra las cuerdas y se lanzó a dar el golpe de gracia.

—Hijo, yo cobro doscientos mil dólares por llevar un caso de asesinato, ni un centavo menos. Y por adelantado.

Simon estaba preparado para el impacto, o eso creía. No tenía ni idea de lo que un abogado de litigios prestigioso cobraba por un caso de asesinato, pero había pensado que sería algo menos.

—No dispongo de esa cantidad de dinero —confesó—. Y no estoy seguro de que vayan a acusarme de nada. Es que los polis están husmeando por ahí y no quiero dar un paso en falso.

—Chico listo. Vale, le propongo algo. Le representaré por ahora, en la fase inicial. Cuando Barr vuelva a contactar con usted, dígale que yo soy su abogado. A veces no hace falta nada más para ahuyentar a los policías, pero no siempre. Acosaré un poco a Barr, para ver si va en serio. Y lo haré gratis hasta que haya una acusación formal.

—No puede haberla porque yo no he hecho nada. Solo necesito consejo.

—Bien. Yo se lo daré. Si las cosas se ponen serias, volveremos a hablar.

Había una nube azulada flotando junto al techo y el penetrante aroma del tabaco de calidad inundaba toda la habitación. Simon estaba asustado y no quería irse de allí.

—Si sigue en pie su oferta, creo que le voy a aceptar uno de sus puros.

Raymond sonrió.

—Sírvase usted mismo —ofreció—. Voy a preparar unas copas.

# 32

El viernes por la mañana, Simon por fin reunió el valor para hacer una llamada de la que debería haberse ocupado meses atrás. Si hubiera hecho las cosas como quería Eleanor, se lo tendría que haber notificado a Wally hacía mucho.

Él respondió al teléfono con un alegre:

—Hombre, buenos días, Simon. —Después de dos minutos de conversación intrascendente obligatoria, Wally dijo—: Me he enterado de lo de las medidas cautelares y me han dicho que tú te encargabas del funeral. ¿Qué está pasando?

—Bueno, Wally, es una larga historia, pero seré breve. El pasado marzo, Eleanor vino a mi despacho porque quería hacer un nuevo testamento. Me dijo que no estaba satisfecha con el que habías redactado tú y que quería introducir cambios. Yo hice lo que me pedía. El nuevo se firmó hace dos meses, después del que redactaste tú. Así que el tuyo queda revocado y es totalmente nulo.

—Me parece que eso es motivo de demanda, Latch.

—No me esperaba menos de ti. Pero, si yo fuera tú, estaría saltando de alegría. El testamento que tienes no es válido y se puede tirar a la basura. Por suerte, nadie sabe que existe, Wally, ni tampoco que incluiste en la letra pequeña un *bonus* en efectivo para ti. Si intentas legalizar ese testamento, no dudes de que voy a pelear con uñas y dientes. Pero tu problema más inmediato es ese regalito que preparaste para ti. Directo a tus manos y que se debía abonar en el momento de la legalización, un clarísimo movimiento por parte del abogado sin escrúpulos que redactó el testamento para meterse un buen dinero en el bolsillo, robándoselo a una simpática ancianita que confiaba en ti. Si se te ocurre intentar legalizar tu testamento, o ponerle alguna pega al mío, le enviaré el que redactaste tú al colegio de abogados del estado y pondré una queja.

—Eres un hijo de puta.

—Me puedes insultar todo lo que quieras, Wally. Me da igual.

Thackerman soltó unos cuantos exabruptos más y después se calmó.

—¿Cuándo vas a legalizar tu testamento?

—No estoy seguro. Tengo que preguntarle a la jueza Pointer, que parece que es quien se ocupa del tema ahora.

—Me he enterado de lo de la autopsia. ¿Para qué? La mujer tenía ochenta y cinco años.

—No ha sido cosa mía. Parece que Clyde y su hermano han contratado a un abogado con muchos aires que quiere complicar las cosas. Te acuerdas de Clyde, ¿verdad?

—Tiene gracia, Latch. Parece que le pegó al abogado que no era.

—Seguro que tú lo ganas en la revancha.

—No digas que no es curioso. ¿Te importa que le eche un vistazo a tu testamento?

—No te lo puedo enseñar hasta que lo legalice.

—¿Quién se queda con el dinero?

—Unas cuantas organizaciones benéficas. Nada para familiares, ni amigos.

—¿Encontraste la pasta?

—Más o menos. ¿Y tú?

Wally se quedó callado un largo momento.

—La verdad es que no. Llamé a unas cuantas personas que

ella mencionó, pero tampoco profundicé mucho. —Simon hizo una pausa igual de larga, pero antes de que tuviera tiempo de contestar, Wally añadió—: No lo has hecho bien, Latch. Deberías habérmelo dicho.

—¿Y qué habría conseguido? Seguramente una demanda inmediata con lo primero que se te ocurriera en el momento.

—Tendrías que haberme avisado —insistió con tono triste, como si acabara de enterarse de que se había desvanecido ante sus ojos un buen montón de dinero con el que ya contaba.

Sin darse cuenta de lo que iba a decir, Simon soltó:

—Eleanor no quiso que te lo contara. —Era una enorme mentira, pero ella estaba muerta y Wally nunca sabría que no había sido así.

Mucho después de terminar la llamada, Simon seguía sin creerse que hubiera sido capaz de mentir de una forma tan fácil y convincente.

Sentado en su mesa, tras pasar una hora más sin hacer nada, Simon sentía que las paredes se le caían encima. Su edificio databa de 1904, así que los montantes de las paredes y la mayor parte del yeso tenían un siglo de antigüedad. Y le daba la impresión de que se iban moviendo, centímetro a centímetro, hacia el centro, donde inevitablemente caerían sobre él de forma violenta y acabarían con su vida. No había salida, no tenía a dónde huir, ni nadie con quién hablar. Solo Raymond, su nuevo abogado gratuito, que seguro que ya estaba buscando una forma de librarse de él si las cosas se ponían feas. Y para hablar con el abogado tenía que mentalizarse. No había conversación con él que no incluyera dos historias sobre sus antiguas victorias en los juzgados. Aunque nunca hablaba de los casos que había perdido.

A veces Simon creía oír el crujido del suelo, el quejido de los muros, la contracción de los conductos del aire y la formación de las grietas en las paredes, y eso interrumpía su última divagación. Se dejaba llevar por ellas a menudo, porque estaba cansado, exhausto por la falta de sueño. No tenía hambre, al menos no quería nada de comer, pero le preocupaba estar bebiendo demasiado. La mayoría de las mañanas se despertaba con telarañas en el cerebro, nada invalidante que le estropeara el resto del día, pero sí notaba algunas lagunas que le advertían que tenía que moderarse. ¿Cómo era ese dicho? «Si crees que bebes demasiado es que tienes razón».

El testamento de Eleanor Barnett siempre estaba al alcance de su mano. Lo había pasado a limpio él mismo diez meses atrás, e intentaba convencerse de que no cambiaría ni una coma. Ni tampoco haría nada de otra forma.

¿Entonces por qué no dormía, estaba perdiendo peso y bebía demasiado?

Sus peores temores se fueron haciendo realidad a cámara lenta. Nueve días después de la autopsia y con Eleanor todavía en el congelador, Raymond le llamó para darle la preocupante noticia de que el inspector Barr quería reunirse con ellos para hablar del caso. Según Raymond, que había pasado por eso muchas veces, no era algo extraño. Barr propuso que se vieran en el despacho de Simon.

Quedó claro al instante que al inspector le ponía nervioso Raymond, seguramente por su reputación. Pero Barr era el investigador del caso y tenía intención de empezar atacando.

—Solo quiero hacerle unas preguntas y alguna que otra petición a su cliente, señor Lassiter —fue lo que dijo para empezar.

—Nosotros también tenemos preguntas para usted —contraatacó Raymond con aire de suficiencia.

Barr lo ignoró y miró sus notas.

—Primero: como ya saben, hemos registrado la casa de la señora Barnett, pero no de forma exhaustiva. No quiero ponerla patas arriba, así que necesito preguntarle qué ha sacado usted de la casa.

Raymond miró a Simon y asintió.

—Como su abogado, estoy a cargo de sus asuntos financieros —respondió—. Tengo una copia para usted del poder que me otorgó para ello. Me he llevado el talonario de cheques y una pila de facturas. También he sacado una pequeña caja fuerte que tenía en el armario, pero no la he abierto.

—¿Dónde dice que estaba esa caja?

—Oculta en el fondo del armario del dormitorio.

—¿Y qué había dentro?

—No lo sé. Mi abogado me ha aconsejado que no la abriera.

Entonces intervino Raymond.

—Esperaremos a que usted traiga una orden y la abriremos con todos presentes.

—Muy bien. ¿Tiene alguna idea de lo que hay en su interior?

Raymond asintió de nuevo y Simon contestó:

—Una póliza de seguro de decesos, su testamento, escrituras de propiedad, los papeles del coche y otras pólizas de seguro. Eso es lo que me dijo ella.

—¿Algo de valor? ¿Joyas, dinero, cosas así?

—No lo sé.

Barr se guardó el bolígrafo en el bolsillo de la camisa.

—Está bien. Les sugiero que volvamos a reunirnos aquí mañana a la misma hora. Traeré la orden correspondiente.

—Queremos ver el informe de la autopsia —pidió Raymond.

—Se lo traeré mañana.

—Bien. Y una última pregunta: ¿es el señor Latch sospechoso de la muerte de Eleanor Barnett?

—No puedo darle una respuesta a eso ahora mismo.

Al día siguiente, Raymond volvió a la sala de reuniones y se puso a charlar con Simon mientras ambos tomaban café y esperaban al inspector Barr, que llegaba tarde. Sonó el móvil de Raymond y contestó. Se le puso cara de preocupación y, cuando colgó, inspiró hondo.

—Vaya. No eran buenas noticias.

—¿Qué ha dicho? —preguntó Simon.

—Que va a venir con la Pantera. Mierda.

Hacía más de una década que Cora Cook era la abogada que representaba a la ciudad, o, dicho de otro modo, la fiscal jefe. La habían elegido por votación popular y se ocupaba de los delitos graves que ocurrían en la localidad, que no eran muchos. Raymond había tenido que vérselas con ella alguna vez y no le caía nada bien, pero la verdad era que le pasaba eso con todos los fiscales. Simon dio por hecho que ellos tampoco le tendrían simpatía a su abogado. Para ser una funcionaria pública que debía convencer a los votantes cada cuatro años, Cora tenía una curiosa reputación de persona muy aficionada a las fiestas. Ya se había divorciado de dos maridos, frecuentaba los mejores clubes nocturnos de la ciudad, evitaba la iglesia y le gustaban los hombres jóvenes. De ahí ese sobrenombre, que pronto se había popularizado. Llevaba con frecuencia faldas de cuero ceñidas, que siempre eran demasiado cortas y ya no estaban de moda, y unos tacones de aguja que le harían ruborizarse a una puta callejera. Solo había mantenido su puesto porque la política se le daba muy bien y era una fiscal muy dura.

Su llegada enrareció mucho el ambiente. Simon se alegró de tener un abogado con experiencia aconsejándole. ¿Realmente tenía a su lado a un abogado defensor? ¿Pero qué demonios estaba ocurriendo? ¡Si él no había cometido ningún delito! Inspiró hondo y cerró los ojos, porque las paredes empezaron a asfixiarlo de nuevo.

La fiscal le pasó a Raymond un documento por encima de la mesa.

—Es una orden para la caja. Supongo que todavía no la han abierto.

Su abogado negó con la cabeza, muy serio, sin responderle directamente, mientras revisaba la orden.

La caja estaba esperando en un extremo de la mesa. Era un modelo ignífugo barato, con un asa y una llave, que se podía comprar en cualquier parte por menos de cien dólares. Simon la abrió y sacó unos cuantos documentos legales: el testamento que había redactado él, el que hizo Wally, algunas pólizas de seguro sujetas con una goma elástica, el título de propiedad del coche que Netty dejó siniestro total cuando lo condujo bebida, la póliza del seguro de decesos de Cupit & Moke, trescientos dólares en efectivo, y una bolsita de terciopelo en la que había unos cuantos pendientes y pulseras. Para ser todas sus cosas de valor, suponía un conjunto muy poco impresionante.

El inspector Barr hizo fotos de todo.

Cuando terminaron con la caja y su contenido, Raymond preguntó:

—¿Mi cliente es sospechoso?

—Digamos que es una persona de interés —respondió la señora Cook.

—Oh, vamos... Si se ha cometido un crimen, díganoslo. Basta ya de rodeos.

Ella le pasó los informes, impasible.

—El primero es el de la autopsia. La patóloga y el toxicólogo forense han encontrado niveles moderados de una sustancia llamada talio, un compuesto muy tóxico que no se comercializa en Estados Unidos, pero que en el pasado se utilizó como matarratas. Se ha utilizado varias veces para asesinar, porque es inodoro, incoloro e insípido. Provoca síntomas muy variados, dependiendo de la dosis, pero entre ellos están fiebre, náuseas, dolores de cabeza y problemas respiratorios. Todos síntomas comunes, por eso el uso de esta droga a veces no se detecta hasta que es demasiado tarde.

Simon intentó leer el informe, pero veía borroso. Le temblaba la mano con la que sujetaba el papel. De repente notaba los mismos síntomas que la fiscal acababa de describir.

Después ella les pasó otro informe, el del toxicólogo.

—El informe del análisis de la comida que había en la habitación del hospital de la víctima.

«¿Víctima?». Incluso en medio de su neblina mental, Simon no pudo evitar fijarse en esa palabra.

—Once *brownies* de chocolate que llevó a la habitación una tal Matilda Clark, que, según una de las enfermeras, aseguró que sus *brownies* de caramelo y nueces pecanas eran estupendos. Al parecer la víctima no pensaba lo mismo, porque no se los comió. Los analizaron en el laboratorio, pero no encontraron nada raro. También había once galletas de jengibre vietnamitas, en dos cajas de comida para llevar del restaurante Tan Lu, un local de la ciudad. Las once tenían niveles importantes de talio. Las galletas también las llevó a la habitación, en dos visitas diferentes, Matilda Clark.

Raymond fue a intervenir, pero tuvo que carraspear antes.

—¿Pretende sugerir que mi cliente envenenó a Eleanor Barnett? —logró preguntar por fin.

Simon estaba mudo, perplejo, y no se lo podía creer. Por eso fue incapaz de controlarse y exclamó:

—¿Qué? ¡Yo no he hecho nada!

Raymond levantó ambas manos para hacerlo callar.

—No digas ni una palabra más, Simon.

La Pantera continuó con frialdad.

—El gran jurado se va a reunir por la mañana y le presentaremos las pruebas.

—¡No hablará en serio! —gritó Simon desde el otro lado de la mesa. Tenía la cara enrojecida y los ojos desorbitados.

—Por favor, Simon —volvió a pedir Raymond.

El abogado miró a Cora.

—Pero ¿por qué tanta prisa? —preguntó—. Denos tiempo para revisar estos informes, hablar con algunos de los testigos y hacer nuestra propia investigación. Esto es una emboscada. La fiscalía ha tenido mucho tiempo para rebuscar, pero a nosotros nos coge desprevenidos. No están jugando limpio.

—Yo no he hecho nada, ¿me oyen? —insistió Simon con tono de súplica.

Cora cerró la carpeta.

—No vamos a cambiar de idea sobre lo del gran jurado.

Una hora después, se fue con el inspector Barr. Raymond y Simon se quedaron en la sala de reuniones, dándole vueltas y vueltas a todo, sin llegar a ninguna parte. No les faltaban fuegos urgentes que apagar, pero el principal era que tenían que evitar que el gran jurado iniciara una investigación, aunque Raymond sabía, igual que él, que eso no era más que un trámite para la fiscal. Si Cora Cook quería una acusación por asesinato por la mañana, a la hora de comer ya la tendría.

Consideraron otros sospechosos. ¿Quién se beneficiaba de la muerte de Eleanor? Obviamente Clyde y Jerry eran los primeros de la lista. Habían unido fuerzas y contratado a un astuto abogado de Washington D. C. Eso no lo habían decidido de un día para otro, así que tenían que llevar un tiempo hablando del tema. Jerry le dijo a Simon que se había pasado por el hospital a ver a su madrastra.

Wally Thackerman también tenía mucho que ganar con la muerte de Eleanor. Al fin y al cabo, no supo que el plan no le iba a salir como esperaba hasta después de su muerte. Así que había que ponerlo en la lista.

Pero Raymond se cansó de ese juego enseguida.

—Deberíamos concentrarnos en tu defensa y no preocuparnos por los demás ahora mismo.

—¿Mi defensa? No me lo puedo creer.

—Tengo que irme. Te llamaré mañana. Te sugiero que hables con tu mujer y le expliques lo que puede pasar.

—¿El qué?

—Que es más que probable que te detengan en un futuro muy cercano.

—¿Y por qué no se lo dices tú?

—Lo siento, Simon.

# 33

¿Qué se pone uno para que lo detenga la policía? Es una pregunta que nadie se plantea, ni los criminales más experimentados. Simon eligió unos vaqueros, una chaqueta informal y una camisa blanca. Raymond le dijo que se llevara algunos artículos de aseo, así que metió en una bolsa de papel lo más necesario, ropa interior, y dos libros de bolsillo. Se echó un último vistazo en el espejo y odió lo que veía en él, así que apagó las luces del despacho, sin tener ni idea de cuándo volvería a encenderlas.

En la zona de recepción, se dejó caer en una silla y miró a Tillie con expresión de derrota total.

—¿Qué ocurre? —preguntó ella alarmada.

—Hace unas dos horas el gran jurado me ha acusado del asesinato de Eleanor Barnett. —Las palabras sonaban como si las dijera la voz de alguien que nadie veía y que llegaba desde lo más alto. Tillie se quedó asombrada e incapaz de hablar—. Voy de camino a la cárcel de la ciudad, donde me está esperando Raymond Lassiter. Me van a fichar, como a cualquier otro delincuente, y a meter en una celda. No sé cuándo saldré.

—¡Asesinato! —logró decir ella por fin.

Simon inspiró hondo.

—Al parecer alguien envenenó a Eleanor cuando estaba en

el hospital. Esas malditas galletas de jengibre que le llevamos tenían veneno. Y ahora todos sospechan de mí.

Tillie tragó saliva y mantuvo la compostura como pudo. Después se limpió las mejillas con un pañuelo.

—Pero eso es ridículo, Simon. Tú no eres capaz de hacer algo así.

Él asintió sin decir nada. Hubo una larga pausa y los dos ignoraron el sonido del teléfono fijo que había en la mesa de la secretaria.

—¿Y Paula y los niños? —preguntó Tillie.

—Las cosas se han puesto feas. Se lo dije anoche, cuando los críos ya estaban en la cama. Primero se horrorizó, luego se enfadó y al final se asustó, todo. Nuestra mayor preocupación es proteger a nuestros hijos, pero es imposible. Están a punto de sufrir una gran humillación y no puedo evitarlo. No hay forma de protegerlos. —Se le quebró la voz y no pudo continuar. Ella se enjugó los ojos de nuevo e intentó contener sus emociones—. Te llamaré desde la cárcel en cuanto pueda —prosiguió él—. Cierra la oficina y no vengas por aquí. Seguro que habrá periodistas en la puerta dentro de nada, así que intenta mantener un perfil bajo.

—No me lo puedo creer, Simon.

—Estoy caminando sonámbulo en medio de una pesadilla, Tillie, y nadie sabe cómo va a terminar. Hay demasiadas incógnitas. Lo mejor que puede pasar la semana que viene es que me dejen salir bajo fianza. Si lo consigo, haremos todo lo posible para mantener este bufete a flote hasta el juicio.

—¿El juicio?

—En eso suelen acabar las acusaciones, a menos, claro, que reconozcas la culpabilidad. Y no tengo intención de hacerlo.

—¿Cuándo será el juicio?

—¿Quién sabe? Pueden pasar meses.

Simon se levantó y pensó en darle un abrazo un poco incómodo, pero, como no lo había hecho nunca antes, se limitó a decirle:

—Sé fuerte. —Y después abrió la puerta.

—Llévate un abrigo —aconsejó ella.

La temperatura exterior no superaba los seis grados bajo cero y el viento aullaba con fuerza. Recorrió Main Street, dejando atrás las tiendas y las oficinas que conocía tan bien, e intentó no imaginar lo que pensarían o dirían esas personas cuando se enteraran del cotilleo, de esa noticia casi increíble. Redujo el paso al cruzar por delante del Ethel's Diner, vacío a las cuatro de la tarde de ese viernes con tal mal tiempo. Vio a Bella, su camarera favorita, tras la barra secando vasos y charlando con alguien que estaba en la cocina. Ella nunca creería que Simon fuera capaz de algo tan horrible y se presentaría voluntaria para ser jurado, si pudiera.

Cruzó la calle y siguió por Monroe hasta que llegó al juzgado, esa obra maestra del neoclasicismo de la que tanto se enorgullecía Braxton. Cien años antes, la ciudad le ganó un pleito a la compañía ferroviaria y decidió, sabiamente, invertir el dinero que consiguió en un nuevo monumento para su mayor gloria, en el que no escatimaron en gastos. Con sus grandiosas arcadas, los techos abovedados y las columnas de mármol, lo habían elegido varias veces como el juzgado más bonito de toda Virginia.

Pensó en todos los funcionarios, secretarios, conserjes, alguaciles, abogados y jueces que trabajaban allí, gente a la que conocía desde hacía casi veinte años, e intentó visualizar sus caras cuando se enteraran. Le dolía demasiado pensarlo. En la segunda planta, estaban encendidas las luces de la sala principal, donde lo llevarían dentro de pocos días, no como abogado, sino como acusado, y donde tendría que enfrentarse a la jueza para la lectura de cargos, en la primera visita a ese juzgado de las muchas que tendría que hacer.

Siguió caminando por las calles del centro de su ciudad,

un poco sin rumbo, pero más o menos en dirección a la cárcel.

Avanzaba totalmente sonámbulo.

No había nadie esperando en la entrada. Ningún periodista gritándole, ni fotógrafos que no dejaban de pulsar el disparador de sus cámaras. Eso llegaría después, pero seguiría sin estar preparado. Entró y vio a Raymond hablando con un agente de uniforme. El arresto de un abogado por asesinato era una ocasión única en Braxton, aunque, por suerte, la policía no estaba exagerando. Simon temía encontrarse con un montón de policías perdiendo el tiempo por allí, esperando ver, aunque fuera solo un momento, su nuevo trofeo, pero solo había un par que hacía todo lo posible por ignorarlo.

Raymond le entregó una copia de la acusación, recién impresa, y él la leyó despacio. Apareció el jefe de policía.

—Lo siento, Simon. —Hacía unos cuantos años que se conocían y era obvio que el hombre preferiría estar en cualquier otra parte—. No tengo elección.

—Lo comprendo. Acabemos cuanto antes.

El proceso de ingreso llevó como una hora. Simon entregó su cartera, que solo contenía su carnet de conducir, y su teléfono móvil. Como el reloj que llevaba tenía correa de cuero le permitieron dejárselo, siguiendo la lógica de que sería difícil asesinar a otro interno con una correa de reloj de cuero. Posó para la foto de la ficha y después entregó su ropa y se puso el mono naranja fluorescente que tenía escrito en la espalda «CÁRCEL MUNICIPAL». Le dejaron quedarse con los calcetines y las zapatillas de deporte. Le tomaron las huellas y entregó voluntariamente una muestra de sangre. El papeleo les llevó otros quince minutos.

Fue algo humillante, como mínimo, y aterrador, pero estaba decidido a mantener la cabeza alta y los dientes apretados, y actuar como si nada de lo que estaba ocurriendo allí pudiera afectarle. Era inocente y, cuando se lo demostrara al mundo, podría mirar atrás y alardear, aunque solo fuera ante sí mismo, de que había sobrevivido a lo peor. En su mesa del despacho tenía una taza alta llena de bolígrafos, lápices y rotuladores que llevaba escrito en un lateral su eslogan favorito: «LO QUE NO TE MATA, TE HACE MÁS FUERTE».

Cuando se convirtió oficialmente en interno de la cárcel municipal, lo llevaron, sin ponerle las esposas, a una pequeña sala donde los abogados se reunían con sus clientes. En los dieciocho años que llevaba de profesión había estado allí muy pocas veces, pero nunca como el pobre desgraciado que llevaba el mono.

—Te queda bien el naranja —bromeó Raymond.

—¿Te parece gracioso?

—No. Acabo de hablar con la jueza Pointer otra vez y no quiere establecer una fianza hasta el lunes, durante la lectura de cargos.

—Era de esperar.

—Prácticamente le he suplicado que accediera a la libertad bajo palabra, pero no ha cedido. No parece muy comprensiva. Me temo que vas a tener que pasar el fin de semana aquí.

—Estaré bien. Me he traído unos libros. Y tendré tiempo para pensar, para intentar encontrarle sentido a las cosas.

—Buena suerte.

—Raymond, te agradezco de verdad que estés aquí. Sé que lo estás haciendo de forma desinteresada y significa mucho para mí.

—Estoy contigo en esto, Simon.

—¿Puedo pedirte un favor?

—Claro.

—¿Me prestas tu teléfono? Tengo que llamar a mi madre.

El informante anónimo volvió a aparecer el viernes por la noche. Él o ella envió un e-mail anónimo a Iris Kane, una periodista del *Washington Journal*, que decía:

> Últimas noticias desde Braxton, Virginia. La policía ha detenido a un abogado de la localidad por el asesinato por envenenamiento de una clienta rica, tras haberse ocupado de redactar su testamento. Simon Latch, de cuarenta y dos años, ha sido imputado por el gran jurado esta tarde y entregado a las autoridades, para su posterior ingreso en la cárcel municipal. Tiene que presentarse en el Tribunal de Distrito el lunes por la mañana.

Iris hizo media docena de llamadas, pero no se enteró de gran cosa. Al parecer la mayoría de sus fuentes en Braxton no estaban disponibles los viernes por la noche. Quince minutos después recibió otro e-mail anónimo:

> Se certificó la muerte de Eleanor Barnett, de ochenta y cinco años, el 30 de diciembre en el Blue Ridge Memorial Hospital. El fallecimiento se atribuyó a una neumonía. Pero una autopsia posterior reveló que había sido envenenada. Usted tiene la exclusiva, pero tendrá que actuar rápido. Esta historia les va a encantar a los tabloides.

Iris reconoció que tenía razón y se puso a investigar por internet durante una hora, pero sin encontrar nada interesante. Así que se fue a la cama temprano, con la intención de salir para Braxton a primera hora de la mañana e invertir todo el día en investigar el tema.

La celda era de tres por tres metros cuadrados, con paredes hechas de bloques de hormigón en tres de sus lados y el cuarto cerrado por una puerta de barrotes de hierro que daba al pasillo. Había dos literas fijadas a la pared con soportes de metal.

Afortunadamente, la de arriba estaba libre y Simon tenía la celda para él solo. Al otro lado del pasillo, enfrente, estaba Loomis, un ladrón de coches que tampoco compartía la celda. Se sentía solo y tenía ganas de hablar. En realidad lo que quería era alguien que lo escuchara mientras él parloteaba sin parar. Dos celdas más allá estaba Carl, un supuesto traficante de drogas que aseguraba que era inocente, y que le dijo a Loomis más de una vez que cerrara el pico. Hubo más gritos que resonaron en el pasillo, pero, según fue avanzando la noche, todos los ruidos cesaron.

Simon intentó leer, pero no se podía concentrar. Probó todas las técnicas que se le ocurrieron para no pensar en sus hijos, pero fue imposible. Estaban a punto de verse sometidos a una humillación constante por un delito que él no había cometido, pero no podría evitar el daño antes de que lo exoneraran. En realidad, todo aquello no había hecho más que empezar.

El colchón, barato, tenía cinco centímetros de grosor. La manta estaba muy desgastada, pero limpia. Hacía un poco de frío, pero Loomis le había dicho que había tenido suerte, porque hasta hacía poco la calefacción había estado estropeada. Afuera estaba nevando, pero eso solo lo sabía de oídas. No tenía ni idea de dónde estaba la siguiente ventana, pero estaba seguro de que no era por allí cerca.

Loomis le dijo que los internos muchas veces lloraban durante las primeras noches que pasaban en la cárcel, cuando apagaban las luces. Y que se los oía en la oscuridad, aunque se taparan la cara con las almohadas. Unos sollozos patéticos de hombres adultos encerrados lejos de todo lo que amaban.

Cuando el ala se quedó en silencio, Simon supo que todos estaban despiertos, esperando a oírlo llorar.

# 34

Durante su primera mañana en cautividad, Simon aprendió varias cosas importantes. En primer lugar, la alarma sonaba a las cinco y media, según su reloj de pulsera, una hora cruel de por sí pero que resultaba de especial dureza en un frío sábado de enero. En segundo lugar, el desayuno se servía quince minutos después, cuando un guardia introducía una bandeja por la estrecha abertura de debajo de los barrotes. En tercer lugar, no se ponía el menor esmero en preparar esta primera comida. La tostada de pan blanco estaba fría y quemada por los bordes. Los huevos en polvo no eran más que unas gachas igual de frías que se servían sobre tres lonchas de un beicon grasiento que incluso a un perro le habría repugnado. El pequeño cuenco metálico de la sémola despedía el mismo olor y tenía el mismo tacto que la brea de calafatear. La manzana verde estaba amarga. El café instantáneo no era sino un vaso de agua caliente sin el más leve asomo de sabor. En cuarto lugar, por muy asqueroso que fuese el desayuno, era el mejor plato del día, según aseguraba Loomis, el recluso del otro lado del pasillo.

Simon no tenía ni idea de cuánto tiempo pasaría encarcelado, pero calculaba que no tardaría más de una semana en sucumbir al hambre. Algo no le cuadraba. El rancho era intragable y, aun así, muchos de los internos estaban igual de rollizos que los guardias. Debía de haber máquinas expendedoras en algún rincón de la cárcel.

Cuando unos quince minutos más tarde vino el guardia para llevarse la bandeja, Simon le dijo:

—Vaya, muchísimas gracias, estaba todo delicioso. ¿A qué hora se almuerza aquí?

El guardia, un tarugo corpulento que no se saltaba ni una sola comida, frunció el ceño.

—Dos mil calorías por jornada, amigo, es todo lo que se les da.

«Ya, pues usted las ingiere solo con los dónuts del desayuno».

Simon se reclinó en la litera y se preparó para afrontar un largo día de aburrimiento y humillación. Seguía con hambre. Había una lámpara en medio del techo y estaba encendida. No tenía forma de apagarla. No podía dormir ni leer y lo último que le apetecía era empezar la mañana escuchando a Loomis, el de la celda de enfrente, parlotear sobre los coches que había robado.

Iris Kane tenía la corazonada de que los rumores más suculentos circulaban por las cafeterías, y estaba en lo cierto. Recorrió con cuidado el manto de nieve de cinco centímetros de grosor que cubría las aceras, pasó por delante del City Café y, al ver el bullicio, pasó adentro, ocupó uno de los taburetes de la barra y pidió un café con una galleta. Un espejo largo y sucio le ofrecía una buena panorámica del local. El primer vistazo le reveló que ella era la única mujer que había entre la clientela. Los hombres iban abrigados con unos pantalones de franela y un plumífero grueso. En ninguna cabeza faltaba una gorra de camionero. La mitad de ellos se había dejado crecer la barba. La escena le recordó a Iris al campamento maderero de Oregón adonde una vez la mandaron para hacer un reportaje.

Daba la impresión de que todo el mundo estuviera hablando a la vez. No había nada como un buen asesinato para animar a la parroquia, aunque este no se acompañaba de la violencia y el drama que tan a menudo veían en la tele. ¿Envenenar a una pobre anciana? Hacía falta ser cobarde.

Incluso a un reportero novato le habría bastado con dos minutos para enterarse de todos los detalles relativos al chisme del día.

—Dicen que a Latch le va a caer la pena de muerte.

—El hijoputa quería trincar el dinero, no hay más.

—¿Alguien conocía a la vieja?

—No. Dicen que era de Atlanta, que se mudó aquí cuando se jubiló, podrida de dinero.

—Pues que Dios la tenga en su gloria si se fio de esos abogados.

—Bueno, a mí Latch siempre me dio mala espina.

—La desplumó por completo, o eso pretendía.

—Menudo pájaro está hecho.

—No habléis así. A mí me cae bien Simon, lo conozco desde hace años. Es un buen tipo.

—Tengo entendido que la mujer y él habían pedido el divorcio. Que andaban separados.

—Ya, pues con él en el trullo, ella se quedará con la casa y los críos.

—¿Cuándo lo llevaban a juicio?

—Se comenta que el lunes por la mañana. Por lo visto, ya está moviendo los hilos para que lo saquen.

—¿Puede pagar una fianza si lo condenan por asesinato?

—Claro que puede. Es abogado. Ningún juez va a tener a un picapleitos entre rejas durante mucho tiempo. Estará fuera antes de que nos demos cuenta y necesitarán Dios y ayuda para acusarlo de asesinato. Para todo hay clases.

—Se rumorea que ha contratado a Raymond Lassiter.

—Lo que yo decía. El más hábil de toda Virginia. Caso que acepta, caso que gana.

—¿Sí? Pues con este va a sudar la gota gorda.

Iris procuró que no la sorprendieran tomando notas. Debía de ser la única forastera del local y, si se olían que era periodista, se quedarían callados como tumbas. Quizá incluso la echaran a patadas. Cogió una guía de los supermercados de la zona y fingió que estaba consultándola.

Una cosa sí era evidente: Simon Latch y su defensa harían bien en solicitar un cambio de sede y trasladar el caso lo más lejos posible de los lugareños. Todo el mundo tenía su propia opinión y la inmensa mayoría ya había decidido que Latch era culpable.

Iris pagó la cuenta y salió de la cafetería antes de que nadie reparara en su presencia. La ciudad empezaba a despertar y los comerciantes de Main Street estaban despejando la acera y empujando la nieve hacia los desagües. La biblioteca pública abrió a las ocho y allí Iris encontró un rincón tranquilo. Abrió su ordenador portátil y escribió todos los comentarios que pudo. Buscó el nombre de Raymond Lassiter y llamó a su oficina, pero no pasó del contestador. Al fin y al cabo, era sábado. Encontró el número de la cárcel de la ciudad, pero el funcionario de servicio se negó a confirmarle la identidad de ningún preso. Consultó la hemeroteca del *Journal* y la del *Braxton Gazette*, pero apenas contenían referencias sobre Simon Latch. Entre los registros del juzgado de primera instancia, dio con la solicitud de divorcio, que no revelaba gran cosa. Había también una referencia sobre una petición reciente en la que se mencionaba a Eleanor Barnett, pero el expediente se había precintado por orden judicial. ¿No era sospechoso?

Tras dos horas de indagaciones, Iris necesitaba mover las piernas. Recogió sus cosas y salió a la calle. Localizó la oficina de Raymond Lassiter y llamó a la puerta. No obtuvo respuesta alguna. Lo mismo en la oficina de Simon F. Latch, letrado y asesor jurídico. En el Departamento de Policía de la ciudad no había casi nadie y el agente al cargo decidió no descoser los labios cuando ella le reveló su oficio. Caminó hasta la cárcel para probar suerte de nuevo, pero nadie le corroboró nada. Cogió el coche y se fue al hospital y preguntó aquí y allá, pero, si alguien sabía algo o tenía algún tipo de autoridad, no se encontraba allí. Hizo una parada en la funeraria, donde no había ningún servicio programado para el fin de semana. La secretaria a tiempo parcial no estaba informada de nada.

Iris disponía de la dirección de la casa de Simon, pero prefirió no molestar a la familia. La mujer había solicitado el divorcio. Él estaba en la cárcel acusado de asesinato. No quería ni imaginar la pesadilla que debían de estar viviendo.

Para almorzar, se decantó por otra de las cafeterías del centro, una que no estaba demasiado concurrida. Comió una ensalada con el oído aguzado, pero nadie parecía estar hablando sobre el arresto. A continuación, regresó al rincón tranquilo de la biblioteca y comenzó a darle forma a un artículo. Lo tituló «Arrestan a un abogado tras la muerte por envenenamiento de una clienta millonaria». A ella le gustaba, pero sabía que al director no le convencería. Nada le convencía nunca.

Como si la estuvieran observando, en ese momento recibió un nuevo correo fantasma. La fuente anónima reaparecía con: «Teddy Hammer, abogado de D. C., representa a los herederos de E. Barnett. Le gusta hablar».

Esta persona sin rostro suponía un problema porque sabía demasiado sobre el caso. Lo cual, tanto para Iris como para cualquier otro investigador, significaba que podría guardar algún tipo de relación con el crimen. ¿Por qué quería que investigaran y humillaran a Simon Latch? Muchas preguntas, pocas respuestas.

Iris llamó al número de la oficina que correspondía a Teddy Hammer y le saltó la habitual grabación de fuera de horas. Dejó un mensaje y siguió con sus notas. Diez minutos más tarde, su móvil vibró al entrar una llamada de Teddy Hammer.

—No puedo hablar de forma pública —dijo—. Pero puedo ponerla en antecedentes.

Cautelosa, Iris le preguntó:

—¿Qué relación guarda con el caso?

—¿Puede asegurarme que no se me citará como fuente? ¿Que esta información se tratará con absoluta confidencialidad?

Iris detestaba no especificar el nombre de sus fuentes, eran situaciones que siempre la sacaban de quicio, pero no le quedaba elección. Un abogado prominente conocía bien el caso, tenía mucho que decir y quería hablar. Hasta ahora, su artículo tenía demasiadas lagunas, pero presentía que este hombre podía rellenar una buena parte de ellas.

—Muy bien —aceptó—. Esta es una conversación extraoficial y, a partir de ahora, se considera de carácter reservado.

—Estoy grabando esta llamada y le recomiendo que usted haga lo mismo.

Iris pulsó una tecla y dijo:

—Estoy grabando esta conversación con el señor Teddy Hammer el sábado, 16 de enero, a las dos y veinte de la tarde.

—Hasta ahora no ha habido prensa —se apresuró a decir el señor Hammer—. ¿Cómo ha sabido lo del arresto?

—Un soplo anónimo, me llegó por correo electrónico, anoche.

Se produjo un silencio mientras el abogado lo consideraba.

—Está bien, ¿cuál es la primera pregunta?

—¿Cuál es su implicación en el caso?

—Represento a los dos hijastros de Eleanor Barnett, Jerry y Clyde Korsak. Hace dos semanas, acudimos al tribunal con carácter de urgencia para impedir que incineraran a la señora Barnett escasas horas después de que falleciera.

—¿Quién pretendía incinerarla?

—Un hombre que ahora está en la cárcel.

# 35

A las cinco y media de la madrugada siguiente, Simon estaba durmiendo para variar cuando los timbres de la alarma sonaron y los guardias entraron en el ala, aporreando las puertas y dando voces para despertar a todo el mundo. Se iba a servir el desayuno (como si este fuera algo por lo que entusiasmarse). En la sala de descanso del fondo del pasillo había encontrado las máquinas expendedoras y ahora subsistía a base de Coca-Colas y patatas fritas.

Coca-Colas. Volvieron a aflorar en su cabeza los mismos pensamientos de siempre, el recuerdo de Netty y todas esas acciones ordinarias, y siguió preguntándose si de verdad existían.

Mason, el guardia, se ocupaba del primer turno y, por lo tanto, tenía el placer de servirles dos deliciosas comidas a sus chicos. Simon se las había apañado para charlotear con él el día anterior.

—Buenos días, Latch.

—Vaya, buenos días, celador Mason. Qué alegría volver a verlo. ¿Qué nos trae hoy?

—Lo de siempre.

—Qué suerte.

Cuando Simon iba a recoger la bandeja, Mason deslizó un periódico por debajo de los barrotes.

—Quizá le interese leer esto. Primera plana, sección Metro. Ha triunfado, Latch. Es toda una estrella.

El *Journal* del domingo, con sus dos dedos de grosor y repleto de cupones promocionales. Simon, que sabía lo que se iba a encontrar, se sentó en el borde de la litera y respiró hondo. Creía que estaba preparado para la mala prensa, pero la imagen que de él daban era peor que mala.

La sección Metro, por encima del pliegue, incluía una enorme foto en blanco y negro en la que Simon Latch, todo sonriente y vestido con chaqueta y corbata, posaba para la cámara. Alguien la había sacado del directorio de la abogacía del condado que se publicó unos años atrás. A su lado figuraba el titular amarillista: «Abogado patrimonialista acusado de la muerte por envenenamiento de una clienta viuda y acaudalada».

Lo cubría todo, una biografía breve del acusado y otra de la víctima; una copia de la nueva versión del testamento, que le otorgaba el control absoluto sobre los activos de la anciana; el poder como abogado y la declaración de voluntades anticipadas, firmada en el hospital apenas unos días antes de que la mujer falleciera, con la que él se atribuía la autoridad de apagar el respirador, a lo cual procedió; el sospechoso empeño por incinerar los restos solo unas horas después del deceso; la intervención heroica de los hijastros, que exigían que se llevara a cabo la autopsia, sin olvidarse de que la anciana sufrió un envenenamiento, posiblemente mientras estuvo ingresada en el hospital. Era un artículo muy extenso en el que abundaban las indirectas y las especulaciones. De hecho, cada vez que bastaba una palabra pero tres añadían un tinte más siniestro, la señora Kane se decantaba por alargar la frase. Pese a que ni una sola de las fuentes deseaba que se la citara ni identificara, todas se iban de la lengua cuando hablaban con carácter extraoficial. Simon intuyó de inmediato que Teddy Hammer era uno de los conspiradores. El tono adulador con el que relataba la intervención de sus clientes, los hijastros, resultaba un tanto excesivo. Ciertos detalles de la vista para la solicitud de medidas cautelares ante la jueza Pointer los tuvo que filtrar alguien que se encontraba en la sala, lo que suponía una clara violación de las órdenes de la magistrada.

El artículo concluía con el anuncio de que el señor Latch comparecería en el juzgado a las nueve de la mañana del lunes para la lectura de cargos y solicitar el pago de una fianza, una medida que era de carácter discrecional pero que casi nunca se concedía en los casos de asesinato. El texto era, en esencia, una invitación para que todo el mundo asistiera a la sala de vistas al día siguiente, viera en persona al acusado y participara del espectáculo.

Simon se enjugó el sudor de la frente, momento en que se dio cuenta de que le temblaban las manos, y corrió hacia el minúsculo inodoro metálico que había en un rincón de la celda. Vomitó entre arcada y arcada hasta que las patatas fritas del día anterior acabaron, o bien en la taza, o bien en la tapa.

—Eh, socio, ¿estás bien? —le preguntó Loomis desde el otro lado del pasillo.

Simon no le respondió. Una vez que se le pasaron las náuseas, se tendió en la litera y se tapó con la manta hasta los ojos. Quería morirse. ¿Sería posible asfixiarse a uno mismo con una almohada?

Los posibles miembros del jurado que leyeran el *Journal* no dudarían en declararlo culpable, y Simon no podría recriminárselo.

Los domingos por la mañana había poco movimiento en la cárcel y Mason disponía de toda la recepción para sí. A las nueve en punto, otro guardia le puso las esposas a Simon y lo llevó a la zona de entrada del ala.

—Querría usar el teléfono —pidió educadamente.

—¿A quién va a llamar? —le preguntó Mason.

—A mi mujer y a mi abogado.

—¿Llamadas locales?

—Sí, señor.

Mason señaló una puerta con la cabeza y el otro guardia lo introdujo en una sala donde había varios teléfonos distribuidos a lo largo de una mesa amplia.

—Estaré fuera —le dijo el celador cuando le retiró las esposas. Después cerró la puerta y Simon se quedó a solas.

Llamó al móvil de Paula, que no respondió, aunque eso tampoco era inusual. Rara vez descolgaba si veía un número desconocido. Simon le dejó un mensaje para avisarla de que volvería a llamarla en cinco minutos. Así hizo, y en esta ocasión Paula contestó al primer tono.

—¿Cómo están los niños? —le preguntó él.

—Lo van llevando, supongo. No es fácil.

—¿Has visto el *Journal*?

—Oh, como para no verlo. Anoche publicaron el artículo en internet y Matilda me llamó. A medianoche ya circulaba por toda la ciudad. Y ahora está por todas partes. Mi móvil no para de sonar y tengo la bandeja del correo electrónico hasta arriba.

—¿Los niños lo han visto?

—¿En serio? Buck y Danny viven en la red y no se les escapa nada. Se han encerrado cada uno en su cuarto y no hay forma de que salgan. No lo hicimos muy bien a la hora de restringirles el acceso a los dispositivos.

—Me imagino que se estará diciendo de todo en internet.

—Es horrible.

—¿Y en las redes sociales?

—Horrible.

Se expresaba con ese tono gélido al que Simon se había acostumbrado con los años, aunque ahora le aplicaba un timbre incluso más punzante. No la culpaba.

—¿Y Janie?

—No entiende nada. Están todos hechos polvo, Simon. ¿Qué esperabas? Su padre está en la cárcel, acusado de asesinato. Primero nos separamos, después nos divorciamos y ahora esto. Sale en la portada del periódico y se ha viralizado por toda internet. Los niños están traumatizados.

—¿Les has explicado que no soy culpable, que no he matado a nadie?

—Sí, lo he intentado, y ellos quieren creerlo, es lo que más quieren. Adoran a su padre. Pero todo es muy confuso y están sobrepasados. Ahora mismo hay dos furgonetas de la tele aparcadas delante de casa. No podemos poner un pie fuera. Un policía local está vigilando la entrada. Los periodistas estaban llamando a la puerta a las ocho de la mañana. Estos buitres son unos descarados y unos groseros, Simon, pero se han plantado aquí y no tienen la menor intención de marcharse. Tenemos que largarnos de la ciudad. Estaba pensando en salir sin que nos vean para instalarnos donde mis padres. Mañana que se salten las clases. No pienso mandarlos a la escuela y, de todas maneras, ellos tampoco quieren ir.

Simon se frotó los ojos con una mano mientras sostenía el auricular con la otra. Nunca se había sentido tan derrotado.

Paula prosiguió con la voz firme y fría.

—Y esto no ha hecho más que empezar. Mañana irás al juzgado y se montará un buen número, pero no será más que la primera comparecencia, la primera de muchas, hasta que se celebre un juicio que va a ser el circo del año. Esos buitres de ahí fuera estarán pendientes de cada paso que demos, tú y tu familia.

A Simon le dio la impresión de que Paula exageraba un poco, pero no estaba en condiciones de discutirle nada. Tampoco era él quien se veía obligado a ocultarse en la casa mirando con disimulo por entre las cortinas para comprobar qué hacían los buitres de las cámaras.

—Escucha, Paula —le dijo—, necesito hablar con los niños

para convencerlos de que soy inocente. Deben tener claro, cuanto antes, desde el principio, que su padre no es un asesino.

—Simon, me temo que ahora mismo eso no es posible.

Otro gancho en el estómago.

—En internet la balanza se inclina por un veredicto de culpabilidad y abundan los que se preguntan por qué se te acusa de homicidio en primer grado y no de un asesinato punible con la pena capital. Exigen que se te condene a muerte.

Otro gancho en el estómago.

Se estableció un alto el fuego de treinta segundos cuando ambos comprendieron que la conversación no llevaba a ninguna parte.

—Necesito que me hagas un favor —dijo Simon al cabo—. ¿Podrías llamar a Raymond Lassiter y pedirle que venga hoy a las dos a la cárcel?

—¿Y quién es Raymond Lassiter?

—Mi abogado, por ahora al menos.

—Ah, sí. He visto su nombre. ¿Cuánto va a costarte esto, Simon?

«"Costarte", no "costarnos"».

—No lo sé. Todavía estamos negociando. Es bastante probable que esta tarde me mande al cuerno.

—¿Y quién va a defenderte entonces?

—Supongo que algún crío recién salido de la facultad de Derecho al que designe el juzgado. Ya me preocuparé por eso mañana.

Saltaba a la vista que Paula no estaba muy preocupada por él. No le había preguntado por una posible fianza ni qué probabilidades tenía de salir y tampoco se había interesado por cómo le estaba yendo entre rejas. Pero a Simon todo eso le era indiferente. Lo único que le importaba eran los niños.

—Tengo que colgar, se me acaba el tiempo —añadió para ponerle fin al mal trago.

—No sé qué decir, Simon. Lamento que esto esté pasando.

Me gustaría poder ayudarte, pero ahora estamos prácticamente divorciados. Lo prioritario para mí es proteger a los niños y ahora mismo no sé muy bien cuál es la mejor manera. ¿Alguna sugerencia?

—Sácalos de la ciudad.

Simon abrió la puerta y esperó mientras el guardia le colocaba las esposas. Cuando pasó por el mostrador de la recepción, Mason le dijo:

—Eh, Latch, hay unos periodistas merodeando por ahí fuera. ¿Qué quiere hacer con ellos?

—Arréstelos, póngamelos en la celda de al lado y les contaré una buena historia.

# 36

La calle aún estaba a oscuras y desierta cuando Paula abrió la puerta del garaje, apenas unos minutos después de las cinco de la madrugada del lunes. Un coche patrulla aparcó en la entrada, puntual, y el agente bajó y los saludó. Paula sacó de la casa a sus hijos, todos ellos cargados con una bolsa de viaje y una mochila. Se montaron aprisa en el coche de la familia y salieron disparados detrás del agente. Nadie reparó en ellos. Cuando se habían alejado un par de kilómetros de las afueras de la ciudad, el coche patrulla viró hacia el aparcamiento de un supermercado. Paula tocó el claxon para despedirse sin hacer amago de aminorar. No tenía ni idea de cuándo regresarían.

Se había pasado la noche sentada en la cama con el portátil encima, sin molestarse en ponerse el pijama y sin acordarse en ningún momento de echarse a dormir. La historia había causado un gran revuelo que no haría sino intensificarse a cada minuto que pasara, aunque eran escasas las novedades que habían surgido a lo largo de las últimas veinticuatro horas. Ahora el molino de las noticias estaba volviendo a machacar lo que ya se había contado y reciclando todas las especulaciones posibles. La cara de Simon aparecía en los principales periódicos de internet, con las versiones impresas ya en camino. La historia, sencillamente, era demasiado impactante para ignorarla. Cuando Paula vio el titular de un diario de Oregón que gritaba:

«Abogado de Virginia arrestado tras envenenar a clienta millonaria», supo que no cabía esperar ningún tipo de ecuanimidad. No había templanza ni mesura, nadie hacía el menor esfuerzo por atenerse a las reglas de siempre. ¿Qué reglas de siempre? Hacía no tantos años, cualquier publicación que se preciara habría procurado comedirse y empleado determinadas expresiones, como «supuesto envenenamiento». Ahora no. Ahora Simon estaba en una celda y no podía ser sino culpable.

El lector medio soltaba unos comentarios tan viles y feroces que Paula se obligó a dejar de leerlos. Se había pasado la noche respondiendo a los considerados correos electrónicos de sus amistades. También había hablado por teléfono con su jefe, al que avisó de que se iba a coger una semana de vacaciones. No veía el momento de salir de Braxton.

Por suerte, los tres críos se durmieron a los pocos minutos y, mientras conducía, Paula intentó disfrutar de la tranquilidad del momento sin preocuparse de si habría alguien observándola. Lo sentía por Simon, pero no había nada que ella pudiera hacer por él en ese momento.

El jefe de policía asumió el mando al llegar y pidió que trajeran al preso. Cuando Simon entró en la sala de visitas, el jefe le dijo:

—Escucha, Simon, hoy la sala va a estar hasta arriba de cámaras. Raymond me ha pedido que le haga un gran favor y le he dicho que sí. Es posible que te resulte embarazoso entrar en el juzgado con el mono naranja, así que quítatelo y ponte esto. —Señaló con la cabeza los vaqueros y la chaqueta de Simon.

—Gracias, jefe. —Simon le estaba agradecido, pero lo que de verdad quería hacer era preguntarle al jefe por qué en esa cárcel los internos tenían que vestir un mono de un estridente color naranja, casi tan brillante como el neón.

La prisión no tardó en llenarse de agentes. El momento

atraía la atención, y el jefe decidió hacer una exhibición de fuerza. Simon quería preguntarle por qué. La víctima era una anciana a la que no le quedaba familia y que apenas tenía amistades. ¿Qué riesgo había para nadie? ¿De qué tenían miedo los policías?

Los carroñeros que esperaban fuera levantaron sus respectivas cámaras cuando los agentes empezaron a salir en fila. A algunos les fue imposible dejar pasar la ocasión y rompieron a gritar banalidades del tipo: «¡Eh, Simon! ¡¿A cuánto asciende el valor del patrimonio?!», o: «¡Eh, Simon! ¿Dónde conseguiste el talio? En Estados Unidos no se vende…».

La furgoneta aguardaba a cinco metros de la puerta trasera de la cárcel y Simon se agachó para subirse a ella. Dos motos y un coche patrulla abrieron la marcha, con otra unidad por detrás de la furgoneta. En condiciones normales, Simon no habría tardado más de cinco minutos en ir a pie desde la prisión hasta el juzgado, pero había que montar un pequeño desfile. Tomaron la ruta de Main Street para que todo el mundo los viera y rodearon la plaza. Simon iba sentado derecho y miró por la ventanilla. De no ser porque las esposas se lo impedían, habría podido saludar a los curiosos.

Protegido con las mismas medidas de seguridad, entró en el juzgado por una puerta lateral sin mirar a la multitud. El sitio estaba atestado y Simon no tenía ánimos para mirar a los ojos a nadie. Se sentó cerca de la tribuna del jurado y de inmediato pasó a estudiarse los pies, flanqueado por dos policías. Raymond se inclinó hacia él y se dijeron algo entre susurros. Cuando la jueza Pointer terminó con el papeleo que tenía entre manos, lo llamó por su nombre. Él y Raymond se dirigieron al tribunal. Simon apretó los dientes, miró a su señoría a los ojos y se negó a parpadear.

Ella le sostuvo la mirada.

—Señor Latch, en este momento no se va a proceder a la lectura de cargos. Eso se hará más adelante. Ahora debemos ocuparnos de dos cuestiones urgentes. Una de ellas es la de su representante y la otra, la de la fianza. El señor Lassiter se encuentra aquí como muestra de cortesía, según entiendo la relación que los une. ¿Va a seguir representándolo en adelante?

—No, señora. Si me es posible pagar la fianza, buscaré otro abogado. El señor Lassiter me ha estado asesorando, de forma desinteresada, hasta el momento. Hoy solo ha acudido en calidad de amigo.

A todas luces, la multitud y las decenas de cámaras y de periodistas tenían asombrado a Raymond. El de Simon sería el juicio más sonado de la historia reciente de Braxton y el despacho de Raymond no quedaba demasiado lejos del juzgado. Sería una lástima perdérselo, se le pagara o no.

—Señoría, si usted no tiene inconveniente, seguiré representando al señor Latch hasta que encuentre a otro profesional que lo asesore. Mientras tanto, solicito figurar como abogado de actas.

Simon miró a su derecha y asintió con humildad.

—Gracias —le susurró. Tanto Simon como el resto de los letrados que había en la sala sabían perfectamente que Raymond Lassiter acababa de ponerse al timón del caso. Ni por asomo se le ocurriría permitir que otro abogado defensor invadiera su territorio.

—Continuemos —dijo su señoría—. Señor Lassiter, ¿qué tiene que decir sobre la fianza?

—Solo una cosa, señoría. Mi cliente lleva ejerciendo la abogacía en esta ciudad y en estos mismos juzgados desde hace casi diecinueve años. Toda la comunidad lo conoce. Tiene su oficina en un edificio en propiedad en Main Street. Accederá a entregar el pasaporte y a salir del estado solo con su autorización previa. No hay riesgo de que se fugue y se le debería poner en libertad bajo palabra.

—¿Y en cuanto al estado, señora Cook?

La Pantera era muy consciente de que el sentir popular, al

menos por el momento, se inclinaba claramente en contra del acusado.

—Señoría —dijo—, estamos hablando de un homicidio en primer grado y siempre se requiere el pago de una fianza. Para el señor Latch debería fijarse una cantidad elevada, igual que la que se establecería para cualquier otro demandado sobre el que pesaran unos cargos tan graves. El hecho de que sea miembro de la abogacía no tiene por qué garantizarle un trato de favor. Si se le pusiera en libertad bajo palabra, se le estaría enviando un mensaje equivocado al resto de la comunidad.

Raymond intervino al instante.

—La fianza no es un instrumento que se utilice para enviarle mensajes a la comunidad, señoría. El propósito de la caución no es sino el de garantizar la comparecencia en el juzgado para afrontar los cargos. Ni más ni menos. ¿De verdad cree, señora Cook, que Simon Latch va a escaparse a escondidas de la ciudad y desaparecer para siempre?

El abogado Latch soñaba con escaparse a escondidas en el primer autobús que saliera de la ciudad y desaparecer en el lugar más remoto de Canadá.

—Cosas más raras se han visto —replicó la señora Cook—. Tampoco habría pensado nunca que un día se le acusaría de asesinato.

La jueza Pointer levantó las palmas de las manos para aplacarlos.

—Está bien, está bien. Señora Cook, deme una cantidad.

—Quinientos mil.

—¿Señor Lassiter?

El letrado quería pedir «cero», pero nadie lo habría tomado en serio. Por tanto, dijo:

—Cien mil.

—Bien, estas son las condiciones de la fianza, señor Latch. Entregue su pasaporte, facilite en garantía el título de propiedad del edificio de su oficina y deposite una fianza de trescientos mil dólares.

Simon asintió en señal de conformidad, como si le sobrara el dinero, cuando en realidad solo sentía deseos de romper a gritar.

El siguiente problema consistía en acordar un calendario, cuestión sobre la que los abogados mantuvieron otra disputa. La jueza Pointer levantó las manos de nuevo para rogarles silencio.

—Está bien —dijo—. Procederemos a la lectura de cargos el próximo miércoles a las nueve de la mañana. ¿Desean añadir algo?

Los dos letrados negaron con la cabeza. Simon no llevaba allí ni quince minutos cuando fue escoltado fuera de la sala. La jueza Pointer dio un golpecito con el mazo y se retiró del estrado. En un primer momento, el resto de los presentes permanecieron inmóviles, como si esperaran a presenciar alguna nueva escena dramática. Al convencerse de que la vista había llegado a su fin, se levantaron poco a poco y empezaron a abandonar el juzgado.

Raymond salió detrás de Simon y les preguntó a los policías si podía hablar con su defendido. Los agentes esposaron de nuevo a Simon y le permitieron seguir a su abogado. Se metieron en la biblioteca jurídica, que siempre estaba vacía, y cerraron la puerta.

—¿Cómo estás? —le preguntó Raymond.

—Supongo que ahora me vendrían bien treinta mil dólares, ¿verdad?

—Sí, es lo que cuesta depositar la fianza. He hablado con un buen fiador, uno con el que ya he trabajado otras veces. Se reunirá con nosotros en la prisión. Decías que podrías arañar diez mil.

—«Arañar» es la palabra, sí. ¿Tú no podrías prestarme veinte?

Raymond se rio y Simon logró esbozar una sonrisa breve.

—No me está permitido. No sería ético. ¿Algún derecho de propiedad sobre el edificio de la oficina?

—Ya te lo he dicho, Raymond, todo lo que tengo está rehipotecado. Puede que consiga sacar diez mil de la casa, pero ya no es mía. Es toda de Paula, conforme al acuerdo de distribución de bienes.

—¿Se lo podrías pedir a ella?

—No. Y tampoco puedo ir al banco. Nadie me va a prestar un centavo en este momento. Y con razón.

—Muy bien, ¿y cuál es el plan?

—Llamaré a mi madre.

—¿Es rica?

—No, pero hará lo que pueda. Y también me gustaría pagarte a ti, Raymond, te lo aseguro. Pondré en venta el edificio de la oficina y confiaré en que se obre el milagro. Así, si al final aparece el comprador adecuado…

Raymond levantó una mano mientras meneaba la cabeza.

—Ya hablaremos de eso en otro momento.

A la una de la tarde, la jueza Pointer había convocado otra audiencia, un acto muy distinto en el que no había público. En la puerta de la Sala de vistas B había situado a dos alguaciles a los que ordenó que no permitieran entrar a nadie.

Teddy Hammer había presentado una petición para asignar la curatela de los bienes de Eleanor Barnett. Había varias cuestiones urgentes, de las que la más prioritaria era el enterramiento de la finada. Era preciso pagar las facturas pendientes e inventariar los bienes. Hammer había solicitado que a su cliente, Jerry Korsak, se le designara administrador de todo de manera temporal. Llamaron a Jerry al estrado de los testigos, donde se sometió a juramento. Empezó a hilvanar una mentira con otra de inmediato con la intención de convencer al tribunal de que, en realidad, él y la señora Barnett, o «mamá», como él la llamaba, siempre habían estado muy unidos. De que, puesto que ella no tenía hijos propios, siempre se guiaba por lo que él le aconsejara sobre todo tipo de asuntos.

Hammer procuró que no fuera demasiado lejos. Sabía que se les requeriría que entregaran el registro de llamadas a modo de prueba para después revisarlas, análisis que revelaría un contacto muy esporádico.

Clyde Korsak no estaba presente y su hermano no tenía la menor idea de dónde se encontraba.

La jueza Pointer se mostró escéptica. Estaba al tanto de lo ocurrido durante la última visita de Clyde y de que lo arrestaron por haberle dado una paliza a Wally, y también había oído multitud de rumores desde el fallecimiento de Eleanor Barnett. No había nadie que pudiera someter a Jerry a un interrogatorio en profundidad y la jueza dudaba de su declaración. Además, a esta ya se le había ocurrido un plan.

Cuando Jerry abandonó la tribuna y Teddy ya no tenía nada más que añadir, la jueza anunció que designaría al joven letrado Clement Gelly como curador. Era un abogado de la ciudad con buena reputación. Las instrucciones que dio eran muy estrictas; no se procedería a la legalización testamentaria hasta que hubieran transcurrido unas semanas. El testamento que redactó Simon Latch y que después firmó la fallecida permanecería en suspensión hasta nueva orden. Mientras tanto, el señor Gelly se cercioraría de que se abonaran las facturas y de que se identificaran los bienes. El expediente permanecería sellado y ella lo conservaría en su escritorio.

Más avanzada la tarde, Raymond Lassiter se dirigió a la prisión e informó a Simon sobre los nuevos términos de la curatela. En efecto, era algo que a este le intrigaba, pero tenía otras preocupaciones mayores. Quería salir de la cárcel y de la ciudad e ir a reunirse con sus hijos.

Cuando Raymond se marchó, Simon llamó a Paula y estuvieron hablando durante media hora. Estaban los cuatro en la casa de los padres de ella, en Richmond, donde se sentían a salvo sin nadie que los molestara. Conversaron sobre la vista de por la mañana y sobre los pormenores de la fianza, pero ella no le ofreció apoyo económico en ningún momento. Simon tampoco se lo solicitó. Aparte del futuro al que se enfrentaba como madre soltera, temía que la despidieran de su trabajo. Sus padres estaban jubilados de forma parcial. Habían trabajado muy duro toda su vida y ahorrado religiosamente, de manera que ahora tenían un buen fondo de pensiones que no podían tocar.

Simon prefería pudrirse entre rejas antes que pedirles que lo ayudaran.

# 37

En cuanto a la madre de él, la situación era igual de complicada. Había estado casada durante muchos años con Arn, su segundo marido. Fueron unos años infelices, en opinión de Simon. Arn era una persona complicada que nunca intentó hacerle la vida más fácil a su mujer. A Simon no le caía bien y el sentimiento era mutuo. Era un tipo duro que en el pasado había tenido una empresa de materiales para techar a la que le iba bastante bien, de modo que debía de contar con unos ahorros en el banco. Poseían una buena casa en el sur del estado, en Roanoke. El problema radicaba en que tenían todos los bienes en régimen de gananciales. Su madre no disponía de una cuenta bancaria propia. Cuando Simon le explicó que necesitaba que le prestaran veinte mil dólares para salir de la cárcel, ella se angustió y le dijo que haría cuanto pudiera por ayudarlo. Arn no mostró ninguna compasión. Cuando ella le pasó el teléfono, Simon le pidió el dinero y le aseguró que se lo devolvería en cuanto vendiera el edificio de su oficina. Como si le hubiera pedido veinte millones, Arn le devolvió el teléfono a la madre de Simon y masculló algo de fondo. Ella le prometió que lo hablarían y que lo llamaría al día siguiente.

Conociendo a Arn, debía de estar leyendo en los periódicos todo lo relativo al lío que había montado Simon y habría decidido que el chico terminaría yendo a prisión. Con lo cual, nunca recuperaría el dinero. La llamada de teléfono a casa había sido un desastre y solo sirvió para que el día, ya de por sí malo, fuera a peor, por imposible que pareciera.

Durante la cuarta noche entre rejas, Simon se leyó media novela. Intentó convencerse de que sobreviviría a la cárcel ahora que la conmoción inicial había pasado. Se sentía a salvo. Loomis le comentó que había otra ala adonde destinaban a los internos más conflictivos, pero en la suya la vida era más tranquila. El jefe gobernaba con mano firme, de manera que las situaciones violentas (o que amenazaran con desembocar en un acto violento) se zanjaban sin contemplaciones. Era una cárcel limpia en la que no había excesivas normas y los guardias eran seres humanos dispuestos a ayudar. Además, Simon tuvo que reconocer que, al menos por el momento, agradecía encontrarse lejos de los flashes y del torbellino de los rumores. El recuerdo de las turbas de reporteros y de sus cámaras lo intranquilizaba. Lo lamentaba por Paula y por los niños y confiaba en que volvería a verlos pronto. Incluso logró dormir varias horas de un tirón.

A las nueve de la mañana siguiente, su madre aún no había llamado. No quería ni imaginarse la trifulca que habría tenido con Arn y se sintió mal por haberles causado un problema, pero no tenía elección. Quería pensar que ella se impondría y lo persuadiría para que le echara una mano. Joder, su hijo, el único hijo que tenía, estaba en la cárcel y eso era una emergencia.

Raymond se pasó a media mañana para tratar sobre la estrategia de venta del edificio de la oficina. Barajaron a varios de los agentes inmobiliarios de la ciudad, pocos de los cuales les inspiraban confianza. Una venta de ese tipo, en el caso de que alguien quisiera comprar el inmueble, llevaría días o incluso semanas. Se realizaría una tasación, después de la cual habría que publicar el anuncio correspondiente, y a continuación tendrían que atender las visitas de los interesados y demás. Simon dio por hecho que el proceso se alargaría de forma considerable.

Llegada la tarde, a los internos se les permitía pasar dos horas en el Casino, una sala de ocio dotada de un televisor, una mesa de billar americano, varios juegos de tablero y un variado surtido de revistas antiguas. Simon estaba haciendo amigos a puñados, muchos de los cuales, como cabía esperar, estaban impresionados porque nunca habían tenido a un abogado entre ellos. Algunos le solicitaban consejo legal, pero después se llevaban un chasco cuando él les decía que solo entendía de derecho concursal. Estaba jugando a las damas con Loomis a última hora de la tarde del martes cuando un guardia le anunció que tenía una llamada de teléfono. Convencido de que era su madre, que iba a darle la buena noticia, corrió a la zona de entrada del ala. No era su madre. Aun así, reconoció la voz.

—Vaya, parece que el tiempo pone a cada uno en su sitio, ¿eh, Latch?

—Hola, Spade. Casi hasta me alegro de oírte.

—Te has metido en un buen lío, ¿eh?

—Se podría decir así.

—Y así lo he dicho. Una cosa, ¿hay alguien escuchando esta llamada?

En el mundo de Spade siempre había alguien con la oreja puesta o con un micrófono oculto bajo la ropa. Simon creía que la línea no estaba sometida a ningún tipo de vigilancia, pero tampoco las tenía todas consigo.

—Por supuesto que no. Va contra la ley espiar las llamadas de los internos.

—¿Y de verdad crees que es así? Oye, me ha llamado Chub esta mañana. Tiene el garito cerrado por reforma, pero él sigue por aquí y está preocupado. Ha visto los periódicos, me ha llamado y me ha pedido que te salude.

—Estoy conmovido.

—Haces bien. Verás, Chub cree que eres tú quien disuadió

a los del FBI. No sé si es cierto, pero le pusiste sobre aviso y se fue de la ciudad. Y ahora parece que la investigación ha perdido fuerza, ¿sabes? Así que se pregunta si él podría ayudarte de alguna manera.

—Ya lo creo que sí. Podría prestarme veinte mil pavos para la fianza.

—Veinte mil. Guau.

Veinte mil dólares no era dinero para Chub.

—Dile que se lo devolveré todo cuando haya vendido el edificio de mi oficina. Hasta el último centavo.

—Le caes bien, por alguna razón que desconozco. Te tiene por un buen tipo.

—Porque lo soy, a pesar de la situación por la que estoy pasando. Mejor aún, dile que le venderé el edificio a él por un módico precio, por lo justo para salir de aquí. A Chub le gusta el negocio inmobiliario.

—Ya lo creo que le gusta. Veré qué puedo hacer.

—Gracias, Spade.

—Te llamaré mañana.

Tillie fue a verlo también esa misma tarde y les permitieron hablar en la sala de reuniones para los abogados. La secretaria le mostró un listado de los procedimientos concursales que tenían abiertos y un calendario con los días en que Simon debía intervenir en el tribunal. Aunque pagara la fianza y pudiera circular con libertad, le costaba imaginarse entrando en un juzgado aunque solo fuera para despachar un trámite rutinario.

Al cabo de unos minutos, Tillie dejó aflorar sus emociones.

—¿Qué va a ocurrir ahora contigo, Simon? —le preguntó—. Me cuesta creer que esto esté pasando de verdad.

Él consideró la respuesta por un momento.

—Lo cierto es que no lo sé, Tillie. Parece que tendré que

venderlo todo para salir de aquí, y eso solo será el principio. El juicio no saldrá hasta dentro de varios meses. Quién sabe qué pasará llegado ese día. No veo ningún motivo para ser optimista ahora mismo.

—Entonces ¿vas a cerrar el bufete?

—Es probable. Aunque conserve el edificio, me será imposible sacar adelante el negocio. Están pisoteando mi nombre por toda la ciudad. No quiero ni imaginarme las cosas que habrán llegado a tus oídos.

—Nada bueno.

—Todo el mundo cree que soy culpable, ¿verdad?

Matilda asintió a la vez que se mordía el labio. Se frotó los ojos.

—Es horrible —dijo—. Me da miedo entrar en los sitios más próximos a la oficina.

—No vayas allí.

—Quiero irme de la ciudad, pero ¿adónde? —Empezó a sollozar y las manos le temblaban—. Lo siento. Me había propuesto no venirme abajo.

En los doce años que llevaban trabajando juntos, Simon solo la había visto llorar dos veces, ambas a lo largo del último mes. Nunca se habían permitido acercarse demasiado el uno al otro, más que nada porque a ella ya le habían roto el corazón otros hombres.

Tragó saliva.

—Bien, supongo que tendré que ir buscándome otro empleo —dijo.

—No tan rápido. Dejemos pasar esta semana y veamos si consigo salir de aquí. Trabajaremos juntos e intentaremos ponernos al día con los expedientes. Te necesito a mi lado, Tillie.

Ella le sonrió y contestó:

—Vale.

No se permitía hacer llamadas pasadas las seis de la tarde, pero Simon estaba desesperado por salir y los guardias lo sabían. Necesitaba comunicarse con su madre y, al final, el carcelero cedió. Simon aguardó hasta las ocho con la esperanza, por supuesto, de que ella lo telefonease. Al convencerse de que no sería así, Simon marcó su número.

—Diga —respondió Arn en un tono desabrido.

A ninguno de los dos le apetecía entablar un intercambio de trivialidades. Cuando se puso su madre, le temblaba la voz. Después le soltó un bufido a Arn, que debía de haber permanecido cerca.

—Me gustaría hablar en privado, si no te importa. —Al cabo de unos segundos, se oyó un portazo—. Se niega en redondo —dijo—. Lo he intentado de todas las maneras, Simon, te lo aseguro. Le he insistido una y mil veces y ahora mismo no puedo ni verlo. Lo siento, pero el dinero está inmovilizado en unas cuentas conjuntas. Es una estupidez, lo sé, pero siempre lo ha controlado él. Te lo daría todo si pudiera. Créeme que lo siento.

Simon la escuchó con los ojos cerrados. Ni siquiera su madre y su padrastro iban a ayudarlo con la fianza.

—Voy a dejarlo, Simon. Te lo juro. Esta vez voy a dejarlo de verdad. Estoy harta de él.

—Venga ya, mamá. Tranquilízate. Todo irá bien. —No se imaginaba a su madre saliendo de la casa y empezando una nueva vida a sus setenta y tres años, aunque en ese momento la entendía perfectamente.

—No, hablo en serio, Simon. Esta es la gota que colma el vaso. He aportado como mínimo ochenta mil dólares en certificados de depósito y es mi dinero. No tiene ningún derecho a controlarlo.

Ochenta mil parecía una fortuna.

—Mamá, respira hondo. Coge tu coche y sal a dar un paseo largo. Deja que se te pase el enfado.

—Lo siento, Simon. Volveré a intentarlo.

—Te quiero, mamá. Nos vemos pronto, ya arreglaré todo este embrollo, ¿de acuerdo?

—Yo también te quiero, y lo siento muchísimo.

Simon siguió al guardia de regreso a la celda, se tendió en la litera e intentó leer unas páginas. Horas más tarde seguía despierto, preguntándose si no habría provocado otro divorcio.

# 38

Ni Chub ni Spade pisarían jamás una cárcel por voluntad propia, de modo que los detalles se presentaron en el bufete de Raymond Lassiter, con la ayuda de Matilda. Chub estaba muy tratable y afrontaba el nuevo año con entusiasmo ahora que el FBI había perdido el interés. Tenía grandes planes para expandir sus clubes y sus propiedades y así depender cada vez menos de las apuestas. Que te investigaran los federales era una experiencia aleccionadora. Acumulaba demasiados activos legales como para andar preocupándose de si acabaría pasando una larga temporada a la sombra.

Llegado el jueves, Chub accedió a comprar el edificio de la oficina que Simon tenía en Main Street por un importe que superaba en cuarenta y un mil dólares la suma de las hipotecas. Era un trámite sencillo que no requería excesivo papeleo, pero los bancos siempre se tomaban su tiempo. Además, acordaron que Simon podría seguir trabajando en su despacho durante seis meses, sin ningún coste adicional. Simon estaba muy emocionado con el trato, amén de aliviado porque de esta manera ya no se veía en la calle.

El dinero cambió de manos el viernes por la mañana y Simon fue a despedirse de Loomis. Una semana después de haber entrado en la celda, volvía a ser libre, o al menos lo era por el momento. El jefe se ofreció a llevarlo a su bufete, pero Simon prefería que no se le volviera a ver subido a un coche patrulla. Salió a pie, a paso ligero, y, a fin de evitar las calles más concurridas, incluso se metió por un callejón sospechoso. Su coche estaba donde lo había aparcado, sin signos de vandalismo. Permaneció sentado en su escritorio un buen rato, respirando hondo una y otra vez mientras se recordaba a sí mismo que había sobrevivido a siete noches en la cárcel. Había aguantado el tipo y le había sacado todo el partido posible a la experiencia, tanto que incluso había hecho algunos amigos con los que había compartido unas risas. Una condena definitiva suponía un desafío más serio, pero ya se preocuparía por eso en otro momento. Lo único que quería ahora era zamparse una buena hamburguesa con queso y unas patatas fritas. Dado que no pensaba dejarse ver por ninguna cafetería, se dirigió en el coche hasta un Wendy's, donde hizo el pedido desde el acceso para vehículos. Comió en el despacho mientras el móvil se cargaba.

Después de almorzar, empezó a llamar a la gente. A su madre, a Paula, a Tillie, a Raymond, a Chub y a Spade. No sin cierta renuencia, abrió su portátil, se mantuvo lejos de los periódicos y de las redes sociales y se puso a leer los correos electrónicos acumulados. Sumaban varios cientos, la mayoría remitidos por sus amigos, conocidos y clientes, todos los cuales le manifestaban su apoyo y lo animaban, pero también estaban los de un montón de imbéciles de los que nunca había oído hablar y que le deseaban una muerte dolorosa. Contó veintisiete mensajes de periodistas. En general, fue una experiencia deprimente.

A las dos, como habían acordado, se dirigió al despacho de Raymond y aparcó en la parte de atrás, algo que seguiría haciendo en adelante. Como de costumbre, Raymond tenía la cara enrojecida y los ojos hinchados después de otra noche que se había alargado, pero se encontraba perfectamente despierto y, de hecho, estaba discutiendo con sus secretarias.

Saludó a Simon con un gruñido.

—¿Tienes hambre? Necesito echarme algo al estómago.

La hamburguesa y las patatas fritas estaban sabrosas y lo habían saciado, pero, después de una semana pasando hambre, siempre apetecía algo más.

—Claro.

—Enviaré a alguna de las chicas a por unos sándwiches. Será mejor que no te acerques a las tabernas del centro hasta dentro de un tiempo.

Simon no le había pedido consejo, pero se mordió la lengua. Le entregó un sobre a Raymond.

—¿Qué es esto?

—Un pagaré por valor de ciento noventa mil. Y un cheque por los otros diez.

—Esto no me lo esperaba.

—Dijiste que cobrabas doscientos mil por los casos de homicidio en primer grado. Terminaré de pagarte en cuanto me sea posible.

Raymond sonrió y dejó el sobre en su escritorio.

—Tenemos mucho trabajo por delante.

—Lo sé.

A las cuatro de la tarde del viernes, el coche fúnebre de Cupit & Moke se detuvo frente a una tienda fúnebre de motivos granates y dorados que cubría una tumba abierta del cementerio Eternal Springs. Cuatro portadores a sueldo situaron el ataúd de falsa madera debajo del toldo, donde unos pocos amigos y vecinos esperaban soportando el frío. Doris, aún dolorida, lidiaba con su nuevo andador. Un diligente Jerry Korsak había acudido como representante de la familia, pero no se presentó a nadie. Un sacerdote contratado para ocuparse de la liturgia recitó una oración, leyó un par de pasajes de las Sagradas Escrituras, recitó otra oración y echó un puñado de tierra sobre el féretro de una mujer a la que no conocía.

Eleanor Barnett descansaba en paz al fin, intacta.

Dejar Braxton atrás nunca lo había vigorizado tanto. Casi hasta podía saborear y oler la libertad. Se resistía a mirar por el retrovisor. No había nadie allí atrás.

Después de siete noches preso, Simon había tomado la firme decisión de que jamás volvería a verse entre rejas. Si la racha de mala suerte se prolongaba y un día acababa enfrentándose a una condena larga, se fugaría a Brasil o se tiraría por un puente.

Se pasó dos horas sopesando todos esos escenarios mientras recorría un kilómetro tras otro. Había oscurecido cuando llegó a la casa ubicada en el límite oeste de Richmond. Respiró hondo y llamó al timbre. La puerta se abrió y los tres críos salieron a abrazarlo con todas sus fuerzas. Hubo lágrimas y más abrazos cuando se acomodaron en un sofá del salón. Paula tuvo el gesto de darle un beso en la mejilla.

—Me alegro de verte —le dijo.

Sus padres habían salido a disfrutar de una cena larga para que la pequeña familia Latch pudiera estar a solas. Cuando se hubieron tranquilizado, Simon fue al grano. Les explicó que no era culpable, que nunca le haría daño a otra persona salvo en defensa propia, que había establecido una relación de cercanía con Netty y que no tenía nada que ver con su muerte. Contaba con un buen abogado, el mejor de la ciudad, y estaban seguros de que ganarían el juicio. Él no sabía quién envenenó a Netty, pero estaban elaborando una lista de sospechosos. La policía interrumpió la investigación cuando lo detuvieron, como solía suceder, de modo que les tocaba a él y a su abogado averiguar quién la había asesinado. A pesar de que estaban trabajando para evitarlo, el caso seguiría adelante y cabía la posibilidad de que dentro de poco lo llevaran a juicio.

Buck y Danny tenían mil preguntas para él. Janie se acurrucó debajo de su brazo y se limitó a escucharlos. Ahora iban a una escuela nueva del distrito de Richmond, donde hacían lo que podían para integrarse. Paula quería encontrar otro trabajo cuanto antes, fuera de Braxton. De ninguna manera se quedaría allí ni dejaría que siguieran humillando a sus hijos.

Cuando llegó la pizza, se sentaron todos alrededor de una mesita para cenar. Buck dio con un wéstern antiguo en la tele por cable y, mientras lo veían y comían, los críos se quedaron en silencio. Una hora más tarde, Simon y Paula se abrigaron y salieron fuera. Según enfilaban la calle, ella le preguntó:

—Entonces ¿qué tal por la cárcel? —Los dos se permitieron una risita.

—No ha sido para tanto.

—Sin bandas, sin peleas y con buena comida.

—Todo lo que has dicho. El jefe gobierna con limpieza, pero no pienso volver. Siete días es mi límite.

—Espero que así sea.

—¿Hasta cuándo os vais a quedar aquí?

—No será por mucho más tiempo. Lo malo de meterte bajo el techo de tus padres después de veinte años es que te topas de repente con todas esas manías de las que ya no te acordabas y que ahora te fastidian todavía más. Supongo que nos olvidamos de lo malo para quedarnos solo con lo bueno. Queremos a nuestros padres y tendemos a considerarlos personas equilibradas, pero después no siempre es así.

Simon nunca había tenido a sus padres por personas equilibradas.

—Mi madre va a pedir el divorcio —dijo.

—Debería haber dejado a Arn hace años.

—La cuestión es que nunca tendría que haberse casado con él. Se lio con ella por despecho, de la peor manera. El colmo ha sido lo del dinero. Ella tenía ahorrado lo suficiente para ayudarme a salir de la cárcel, pero las cuentas están a nombre de los dos. No podía tocarlas y Arn se negó. Se negó una y otra vez. Ella le dio un ultimátum, y entonces se marchó.

—Bien por ella.

—Siempre le has gustado.

—Cambiemos de tema.

Tomaron otra calle y siguieron caminando sin prisa.

—¿Qué planes tienes? —le preguntó él.

—Me está costando salir adelante, como te imaginarás. No puedo quedarme aquí. Los chicos van a una escuela nueva porque no pueden perder el curso, ¿verdad? Pero tendré que sacarlos una vez más cuando encuentre un trabajo.

—¿No hay ninguna posibilidad de que vuelvas a casa?

—De ningún modo. No sé si eres consciente de lo mal que están las cosas, Simon. La prensa no para de difamarte. «Abogado codicioso seduce a viuda millonaria y la envenena». En Braxton no encontrarás a nadie que piense otra cosa.

—Siempre has sido franca.

—Quizá te venga bien un poco de franqueza.

—No, qué va. Sé que las cosas están mal, te lo aseguro. ¿Adónde vas a ir?

—No lo sé. Me paso el día mirando el móvil y el ordenador en busca de otro empleo y estoy en conversaciones con un par de empresas.

Recorrieron un largo trecho en silencio, hasta que empezaron a acusar el frío. Una vez que divisaron el coche de Simon, Paula dijo:

—Son casi las diez. Mis padres no tardarán en llegar. ¿Quieres esperar para saludarlos?

—Mañana. ¿Te parece bien si me llevo a los chicos a comer unas tortitas?

—Les haría mucha ilusión.

Se registró en un Hyatt ubicado junto al campus de la Universidad de la Mancomunidad de Virginia y fue derecho hacia el bar. Landy lo esperaba en un reservado penumbroso, el rincón perfecto para mantener un encuentro breve. La había llamado desde el coche. Ella había imaginado que volvería a pasar sola la noche del viernes mientras su maridito investigaba a unos tipos malos de Florida.

Hablaron sobre él durante un par de minutos. Ella le anunció que, precisamente el día de Navidad, habían decidido separarse de manera cordial y tomar cada uno su propio camino. El matrimonio se había desmoronado y, por suerte, no había niños por los que pelear.

A continuación, pasaron al tema de la cárcel. Como agente veterana del FBI que metía a la gente entre rejas, se preguntaba cómo serían las cosas ahí dentro. Simon le quitó importancia y se negó a quejarse demasiado.

—Esta es una conversación privada, ¿de acuerdo, Landy? En este momento, tú no eres una agente y yo no soy abogado. Solo somos dos viejos amigos.

—Amigos... y amantes —apostilló ella con una sonrisa pícara.

A Simon se le aceleró el pulso pero consiguió serenarse. Le describió los hechos tal y como a él le constaban —los resultados de la autopsia, los informes de toxicología y las visitas al hospital (las que hizo él y las que hicieron otros, al menos que él supiera)—. Mencionó el nombre de aquellos de los que más sospechaba y le detalló las distintas versiones del testamento que habían redactado Wally y él.

Después de que hubieran pedido la segunda ronda, Simon le dijo:

—Necesito que me ayudes. No soy ningún asesino, ¿vale?

—Lo sé, Simon. Nunca me he creído una palabra de todo esto.

—Gracias. No lo hice yo, pero tuvo que hacerlo alguien. Alguien envenenó las galletas de jengibre con talio. ¿Alguna vez has oído hablar del talio?

—Puede, quizá durante el adiestramiento.

—No importa, la cuestión es que tengo que ahondar en esto y necesito que me eches una mano. Por lo que respecta a la policía, la investigación ha concluido. Ya tienen un culpable. Han cerrado el expediente y se lo han entregado a la fiscalía. Asunto resuelto.

—No sé qué decirte, Simon. Se nos prohíbe de forma terminante hacer indagaciones que no guarden relación con el trabajo. No nos permiten estar pluriempleados. Bastantes casos propios tenemos ya.

—Lo entiendo, pero debes ayudarme a seguir el rastro del veneno. Yo no puedo permitirme un investigador privado, y mi abogado tampoco. Joder, si le estoy pagando a cuentagotas. Husmearé por Braxton. Me pasaré por el hospital y les preguntaré a las enfermeras, a los celadores, a los conserjes y a las floristas si hace falta. De eso sí puedo ocuparme yo, pero me será imposible llegar al origen del talio sin ayuda. En este país está prohibido usarlo desde hace treinta años. Así que ¿de dónde ha salido y cómo se consigue?

—Deja que me lo piense —dijo ella con reticencia.

Llegaron las bebidas. Ella probó el vino y él le dio un trago a la cerveza.

A Landy se le dibujó una sonrisa en la cara.

—¿Quieres que hablemos de nuestros divorcios?

—Por favor.

—Bien. Cuando me llamaste, me di un largo baño caliente, me depilé las piernas, me puse la lencería más minúscula que tengo y me vestí para la velada.

—Estás impresionante.

—Pues espera a ver la lencería. Porque ahora vamos a subir a tu habitación, Simon, y no pienso aceptar un no por respuesta.

—¿Quién ha dicho que no?

# 39

Raymond convenció a la jueza Pointer de que prescindiera de la lectura formal de cargos y autorizara que Simon se declarara inocente por escrito. De todas formas, se trataba de una mera formalidad y, teniendo en cuenta la multitud que acudió a un acto tan sencillo como el de la audiencia para establecer la fianza, Raymond prefería no llamar tanto la atención. La declaración de inocencia se registró y el caso de «El estado de Virginia contra Simon F. Latch» se integró en el calendario de las causas pendientes. Simon y Raymond estaban de acuerdo en que no les beneficiaría que el proceso se estancara y, por lo tanto, solicitaron que el juicio se celebrara con celeridad, y, cuanta más celeridad, mejor. Cora Cook no podía permitirse objetar. Como fiscal jefe de la acusación, era importante que persiguiera a los delincuentes con agresividad. Al fin y al cabo, había conseguido que la acusación cuajara entre el gran jurado y después había solicitado una fianza estratosférica con la intención de que Simon no saliera de la cárcel. No podía mostrar el menor signo de debilidad, aunque, por otro lado, tampoco veía ningún motivo para hacerlo. La gente no esperaba menos. Accedió a que el proceso se acelerara y se unió a la defensa en una solicitud para obtener la «citación sin dilación». La jueza Pointer celebró el entendimiento entre las partes y programó el juicio para el 23 de mayo.

Lo cierto era que, en ese momento, el de Simon constituía el único caso de asesinato que había en Braxton, por lo que en la ciudad nunca se había vivido un revuelo semejante. Los periodistas husmeaban por aquí y por allá en busca de perspectivas diferentes. No había abogado de la zona al que no se le pidiera que expresara su opinión, aunque en su mayoría declinaban la propuesta. Las unidades de dos programas de televisión que trataban de crímenes reales (y que supuestamente venían de Hollywood pero que, en realidad, procedían de Reno y de St. Paul) alteraban a los lugareños con los remolques del material y sus cámaras voluminosas. Quién sabía qué andaban grabando. Dos veces al día como mínimo, un reportero y su equipo técnico se apostaban en la acera opuesta de Main Street y tomaban imágenes del despacho de Simon, cuya puerta no se abría en ningún momento. Tillie se encontraba justo detrás, siempre intranquila. Seguía los acontecimientos por medio de la prensa y de internet, con las que alimentaba un cuaderno de recortes que se estaba llenando demasiado rápido. Simon no tenía ningún interés en echarle un vistazo.

«Avistar a Simon» era un fenómeno inusual porque apenas salía de su edificio. Se asomaba por entre las persianas de arriba, desde donde veía a los periodistas que acechaban en el callejón. Estaba aislado, deprimido y asustado, tanto por el juicio como por lo que el futuro le deparaba. Apenas comía y Tillie no dejaba de regañarlo por el peso que estaba perdiendo mientras ella continuaba poniéndose en forma.

Se pasaba las horas en su mesa, escribiendo a mano (nada de ordenadores) y recopilando sus observaciones acerca de los últimos días de Netty. Relataba los hechos con toda la precisión que la memoria le permitía, casi hora a hora. Refirió los movimientos de la anciana y los de él, el accidente de tráfico que sufrió ella, las ocasiones en que él fue a verla al hospital, quién más estaba allí, el nombre de los médicos y de las enfermeras y demás detalles. La ingresaron el 17 de diciembre y falleció el miércoles, día 30 del mismo mes. Describió lo sucedido durante todos y cada uno de aquellos días y le pidió a Tillie que lo cotejara con las agendas y llamadas de ella. La secretaria había ido al hospital tres veces para ver a Netty y llevarle unos *brownies*. Le llevó también las dichosas galletas de jengibre que Simon compró en el Tan Lu. ¿A quién se encontró en el hospital? ¿Se registró en la recepción, como requerían las normas? La primera vez sí, pero no la segunda ni la tercera. El hospital no era muy estricto en cuanto al control de las visitas.

Los días largos y monótonos de enero dieron paso a la misma rutina en febrero. El teléfono no sonaba nunca y, para un pequeño bufete que dependía del boca a boca, las cosas se movían demasiado despacio. Y sí que debía de haber un boca a boca, solo que no estaba siendo amable con Simon.

Llegada la segunda semana de febrero, Paula lo llamó para anunciarle que le había salido un empleo muy interesante en una nueva residencia de ancianos de la ciudad de Danville, a cuatro horas en dirección sur, junto a la frontera estatal de Carolina del Norte. Danville tenía más o menos la misma extensión que Braxton y contaba con centros educativos de primer nivel e incluso con una pequeña universidad; además, quedaba todo lo lejos posible pero dentro de los límites de Virginia. Había encontrado un apartamento e iban a mudarse dentro de unos días. Sus padres la sacaban de quicio y los críos estaban que se subían por las paredes. Sí, todo era un caos pero por fin empezaban a organizarse. Simon se ofreció a ayudarlos a instalarse y ella lo invitó a unirse a la fiesta.

Los reticentes movimientos de Landy para localizar a los fabricantes, los mercados y los traficantes de venenos ilegales no estaban dando los frutos esperados. Hasta ahora solo había descubierto algo que ya sabía, que todos los años entraban de contrabando en Estados Unidos miles de productos químicos, compuestos y medicamentos irregulares o prohibidos, por todas las razones y a través de todas las vías de llegada imaginables. Se invertían miles de millones para frenar el tráfico de cocaína, heroína y fentanilo. Los venenos no eran una prioridad y, además, resultaba casi imposible rastrearlos.

Landy y su marido habían solicitado el divorcio exento de causa y, conformes con las condiciones, se habían estrechado la mano. Puesto que ambos eran agentes de carrera en el FBI y debían trasladarse de un sitio a otro con frecuencia, no tenían una casa en propiedad. El contrato de alquiler de su apartamento vencía dentro de pocos meses y ella se quedaría en él hasta que encontrara otro. Simon se convirtió en un invitado habitual. Disfrutaba al verse fuera de Braxton casi tanto como disfrutaba de la vida sexual de alto octanaje a la que se habían lanzado. Era como retroceder dos décadas en el tiempo, hasta la época de la facultad de Derecho, cuando estuvieron a punto de expulsarlos por las actividades extracurriculares a las que se dedicaban.

Pero ya no tenían veinte años y, transcurridas unas semanas, las cosas se enfriaron cuando poco a poco comprendieron que había una buena razón por la que su primer idilio nunca llegó a funcionar fuera de la cama. A finales de febrero ella lo sorprendió con la noticia de que tendría que pasar un mes fuera en una misión a la que no podía negarse.

Un día de nieve de principios de marzo, Tillie entró en el despacho de Simon y se sentó. A todas luces preocupada por algo, fue al grano.

—Creo que es hora de pasar página.

Simon dejó a un lado el contrato que estaba revisando.

—De acuerdo —dijo.

—No puedo permitir que me sigas pagando cuando estamos tan mal de fondos y el negocio se ha secado. Nos engañamos, Simon, si creemos que las cosas van a mejorar. Llevo los libros. Veo los ingresos, los pocos que hay. Los teléfonos, como si los tuviéramos desconectados. La puerta de la entrada está siempre cerrada con llave y, si se presenta alguien, suele ser un periodista. Todos los días recibimos un mínimo de dos llamadas falsas, las que nos hacen los tarados que quieren verte muerto. No lo soporto más. —Se enjugó las lágrimas.

—¿Qué vas a hacer?

—Irme de la ciudad y buscar trabajo en otra parte.

—Bien. ¿Alguna idea?

—Puede. Tengo una buena amiga en Sarasota, de la escuela. Dice que allí no faltan las oportunidades de empleo y que podría alojarme con ella durante unos meses. Ya me saldrá algo.

—Así que todo va a acabar así.

—Eso me temo. Siempre echaré de menos esta época, Simon, la parte buena, al menos. Días malos no ha habido tantos.

—Te has portado de maravilla conmigo y no quiero que te vayas.

—Lo sé. Y sé que si tuvieras bastantes ingresos y el negocio marchara bien, me quedaría para siempre, pero así han salido las cosas. Y estoy muy preocupada por ti, Simon.

—Te lo agradezco. Por desgracia, sobran motivos para preocuparse.

Permanecieron en silencio durante unos largos minutos, con la mirada perdida en la pared, mientras recordaban los viejos tiempos. Matilda se dio unos toquecitos en los ojos y él también estuvo a punto de llorar. Al cabo, ella le dijo:

—Me iré el viernes.

—Podrás volver cuando quieras, lo sabes, ¿verdad?

—Ojalá pudiera creer que será así, Simon, nada me gustaría más.

Se levantaron y se abrazaron por primera vez y después se abrazaron de nuevo, por última vez.

# 40

Con Simon centrado en su causa criminal y con la jueza Pointer negándose de forma categórica a hablar siquiera del complicado patrimonio de Eleanor Barnett, Teddy Hammer siguió adelante con su ambicioso plan. Y este no consistía sino en atacar el testamento que redactó Simon, para lo que argüiría influencia indebida. Si lo condenaban por asesinato, desaparecería durante una larga temporada y su testamento quedaría invalidado. Si lo absolvían, algo que en realidad no esperaba nadie, entablarían una cruenta batalla legal por el modo en que manipuló el documento. Teddy atacaría asimismo la versión del otorgamiento que preparó Wally Thackerman, para lo que volvería a aducir influencia indebida. Estaba seguro de que podría servirse de la amenaza de una queja ética para obligar a Wally a quitarse de en medio.

Una vez que Simon, Wally y sus respectivos testamentos quedaran fuera de juego, Teddy podría revelar su secreto. Ninguno de los dos sabía que existía un tercer testamento, el que Harry Korsak firmó en 1988. Según Jerry Korsak, que guardaba una copia del documento antiguo, su padre había accedido a dejárselo todo a Eleanor, en fideicomiso. Cuando esta falleciera, los activos se les legarían a Jerry y a Clyde en igual proporción. Dada la animosidad que la anciana les profesaba a los muchachos, Harry no le había dicho nada acerca de ese testamento, y ella no firmó ningún otorgamiento similar en aquella época.

En un primer momento, Teddy dudó de esa historia porque había aprendido a dudar de todo lo que Jerry decía. Sin embargo, el documento original era conciso y estaba pensado para dejar cubiertos a Jerry y a Clyde cuando Eleanor muriera. Lo redactó un abogado que había fallecido años atrás y suponía una muestra perfecta de lo que era la negligencia profesional. En cierto modo, garantizaba años y años de litigio. Por ejemplo, Harry conservaba sus activos en régimen de gananciales con Eleanor pero, al mismo tiempo, pretendía blindar esos activos mediante un fondo fiduciario mal planteado. La cuestión de por qué el testamento original no se sometió a legalización tras la muerte de Harry no estaba clara. Teddy supuso que Eleanor desconocía su existencia y se las apañó para saltarse la legalización porque los activos estaban en gananciales. Y dio por hecho que Simon y Wally tampoco tenían constancia de ese documento antiguo. ¿Cómo iban a tenerla? Faltaban muchas preguntas por responder, pero lo importante era que no quedaban más parientes de sangre que Clyde y Jerry. Ni la sobrina ni el sobrino de Eleanor sabían siquiera que esta había fallecido.

El asunto más urgente era el de los activos. ¿De qué se componía el patrimonio de Eleanor? Jerry estaba convencido de que era abundante. Sabía que su padre tenía acciones de Coca-Cola y de Walmart, pero su relato sonaba muy exagerado. Antes de pasarse cientos de horas trabajando en todo eso, Teddy debía asegurarse de que, en efecto, se trataba de unos activos considerables. De lo contrario, no merecería la pena seguir con el caso. Y, a fin de hacer sus indagaciones, entabló amistad con el curador, Clement Gelly, el joven y concienzudo abogado que se había visto implicado sin comerlo ni beberlo. La jueza Pointer confiaba en él y le había encomendado el favor.

Teddy lo convenció para que hicieran un viaje juntos. Una vez que consiguieron la autorización discreta de la jueza Pointer, volaron a Atlanta (con unos billetes que Teddy pagó de su bolsillo) y se registraron en un hotel espléndido del lujoso distrito de Buckhead. Teddy había averiguado quién era Buddy Brown, uno de los directivos de Rumke-Brown, la agencia de corretaje con la que trabajaba Harry. Sin embargo, ninguno de los dos intentos que había hecho de contactar con él por teléfono le había servido de nada.

Buddy estaba más que enterado de la muerte de Eleanor y del drama en el que estaba envuelto su abogado de Braxton, en Virginia. De hecho, tenía una carpeta llena de recortes de prensa y también seguía lo que se comentaba en internet. Estaba convencido de que, tarde o temprano, él también se vería involucrado, de modo que cuando el curador, un tal Clement Gelly, lo llamó y le solicitó que se reunieran, Buddy no pudo sino aceptar.

Teddy se quedó en el hotel y buscó en qué ocuparse mientras Clement cogía un taxi a unas manzanas de distancia para que lo llevara a un edificio de oficinas lleno de profesionales y de empresas que preferirían que nadie les prestara atención. Las instalaciones de la primera planta de Rumke-Brown denotaban una riqueza mesurada. Las paredes y el techo, de estilo minimalista, combinaban distintos cuadros contemporáneos y unos extraños detalles de bronce en las mesitas auxiliares. Se respiraba un ambiente sosegado y silencioso sin más protagonismo que el del tímido hilo musical. No había recepción porque no estaba permitido el acceso de nadie que no perteneciera a la compañía y tampoco se fomentaban las visitas. Una asistente recibió a Clement y lo acompañó a lo largo de los sucesivos pasillos hasta un despacho amplio de ubicación privilegiada en el que Buddy Brown lo esperaba con una sonrisa en la cara.

El sitio web de la compañía, diseñado con equivalente minimalismo, tampoco revelaba demasiado. Figuraban unos pocos socios y una breve relación de colaboradores, todos ellos mucho más jóvenes que Brown. Aunque no se revelaba su edad, se licenció en Emory en 1962, por lo que debía de tener unos setenta y cinco años. Estaba en forma, bronceado y lleno de vigor, listo para el siguiente partido de tenis (porque a él no le bastaba con el *pickleball*). La asistente les sirvió un café y un agua de diseño en la mesa de las reuniones. Brown se arremangó, consultó de pasada su reloj de muñeca y se dispuso a donar una hora de su valioso tiempo a la causa, fuera esta cual fuese.

—Menudo embrollo tienen montado ahí arriba —dijo.

—Hay bastante agitación —confirmó Clement—. Yo estaba ocupado en otros asuntos cuando la jueza me asignó las funciones de curador.

—Sí, eso me comentó por teléfono. —O dicho de otro modo: «Ya he oído todo esto»—. ¿En qué fase se encuentra el procedimiento?

—¿Cuál de ellos? El juicio por asesinato se ha fijado para el 23 de mayo. El embrollo del patrimonio permanecerá en suspensión hasta que la cuestión criminal se dé por resuelta. La misma jueza se ocupa de los dos casos, y tiene controlado hasta el último detalle.

—Bien, ¿y cuál es mi implicación en todo esto?

—En rigor, ninguna. Solo intento determinar cuáles eran los activos de la señora Barnett.

—De acuerdo, ayer me pasé una hora hablando con nuestro abogado y mi postura es la siguiente. Tengo, o tenía, una relación fiduciaria con Harry Korsak y Eleanor Barnett, ambos fallecidos en la actualidad. Se trataba de una relación confidencial y privilegiada, igual que la que mantenemos con todos nuestros clientes. No obstante, ahora que han muerto, esa confidencialidad ya no es tan estricta, por así decirlo. Estoy dispuesto a concederle una declaración, con mi abogado presente, eso sí. No me prestaré a testificar en ningún procedimiento, a menos que, por supuesto, se me emplace a ello, en cuyo caso sí accederé. ¿Le parece bien?

—Supongo.

—Pero hay algunas otras cosas que podría contarle ahora,

de modo extraoficial y en confidencia, y que podrían ayudarlo a elaborar el inventario de los activos. ¿Está de acuerdo en que hablemos de modo extraoficial?

Clement no tenía muy claro qué era oficial y qué no, pero sabía que pondría al tanto a Teddy Hammer en cuanto se sentaran a almorzar. No era un periodista que estaba trabajando en un artículo ni había viajado a Atlanta solo para que le cerraran la puerta en las narices.

—Claro —dijo.

Buddy empezó por el principio.

Trabajaba como corredor de bolsa para Merrill Lynch en Atlanta cuando conoció a Harry y a Eleanor. El primer marido de esta había fallecido unos años antes y ella disponía de los cincuenta mil dólares que cobró del seguro de vida. Harry trabajaba para Coca-Cola y acababan de autorizarlo a sumarse al plan de compra de acciones específico para los empleados. Invirtieron en el negocio todo el dinero que tenían y siguieron comprando acciones durante muchos años. Eran muy parcos en gastos, ahorraban todo lo que podían y, durante treinta años, se dedicaron a adquirir tantas acciones como les fue posible. Más adelante, empezaron a comprar acciones de Walmart con la misma estrategia. Las dos compañías crecieron con el paso de los años y repartieron sus acciones ordinarias en numerosas ocasiones. La pequeña hucha de los Korsak se convirtió en una fortuna. Alrededor de 1990, tiraron la casa por la ventana y se fueron de vacaciones a una islita del Caribe que casi nadie conocía. Se la conocía por el nombre de Montrouge y estaba ubicada en las Antillas francesas, cerca de Guadalupe. Algunos ejecutivos de Coca-Cola acababan de descubrirla y no querían que se convirtiera en un destino popular. Era un paraíso, una isla diminuta donde unas preciosas montañas se abrazaban con unas playas de arena blanca. Harry y Eleanor se enamoraron de aquel lugar y compraron un bonito bungalow por medio millón. Después llegó un promotor de Atlanta y enseguida vio el potencial de aquel entorno. La idea era comprar toda la isla, vender parcelas individuales, levantar un par de complejos hoteleros y ver inflarse el valor. Fue un poco lo mismo que sucedió en Mustique. Harry, que no se encontraba bien de salud, se había cansado de trabajar y empezó a concebir una jubilación de ensueño en la isla. Aportó cinco millones de dólares para la promoción y construyó una casa más grande en la playa. El terreno se vendía a unos precios desorbitados. Después de que se establecieran varias celebridades, los precios se dispararon todavía más. Se frustró un intento de vender toda Montrouge por doscientos millones. La parte de Harry habría supuesto un quince por ciento del total. Se necesitaba más financiación para llevar a término un tercer complejo hotelero, de modo que Harry puso otros cinco millones. Buddy expresó su preocupación en aquel momento, pero Harry estaba decidido. Los socios comanditarios empezaron a reñir y pronto se celebraron los primeros pleitos. Los hoteles funcionaban bien y el valor de la propiedad estaba por las nubes, pero había disputas entre los propietarios. Varios de ellos intentaron comprar a los otros por medio de una absorción hostil. Harry se alineó con los perdedores. Había un préstamo cuantioso en mora. Harry metió cinco millones más. Se había quedado sin la mitad de las acciones de Coca-Cola y de Walmart, pero sus inmuebles protegían el patrimonio neto. Y entonces se produjo un desastre que nadie se esperaba; el primero de junio de 1999, el volcán que se erigía sobre Montrouge entró en erupción por primera vez en doscientos cuarenta años. El mar anegó la isla de tal forma que casi la hizo desaparecer del mapa. Murieron más de cien turistas y residentes, la mayoría de los cuales no aparecieron nunca. Harry y Eleanor habían estado allí la semana anterior. Su mansión quedó arrasada. Las compañías de seguros que operaban en la isla cubrían las viviendas y los hoteles frente a incendios, huracanes, inundaciones y demás, pero ni una sola de ellas contemplaba la erupción de un volcán. Los propietarios iniciaron una serie de pleitos furibundos y los litigios se prolongaron hasta que los propietarios se cansaron de perder. Las compañías de seguros ganaron todos los casos.

La frágil salud de Harry comenzó a deteriorarse aún más rápido. Tanto Eleanor como él sufrieron una crisis nerviosa y decidieron ir a terapia. A fin de dejar atrás todo aquello, vendieron la casa de Atlanta y se mudaron a las colinas del norte de Virginia. Harry falleció poco después de que se hubieran establecido.

Era una historia muy triste.

Sin embargo, había una pregunta obvia: ¿cuánto dinero quedaba, si en efecto quedaba algo?

Buddy la eludió en un primer momento, pero después dijo:

—Por consejo de mi abogado, no puedo precisarle el valor de las acciones que integran la cartera. Lo haría si me lo ordenara un tribunal, pero en este momento no me es posible.

Clement, frustrado ante la renuencia de Buddy, replicó:

—Bien, lo entiendo, pero mi propósito es evitar un litigio, y para eso me sería de gran ayuda tener una ligera idea, una estimación, de a cuánto ascienden las acciones de Eleanor.

—Comprendo. En su momento álgido, las acciones de Coca-Cola sumaban algo más de diez millones. Ahora queda menos de medio millón. Las de Walmart llegaron a los seis millones pero ya no queda nada de nada.

Clement se las apañó para contener su reacción.

—Es bastante menos de lo que imaginábamos.

—Mucho menos de medio millón.

Clement se marchó una hora y media más tarde, regresó al hotel y encontró a Teddy Hammer en un pequeño escritorio de la zona *business*. Se sentó en la silla de enfrente y sonrió mientras meneaba la cabeza.

—Es todo una farsa —dijo.

## 41

Un mes antes del juicio, la jueza Pointer programó una vista a puerta cerrada para tratar sobre una multitud de cuestiones, la más importante de las cuales era la de la sede.

Raymond había insistido desde el principio en que el juicio debía celebrarse lejos de Braxton. En realidad, no le importaba dónde, pero prefería que fuera un escenario inaccesible para la prensa de Washington y la de Richmond. Habían puesto a su cliente en la picota y se habían ensañado con él desde el día en que fue acusado, y ahora el daño era irreparable. La única pregunta que les faltaba por responder a los periodistas era la de dónde se llevaría a cabo el fusilamiento. Hacía cuarenta años que Raymond era un destacado abogado de la defensa y jamás había representado a un acusado al que sus vecinos y la ciudadanía hubieran condenado de una forma tan tajante. Incluso su asistente, que se compadecía de todo el mundo, le había sugerido discretamente en varias ocasiones: «Quizá sea mejor pactar una declaración de culpabilidad».

En un primer momento, Simon se opuso. Aducía que, conforme a los términos de la versión del testamento que él redactó para Eleanor, todo Braxton se beneficiaría de la generosidad de la anciana. El fondo fiduciario que él creó de un modo tan ingenioso repartía el dinero entre las iglesias, los clubes sociales, los bancos de alimentos, las tropas de Scouts, los grupos de jardinería y demás. Y, lo más importante de todo, el testamento no reservaba para Simon ni un solo centavo del dinero. ¡Debía ganárselo! Se le pagarían quinientos dólares la hora y ganaría una fortuna con los honorarios, pero a solo una hora de allí, en Washington, las asesorías grandes cobraban el doble. Estaba convencido de que, cuando lo sometieran a un contrainterrogatorio y tuviera que responder bajo juramento, conseguiría justificar esas facturas.

Raymond le rebatió esa idea con la argumentación de que el jurado no debía llegar a oír nunca los términos del testamento. Porque el problema no era el testamento, sino el asesinato. Por extraño que pareciera, el motivo no siempre se consideraba un factor y no había por qué demostrarlo. Simon pensaba que el testamento sería la primera prueba que presentaría la fiscalía, que Cora Cook lo blandiría con teatralidad frente al jurado para demostrar que el acusado soñaba con cobrar unas tarifas desproporcionadas y con hacerse rico gracias al fallecimiento de Eleanor Barnett.

Raymond y él se pasaron semanas discutiendo esta cuestión, por lo general hasta bien entrada la noche y con un puro y un bourbon en la mano. Pero Raymond, lejos de ceder, amenazó con retirarse del caso, una estrategia que solía emplear con otros clientes. La defensa presentó una solicitud para que se procediera a un cambio de sede.

Durante estos debates y disputas, se les unió Casey Noland, la nueva incorporación del bufete de Raymond. Tenía treinta años y durante los tres últimos había trabajado como abogado de oficio federal. No escondía que su objetivo en la vida era convertirse en un abogado de actitud vigorosa, drástico y rompedor, al estilo de Raymond Lassiter. Mientras que sus compañeros de la facultad de Derecho soñaban con incorporarse a las grandes compañías y con ganar sueldos millonarios, Casey quería pelear en el juzgado y defender a los clientes acusados de crímenes atroces. Quería proteger los derechos de los asesinos más despiadados. Quería enfrentarse a los jurados escépticos. Quería ser el centro de atención.

Estaba soltero y se regía por un horario inhabitual. A fin de que Raymond quedara lo bastante impresionado como para mantenerlo en nómina, también él se aficionó a los puros y el bourbon.

El día de la vista, la jueza Pointer colocó a dos alguaciles a la entrada de la Sala de vistas B y le prohibió el acceso al público. Estaba harta de ver a los periodistas rondando por los juzgados y molestando a su secretaria. Había llamado a la policía en varias ocasiones para desalojar a todos los que anduvieran buscando carroña.

Cora Cook se opuso a la solicitud porque esa era su función, pero, en el fondo, ella también sabía que en Braxton sería imposible celebrar un juicio justo. En su bufete todos querían que al acusado se le declarara culpable, pero eso era de esperar entre el personal de la fiscalía. A nadie se le pasaba por la cabeza concederle a Simon Latch el beneficio de la duda ni, menos aún, respetar la presunción de inocencia. Por una mera cuestión de respeto, sus amistades nunca hacían ningún comentario ni intercambiaban rumores sobre los casos en curso, pero ella sabía que estaban convencidos de que Simon había envenenado a Eleanor. Para el novio que tenía ahora estaba claro que iban a condenarlo.

Como siempre, la vista tenía carácter oficial, pero la jueza Pointer, como era habitual en ella, la llevó del modo más informal posible. Los abogados permanecieron en sus respectivos asientos mientras intercambiaban chascarrillos en un tono respetuoso. La jueza los interrumpía cada vez que lo consideraba necesario. Simon estaba sentado entre Raymond y Casey Noland y les pasaba notas a ambos, de nuevo agradecido por no haberse especializado como abogado penalista. Aún no le había cogido demasiado afecto a Casey.

Virginia, como la mayoría de los estados, permitía que

cualquiera de las partes, tanto la defensa como la acusación, solicitaran un cambio de sede. Lo que no podían hacer, sin embargo, era sugerir una alternativa específica. Eso quedaba a la discreción única y exclusiva del juez.

Tras una hora de debate, y después de una breve riña, se dio por hecho que la jueza Pointer ya había tomado una decisión. Les dijo a los presentes:

—Apruebo la solicitud del cambio de sede y me pronunciaré sobre la jurisdicción más tarde. Tengo diversas regiones del estado en mente y coincido con la defensa en que el juicio debería trasladarse lejos de aquí.

Los abogados se apresuraron a tomar nota. Nadie se sorprendió. A Simon no le seducía la idea de pasarse dos semanas en un motel barato de una ciudad que no conocía, pero, cuanto más tiempo permanecía en Braxton, más se convencía de que tenía que marcharse.

A continuación, comenzaron a tratar la cuestión de las diligencias para la obtención de pruebas, y su señoría les recordó a ambas partes las reglas que exigían una revelación completa. Cora Cook, que tenía una reputación impoluta por su honestidad como fiscal, no ocultó nada. La reputación de Raymond no era igual de intachable, pero tampoco tenía nada que esconder.

A mediodía, la jueza Pointer los sorprendió al abrir un receso que finalizaría a las dos de la tarde. No quedaban temas inconclusos en el orden del día, o al menos ninguno que guardara relación con el caso de «El estado de Virginia contra Simon F. Latch», por lo que los letrados abandonaron la sala presas de una gran intriga. ¿Cuál sería ese asunto pendiente?

Simon procuró que no se lo viera por ningún rincón de Braxton, sobre todo en el centro, a donde solían ir a almorzar los abogados y el personal de los tribunales. Casey los llevó a un viejo colmado rural donde comieron unos sándwiches en una mesa apartada. Era uno de los pocos sitios que no había visitado con Eleanor.

A las dos entraron de nuevo en el juzgado y esperaron durante un cuarto de hora a que la jueza Pointer ocupara su asiento. Dado que siempre era puntual como un reloj, el ligero retraso resultaba llamativo. Una vez que subió al estrado, le dio permiso para retirarse a la estenógrafa judicial e hizo acercarse a Raymond, Casey, Cora y Simon para mantener una charla distendida.

—Mi marido es de Tidewater, por lo que conozco bien la región. Está a cuatro horas en coche de aquí. Además, es otro mundo, muy distinto al de nuestra querida cordillera Blue Ridge. Allí se concentran dos millones de habitantes que residen en grandes ciudades como Hampton, Chesapeake, Norfolk, Newport News o Portsmouth. Virginia Beach, con una población que duplica a la de Richmond, es la más relevante de todas. El *Tidewater Times* es el periódico de mayor circulación y apenas ha tratado este caso. Solo he encontrado dos artículos, mientras que los otros diarios del estado parecían competir por ver cuál gritaba más fuerte. Como sabrán, es una región muy vinculada al ejército. La base naval más grande del mundo se encuentra en Norfolk. La población, de gran diversidad, es bastante transitoria. Estoy segura de que allí será más fácil reunir un jurado imparcial. Así pues, le he notificado al Tribunal Supremo que voy a trasladar el caso a Virginia Beach. Este cambio no afectará a la fecha del juicio, que sigue programado para el 23 de mayo.

Tomó un trago de agua y se aclaró la garganta.

—También he informado al Supremo de que voy a recusarme de este caso. Mis motivos son los siguientes. Aquí hay dos casos, uno penal y otro sucesorio. Dentro de nuestro sistema, el Tribunal de Distrito tiene la jurisdicción de ambos, y, puesto que soy la principal jueza de distrito de Braxton, los dos están en mi mesa. Los hechos de un caso se solapan con los del otro. En consecuencia, podría averiguar algo sobre uno de los casos que influyera en el juicio que me formara sobre el otro. Lo más conveniente es que me desvincule de uno de ellos. El otro motivo es que padezco ciertos problemas de salud que me obligarán a reducir la carga de trabajo durante unos meses.

Como era de esperar, los juristas fruncieron el ceño. Desde luego, la jueza Pointer tenía mejor aspecto que nunca. De repente, todos se hicieron muchas preguntas, pero nadie formuló ninguna.

—El pronóstico es bueno, pero la recuperación llevará tiempo. —Otro trago de agua—. Y hay algo más. Algo que podría ser de relevancia para la causa penal. La semana pasada hablé con Clement Gelly, quien me informó, puede decirse que con carácter extraoficial, de que ha averiguado algo importante. Viajó a Atlanta y se reunió con el asesor financiero de Eleanor Barnett. Todo apunta a que esta infló de manera escandalosa el valor de su patrimonio. Su difunto marido había perdido su fortuna, unos quince millones, en una serie de inversiones fallidas. Más adelante se mudaron aquí, donde falleció poco después. Clement estima que la casa de la anciana está valorada en unos doscientos cincuenta mil dólares, más o menos lo mismo que el conjunto de las acciones y los ahorros.

Una vez más, Simon se vio asaltado por unas violentas náuseas, pero logró poner cara de póquer y asintió como si lo supiera desde el principio y no tuviera la menor importancia. Hacía un año que conoció a Netty, un año desde que esta pronunció, casi entre susurros, las palabras que le arruinaron la vida: «Diez millones en acciones de Coca-Cola, otros seis en acciones de Walmart y unos cuatro en efectivo».

¿Cabría la posibilidad de que una viuda encantadora que aparentaba ser perfectamente normal y que actuaba igual que cualquier otro octogenario padeciera algún extraño tipo de demencia? Ningún aspecto de su vida (o, al menos, ninguno del que Simon tuviera constancia) hacía sospechar que la mujer padecía una enfermedad mental. El calificativo de «ingenuo» resonó con fuerza en su cabeza.

La jueza Pointer seguía hablando (estaba diciendo algo acerca de la impugnación de los testamentos), pero Simon ya no la escuchaba.

Al menos tres noches por semana, Simon se pasaba por la biblioteca jurídica de Raymond. Trabajaba en los distintos tipos de escritos y de peticiones que podrían ayudarlo a planificar su defensa. Leyó decenas de casos de criminalística en los que había algún veneno de por medio. Estudió los procedimientos y empezó a entender el derecho penal. Analizó hasta el último de los informes e investigó a todos y cada uno de los testigos que la fiscalía presentaría contra él.

El despacho de Raymond estaba al fondo del pasillo, con la puerta siempre abierta, de manera que el humo de sus puros se propagaba por todo el edificio. Al menos una vez por noche gritaba: «¡Simon!», como si su cliente fuera un pasante más. Simon siempre respondía a la llamada. Era lo mínimo que podía hacer por un abogado caro que trabajaba gratis.

La noche de la vista sobre la sede, en torno a las diez, Simon se sentó e inhaló una bocanada de humo. Se les unió Casey, vestido con unos pantalones cortos y unas zapatillas de deporte. Raymond se acercó al mueble bar, sirvió tres copas de bourbon bien cargadas y cerró la puerta. Brindaron.

—Cora ha llamado esta tarde para que negociemos la declaración de culpabilidad, un mero trámite.

—Era de imaginar, ¿no?

—Sí. Quince años en chirona y, con suerte, esperar la condicional a los diez, solo que la condicional no es fácil de conseguir en este estado.

—¿Quince años? Antes me tiro por un puente.

—No es una mala propuesta, dadas las circunstancias.

—¿De qué circunstancias hablas?

—De los hechos, Simon, de los hechos.

—Sigues sin creerme, ¿verdad?

—Oh, claro que te creo. En ningún momento he dudado de ti. El problema es que apestas a culpable por los cuatros costados y no sé cómo podríamos cambiar eso.

—Prestaré declaración. Explicaré lo que hice y conseguiré que el jurado me crea.

—No sé para qué digo nada. Que prestes declaración o no es una decisión que tomaremos en el último momento.

—La respuesta es no. Yo no he matado a nadie, de modo que no pienso declararme culpable.

Hicieron bajar las copas y les dieron una calada a sus respectivos puros. Como era habitual, Casey aportó poco al debate.

Por alguna razón, Raymond empezó a reírse entre dientes.

—¿Y ahora qué ocurre? —saltó Simon.

—¿De verdad te creíste que la vieja tenía veinte millones de dólares?

—Celebro que te haga gracia.

—Pero ¿te lo creíste?

—Sí.

—Bien, ¿y cuál fue tu reacción cuando estabas tomando notas, durante la primera conversación con la nueva clienta, ya sabes, y te dijo que estaba forrada, que tenía ahorrados veinte millones? ¿Qué fue lo primero que se te pasó por la cabeza?

—Bueno, no fue una sensación agradable. Tenía algo que ver con la codicia.

Raymond se rio y la situación también pareció divertir a Casey. Simon quería participar del buen humor de ambos, pero le era imposible.

Apuró el bourbon y salió del despacho con el cigarro a medio fumar en la mano. Solo pisaba las calles de Braxton a altas horas de la noche, por lo general cuando salía del bufete de Raymond. Durante el día se quedaba en su despacho, con la puerta cerrada con llave, y no se aventuraba al exterior hasta que no había oscurecido.

Animado por el aire fresco y el cielo claro, echó a andar. No dejaba de darles vueltas ni a la sugerencia de que se declarara culpable, que no tenía ningún sentido, ni a las mentiras destructivas de Eleanor, y tampoco a la idea de que fuera a juzgarlo una gente que vivía lejos de él y que apenas sabía nada del caso.

En ese momento, sentía que sus amigos le habían dado la espalda. Ni uno solo de ellos le había sido leal. Muchos se dieron prisa en enviarle un correo electrónico cuando lo arrestaron, pero hacía mucho que no recibía ningún mensaje de nadie. Algunas de esas amistades apreciaban también a Paula, pero, como solía ocurrir con las parejas que se divorciaban, les era imposible alinearse con uno solo de ellos, de manera que al final lo más fácil era ignorar a los Latch por completo.

Esta pérdida de apoyos lo estaba haciendo polvo. Verse separado de sus hijos le partía el alma. Los llamaba y chateaba con ellos a diario, pero ahora estaban a cuatro horas de distancia y bastante tenían con empezar una nueva vida.

Así que siguió andando, durante horas.

# 42

Durante la primera semana de mayo tuvieron lugar dos acontecimientos casi al mismo tiempo y, si bien ninguno de ellos libraba a Simon del feo destino de que lo juzgaran por asesinato, le trajeron un primer atisbo de suerte después de varios meses.

En primer lugar, Paula había vendido la casa de Braxton por una cantidad superior al precio de catálogo. Después de liquidar las dos hipotecas, a ella le quedaban veintiocho mil dólares limpios, un beneficio llovido del cielo. Simon se ocupó del papeleo sin cobrar nada por cerrar la operación. En el último momento, Paula le dijo a su ex que le pagaría cinco mil dólares por sus honorarios profesionales. Era un gesto elegante y generoso y, aunque en un principio se opuso sumisamente, al final Simon aceptó el dinero.

Dos días más tarde, su madre lo llamó para darle la buena nueva de que, después de veintisiete infelices años, iba a separarse de Arn. La situación entre ellos era más o menos cordial y habían pactado dividir los activos. Ahora que Arn ya no figuraba en sus cuentas bancarias, ella volvía a controlar su dinero. Iba a enviarle a su hijo diez mil dólares para ayudarlo con las facturas de los abogados. Simon aceptó el ofrecimiento, que consideró un préstamo, y le prometió a su madre que se lo devolvería en algún momento por determinar. Estaba orgulloso de ella por haber tenido el valor de librarse de un matrimonio tóxico a sus setenta y tres años y llevarse sus ahorros consigo. Él no sabía cuánto dinero tendría guardado, pero tampoco iba a preguntárselo. Nunca más se le ocurriría inmiscuirse en los asuntos financieros de una persona mayor. Por teléfono, la mujer parecía haber rejuvenecido diez años y estaba planeando una escapada a las islas griegas en compañía de unas amigas. Sin embargo, si él necesitaba que ella estuviera presente en la sala, pospondría el viaje sin ningún problema. Simon se lo agradeció y le dijo que ya lo pensaría.

Su madre se iba a las islas griegas con los bolsillos llenos de dinero. Él, en cambio, iba camino del juzgado, donde o bien le caería una pena de cárcel, o bien se salvaría de milagro y saldría sin más riquezas que lo que llevara puesto. Nunca había envidiado a su madre; de hecho, la compadecía porque vivía encadenada al gilipollas de Arn. Ahora, sin embargo, le parecía la persona más afortunada del mundo.

Simon no quería que ni su madre ni sus hijos se asomaran por el juzgado. Paula y él habían hablado largo y tendido sobre el juicio. Les sería imposible evitar que sus hijos se vieran expuestos. Aunque los medios de Danville no le prestaran atención al caso, en internet se desataría una avalancha de mierda. Por teléfono, habían sopesado la idea de resumirles por la noche a los niños lo que había ocurrido a lo largo de cada jornada. Ella podría repasar las noticias y mantener con ellos un breve debate en el que comentarían los hechos tal y como los presentaba la prensa. Parecía una idea más apropiada que la de ignorar el juicio sin más y soñar con que los críos no se vieran afectados en modo alguno por lo que estaba ocurriendo. A Simon no le daba miedo la verdad y quería que sus hijos tuvieran claro que él no era culpable de nada, salvo, a lo sumo, de no haber estado muy atinado con sus decisiones. Aun así, cuando se imaginaba entrando y saliendo del juzgado, acosado por una multitud mientras los informativos emitían toda clase de reportajes sensacionalistas, no le hacía ninguna gracia.

Una vez que recibió el cheque de su madre, se apresuró a depositarlo en la cuenta de su empresa y a extender otro para Raymond por sus honorarios. Diez mil dólares. Esa misma noche se dirigió con él al despacho del defensor y se lo entregó.

—Ya solo te debo ciento ochenta —dijo orgulloso.

—¿De dónde los has sacado? —le preguntó Raymond con suspicacia.

Simon le contó lo sucedido. El letrado guardó el cheque en un cajón.

Raymond se había puesto en contacto con algunos colegas abogados de Tidewater y ahora estaba por entero convencido de que trasladar allí el caso beneficiaría a Simon en gran medida. Quedaba a una distancia considerable de la cordillera Blue Ridge, en un mundo muy distinto.

En sustitución de Mary Blankenship Pointer, el Tribunal Supremo había designado a Padma Shyam, una de las tres juezas del Tribunal de Distrito de Virginia Beach. Tenía cuarenta y seis años, llevaba nueve en el estrado, y anualmente recibía la valoración más alta, no solo por parte de sus colegas sino también por la de los abogados que comparecían ante ella.

Simon conservaba un buen amigo de la facultad de Derecho que ejercía en Chesapeake, junto a Virginia Beach, y la ponía por las nubes.

Tanto a Raymond como a Simon les preocupaba la recusación de la jueza Pointer. La conocían bien y creían entender sus inclinaciones y excentricidades. Defendía la ley y el orden con firmeza, pero siempre era ecuánime con las dos partes. A Simon aún le dolía la fianza de trescientos mil dólares que le había solicitado para salir de la cárcel, pero la había perdonado y se había convencido de que la jueza le concedería un respiro si lo consideraba necesario.

Ahora, sin embargo, se había retirado, al menos en lo que al juicio por el asesinato se refería. Raymond había charlado en un par de ocasiones con la jueza Shyam y se encontraba cómodo con su incorporación. Ella también desaprobaba el ruido y la excesiva atención de la prensa. Tenía pensado seleccionar a los integrantes del jurado una semana antes de la fecha que se había anunciado para el juicio, el 23 de mayo. El oficial de justicia podía reunir de forma discreta a unos cincuenta posibles miembros en una sala de vistas vacía, donde los abogados determinarían si podían incorporarse al jurado. Si necesitaban más candidatos, citarían a otros cincuenta. Si lograban que la prensa ignorara lo sucedido, sería difícil que los integrantes del jurado supieran nada acerca del caso. Sin embargo, si esperaban hasta el lunes 23 de mayo, el juzgado se convertiría en un circo y los posibles miembros del jurado tendrían que abrirse paso a codazos entre la multitud para llegar a la sala. Para entonces, la historia ya estaría en todas las portadas y sería imposible formar un jurado no influenciado por el escándalo y, por lo tanto, imparcial.

La jueza Shyam estaba cada vez más convencida de que era el planteamiento acertado. Los abogados coincidían en que podía funcionar. La togada nunca había cribado a los integrantes del jurado antes de que comenzara el juicio en sí, pero no existía ninguna regla procesal que lo prohibiera. También contemplaba la idea de aplicar el secreto de sumario para garantizar la discreción de los letrados y los testigos. Raymond, un abogado litigante al que le encantaba ver su nombre en los periódicos, se mostró muy de acuerdo. Prometió que no diría ni media palabra sobre el juicio y que garantizaría también el silencio de su cliente.

Simon no tenía la menor intención de dejarse ver fuera del juzgado.

Poco a poco, durante las sucesivas reuniones hasta altas horas de la noche, le dieron forma a una estrategia de defensa que tenía tanto de atrevido como de arriesgado. No existían pruebas concluyentes contra Simon; nadie lo había visto comprar el talio ni había nada que lo implicara en su adquisición. Tampoco lo había visto nadie esparcir el veneno sobre las galletas de jengibre ni dárselas a probar a Eleanor Barnett. Las pruebas no concluyentes, sin lugar a dudas, se aprovecharían para hacerlo parecer lo más sospechoso posible, aunque eso no bastaría para condenarlo. La acusación se vería obligada a esgrimir unas pruebas circunstanciales para convencer al jurado de que era culpable.

Raymond había acudido a un amigo que conocía a un patólogo, el cual accedió a analizar la autopsia por solo mil dólares, unos honorarios considerablemente reducidos. La doctora Brock, la forense estatal que la llevó a cabo, tenía un historial y una experiencia admirables y como testigo resultaría muy creíble para la fiscalía. Y lo mismo podía decirse del toxicólogo forense. Para refutar las declaraciones de ambos sería necesario buscar a otros expertos que tuvieran una cualificación igual de impecable y que además estuvieran dispuestos a testificar. Y cobrarían una fortuna.

El amigo de Raymond estaba de acuerdo con las conclusiones de la autopsia.

De modo que ¿para qué molestarse? ¿Para qué contradecir a los expertos? El enfoque más inteligente sería admitirlo casi todo. Admitir que Eleanor murió a causa del talio. Admitir que Simon compró las galletas de jengibre en el Tan Lu, un restaurante adonde la había llevado a almorzar en tres ocasiones. Admitir que a los dos les gustaban los platos que allí se servían. Admitir que Matilda fue a ver a Eleanor al hospital hasta tres veces, dos de las cuales le llevó galletas de jengibre y otros dulces. Admitir que había redactado una nueva versión del testamento. Admitir que tenía un poder como abogado. Admitir que accedió a trabajar previo pago de un anticipo. Admitir todo cuanto era cierto y evidente.

Sin embargo, negarían con vehemencia que Simon echó veneno en las galletas. Estaba claro que alguien tuvo que hacerlo, pero no fue Simon.

Entonces ¿quién? Ese era un problema del que debían encargarse la policía y la acusación, no Simon. Él no tenía ninguna obligación de resolver el crimen.

Su única obligación era la de salvar el pellejo.

# 43

Lunes, 23 de mayo.

Simon estaba despierto, con los ojos clavados en el reloj digital, cuando este sonó a las cinco en punto de la madrugada.

Lo deprimía empezar la jornada con la certeza de que se enfrentaba a uno de los peores días de su vida. Lo deprimía aún más pensar que el día siguiente sería todavía peor y que la situación no haría sino empeorar a partir de ahí. Necesitaba tomar un café cargado pero ese no era un servicio del que dispusiera en la «suite» económica del hotel donde permanecería alojado durante los siguientes cinco días. Después de las dos primeras noches, empezaba a echar de menos la celda de la prisión de Braxton.

Quizá lo único positivo en ese momento fuera que tenía la cabeza despejada, sin rastro de embotamiento ni de dolor. Si Raymond era capaz de renunciar a la bebida durante el juicio, también su cliente podría. Se concedió cinco minutos para quedarse mirando las sombras del techo mientras oía el rugir de los motores diésel de los tráileres de dieciocho ruedas que se adelantaban los unos a los otros por una de las interminables circunvalaciones de seis carriles que rodeaban Tidewater. Faltaba una hora para que amaneciera, pero el tráfico ya empezaba a volverse ruidoso. ¿Dónde estaba él y cómo había terminado ahí? Era una pregunta que lo atormentaba desde hacía meses y, si le ponía un poco de empeño, incluso podía articular una explicación con cierto sentido. En cuanto al interrogante que de verdad importaba, el de a dónde iba, no tenía ninguna respuesta, solo miedo.

Aquel día tan espantoso no pensaba hacerse a un lado. Simon tenía que plantarle cara y, si no lo ahuyentaba con un desafío sin ambages, al menos debía sostenerle la mirada con el falso convencimiento de que estaba preparado para lidiar con cuanto el poderoso estado de Virginia le pusiera delante. Se quitó la colcha de encima, apoyó los pies en la moqueta barata y comprobó que ya estaba cansado. Se dio una ducha rápida y se vistió tal y como le habían indicado. Raymond le recomendó que se pusiera un traje oscuro, una camisa blanca y una corbata discreta, un conjunto que no provocara la desaprobación del jurado. Como exjugador, Simon habría apostado mil dólares sin pensárselo dos veces a que ninguno de los siete jurados varones que iban a juzgarlo llevaría corbata.

Siete hombres y cinco mujeres. Nueve personas blancas, dos negras y una asiática. Había también dos suplentes. Simon sabía cómo se llamaban, qué trabajo tenían, qué fe abrazaban, qué habían estudiado y demás. El miércoles anterior los seleccionaron en una sala de vistas vacía en menos de tres horas. De los cuarenta y ocho que componían el grupo original que el oficial de justicia había reunido, solo siete levantaron la mano cuando se les preguntó si el caso les sonaba de algo. De hecho, la mitad ni siquiera había oído hablar de Braxton. A la defensa le entusiasmaba el nuevo carácter anónimo del proceso. No fue necesario convocar a un segundo grupo. La jueza Shyam, un as de la tribuna, ofició de forma impecable la selección del jurado. Raymond dijo que nunca había visto resolver el trámite de un modo tan equitativo en sus más de cuarenta años de carrera.

Además, su señoría había sabido predecir la publicidad que se le daría a la causa. La edición dominical del *Tidewater Times* incluía en portada una pieza con una foto de archivo de Simon, acompañada de una abundancia de acusaciones sensacionalistas contra él. Tampoco faltaban las insinuaciones sobre el testamento misterioso, la supuesta fortuna, el poder como abogado que la anciana le firmó en su lecho de muerte, la declaración de voluntades anticipadas que le permitían desconectarla, el fallecimiento que se produjo de manera fortuita el 30 de diciembre, la idea de la incineración y, por último, la prueba del envenenamiento. En la segunda página aparecían otros artículos. Uno recogía las opiniones de los ciudadanos de Braxton a pie de calle. La mayoría de ellos solicitaba que no se revelara su identidad. Otro de los artículos repasaba la historia de los asesinatos por envenenamiento que se habían documentado en Estados Unidos y se aportaban también las estadísticas del FBI. El talio guardaba una larga y sórdida relación con estas muertes.

A Simon le entraron náuseas al leer esos artículos, pero también dio gracias por que ya hubieran elegido al jurado. Su señoría les había aconsejado con vehemencia a sus integrantes que evitaran leer la prensa en la medida de lo posible, así como hablar con nadie acerca del caso, pero, sobre todo, había hecho hincapié en que mantuvieran la mente abierta hasta que terminaran de presentarse las pruebas. Insistió asimismo en la presunción de inocencia y les explicó el principio básico según el cual Simon Latch sería inocente hasta que se demostrara su culpabilidad y se despejara hasta la última duda razonable.

Desde luego, el mensaje caló hondo el miércoles pasado, cuando solo estaban ellos en la sala de vistas. Hoy, por el contrario, se apiñarían en la sala los periodistas de la peor calaña con el público multitudinario y los habituales del tribunal. La jueza Shyam había convocado un refuerzo de guardias y alguaciles.

Cuando se disponía a salir de la habitación, se detuvo para mirarse en el espejo. Los pantalones le quedaban holgados porque estaba bastante más delgado que antes de que lo acusaran. Landy, su novia oficiosa, le había dicho en más de una ocasión que tenía las mejillas hundidas y que le habían salido ojeras. Raymond, por su parte, le recordó que era importante ofrecer un gesto agradable, ni forzado ni bobalicón, además de que le convenía sonreír brevemente de vez en cuando, y quizá asentir alguna que otra vez, sin jamás fruncir el ceño ni parecer preocupado, pero al mismo tiempo cuidándose de proyectar altivez o indignación.

«Gracias, Raymond. ¿Algo más? ¿Algún otro truco que deba poner en práctica con mi cara mientras intento escuchar, analizar y recordar todo cuanto se dice en la sala, a la vez que tomo páginas y páginas de notas sin dejar de intercambiar miradas fugaces con los miembros del jurado?».

Todavía estaba oscuro cuando salió del hotel y partió hacia Virginia Beach, que distaba cinco kilómetros. Por el camino vio un local de tortitas que abría toda la noche y se detuvo a tomar un café. Compró la edición del lunes del *Tidewater Times*, en cuya portada volvió a toparse con su rostro.

A Raymond no le faltaban contactos entre los abogados litigantes del estado. Marshall Graff era el rey de los pleitos en Virginia Beach y le había ofrecido sus oficinas a la defensa. Eran unas instalaciones impresionantes, a años luz de las que tenían en Braxton. Además de los muebles caros y ultramodernos, contaban con una espléndida sala de reuniones dotada de veinte sillas de cuero que rodeaban una mesa larga y amplia, así como con despachos más que suficientes para albergar al equipo de veinticinco abogados y sus asistentes, y en la tercera planta no faltaba un pequeño espacio de trabajo, donde Raymond se estableció, con vistas al juzgado.

Simon llegó a las siete y enseguida encontró la cafetera. Raymond y Casey Noland entraron minutos más tarde. Raymond dijo que estaba listo, que era «la hora del espectáculo», y que, si no estabas nervioso la primera jornada del juicio, algo iba mal. Le dio por contar un par de historias sobre primeras jornadas que a los otros les costó seguir.

Simon aguzó el oído mientras miraba la calle del juzgado. Las furgonetas de los canales de televisión empezaban a estacionar en los huecos hacia los que las dirigía un pequeño ejército de policías municipales. Se habían levantado unas barricadas para que los periodistas y los curiosos no invadiesen las aceras. Los miembros del jurado accederían por una puerta lateral, a salvo de la prensa. Simon tenía su propia estrategia, la que Marshall Graff había fraguado con la ayuda de sus pasantes.

A las 8.30, Raymond y Casey llenaron de documentos sus respectivos maletines y se dirigieron a la entrada principal del juzgado. Suscitaron una atención considerable, pero Raymond sonreía y disfrutaba bromeando con los reporteros, a los que no reveló nada. Querían saber dónde se escondía su cliente, a lo que él respondió que Simon aún estaba durmiendo.

Uno de los colaboradores de Marshall Graff llevó a Simon en su coche hasta un acceso de servicio, donde se bajó entre los contenedores de basura y se introdujo aprisa en el edificio sin que nadie lo viera. A las 8.55, entró en la sala de vistas con Raymond y Casey, se sentó en la mesa de la defensa e intentó no reparar en la multitud que lo observaba.

A las nueve en punto, la jueza Shyam subió al estrado y les dio los buenos días a los presentes. Pronunció su habitual discurso acerca del juicio y repasó las reglas de decoro que siempre aplicaba en la sala. Describió a grandes rasgos cómo se desarrollaría el proceso y predijo que habría terminado a finales de semana, aunque no había ninguna prisa. Informó al público de que ya se había procedido a la selección del jurado y les pidió a los alguaciles que hicieran pasar a sus integrantes. Estos entraron, con notable indecisión algunos de ellos, y ocuparon los asientos numerados de su tribuna.

La jueza Shyam señaló con la cabeza a Cora Cook, que se levantó y se acercó resuelta a la tarima que había frente al jurado. Ni una sola de las prendas de su fondo de armario podía considerarse recatada, pero seguía estando impresionante toda de negro liso. Los tacones no eran los más altos y la falda no era la más ceñida, pero seguía apreciándose su buena figura y ella sabía sacarle partido. Los miembros del jurado la miraron de arriba abajo mientras ella sonreía y los saludaba. Acto seguido, se enfrascó en una presentación obsequiosa para darles las gracias de forma reiterada por su participación, etcétera.

Simon apuntó en su libreta: «¡Como si hubieran podido elegir!».

Cora no tardó en ir al grano.

—Estamos ante un caso de asesinato motivado por la codicia.

Entonó las palabras con solemnidad, con un elegante aire dramático. Simon percibió cómo las miradas penetrantes de los miembros del jurado convergían en él. Procuró no levantar la vista.

—En marzo del año pasado, en la ciudad de Braxton, situada en la cordillera Blue Ridge, una anciana encantadora llamada Eleanor Barnett, viuda y sin hijos, pidió una cita para reunirse con un abogado llamado Simon Latch, el acusado.

Guardó silencio un momento para añadirle más dramatismo a su introducción y señaló a Simon con el dedo. Él asintió con ademán grave como para decir: «Sí, soy yo, pero te equivocas de persona».

—La señora Barnett tenía ochenta y cinco años y quería modificar su testamento. El acusado llevaba dieciocho años ejerciendo la abogacía en Braxton, donde era muy conocido, y había redactado multitud de testamentos básicos por un módico precio. La reunión tuvo lugar según lo acordado el 10 de marzo, en su oficina de Main Street. En un momento dado, durante aquel primer encuentro, el acusado concluyó que un testamento básico no sería suficiente para la señora Barnett, en su opinión al menos. La anciana no era una clienta más. De hecho, le informó de que acumulaba millones de dólares en activos, libres de toda deuda. Afirmaba que poseía acciones de Coca-Cola y de Walmart y decía tener ahorrados varios millones en efectivo en un banco de Atlanta. Entró en juego la codicia del acusado, quien decidió hacer las cosas a su manera. Durante los doce años anteriores, su secretaria, Matilda Clark, había redactado todos y cada uno de los otorgamientos del bufete. En realidad, se trata de un trámite legal rutinario. Pero, por alguna razón, el acusado no permitió que la señora Clark preparara el documento, sino que lo redactó él mismo sin decirle nada a su secretaria. A partir de ahí, el acusado se propuso congraciarse con la señora Barnett y así apoderarse de todo el dinero que pudiera.

Simon anotó: «De momento, todo correcto, muy acertada, conoce bien los hechos. ¿Por qué estoy sudando ya?».

Raymond le había avisado de que a menudo los fiscales intentaban deshumanizar a su presa al referirse a esta por el apelativo de «el acusado». Cora estaba aplicando el manual a rajatabla.

—Por desgracia —continuó la fiscal—, sus maquinaciones culminaron en el envenenamiento y la muerte de la señora Barnett. —De nuevo con afán dramático, volvió a señalarlo y añadió—: Señoras y señores del jurado, la señora Barnett falleció a manos de su abogado, el acusado aquí presente.

Cora cometió entonces un pequeño error al ponerse a hablar del testamento que el acusado preparó y redactó por su cuenta. Perdió al jurado durante un rato cuando quiso explicar el asunto de los fondos fiduciarios. Simon observó a los distintos miembros y supo que estaban o aturullados o adormecidos.

Dejó vagar la mente. Que te llamaran asesino y te llevaran a juicio suponía una experiencia de pesadilla incluso para quienes de verdad eran culpables. Lo más espantoso de todo era la condena que te podía caer, muerte por inyección letal o quizá varias décadas en prisión. Para quienes se sabían inocentes, sin embargo, todo aquel teatro resultaba tan abrumador como irreal. Simon se dijo a sí mismo en repetidas ocasiones que, en realidad, aquello no estaba sucediendo, que en el momento decisivo la jueza lo pararía todo, pediría al jurado que se retirara, amonestaría a la fiscal y autorizaría al acusado a abandonar la sala de vistas, de nuevo inocente. Ah, y por cierto, perdón por las molestias. Aun así, a cada hora que pasaba de cada día que pasaba, iba resignándose poco a poco al papel del acusado. Con frecuencia, la maquinaria aplastante de la justicia norteamericana tardaba en arrancar, pero, una vez que los engranajes dispares coincidían al fin en tiempo y lugar, en la sala de vistas, no había forma de frenar la locomotora desbocada.

Cora retomó la estrategia inicial y el jurado se desperezó. El acusado redactó el testamento y, a continuación, convenció a un agente de seguros y a su mujer, quienes trabajaban en las oficinas de al lado, para que actuaran de testigos, y siguió haciendo todo lo posible por llevarlo en secreto. Debido a una anomalía en las leyes impositivas de nuestro estado, a quien heredara le convenía que la señora Barnett falleciera en el año civil de 2015. Por lo tanto, el acusado tenía una fecha límite. Poco a poco, entabló amistad con la anciana y empezó a pasar cada vez más tiempo con ella, hasta el punto de que solía llevarla a disfrutar de almuerzos que se prolongaban varias horas, todo pagado por él. Durante una de esas salidas, descubrieron un restaurante vietnamita de Braxton. A la señora Barnett le gustaban sobre todo las galletas de jengibre por las que el establecimiento era conocido.

En una pantalla grande que colgaba de la pared frente al jurado, Cora proyectó una fotografía en color de una de las galletas de jengibre. Era plana y medía unos cinco centímetros de diámetro. Después añadió una imagen de la caja del Tan Lu.

Por seis dólares y veinticinco centavos, te llevabas una docena de galletas. La última captura era un montoncito de polvo blanco sobre una placa de ensayos de un laboratorio. Parecía bicarbonato sódico. La fiscal dijo que era una muestra de talio, un veneno que ya no se producía en Estados Unidos pero cuya tenencia no suponía un delito. Hasta hacía poco, solía emplearse en la composición de los raticidas. Por lo general, procedía de China y de la India. Era inodoro, insípido e invisible cuando se mezclaba con otras sustancias, además de letal.

En un claro ejercicio de efectismo, Cora se acercó a la mesa de las pruebas instrumentales que había junto al estrado y de una caja de cartón sacó una de las clásicas bandejas de plástico que se usaban en los hospitales. En el centro había dos cajas del Tan Lu. La sostuvo ante el jurado y dijo:

—Señoras y señores, aquí tienen el arma homicida. Once galletas. Nueve en una caja y dos en la otra, todas ellas recubiertas de talio. Las trece que faltan son las que ingirió la víctima. Las compró el acusado en dos fechas distintas del pasado diciembre, cuando su secretaria se las llevó a Eleanor Barnett al hospital. Tras haber consumido las galletas a lo largo de una semana, la señora Barnett falleció a causa de un envenenamiento grave. Fue una muerte lenta, dolorosa y agónica. La forense estatal detallará el estado del cuerpo.

Se había hecho el silencio en la sala. Todos observaron a Cora mientras esta volvía a guardar con cuidado la bandeja en la caja de cartón. La manipuló como si la menor vibración pudiera liberar el talio y fulminarlas a ella, a la estenógrafa y quizá incluso a la jueza.

Regresó a la tarima y hojeó sus notas. Simon casi sentía las miradas de algunos de los miembros del jurado, unas miradas sin atisbo de compasión.

—Bien, una vez fallecida la señora Barnett, el acusado hizo todo lo posible por borrar su rastro, por ocultar las pruebas. —Levantó un documento y lo agitó en todas direcciones—.

Esto es lo que se llama una «declaración de voluntades anticipadas», también conocida por el nombre de «testamento vital». El acusado lo redactó y se lo presentó a la señora Barnett en el hospital, tal vez mientras esta se comía las galletas, y allí lo firmó la víctima, asesorada por él.

Raymond sorprendió a todo el mundo cuando se puso de pie y gritó:

—¡Protesto, señoría! Son meras especulaciones. La señora Cook no sabe en qué momento la fallecida ingirió las galletas.

Su señoría, a la que la repentina interrupción había sobresaltado tanto como al resto de la sala, tardó un instante en reaccionar. Raymond exclamó indignado:

—Por favor, señoría, recuérdele a la fiscal que debe atenerse a los hechos. —Se giró para mirar a Cora y le dijo—: O quizá sí sabe si la señora Barnett estaba comiendo y qué estaba comiendo cuando firmó el documento. Y, si en efecto lo sabe, le ruego que nos lo diga, pero que no se invente los hechos.

—Orden, orden, señor Lassiter —medió la jueza—. Ya está bien. Es una afirmación introductoria y se permite una cierta libertad expositiva. Podrá responderle enseguida. Protesta denegada.

Raymond se dejó caer airado en su silla, sin dejar de lancear con los ojos a Cora como si esta hubiera cometido un pecado imperdonable. Y no era así. La fiscal solo había maquillado un poco su relato, algo que siempre se hacía y que solía dejarse correr. La intervención escandalosa de Raymond no era más que un número, un intento de intimidar a Cora y de establecer el tono del juicio. No permitiría que lo mangonearan.

Aturdida por un momento, Cora perdió el hilo de su argumentación. Revolvió unos papeles, comprobó unas notas y, tras seleccionar otro documento, los levantó los dos por una esquina, como si estuvieran pegajosos y olieran mal.

—Y esto es un poder que la señora Barnett firmó junto con la declaración de voluntades anticipadas. Con estos dos documentos, el acusado se atribuyó la autoridad que necesitaba para poner fin al tratamiento de la víctima, después de que los médicos, como no podía ser de otra manera, diesen su aprobación. El miércoles, 30 de diciembre, cuando la anciana dependía de un respirador y no se observaban indicios de actividad cerebral, el acusado, junto con el equipo médico, decidió desconectarla. La señora Barnett falleció noventa minutos más tarde.

Simon consultó su reloj de muñeca, aunque no era necesario puesto que había un enorme reloj de pared por detrás del estrado. Cora Cook llevaba una hora presentando sus razonamientos con contundencia y aún no había perdido la atención del jurado. Simon empezaba a marearse y le costaba mantener su fachada de confianza intranquila.

Cora Cook era buena y bastante eficiente. No gritaba, ni se perdía en largos sermones ni exageraba los hechos. Se atenía a ellos, tal vez porque jugaban a su favor. Le explicó al jurado las acciones que el acusado había llevado a cabo justo tras el fallecimiento de la señora Barnett. En el transcurso de dos horas, llamó a la funeraria y solicitó que fueran a recoger los restos al hospital y se los llevaran... ¡para incinerarlos!

Quemar un cadáver, aunque se tratara de una cremación autorizada, aportaba un potente golpe de efecto que Cora prolongó todo lo que pudo. Simon anotó: «¡Déjalo ya!».

¿Cuál era el móvil del asesino? La avaricia, el dinero, el control pleno del patrimonio, las tarifas desmesuradas... La versión del testamento que el acusado redactó por su cuenta y que la señora Barnett firmó le otorgaba una autoridad total sobre los activos de esta. La casa, las acciones... Todo cuanto la anciana atesoraba se vendería y las ganancias se depositarían en un fondo de fideicomiso para el que solo había un destinatario, el acusado. Este dispondría del talonario a su discreción. Podía jugar a ser Santa Claus y repartir hasta el último centavo. Y, de esta manera, también podía pagarse a sí mismo con gran generosidad, conforme a unos honorarios de, por ejemplo, quinientos dólares la hora. Quizá esta tarifa se considerara baja en Wall Street, donde los multimillonarios y las grandes corporaciones se demandaban entre sí a diario, pero, para un abogado de a pie que se dedicaba a gestionar patrimonios sencillos en una ciudad pequeña, eran unos emolumentos excesivos.

De nuevo incidió en ese aspecto, puesto que el planteamiento de la avaricia se le antojaba irresistible. Pero debió de darse cuenta y no tardó mucho más en pasar a la gracia, al chiste, a la farsa. Según parecía, la treta mediante la que el acusado pretendía enriquecerse había sido en balde. Eleanor Barnett había llegado a acumular varios millones, pero este dinero acabó evaporándose tras una serie de inversiones desacertadas. No quedaba ya ninguna fortuna. Quizá la mujer vivía en el pasado, aferrada todavía a un ensueño, pero eso ya nunca lo sabríamos.

Al cabo, Cora empezó a aflojar. La jueza Shyam no había establecido ningún límite de tiempo, algo en lo que quizá se había equivocado. Cora interpretó bien la situación y se apresuró a hacer unos últimos comentarios. Les prometió a los miembros del jurado que, una vez que se hubieran presentado todas las pruebas, no les cabría la menor duda de que el acusado envenenó a su clienta. Y entonces habrían de cumplir con el deber que tenían como jurados de declararlo culpable.

La jueza Shyam anunció un descanso de veinte minutos.

# 44

Aquella mañana, mientras tomaban un café, Raymond les había dicho a Casey y a Simon que comenzaría con una de las tres afirmaciones que tenía listas, y que emplearía una u otra en función de la táctica de Cora. Esta disponía de mucho material sobre el que tratar y él sospechaba que acabaría divagando un poco. Aun así, debía reconocer que la fiscal había hecho una presentación excelente. El jurado no había dejado de prestarle atención mientras ella hilvanaba una historia convincente y convertía a Simon en una figura cada vez más sospechosa.

El enfoque que le daría Raymond sería el de que la defensa no tenía nada que demostrar y, por lo tanto, solo necesitaría conseguir que el relato de la acusación hiciera agua. Una vez que los miembros del jurado ocuparon sus respectivas sillas tras el receso, Raymond se dirigió a la tarima, sin notas en las manos, y puso una sonrisa encantadora.

—Damas y caballeros, permítanme recordarles que nada de lo que acaba de contarles la señora Cook está demostrado, que no hay pruebas de nada, que son todo especulaciones suyas, quizá lo que desea o sueña, sobre lo que el estado debe intentar probar en contra de Simon Latch. Nos ha contado una historia muy sólida. Es una fiscal con mucha experiencia. El problema es que promete demasiado. Le es imposible cumplir con todo lo que nos ha ido prometiendo a lo largo de casi dos horas porque no tiene ninguna prueba.

Se bajó de la tarima y hundió las manos hasta el fondo de los bolsillos del pantalón.

—Hay multitud de hechos determinantes que no le convenía mencionar. Por ejemplo, que la señora Barnett estaba en el hospital para que la trataran por las lesiones sufridas durante un accidente de tráfico. Lo que no dijo es que la anciana iba demasiado rápido a altas horas de la noche, que se saltó un semáforo en rojo y embistió lateralmente a otro coche, cuyos ocupantes resultaron heridos de gravedad. En el momento del siniestro, era la señora Barnett quien conducía, y digamos que iba un tanto embriagada. 0,9, por encima del límite. Por lo visto, había estado de celebración con unas amigas. Tenían lo que ellas llamaban un «club de póquer» y se habían reunido para la fiesta anual de Navidad. Se emborrachó, se puso al volante y, con su amiga Doris en el asiento de al lado, salieron a circular por las calles de Braxton a las diez y media de la noche. Estuvo a punto de cargarse a la pobre Doris.

Casi hizo que la desgracia de su amiga provocara las risas de los presentes. Simon estaba impresionado con las habilidades oratorias de su defensor. Llevaba años oyendo hablar de las ocurrencias que Raymond soltaba durante los juicios y de las tácticas que empleaba, pero nunca lo había visto en acción. Con la sala hasta arriba, un jurado atento y toda la carne en el asador, Raymond ocupaba el centro del cuadrilátero y se sentía totalmente como en casa.

—¡Codicia! —exclamó con rabia. A continuación, articuló una risa gutural que sobresaltó a todo el mundo—. Codicia. Por el testamento básico, Simon Latch le presupuestó a Eleanor Barnett la codiciosa suma de doscientos cincuenta dólares. ¡Y ella no se los pagó! Y por el adelanto en el que tanto insistía la anciana, mi defendido se volvió más codicioso que nunca y le pidió mil dólares. ¡Cantidad que ella tampoco llegó a entregarle! Por casi nueve meses de servicios legales, sin contar los largos almuerzos de los que tanto disfrutaba la señora Barnett, ni los cafés, ni las llamadas a horas intempestivas, ni las visitas al hospital, sin contar nada salvo las horas que mi cliente se pasó en su mesa resolviendo las cuestiones legales de la anciana, más de sesenta horas de tiempo facturable, el acusado, Simon Latch, recibió una remuneración total de... ¡cero dólares! Nada, ni un centavo. ¿A qué viene hablar ahora de codicia?

Raymond se apartó de la tarima mientras meneaba la cabeza, incapaz de entender semejante disparate.

—Y otra cosa que la señora Cook ha omitido. El señor Simon Latch, que cuenta con el máximo respeto de la abogacía y contra el que no se ha presentado ningún tipo de queja ética ni se ha abierto ninguna causa por negligencia profesional en todos los años que lleva ejerciendo en Braxton, desconfió de inmediato cuando la señora Barnett manifestó que era rica. ¿Cuántas veces se presenta un cliente en un bufete para hablar con un abogado al que no conoce de nada y decirle que tiene unos veinte millones en activos? ¿En Braxton, Virginia? Es algo que no ocurre nunca, se lo puedo asegurar. Simon Latch no tiene un pelo de tonto. Enseguida reparó en los indicios que denotaban un cierto desahogo económico, como la ausencia de deudas, la elevada pensión que heredó de su marido o la bonita casa libre de cargas, pero esas cosas tampoco eran tan inusuales. Enseguida sospechó que la señora Barnett no estaba siendo sincera. Una y otra vez, le solicitó ver algún documento que demostrara lo que decía, como los informes de corretaje periódicos o los extractos bancarios. Ante la renuencia de la mujer, él empezó a recelar todavía más.

Y aquí empezó la ficción. Solo Simon podía revelarle al jurado qué hablaron Eleanor y él. Solo él podía recrear lo que pensó al principio. Había algo de cierto en lo que Raymond le estaba contando al jurado, pero poco a poco todo se convirtió en una invención.

—No lo movía la codicia. La pobre anciana no tenía a nadie más. Ni marido, ni hijos, ni hermanos ni ningún otro familiar. Necesitaba un amigo, un asesor, un abogado que la ayudara a recorrer el laberinto legal. Tenía ochenta y cinco años, estaba viuda y se sentía sola, y afirmaba acumular una montaña de activos. Tal vez creyera de verdad que el dinero seguía estando ahí. Tal vez, damas y caballeros, a la señora Eleanor Barnett se le empezaba a ir la cabeza, como se suele decir.

En realidad, Simon nunca había pensado que Netty estuviera desequilibrada ni que sufriera una merma de sus facultades mentales, pero sí notaba algo extraño en ella. Había un par de tornillos a punto de soltarse. Que la mujer hubiera tramado una farsa tan compleja y la hubiera llevado a cabo con tanta minuciosidad era algo que él aún no había asimilado del todo.

—La señora Cook pretende sacarle partido al asunto de la cremación. Y una vez más, ha expuesto los hechos como no son. Años atrás, Simon y su mujer renovaron sus respectivos testamentos y declaraciones de voluntades anticipadas para dejar encomendado que, llegado el momento, se les incinerara y depositara en un mausoleo. Nada nuevo. Estaban convencidos de que era la opción más barata y sostenible. La incineración es un procedimiento por el que cada vez se interesa más gente en todo el país, y tanto es así que lleva una década ganando un treinta por ciento de aceptación año tras año. Simon les recomendaba esta alternativa a muchos de sus clientes. Eleanor Barnett era una más. No pretendía destruir ninguna prueba por medio de la incineración. Es absurdo.

Esta última palabra la pronunció como si solo un lunático pudiera creerse un dislate así.

—Y después está lo de la desconexión. Oh, desde luego, un asunto muy suculento, muy jugoso. Pero, por desgracia, tampoco es cierto. La señora Cook vuelve a obviar unos hechos cruciales. Más adelante oirán la declaración de la doctora Connor Wilkes, la directora del hospital, y esta les confirmará que Simon no tenía el menor deseo de implicarse en la cuestión de si apagar o no el respirador de la señora Barnett. Mi cliente les dijo de forma expresa tanto a ella como a su equipo de especialistas que se trataba de una decisión médica y que, por lo tanto, les correspondía a ellos tomarla, no a él.

De pronto, lo invadió una mezcla de tristeza y frustración. Pasó a hablar a media voz, como si ahora se dirigiera al jurado en confidencia.

—La verdad es que no sabemos quién envenenó a Eleanor Barnett. Y el estado de Virginia va a desperdiciar toda esta semana intentando achacarle un asesinato a un hombre inocente, mientras quien cometió el crimen se ríe de todos nosotros. Porque la persona que lo hizo podría estar en esta sala ahora mismo. —Raymond guardó silencio durante unos segundos para que la idea calara entre el público, y después, tal vez con excesivo dramatismo, se detuvo y lo miró, como buscando a esa persona entre sus filas. Como si supiera que los estaba viendo y escuchando.

Se giró de nuevo hacia el jurado y prosiguió.

—Al paso que vamos, el crimen no se resolverá nunca. La policía sospechó del hombre equivocado, lo arrestó y dio por concluida la investigación. A la fiscal le faltó tiempo para dirigirse al gran jurado y hacer que lo acusaran, sin considerar en ningún momento a otros sospechosos. Y ahora estamos aquí, en esta sala de vistas, viendo y escuchando cómo el estado de Virginia intenta en vano cargarle el asesinato a Simon Latch. Mi cliente, señoras y señores, no lo hizo. Nadie lo vio comprar el veneno. No hay ningún registro que evidencie esa adquisición. Nadie lo vio manipular las galletas de jengibre, porque no lo hizo. Nadie lo vio dárselas a la señora Barnett, porque no lo hizo. Sencillamente, no existen pruebas de nada.

«Brillante, pero sería un buen momento para dejarlo», anotó Simon.

Raymond también lo sabía. Con una mirada de absoluta frustración, le puso punto final a su discurso.

—Cuando todos los testigos hayan declarado y se presenten las pruebas, cuando ustedes deliberen y lleguen a la conclusión de que Simon Latch no es culpable, regresarán a esta sala, ocuparán sus respectivos asientos, lo declararán inocente y volverán a su casa sabiendo que han cumplido con su deber como ciudadanos, y quien lo hizo seguirá estando ahí fuera. Riéndose. Que no les quepa la menor duda. Estará riéndose.

El inspector Roger Barr prestó juramento como primer testigo de la fiscal. Era la una y cuarto del lunes y le esperaba una tarde muy larga. Cora Cook hizo un repaso de su formación, experiencia y demás, aunque el inspector no iba a testificar como experto en ningún campo. Su cometido se limitaba a presentar el marco del caso. Serían otros quienes se encargaran de rellenar los huecos y encajar las pruebas.

Su implicación comenzó el 30 de diciembre del año anterior, cuando un operador de emergencias le informó de que se había recibido y grabado una llamada anónima. Una voz distorsionada anunciaba: «Eleanor Barnett acaba de fallecer en el Blue Ridge Memorial Hospital. Los médicos han determinado que la causa de la muerte ha sido neumonía. Pero su muerte es sospechosa. Alguien debería investigarla».

La señora Cook se acercó a la mesa de las pruebas instrumentales, donde había preparada una grabadora. Cuando la jueza Shyam asintió, pulsó un botón. El mensaje sonó por la megafonía de la sala. La señora Cook esperó unos segundos antes de reproducirlo de nuevo.

El detective Barr describió con minuciosidad el trabajo que llevaron a cabo en el laboratorio de criminalística estatal para identificar y rastrear a la persona que llamó, pero no fue posible. Los técnicos no se ponían de acuerdo en cuanto al sexo de esa persona. El o la informante usó un móvil desechable con un número temporal. La voz estaba modificada. En cualquier caso, el jefe de policía autorizó al inspector Barr para que lo investigara, de modo que este fue derecho al hospital. Con la ayuda de sus detalladas notas, explicó al jurado paso a paso y minuto a minuto cuáles fueron las primeras acciones que emprendió. Las conversaciones con los médicos y con el personal, los diversos objetos que había en la habitación donde estaba ingresada Eleanor, la visita a la funeraria para impedir que se procediera a la incineración y demás.

Simon fingió escucharlo con gran interés, pero ya había leído los informes de Barr. Había leído todo cuanto constaba en los ficheros de la policía y sabía cuáles eran las pruebas que la fiscalía usaría en su contra. Había leído, releído y memorizado hasta el último de los detalles que conocían los abogados, los expertos y los investigadores. Así, continuó tomando notas, las mismas que había apuntado incontables veces a lo largo de los últimos cuatro meses. ¿Quién era la persona que lo filtró, la que dio el chivatazo, la que estaba lo bastante cerca de Eleanor para saber cuándo falleció? Para él, el principal sospechoso era Jerry Korsak, que había ido al hospital por lo menos una vez, aunque debían de haber sido más. Obviamente, estaba interesado en el patrimonio e incluso había contratado a un abogado caro para intervenir. Era ladino y lo bastante ruin para envenenar a su querida madrastra. Estaba sin blanca y no habría tenido ningún reparo en ir a por el dinero. Además, no tenía más que serrín entre las orejas y sus limitadas entendederas no le habrían bastado para llevar el plan a buen término. La pregunta que siempre intrigaba a Simon cuando consideraba el papel de Jerry era la de por qué sabía lo de la incineración. Quien lo filtró hizo que el proceso se interrumpiera por completo. De haber pasado dos horas más, los restos de la buena de Eleanor se habrían dispersado con el humo.

Después sospechaba de Tillie, más que nada porque era

quien se ocupó de las galletas de jengibre. Simon las compró y se las dejó en su mesa para que las llevara al hospital. Tillie estaba al tanto de los planes de incinerar a la anciana porque, de hecho, ella escribió la declaración de voluntades anticipadas. Sabía asimismo a qué hora falleció Eleanor. Aun así, a Simon no le entraba en la cabeza que una persona tan bondadosa como Matilda Clark pudiera cometer un crimen tan atroz.

El nombre de Wally Thackerman, por razones obvias, siempre figuraba en la lista de Simon. Dos días antes de que Eleanor falleciera, se registró en la recepción del hospital, como debían hacer siempre las visitas. Estuvo media hora en la habitación de la anciana y luego registró su salida. Simon no supo que se había pasado por allí hasta mucho después, cuando vio los registros del hospital. Simon lo consideraba sospechoso, pero no era del que más desconfiaba. Si pretendía envenenar a Eleanor, ¿por qué iba a molestarse en anunciar su llegada y su salida, con lo que dejaba una prueba clara de que había estado allí?

Dejó a un lado sus meditaciones cuando Raymond empezó a dar voces. La fiscalía pretendía incluir como prueba la versión del testamento que Simon había preparado para Eleanor. Raymond protestó pero solo porque ese era su papel. No había modo alguno de impedir que el jurado viera el documento. Dos semanas antes, durante una vista para la moción que se prolongó durante toda la jornada, las partes discutieron acaloradamente acerca de qué papeles se admitirían como pruebas. La defensa adujo que el otorgamiento era producto del trabajo privado de un jurista, por lo que tenía carácter confidencial y protegido. El testamento no se había sometido a legalización y no tenía por qué figurar en los registros públicos. La fiscalía arguyó que esos privilegios expiraron con el fallecimiento de Eleanor, de manera que Simon no podía continuar ocultándolo. Puesto que se trataba de una cuestión determinante, ambas partes presentaron un largo escrito. Simon lo redactó por sí mismo, las treinta páginas que lo componían. La jueza Shyam no tardó en fallar a favor de la fiscal. Tanto el testamento como la declaración de voluntades anticipadas y el poder se admitían. A Raymond no le sorprendió el dictamen.

El inspector Barr le explicó al jurado cómo se hizo con los documentos, si bien no estaba preparado para tratar sobre su contenido. Él no era abogado.

A las tres y media, cuando todo el mundo necesitaba descansar un poco, la jueza Shyam anunció un receso hasta las cuatro en punto. La sala se vació enseguida, ya que los presentes corrieron a los aseos. Simon permaneció en la mesa de la defensa y observó a la multitud. Se extrañó al ver a Teddy Hammer, que sin duda estaba allí para presenciar cómo se desarrollaban las cosas. Ahora que el valor del patrimonio de Eleanor se había desinflado tanto, Simon supuso que Teddy se marcharía a cazar piezas más grandes. O tal vez no. Quizá solo andaba olisqueando el terreno mientras tramaba algún modo de sacar cien mil dólares por sus honorarios de lo poco que quedara. Bah, en fin. Ya se encargarían otros del caos que suponía el patrimonio de Eleanor. Simon tenía bastante con sus propios problemas.

Una periodista atrevida corrió hacia él y se disponía a hacerle una pregunta cuando uno de los alguaciles le cortó el paso con el brazo extendido.

—¡Prensa no! ¡Prensa no! —gruñó para espantarla.

Simon se puso a charlar con Casey Noland.

—Supongo que la horda sigue ahí fuera, más numerosa que nunca.

—Oh, sí. Han venido por decenas.

—¿Ya me han declarado culpable?

—Sí, pero de eso hace ya meses.

—Gracias por nada.

El inspector Barr regresó al estrado de los testigos para responder a las preguntas sobre el historial de tráfico de Eleanor Barnett y el accidente de coche. Se admitieron las copias de las multas que se le habían puesto y las transcripciones judiciales. Este tipo de pruebas no hacían falta ni se consideraban relevantes, pero era un aspecto que Raymond había mencionado durante su argumentación inicial y la jueza Shyam no vio motivo para rechazarlas. En los planes de Raymond no entraba criticar a la señora Barnett, que Dios la tuviera en su gloria.

Cuando Cora Cook terminó con el inspector Barr, dejó que lo sometieran a un contrainterrogatorio. Raymond se acercó con una libreta a la tarima, donde la dejó a un lado.

—Inspector Barr, ¿dónde se compra el talio?

—No lo sé.

—¿No lo sabe?

—No lo sé.

—¿Ha intentado comprarlo alguna vez, en calidad de agente de la ley?

—No. ¿Por qué iba a hacerlo?

—Oh, quién sabe. Quizá para comprender mejor el funcionamiento del arma homicida. Quizá para poder informar mejor al jurado. Quizá para adquirir unos conocimientos que podrían serle de utilidad más adelante. Se me ocurren muchas razones.

—Lo siento. Nunca lo he intentado.

—Sin embargo, cree que al señor Latch sí le fue posible comprarlo, ¿verdad?

—No sé cómo lo consiguió. ¿Por qué no se lo pregunta a él?

—En este momento, soy yo quien hace las preguntas, inspector. Sin duda, habrá hablado con otros investigadores de homicidios, y tal vez con algún toxicólogo, además de otros expertos en la materia, para hacerse una idea de la posible procedencia del veneno. ¿No es así?

—¿Es una pregunta?

—Sí, respóndala —intervino la jueza Shyam, a todas luces irritada por el engreimiento de Barr.

—Bien, hablé con el toxicólogo del laboratorio de criminalística justo después de la autopsia. Comentamos algo acerca del talio, pero nada demasiado específico.

—De acuerdo. Y en enero le preguntó al señor Latch si accedía a entregar de forma voluntaria sus ordenadores portátiles y de escritorio, ¿es así?

—Sí.

—¿Y los entregó?

—No de inmediato. Se mostró bastante reacio.

—Por su experiencia, ¿diría que, en general, la gente se muestra reacia a entregarle su ordenador a un inspector de homicidios?

—Supongo que se podría decir así.

—¿Y finalmente le entregó sus ordenadores?

—Sí, cuando conseguí una orden. Usted estaba presente, señor Lassiter. El encuentro se registró en vídeo al completo.

—Bien, ¿y para qué quería esos ordenadores?

—Estábamos buscando pruebas, como notas o referencias a algún veneno, al talio en concreto.

—¿Quién examinó los ordenadores del señor Latch?

—Charles Pettigrew, un técnico analista del laboratorio de criminalística estatal.

—¿Y el señor Pettigrew encontró lo que buscaba?

—No.

—¿El señor Pettigrew halló algún indicio de que el señor Latch u otra persona había suprimido, eliminado o borrado algún archivo o alguna referencia de sus ordenadores?

—No, no se halló nada de eso.

—De modo que el examen de los ordenadores del señor Latch no reveló nada referente a ningún veneno.

—Correcto.

—¿Comprobó también los teléfonos del señor Latch, tanto el móvil como el fijo?

—Sí, conseguimos una orden de registro y recabamos esa información.

—¿Y qué buscaban?

—Lo mismo. Cualquier referencia a algún veneno, a una muerte por envenenamiento, al talio y demás.

—¿Y qué descubrió?

—Nada de interés.

—¿Ni un solo documento remotamente relacionado con el campo del veneno en general y con el talio en particular?

—Correcto.

—¿Cuánto tiempo lleva trabajando como policía en Braxton?

—Once años.

—¿Y desde cuándo es inspector de homicidios?

—Desde hace seis años.

—¿Cuántos homicidios ha investigado?

—Unos cinco. No hay muchos homicidios en Braxton.

—¿En alguno de esos homicidios se empleó talio?

—No.

—¿Solicitó el apoyo de la Policía Estatal de Virginia?

—Sí, solemos trasladarles nuestras consultas cuando trabajamos en un homicidio, pero oficialmente no estaban participando en este caso.

—¿Y ellos tenían alguna idea de dónde se puede obtener el talio?

—Bueno, hum... Que a mí me conste, la Policía Estatal no se ha ocupado de ningún caso de envenenamiento parecido a este.

—¿No sabían de ningún traficante de venenos letales?

—Si sabían de alguien, a mí no me lo dijeron.

Tras dar un suspiro pesado y con un gesto de frustración en el rostro, Raymond dijo:

—Señoría, no tengo más preguntas por el momento. Me gustaría reservarme el derecho a convocar de nuevo a este testigo por la mañana.

—Como desee. Se levanta la sesión hasta mañana a las nueve.

## 45

Los testigos más «importantes» declararon el martes por la mañana. Todos eran doctores con agendas muy apretadas y les evitaron tener que perder tiempo en el pasillo del juzgado, a diferencia de los demás. Habían recibido indicaciones de las fechas exactas en que debían testificar y la hora aproximada.

A las nueve en punto de la mañana, justo después de que la jueza Shyam les diera la bienvenida a todos de nuevo e interrogara a los miembros del jurado sobre su estado general de salud y bienestar, el doctor Samuel Lilly prestó juramento y subió al estrado. Cora Cook lo guio durante los preliminares y afirmó que gozaba de una buena formación y una experiencia adecuada, y que había sido el jefe de personal del Blue Ridge Memorial Hospital durante los últimos cuatro años. También fue el médico que atendió a Eleanor Barnett y describió las lesiones por las que ingresó en el hospital.

En términos no médicos, la mujer estaba llena de cortes y moraduras, y tenía dos costillas rotas, pero no se temía por su vida. Sin embargo, a causa de su edad, se esperaba una convalecencia larga. Remitiéndose a sus notas, el doctor le dijo al jurado que, tras cuatro días, la mujer empezó a mostrar síntomas de algo más, y tanto él como las enfermeras creyeron que era una neumonía. Fiebre, fatiga, náuseas e incluso más dolores. Pero estaba estable y no parecía que se tratara de una urgencia.

El doctor Lilly conoció al acusado al día siguiente del ingreso de Eleanor y hablaron casi cada día hasta que ella murió. Estaba allí cuando Simon Latch le presentó a la paciente, medio incorporada en la cama, un poder legal y una declaración de voluntades anticipadas. También había otras personas, incluida la doctora Connor Wilkes. El doctor Lilly consideró que la situación era poco común, pero el acusado le explicó con todo lujo de detalles que tales documentos eran necesarios y, lo más importante, que debía asegurarse de que Eleanor comprendiera lo que estaba haciendo. En ningún momento el doctor tuvo la sensación de que Eleanor estuviera siendo presionada indebidamente ni de que quisieran aprovecharse de ella. Con todo, dada la situación, era obvio que esta recibía consejos de su abogado, el acusado.

Antes de eso, durante una conversación privada en el pasillo, el acusado había reconocido ante él que lo incomodaba el hecho de tener el control de las voluntades médicas de la paciente, pero no había nadie más, ni familiares ni amigos, que pudiera hacerse cargo.

A medida que su estado de salud fue deteriorándose, el acusado se mostró muy cercano y profundamente preocupado por lo que estaba ocurriendo. A la paciente le colocaron un respirador artificial, ya que no podía respirar por sí misma. Durante las últimas veinticuatro horas, el doctor Lilly, la doctora Wilkes y otros dos médicos más, junto con el acusado, se reunieron para comentar sus opciones. El señor Latch insistió mucho en que no tomaría ninguna decisión relativa a suspender el tratamiento médico, ya que eso debían determinarlo los profesionales. Cuando no lograron detectar actividad cerebral, el doctor Lilly resolvió retirarle la respiración asistida. El acusado estuvo de acuerdo, pero de nuevo dijo que la decisión debía someterse al criterio médico. La paciente murió una hora y media más tarde. El doctor Lilly y su equipo opinaron de forma unánime que el fallecimiento se debía a una neumonía viral aguda. En ningún momento albergaron sospechas de que la paciente hubiera sido envenenada.

Durante un interrogatorio médico largo y metódico, Raymond repasó lentamente con el médico los dos últimos días de tratamiento de Eleanor, e insistió varias veces en que Simon Latch se había mostrado reacio a participar en las deliberaciones sobre los cuidados que debía recibir. Era evidente que le preocupaba lo que estaba ocurriendo y que se sentía fuera de lugar.

Cuando el doctor Lilly obtuvo permiso para bajar del estrado y abandonó la sala, Simon y Raymond tuvieron la certeza de que su testimonio no podía haber sido más favorable.

La siguiente persona llamada a declarar en calidad de experta fue la doctora Dendra Brock, la forense con una larga trayectoria en el estado. Era una patóloga muy respetada con miles de autopsias a sus espaldas. Había impartido formación aquí y allá y tenía publicados muchos artículos e incluso un libro. Un currículum impresionante. Cuando Cora empezó a plantear las preguntas de rutina para establecer su preeminencia en el campo, Raymond se puso de pie con una sonrisa.

—Señoría —dijo—, si se me permite la interrupción, la defensa está totalmente dispuesta a admitir que la cualificación de la doctora Brock como experta en el campo es excelente. Es más, nos sentimos honrados de tenerla en Virginia y agradecemos su larga trayectoria ofreciendo un servicio público excepcional.

La señora Cook asintió y le sonrió a Raymond. La jueza Shyam les sonrió a ambos.

—Muy bien —repuso—. Por la presente, la doctora Brock queda acreditada como experta en el campo de la patología forense. Puede proceder.

Durante un turno de preguntas y respuestas que, como resultaba evidente, habían ensayado mucho, la señora Cook y la doctora Brock intercambiaron opiniones para establecer las bases de la autopsia de Eleanor Barnett. El cadáver llegó de Braxton el 31 de diciembre y lo conservaron en el congelador mortuorio hasta el lunes 4 de enero, la fecha en que la doctora Brock realizó la autopsia. El inspector Roger Barr le había advertido que cabía la posibilidad de que fuese un envenenamiento, y ella le explicó en términos sencillos la importancia que eso tenía para su trabajo. No había ninguna señal externa que demostrara que se trataba de un crimen, aunque el cuerpo presentaba contusiones graves. A primera vista, sabía que los golpes eran de hacía varios días y no guardaban relación con lo que había provocado la muerte. Leyó las notas del doctor Lilly y supo que la fallecida había sufrido un accidente de coche.

El procedimiento estándar contemplaba que todas las autopsias se fotografiaran y se grabaran en vídeo. La de Eleanor duró dos horas y diez minutos. Simon y Raymond vieron la grabación en el despacho de este último, y Simon apenas pudo soportarlo y juró que jamás vería ninguna otra autopsia.

Raymond volvió a levantarse.

—Con la venia del tribunal —dijo—, estamos dispuestos a admitir que Eleanor no falleció a causa de una neumonía sino de una intoxicación aguda. Jamás lo hemos negado, y no vamos a hacerlo ahora. Sencillamente, no es necesario someter al jurado a los detalles de la autopsia. Sabemos cómo murió, y sabemos la causa de la muerte.

La jueza Shyam se mostró de acuerdo.

—¿Hasta qué punto tiene previsto entrar en detalles, señora Cook?

—Bien, señoría, queremos que el jurado se forme una idea clara de lo que causó la muerte de la víctima.

—Pero la defensa está de acuerdo en que la causa de la muerte fue una intoxicación aguda.

—Permítame compartir un poco de información previa, señoría, con la venia.

—Procederemos paso a paso.

Raymond se sentó, pero lo hizo en el borde de la silla, a punto para volver a protestar.

La doctora Brock tenía mucha experiencia como testigo y se sentía como pez en el agua. Sabía bien de lo que hablaba y se ganó el favor del jurado al evitar la mayor parte de la jerga médica. Había realizado la autopsia asistida por dos ayudantes, y empezó por drenar la vejiga para recoger muestras de orina. Drenó la sangre. La fallecida había comido muy poco, pero consiguió sacar once gramos de alimentos ingeridos. Una de las muestras tenía el tamaño suficiente para diseccionarla, y resultó estar compuesta de harina blanqueada, azúcar blanco, raíz de jengibre procesada y melaza.

Mientras Cora se preparaba para presentar en la pantalla una fotografía de los restos de galleta, Raymond se puso de pie.

—¿De verdad, señoría? ¿Es necesario que el jurado visualice esas imágenes?

—No. Se acepta. Ya lo entendemos, señora Cook. Por favor, continúe.

La orina y la sangre contenían niveles moderados de una sustancia poco común que más adelante identificaron como talio. La doctora Brock comparó muestras de orina y sangre extraídas del cadáver con las que se tomaron tras la admisión de la fallecida en el hospital, y demostró que el talio fue ingerido durante su ingreso. En la pantalla que el jurado tenía enfrente, la señora Cook proyectó una fotografía en color del hígado sobre una placa de laboratorio; un kilo doscientos gramos de órgano. El peso promedio de un hígado humano es de un kilo y medio, pero puede variar, tal como la doctora Brock le explicó al jurado con sencillez. Solía presentar un color rosado; no obstante, en el lado izquierdo se observaban unas manchas más oscuras, lo cual para ella era una clara señal de que el órgano había sido seriamente dañado. A su lado, la señora Cook proyectó la imagen de un hígado sano, sin manchas. A la manera de una experta hablando con sus alumnos, la doctora Brock explicó que el hígado es donde el cuerpo metaboliza la mayoría de los fármacos y las sustancias tóxicas, y, por lo tanto, se concentran allí.

Cuando, dos semanas atrás, Simon vio el vídeo de la autopsia, casi sintió dolor en su propio hígado y de nuevo se hizo la promesa de tomar menos bourbon.

Hubo más fotografías a todo color: imágenes microscópicas de tejidos hepáticos, tanto de quien en su momento fue una persona sana como de la fallecida; del riñón derecho, con un peso de setecientos veinticinco gramos y zonas oscuras que, al menos en su opinión, indicaban un daño irreversible causado por toxinas; diapositivas de tejidos renales, y, a continuación, de la vesícula biliar con el bazo a punto para ser explorado.

Tras observar los órganos de Eleanor durante una hora, el jurado llegó a su límite. Raymond volvió a ponerse de pie, más exasperado aún.

—Por favor, señoría, estamos intentando mostrarnos de acuerdo con lo que es obvio. La señora Barnett murió a causa de un envenenamiento tóxico. Alguien la envenenó. El problema es que el estado ha acusado a un hombre por error.

Si pareció un disco rayado, fue de forma intencionada. Si repites algo una y otra vez, al final la gente acaba creyéndoselo. La señora Cook estaba harta de la naturaleza egoísta de las protestas de Raymond.

—En absoluto se trata de un error, señoría —espetó.

—Por favor, por favor —dijo la jueza Shyam levantando ambas manos—. ¿Cuánto tiempo más va a interrogar a esta testigo?

La señora Cook perdió los nervios.

—No lo sé, señoría. No sabía que teníamos un límite de tiempo.

—No hay ningún límite de tiempo, señora Cook. Se trata tan solo de que ya nos ha demostrado lo que era necesario en relación con la testigo, y la defensa se ha mostrado de acuerdo. ¿Podemos avanzar, por favor?

—Desde luego.

La doctora Brock detalló el procedimiento por el que se recogieron muestras de fluidos y tejidos biológicos, se etiquetaron y almacenaron, y luego se enviaron al laboratorio de su elección en Bethesda. Al día siguiente de la autopsia, un servicio especial de mensajería trasladó las muestras al laboratorio. En cada paso del proceso, se certificó la cadena de custodia.

Raymond protestó más de una vez.

—Señoría, no estamos cuestionando la cadena de custodia. No estamos cuestionando nada en relación con la causa de la muerte.

El doctor Henry Roster era un toxicólogo forense a quien la doctora Brock recurría siempre que estaba disponible. Ambos habían resuelto juntos varios casos de envenenamiento, aunque, por suerte, los crímenes de esa clase eran poco habituales. El currículum del doctor Roster era igual de extenso que el de la doctora Brock, y Raymond no exigió detalles. Con tono amable, admitió que el testigo era un destacado toxicólogo y que estaba dispuesto a creer todo lo que dijera.

El doctor empezó por advertir al jurado de que los análisis *post mortem* de fármacos y venenos eran extremadamente complejos e implicaban un gran número de técnicas analíticas en laboratorios toxicológicos especiales. Tras una larga descripción de las dificultades de la tarea, Raymond acabó por interrumpirlo.

—Señoría, detesto ponerme pesado, pero de nuevo estamos dispuestos a admitir que el análisis de este estimado investigador demuestra, sin lugar a dudas, que la señora Barnett murió a causa de una intoxicación aguda.

—Denegada. Veremos adónde va a parar.

El doctor Roster no fue tan hábil en su declaración como la doctora Brock. Empezó por decir que los análisis de detección de tóxicos más comunes implicaban un conjunto de técnicas conocidas como inmunoensayos. Puesto que quizá solo tres personas en la sala habían oído alguna vez esa palabra, la señora Cook pulsó una tecla y apareció proyectada en la gran pantalla. Verla escrita no ayudaba en absoluto a comprenderla, por lo que el doctor Roster intentó ofrecer una explicación. Los inmunoensayos usan anticuerpos para detectar reacciones a sustancias sospechosas. ¿Qué es un anticuerpo? Una proteína que el organismo genera con el objetivo de obtener defensas contra un antígeno. ¿Qué es un antígeno? Cualquier sustancia extraña que se inyecta en el cuerpo y estimula la producción de anticuerpos.

Simon miró a los miembros del jurado. De los doce, cuatro contaban con un título universitario, dos no habían acabado los estudios secundarios, tres estaban jubilados, dos no tenían empleo y a uno lo habían despedido de su trabajo de conductor de una carretilla elevadora. En conjunto, tenían una cultura y una inteligencia razonables y, hasta el momento, se habían mostrado atentos. Pero Roster los había perdido.

Estaba explicando las cuatro interpretaciones de un análisis de detección de tóxicos: positivo, falso positivo, negativo y falso negativo. Prosiguió y prosiguió, intentando por todos los medios captar el interés general aunque sabía a ciencia cierta que estaba tratando un tema incomprensible. Uno a uno, los miembros del jurado empezaron a mirar alrededor en busca de alguien que los rescatara. Raymond decidió no colaborar. Ya había tratado varias veces de agilizar las cosas, pero su señoría se lo había impedido.

La señora Cook intentó animar la intervención con más diapositivas en color, y el doctor Roster consiguió ahuyentar un poco el aburrimiento. Sin embargo, fracasó de plano cuando se vio obligado a afrontar una detección cromatográfica. Lo sentía mucho, pero era imposible obviar el término, y tampoco era posible explicarlo de forma apropiada en menos de cinco minutos. Se trataba de un procedimiento analítico para separar los compuestos y los fármacos.

Por suerte para todos, la jueza Shyam lo interrumpió.

—Señora Cook, pasan diez minutos de las doce y el jurado necesita ir a comer. ¿Cuánto tiempo más va a interrogar a este testigo?

Su tono no dejó lugar a dudas de que ella ya había oído suficiente.

—No mucho, señoría. Menos de diez minutos.

—¿Y usted, señor Lassiter, cuánto calcula que durará el contrainterrogatorio?

—¿Contrainterrogatorio? Por Dios, señoría, he intentado mostrar mi acuerdo con todo lo que ha dicho el experto, por poco que haya podido entenderlo.

Fue una réplica inteligente y no claramente jocosa, pero, en lugares sometidos a tanta presión como un juzgado, el más mínimo intento de frivolidad o burla solía verse recompensado con una reacción a carcajada limpia. La multitud profirió sonoras risotadas y dio la impresión de agradecer aquel momento de desahogo. La jueza Shyam captó la ironía y sonrió hasta que se vio obligada a llamar al orden. Dio unos golpes con el mazo.

—Muy bien. Terminaremos con este testigo y saldremos a comer.

Raymond disfrutaba bromeando con expertos eruditos y altamente cualificados delante de los miembros de un jurado popular que no siempre llegaban a esos niveles.

—Bueno, doctor Roster —empezó a decir—, yo vivo en Braxton, una población de treinta mil habitantes, igual que mi cliente, Simon Latch. Imaginemos que tengo un problema de ratas en el granero y quiero exterminarlas. ¿Dónde podría comprar talio?

—No podría. En este país, el talio no está disponible para la venta.

—¿Y por qué no?

—Bueno, hace años que se prohibió su producción. Durante un tiempo siguió empleándose legalmente en los raticidas, pero también dejaron de usarlo.

—¿Por qué se eliminó de los raticidas?

—Porque muchas mascotas lo ingerían y terminaban muriéndose.

—O sea que es muy peligroso, ¿verdad?

—Ah, sí, ya lo creo.

—Y ¿por qué motivo?

—Bueno, en términos sencillos, carece de sabor, olor y color y es letal.

—De hecho, doctor Roster, tiene una larga y sórdida historia como la sustancia preferida en los asesinatos por envenenamiento, ¿cierto?

—Eso dicen, señor. No estoy seguro de que existan evidencias científicas, eso queda un poco fuera de mi campo.

—Es suficiente. Usted trabaja para uno de los laboratorios más importantes del país, ¿verdad?

—Nos gusta pensar que es así, sí.

—¿Y en su laboratorio tienen un inventario de venenos, toxinas y demás?

—Sí, es crucial para nuestro trabajo.

—¿Cuántas sustancias hay?

—No lo sé. Cientos. Contamos con un equipo de adquisiciones que se dedica exclusivamente a localizar e inventariar compuestos, drogas ilegales, sustancias tóxicas y venenos, siempre con la aprobación de la FDA, la agencia estatal responsable de los alimentos y medicamentos.

—¿O sea que mantienen una provisión de talio?

—Sí.

—¿Dónde lo obtienen?

El doctor Roster se quedó pensativo un instante y, a continuación, se encogió de hombros.

—No estoy preparado para responder a esa pregunta, señor. Si me da una hora, más o menos, me pondré en contacto con el laboratorio y podré responder a su pregunta.

—No se moleste. ¿De dónde procede el talio?

—Es un metal que se encuentra justo debajo de la corteza terrestre y se obtiene como subproducto de la extracción de otros metales, como el zinc y el cobre.

—De acuerdo. Imaginemos que quiero envenenar a alguien y decido usar talio. ¿Dónde podría conseguirlo?

—No tengo experiencia en eso, señor.

—Bueno, es la sustancia preferida por los asesinos desde hace décadas, tanto aquí como en el extranjero, de manera que alguien debe de saber cómo conseguirla, ¿no?

El doctor Roster volvió a encogerse de hombros, como siguiéndole la corriente.

—Supongo que sí.

—¿Y con quién se pondría en contacto para pedirlo? ¿Por dónde empezaría a buscar una cajita de talio?

—Señor, insisto en que eso queda fuera del ámbito de mis conocimientos y mi experiencia.

—En mi opinión, es un poco raro, doctor. Usted, que es uno de los toxicólogos forenses más eminentes del país, por no decir del mundo, no tiene ni idea de a dónde ir o con quién contactar para comprar talio. ¿Es eso lo que le está diciendo al jurado?

—Supongo que sí, señor Lassiter. No sabría con quién contactar.

—Entonces ¿cómo es posible que un abogado de la pequeña localidad de Braxton en Virginia, un hombre honrado que nunca había oído hablar del talio, sepa cómo conseguir ese veneno perfecto?

—Eso debería preguntárselo a él.

—Creo que se confunde, señor. Él no está en el estrado de los testigos, pero usted sí. ¿Puede responder a la pregunta?

—No puedo.

—Yo creo que sí. Ha dicho que lleva veintisiete años trabajando como toxicólogo forense. ¿Cuántas veces ha testificado en un caso de homicidio con talio?

—Tres, contando esta.

—¿Dónde fue la primera?

Cora Cook se puso de pie.

—Protesto, señoría. Es irrelevante. ¿De verdad vamos a revisar viejos casos que no tienen absolutamente nada que ver con este?

Antes de que la jueza Shyam pudiera hablar, Raymond se lanzó a la carga.

—Prosigamos, señoría. ¡Es un contrainterrogatorio! Estoy autorizado a investigar cualquier material irrelevante. La fiscalía lo ha hecho.

La jueza Shyam respondió con paciencia.

—Muy bien, por el momento se deniega. Pero todo tiene sus límites, señor Lassiter.

Raymond le lanzó una mirada a Roster como si lo hubiera pillado mintiendo.

—¿Dónde fue la primera vez, señor?

—En Ohio, en 1998.

—Ese fue el caso McGregor, ¿verdad? —preguntó el abogado mirando a los miembros del jurado, como queriendo decirles: «Qué listo soy».

—Creo que sí. —De pronto Roster se dio cuenta de que Raymond conocía tan bien aquel caso como él, de modo que añadió—: Sí, el caso McGregor.

—Y lo declararon inocente, ¿verdad?

—Correcto.

—¿Y dónde consiguió el señor McGregor el veneno, el talio?

—Bueno, se alegó que lo había robado de un laboratorio de Cincinnati, pero creo que nunca llegó a demostrarse.

Raymond se giró hacia su asiento y dijo en voz alta:

—Inocente. Absuelto de todos los cargos.

# 46

Un amable alguacil guio a Simon hasta una puerta lateral, y este salió del edificio antes de que Raymond saludara a los periodistas apostados en la escalera principal, con su habitual tono gracioso y sin hacer comentarios. A esas alturas ya sabían que no pensaba decir nada que estuviera remotamente relacionado con el caso, pero de todos modos lo siguieron en masa por la calle para hacer fotos y vídeos que eran exactamente iguales a los del lunes. El abogado respondió a todas sus preguntas triviales sin revelar nada. Simon, mientras tanto, ataviado con una gorra verde John Deere, subió de un salto al asiento del acompañante de un Chevy Impala negro, a todas luces un coche oficial, que se alejó a gran velocidad con Landy al volante. Cuando hubieron perdido de vista el juzgado y comprobado que nadie los seguía, Simon se incorporó en su asiento.

—¿Cómo ha ido? ¿Qué opinas?

—Una mañana bastante aburrida, la verdad. Raymond ha sido listo y se ha mostrado de acuerdo con los doctores. No ha parado de repetir el sonsonete de: «En efecto, la envenenaron, pero no fue mi cliente». La fiscal no es muy interesante que digamos.

—Pocos lo son.

—¿No te han encantado sus zapatos de piel de leopardo con pulsera?

—No. Son ridículos.

Landy puso los ojos en blanco.

—Pues yo creo que a los miembros del jurado les han gustado.

—¿Adónde vamos?

—Hay una marisquería cerca de la playa. Es discreta y tranquila.

—¿Trabajas mucho por aquí?

—Tengo un par de asignaciones al año. Ahora mismo estamos en contacto con testigos por un caso de manipulación de licitaciones. Realmente aburrido. La vida de una agente del FBI no siempre va de fuegos cruzados y persecuciones en coche.

—¿Te quedas esta noche?

—¿Es una proposición?

—Podría serlo.

—Veré si logro hacerte un hueco. A Delano no le gusta tu jurado.

—Háblame de él.

—Es mi compañero en esta misión. Ha estado presente durante las dos primeras horas de la mañana y sabe lo que se trae entre manos. Pasó cuatro años en la oficina del defensor federal y tiene mucha experiencia en juicios. Cree que el jurado no te es favorable. La primera impresión ha sido muy dañina: un abogado avaricioso que ve la oportunidad de aprovecharse de una clienta vulnerable sin familia.

—¿Tú estás de acuerdo?

—Solo he visto la mitad de la sesión, y ni Delano ni yo podremos estar por la tarde. Nos reclama el deber. Pero mañana sí que estaremos a ratos. Lo único que queremos es ayudarte, Simon.

—Gracias, pero no has respondido a mi pregunta. ¿Crees que tengo al jurado en contra?

—Es difícil saber lo que piensan, como siempre. Y aún no

hay pruebas definitivas. Yo diría que están divididos al cincuenta por ciento.

Simon respiró hondo y se tomó un momento para asimilar la información.

—No me aproveché de mi clienta —dijo por fin—. No he sacado nada de todo esto. De hecho, lo he perdido todo.

—Ya lo sé. Estoy de tu parte. Pero tu clienta está muerta y tú compraste las galletas.

A continuación, la fiscalía llamó a declarar a la doctora Connor Wilkes, y esta subió al estrado a las dos de la tarde del martes. Cora Cook explicó brevemente que había sido la directora y administradora general del hospital durante tres años, y que había hablado varias veces con el acusado antes de que la señora Barnett falleciera. La doctora Wilkes describió el episodio en que el señor Latch se presentó en su despacho con un poder legal y una declaración de voluntades anticipadas y le pidió que revisara los documentos. Los leyó cuando él se marchó. Después, ella misma mandó copias al abogado del hospital para que los revisara. Este consideró que los documentos eran correctos, pero hizo hincapié en que la doctora Wilkes, junto con los demás médicos, debía garantizar que no estaban presionando a la paciente para que firmara nada. La doctora Wilkes se reunió con los médicos y las enfermeras, pero muchos recelaban y no quisieron ser testigos de la firma. Con todo, era obvio que no había ningún miembro de la familia presente.

Fueron en grupo a la habitación de la señora Barnett y encontraron allí al señor Latch. Él les entregó copias de los documentos y respondió a sus preguntas. Poco a poco y concienzudamente, fue explicándole a su clienta el significado de cada frase. Ella, aunque estaba medicada, prestaba atención y pareció satisfecha por la deferencia. Dos veces como mínimo, el señor Latch le ofreció posponer la firma sin fecha definida. Sin embargo, al ser anciana y verse hospitalizada, ella prefirió proseguir. La paciente firmó todos los documentos y el señor Latch dejó copias para el hospital.

Sí, sin duda era poco frecuente firmar esa clase de papeles en el hospital, y la doctora Wilkes solo recordaba un caso similar. Sin embargo, dadas las circunstancias, no tuvo la impresión de que estuviera ocurriendo nada anormal. La paciente necesitaba la declaración de voluntades anticipadas y el poder legal y sabía lo que estaba haciendo.

Puesto que su estado de salud se deterioró rápidamente, el acusado fue a verla al hospital varias veces y se reunió con el equipo médico. Era obvio que le preocupaba su cuidado, y habló a menudo con médicos y enfermeras. Se negó a tomar la decisión de retirarle el respirador artificial a la señora Barnett. Dijo más de una vez que eso debían determinarlo los médicos. La hora de la muerte fue declarada a las 10.02 del 30 de diciembre.

Una hora más tarde, más o menos, la doctora Wilkes atendió una llamada telefónica del inspector Barr.

Durante el contrainterrogatorio, Raymond insistió en la idea central del testimonio de la doctora: en ningún momento Simon Latch pareció ni remotamente dispuesto a implicarse en las decisiones finales relativas a los cuidados médicos de su clienta. No quería estar allí, pero no había nadie más.

Tras dejar bien claro ese punto, Raymond la pilló por sorpresa al preguntarle si alguna vez había revisado las firmas en el registro de entrada. No, no lo había hecho. Este le tendió una gruesa pila de folios y le pidió que fuese al 22 de diciembre del año anterior.

Ella buscó la entrada correspondiente a esa fecha.

—Ya lo tengo, señor.

Raymond miró al jurado con expresión dramática.

—¿Ve algún registro con el nombre de Jerry Korsak?

—Sí. Llegó a las 17.35 para visitar a la señora Barnett y se quedó unos veinte minutos.

—¿Lo vio usted?

—No, no suelo estar pendiente de las visitas.

—Claro. ¿Sabe quién es ese hombre?

—Más tarde me dijeron que es el hijastro de la señora Barnett.

—Sí que lo es. Ahora, por favor, vaya al 26 de diciembre, sobre las cuatro de la tarde. ¿Ve el registro correspondiente a un tal señor Wally Thackerman?

Ella pasó las hojas y echó un vistazo.

—Sí, parece que llegó a las 16.11.

—¿A qué paciente quería ver?

—A Eleanor Barnett. Estuvo unos quince minutos y se marchó.

—Gracias. Muy bien, doctora Wilkes, ¿el hospital lleva un registro de los regalos, flores, dulces, tarjetas y esa clase de cosas que se dejan en las habitaciones de los pacientes?

—No. No conozco ningún hospital capaz de controlar todo eso.

Raymond creyó necesario que los nombres de Jerry Korsak y Wally Thackerman constaran en acta. Quizá más tarde le fuese útil para argumentar que Eleanor tuvo otras visitas. Quizá había otros sospechosos.

El propietario y director de la funeraria Cupit & Moke era Douglas Gregg, un anciano señor muy afable que llevaba décadas embalsamando a los muertos de Braxton. Si tenía algún traje que no fuese negro, jamás lo habían visto con él. Subió al estrado ataviado con sus mejores galas de director de pompas fúnebres y parecía aterrorizado.

Declaró haber visto al acusado por primera vez el 29 de diciembre, el día anterior a la muerte de la señora Barnett, cuando el señor Latch pasó a saludar y comprobar la póliza de decesos de su clienta. Le mostró al señor Gregg la declaración de voluntades anticipadas, con las instrucciones de que la incineraran y enterraran las cenizas en el cementerio Eternal Springs, junto a su difunto marido. Al día siguiente llamó para anunciar que la mujer había fallecido.

Cora Cook le entregó al testigo una copia del registro telefónico de su despacho. El 30 de diciembre a las 10.49, el señor Gregg recibió una llamada del acusado en la que le anunció que la señora Barnett acababa de morir y que debía enviar un coche fúnebre para recogerla en cuanto el hospital lo permitiera. En el negocio que regentaba, eso era bastante habitual. Cuando trasladaron el cuerpo a Cupit & Moke, apareció el inspector de policía y detuvo los planes de la incineración.

Aproximadamente un mes más tarde, la señora Barnett fue enterrada, intacta, junto a su difunto marido.

Solo transcurrieron cuarenta y siete minutos desde que se declaró la hora de la muerte hasta la llamada a la funeraria. La fiscalía insistió en ello varias veces durante el juicio para demostrar que el acusado tenía prisa por que se incinerara el cadáver y destruir así las pruebas del envenenamiento.

En el contrainterrogatorio, Raymond intentó persuadir al señor Gregg para que afirmara que ese lapso de tiempo era habitual, pero él no cedió. Normalmente pasaban varias horas antes de que el hospital o los familiares lo llamaran.

—Parece que tenía prisa —afirmó el señor Gregg.

El miembro del jurado número cuatro de la primera fila era un hueso duro de roer. Nigel Adcock, de cuarenta y ocho años, representante de ventas del distrito de una empresa siderúrgica, casado y con tres hijos, católico, seguramente el que mejor vestía de los siete jurados varones. A Simon le desagradó a primera vista y quiso eliminarlo del jurado durante la selección, pero Raymond necesitaba que eliminara a otro miembro. Adcock intentó librarse de su deber de ciudadano alegando que tenía entre manos muchos asuntos laborales, viajaba a menudo y era un hombre ocupado cuyo jefe no entendería que perdiera una semana de trabajo a causa del juicio. La jueza Shyam no tuvo piedad de él y se negó a excusarlo.

Cuando llegó el martes por la tarde, Simon había mirado tantas veces las caras del jurado que podía leerles el pensamiento, o por lo menos eso creía. Y sabía que Adcock ya había tomado una decisión y no iba a ser favorable. Les pasó unas notas a Raymond y a Casey, y estos también observaron al jurado.

El último testigo del día fue una apuesta arriesgada por parte de la fiscal. Al llamar a Matilda Clark al estrado, la señora Cook esperaba demostrar que el propio acusado había redactado en el ordenador el testamento de Eleanor y hecho todo lo posible para ocultárselo a su secretaria. Su comportamiento era de lo más sospechoso. La única explicación razonable era que quería mantener el documento a buen recaudo hasta el momento de la legalización.

Matilda tenía muy buen aspecto: bronceada y en forma, con un nuevo corte de pelo que le sentaba bien y unas gafas de diseño que Simon no había visto nunca. Pero, desde el momento en que juró decir la verdad, pareció vacilar, como si testificar en contra de su antiguo jefe fuese lo último que deseaba hacer.

La señora Cook la guio durante los preliminares: había trabajado doce años con Simon, ocupándose de tareas legales rutinarias en relación, sobre todo, con procedimientos concursales, cientos de testamentos y lo habitual en un bufete de una pequeña localidad. Se le quebró la voz y se le humedecieron los ojos, lo que confirmaba que detestaba estar allí y colaborar con la fiscalía.

Recordaba muy bien a Eleanor Barnett y sus primeras conversaciones telefónicas. Era una anciana encantadora sin familia. Matilda le sonsacó parte de la información básica como clienta, y más tarde comprobó que contaba con una buena pensión y no tenía deudas. Con todo, la señora Barnett se negó a comentar sus asuntos financieros con la secretaria.

El engaño empezó de inmediato, en cuanto la clienta abandonó el despacho. Como parte de su rutina, Matilda tomaba el cuestionario, rellenaba los espacios en blanco, redactaba un testamento de tres páginas y esperaba aproximadamente una semana a que el cliente regresara y lo firmara junto con el señor Latch. Los honorarios habituales desde hacía años ascendían a doscientos cincuenta dólares. Sin embargo, en el caso de la señora Barnett, Simon conservó sus notas y dijo que podía haber problemas y que tendrían que esperar varias semanas.

El 27 de marzo, Matilda se tomó el día libre porque era su cumpleaños. Simon se reunió con la señora Barnett para firmar el testamento delante de dos personas que trabajaban en el edificio de al lado. La secretaria lo descubrió y le preguntó a su jefe sin rodeos si había redactado un testamento para la clienta.

Él le mintió y le dijo que no. Matilda volvió a enjugarse los ojos, a todas luces dolida por aquella traición a su confianza. No, en todos los años que llevaba trabajando para Simon, no recordaba un solo testamento que él hubiera redactado en su lugar. La secretaria tenía los formularios en su ordenador y en cuestión de segundos podía imprimir uno personalizado y perfecto.

Durante las semanas siguientes, le preguntó a Simon varias veces acerca de la señora Barnett. Su expediente seguía abierto y Matilda era muy estricta con respecto a eso. Su jefe le había contestado siempre con evasivas. Más traiciones, más lágrimas.

Simon tenía que soportar mucha presión. Su matrimonio estaba haciendo aguas y prácticamente vivía en el despacho. Intentó ocultárselo a Matilda, pero las secretarias siempre encuentran la manera de enterarse de todo. Como abogado, apenas se mantenía a flote. Trabajaba con ahínco y le dedicaba muchas horas al negocio, pero costaba salir adelante en una pequeña localidad. Durante la primavera y el verano, por lo menos siete clientes más contrataron a Simon para que les redactara un testamento básico, y en todos los casos se hizo de la forma rutinaria. Los honorarios seguían siendo doscientos cincuenta dólares.

Cuando Eleanor resultó herida y hospitalizada a causa del accidente de coche, Matilda fue a visitarla por lo menos tres veces, y en dos ocasiones le llevó *brownies* caseros junto con galletas de jengibre del Tan Lu. Simon le explicó que la había invitado a comer allí y que le encantaban las galletas. Matilda estaba segura de que ni lo uno ni lo otro había sido alterado antes de llevarlo al hospital. Sus visitas fueron atentas pero cortas; Eleanor nunca se había interesado mucho por ella.

Cora le entregó a la testigo un documento marcado como PRUEBA N.º 8 y le preguntó si lo había visto alguna vez. Era el testamento redactado por Simon, firmado por Eleanor Barnett y supervisado por Tony y Mary Beth Larson el 27 de marzo del año anterior. Matilda contestó que sí, que le habían enseñado una copia hacía varias semanas.

—En los doce años que trabajó como secretaria del acusado, ¿alguna vez preparó un testamento similar? —preguntó Cora.

—Ah, no, nunca hicimos nada parecido. Es muy complicado, con los fideicomisos y demás. Simon no es abogado fiscalista ni patrimonialista, y nunca ha fingido serlo. Solo nos dedicábamos a los testamentos básicos.

—¿Cuánto cobraba el señor Latch por cada hora de sus servicios?

Ella se encogió de hombros y soltó una especie de risita.

—Creo que no había un precio estándar. De hecho, mi jefe no trabajaba por horas. Cobraba una tarifa fija en los procedimientos de corretaje, los cierres inmobiliarios y los pequeños asuntos penales del Tribunal Municipal, que eran nuestros casos típicos. En alguna ocasión intentó cobrar trescientos dólares por una hora, pero los clientes solían protestar y acababan negociando a la baja.

—Este testamento incluye unos honorarios de quinientos dólares por hora. ¿Es la tarifa habitual en una pequeña ciudad como Braxton?

—Ah, no sé cuánto se cobra en los otros bufetes, pero a Simon nunca le han pagado tanto dinero.

—¿A usted le parece excesivo?

—No sabría decirle.

—Usted se ocupaba de las facturas, ¿verdad?

—Sí, y de la contabilidad.

—¿Con qué frecuencia el acusado cobraba quinientos dólares por una hora y el cliente los pagaba?

Matilda se quedó pensativa un segundo, pero la respuesta era obvia.

—No recuerdo ningún caso así.

# 47

Tras cuatro días sobrio, Raymond necesitaba una copa. Los abogados se retiraron a uno de los bares preferidos de Marshall Graff y pidieron cócteles y ostras. Se apiñaron en un rincón, de espaldas al mundo, y empezaron a repasar las declaraciones del día.

Raymond pensaba que la actuación de Matilda había supuesto un golpe. Había levantado sospechas y presentado a Simon como un tipo artero que tramaba algo, pero ¿qué exactamente? ¿Redactar un testamento totalmente legítimo para una clienta? ¿Qué tenía de malo? Lo estaban juzgando por homicidio, no por mentirle a su secretaria. Nada de lo que Matilda había dicho en el estrado probaba que Simon hubiera envenenado a Eleanor Barnett. Sin duda, él había comprado las malditas galletas, pero eran inofensivas cuando las llevó al hospital. Y soñaba con que le pagaran unos honorarios un poco más altos por su trabajo, lo cual tampoco constituía ningún delito. Si eso fuera ilegal, tendrían que acusar a todos los abogados del país. Casey solía estar en desacuerdo con Raymond por sistema, y creyó que la declaración de Matilda era perjudicial porque la traición por parte de su jefe parecía sincera. Dos de las mujeres que formaban parte del jurado quedaron muy conmovidas por su historia.

Simon se alegró de que Tillie no le hubiera causado más

daño. Conocía muchos secretos suyos, incluidas las innumerables veces que se había llenado los bolsillos de dinero en efectivo que no aparecía en los libros de cuentas. Claro que casi siempre compartía el botín secreto con ella. Pero era una forma de evasión de impuestos a pequeña escala. «Todos los abogados lo hacen», le gustaba decir. Tillie podría haber descrito el bufete como lo que realmente era: un negocio prosaico sobre el que pesaba una gran hipoteca, que se ocupaba de casos concursales de poca monta y otros asuntos legales mundanos, prácticas con las que apenas se mantenía a flote. Podría haber descrito a su exjefe como un hombre que vivía por encima de sus posibilidades y que necesitaba de verdad unos honorarios más altos.

Tras una hora dándole vueltas a lo mismo y dos martinis acompañados con una docena de ostras, Simon se marchó y regresó a la suite oscura y solitaria de su hotel. Landy le había enviado un mensaje al móvil en el que le decía que le gustaría estar con él y dedicarse a asuntos más placenteros, pero no podía. Tal vez a la noche siguiente. Seguramente, andaría de servicio con Delano, donde quisiera que estuviese.

A las ocho de la tarde, Simon llamó a Paula y saludó a la familia. Se la imaginaba junto con Buck, Danny y Janie, todos sentados alrededor de la mesa de la cocina después de cenar, quizá mientras los niños hacían los deberes, manteniendo a través del altavoz del teléfono la conversación de todas las noches con su padre acusado de asesinato. Nombró por orden los testigos de ese día y dio su opinión sobre sus declaraciones. Los abogados mostraban mucho entusiasmo y captaban la atención de los miembros del jurado. La jueza era justa e imparcial. La sala de vistas estaba abarrotada. El juicio debería acabar antes del viernes. No, no podía predecir el resultado.

Simon consiguió transmitir confianza, o por lo menos fingir que la sentía, pero no le resultó fácil. No podía controlar los pensamientos horribles sobre sus hijos al saber que su padre había sido acusado de asesinato. Ellos no habían hecho nada para merecer tanto dolor.

Ni él tampoco.

En lugar de echarse un revolcón con Landy, se acostó solo alrededor de las diez. La hora daba igual porque, de todos modos, no podía dormir. Landy no fue de ayuda cuando lo llamó a las 23.17.

—Tenemos que hablar —le dijo.

—Vale, ya estamos hablando.

—¿Crees que alguien podría estar escuchándonos?

Simon llevaba por lo menos seis meses viviendo con la sospecha de que siempre había alguien espiando sus conversaciones u observándolo en internet.

—No lo sé. Joder, eres tú quien trabaja en el FBI.

—Hay un Best Western en Brodnax Road, cerca del centro. Nos encontraremos a medianoche en el vestíbulo.

—Debe de ser importante.

—No vas a creértelo.

—Me pongo en camino.

En el vestíbulo del hotel no vio a nadie más, incluso el personal de recepción había desaparecido. Simon subió dos pisos siguiendo a Landy hasta su habitación. Ella cerró con llave y echó el pestillo. Tenía el portátil sobre la mesa del desayuno, ya abierto.

—Hemos seguido a Matilda Clark cuando ha salido del juzgado.

—No sabía que estabas trabajando en el caso.

—No lo estoy. Es solo un favor. —Pulsó una tecla—. Fue de aquí para allá, dando rodeos, de una forma muy sospechosa, como si no quisiera que la siguieran. Por fin se detuvo en el Hampton Inn, a unos ochocientos metros de aquí.

Las oscuras imágenes del vídeo mostraban a Matilda en el

vestíbulo, donde habló con un hombre que no pudieron identificar. Luego, desaparecieron.

—Han ido a la habitación 220, ocupada durante las últimas tres noches por un tal Jerry Korsak. Será mejor que te sientes.

Simon se sentó.

Tras cinco horas más sin dormir, Simon se duchó y se puso el mismo traje y la misma camisa que había llevado el lunes, condujo hasta el hotel Balfour y, al amanecer, entró en el vestíbulo. Allí encontró a Raymond y Casey en una sala de reuniones de un centro de negocios, sirviéndose café de un termo de gran tamaño. Al lado había una bandeja con bollos sin tocar.

—Muy bien. Te escuchamos —dijo Raymond, con los ojos rojos y aspecto demacrado sin llegar a tener resaca.

Simon sacó de su maletín un cuaderno de abogado y miró las notas que había estado redactando durante las últimas seis horas.

—Vi a Eleanor por primera vez el 10 de marzo del año pasado, en mi despacho. Me habló de sus dos hijastros, Clyde y Jerry Korsak, pero insistió en no dejarles nada en herencia. Yo la animé a dejarles cien mil dólares en efectivo a cada uno para evitar problemas.

—Buena jugada —comentó Raymond en plan sabelotodo.

—Gracias. Eleanor firmó el testamento y la vida siguió. El 15 de junio, Clyde apareció en la ciudad y agredió a Wally Thackerman en su despacho. Se armó un gran revuelo, y su hermano Jerry seguía sin dar señales de vida. Pasaron varias semanas. Por entonces, noté que Matilda estaba muy guapa. Había perdido peso, iba al gimnasio todas las mañanas, comía verduras y hortalizas y vestía mejor. Llevaba años con altibajos, dejando a un novio malo por otro peor. No acababa de encontrar al hombre de su vida.

—¿Alguna vez tuviste algo con ella? —preguntó Raymond.

—Eso es cosa mía, pero la respuesta es no. Cuanto más adelgazaba, más feliz se la veía, y yo sospeché que había conocido a alguien. A lo largo de los años tuvo varias relaciones turbulentas, y aprendí a no preguntar. Mi matrimonio se estaba hundiendo y no quería hablar de ello. Manteníamos nuestros asuntos privados al margen del trabajo. Al final, la cosa era tan obvia que me sentí tentado de decirle algo, pero me mordí la lengua. Evidentemente, en algún momento durante ese tiempo, quizá en verano o en otoño, conoció a Jerry Korsak.

—¿Y qué tal es? Porque su hermano es un camorrista.

—Jerry es bastante más tranquilo. Se cuida, viste bien. Debe de tener unos cincuenta años. Llegué a verlo una vez, en diciembre, cuando Eleanor estaba en el hospital. Vino a la ciudad y pasó por el bufete. Me dijo que había ido a ver a su «mamá», como él la llamaba. No tenía ni idea de que estuviera viéndose también con Matilda.

—Pero tampoco estás seguro de eso.

—No, es verdad. Pero ahora me parece sospechoso. A principios de este año, después de que me acusaran, el bufete se había quedado sin trabajo y Matilda y yo tuvimos que tomar caminos diferentes. En ese momento me dijo que iba a marcharse a Sarasota o cerca de allí, a vivir con una amiga.

—¿Y no has vuelto a hablar con ella?

—Ah, sí, varias veces. Somos viejos amigos. Trabajó para mí durante doce años.

A Raymond le molestó ese giro de los hechos.

—Me parece todo muy interesante, pero no cambia absolutamente nada. Estamos en mitad de un juicio por asesinato y ahora vas y me sueltas esto. No puedo pedir una suspensión para espiar a tu exsecretaria y preguntarle con quién se acuesta. Eso no demuestra nada.

Casey quiso mostrarse en desacuerdo, pero no se le ocurría nada que alegar. Al estar en pleno juicio, era demasiado tarde para descubrir pruebas nuevas que fuesen potencialmente relevantes. Si acababan condenando a Simon, podría señalar a otra persona en la apelación. Si lo absolvían, todo eso no tendría ninguna importancia, al menos para él.

Raymond mordió un cruasán y las migas se esparcieron por la mesa. Tras un largo silencio en la tensa habitación, dijo:

—Vale, chicos, esto es fascinante, pero no nos lleva a ninguna parte, por lo menos ahora que estamos en mitad del juicio. Tenemos por delante todo un día de declaraciones en el estrado y testigos a los que enfrentarnos. Nos ocuparemos de esto en otro momento. Más vale que volvamos a centrarnos en las cosas importantes.

Casey miró a Simon.

—¿Crees que Matilda y Jerry tienen algo que ver con el envenenamiento? —preguntó.

—Por el momento, son los principales sospechosos.

—Luego, chicos —gruñó Raymond—. Centrémonos en lo importante.

Como era habitual, la fiscalía había emitido citaciones para más testigos de los que tenía intención de llamar a declarar. Uno de ellos era Wally Thackerman.

El testamento original de Eleanor, que Wally había redactado dos meses antes de que Simon escribiera el segundo, había desaparecido misteriosamente. Se creía que debía de estar junto con sus otros documentos importantes, pero el inspector Roger Barr no logró encontrarlo. Cuando Wally recibió la citación, tuvo la obligación de personarse en el juicio en calidad de testigo y le pidieron que llevara consigo la copia del testamento. Sin embargo, no lo hizo.

Raymond y Casey discrepaban sobre si la fiscalía llamaría o no a Wally al estrado. Cuando Cora Cook retomó el caso el miércoles por la mañana, anunció:

—Señoría, el estado llama al estrado al señor Walter Thackerman.

Pasaron varios minutos hasta que un alguacil encontró a Wally en el pasillo y lo hizo entrar en la sala. Thackerman subió al estrado y juró decir la verdad. Midiendo mucho sus palabras, relató su historia con Eleanor Barnett. Era una viuda sin hijos que necesitaba un testamento básico. Lo mismo que la mujer le contó a Simon dos meses más tarde. No dejaban de maravillarle su imaginación, su minuciosidad y su astucia.

Gran parte del testimonio de Wally era inadmisible porque se basaba en rumores. Repetía afirmaciones de una persona muerta. Sin embargo, ninguna de las partes protestó porque ambas querían que el jurado oyera su declaración. La fiscalía intentaba demostrar que, a causa de la aparente riqueza de Eleanor, los dos abogados, Wally y en especial Simon, estaban motivados por la avaricia. Debido a sus activos, se requería un testamento más complejo que generaría unos honorarios suculentos. La defensa quería que Wally presentara a Eleanor como una mujer fuera de sus cabales que seguía soñando con su fortuna perdida.

—Así, la mujer firmó el testamento que usted redactó el 7 de enero del año pasado, ¿correcto?

—Correcto.

—¿Y qué ocurrió con el documento original?

—El original siempre es para el cliente. Yo conservo una copia.

—No han encontrado el testamento original. ¿Tiene idea de dónde puede estar?

Wally le lanzó una mirada rápida a Simon.

—Ni idea.

—¿Dónde está la copia que usted conservó?

—En mi bufete, en Braxton.

—Se suponía que debía traerla aquí hoy.

—Me niego a hacerlo.

—¿Y a qué se acoge?

—Me acojo a que es producto de mi trabajo y, por tanto, está amparado por el secreto profesional. El testamento no ha sido legalizado y no es un documento público. A mí no me han acusado de ningún delito, de modo que el producto de mi trabajo no puede revelarse.

—Señoría, le pido al tribunal que obligue a este testigo a presentar una copia del testamento que redactó para Eleanor Barnett.

La jueza Shyam contaba con la información sobre ese asunto que le había proporcionado su secretario y no vaciló.

—Petición denegada. El testamento no ha sido legalizado y es posible que su contenido no llegue a conocerse jamás. Por tal motivo, sigue considerándose producto del trabajo de un abogado y está protegido por el secreto profesional. Por favor, proceda.

Wally volvió a mirar a Simon e hizo un ligero asentimiento, como diciendo: «Yo te protejo, tú me proteges».

El sucio secretito de la recompensa de Wally, que ascendía a cuatrocientos ochenta y cinco mil dólares en beneficio propio, permanecería enterrado.

Cora se llevó un chasco, pero mantuvo la compostura. Le preguntó a Wally si podía describir, en términos generales, cómo quedaba distribuido el dinero según el testamento de Eleanor, y él le lanzó una verborrea que resumía los fideicomisos y sus beneficiarios, sin dejar en ningún momento de burlarse de la idea de que el dinero existía realmente. Afirmó que sus honorarios ascendían a setecientos cincuenta dólares la hora. Sí, formaba parte del tramo alto, pero era un trabajo complicado. Además, los abogados estatales de Washington y Nueva York cobraban más todavía. Incluso había un gran bufete en la misma Virginia Beach cuyos abogados facturaban mil dólares la hora. En algún momento, casi consiguió que su cifra sonara irrisoria.

A Simon le divirtió su intervención, y permitió que Wally lo supiera. Con suerte, algún día se reirían de ello tomando una cerveza.

Durante un descanso, Raymond, Casey y Simon estuvieron hablando de cómo podían fastidiar a Wally.

—Es mejor que lo dejemos en paz —propuso Simon—. No ha hecho nada para perjudicarnos.

—¿Y qué hay del medio millón de dólares que quería meterse en el bolsillo? —preguntó Casey.

—Déjalo estar. No nos ayuda en nada.

# 48

Cuando Clement Gelly se prestó a ser el curador del patrimonio de Eleanor Barnett en el mes de enero, la jueza Pointer prácticamente le aseguró que no se vería implicado en procedimientos penales. Lo último que él deseaba era testificar en contra de Simon Latch, un abogado con quien simpatizaba y al cual respetaba. Al final, no solo se vio implicado sino que fue citado a comparecer, e intentó librarse de subir al estrado presentando una moción ante el tribunal que le fue denegada. Solicitó que la jueza Pointer lo destituyera como curador, pero esta se negó. Le pidió disculpas por el lío en que se había visto envuelto, pero no tenía elección porque ningún otro abogado de Braxton había tenido relación con el caso.

Juró decir la verdad y ocupó la silla de los testigos con la firme intención de contar solo lo imprescindible. Por poco que pudiera, no diría nada para perjudicar la defensa de Simon.

Sirviéndose de los informes de impuestos, los extractos bancarios y los avisos trimestrales de Rumke-Brown, expuso rápidamente el valor del patrimonio de la señora Barnett. La casa estaba libre de deudas y el año anterior había sido tasada por doscientos noventa y dos mil dólares. En la cuenta corriente del Security Bank de Braxton constaba un saldo de tres mil trescientos dólares. Había dos certificados de depósito en poder del banco East Federal de Atlanta, uno por valor de veintiún mil dólares y otro de trece mil. Una cuenta del mercado de valores del mismo banco mostraba un saldo de veintiocho mil cuatrocientos dólares. Entre sus bienes constaban seis mil setecientas setenta y cinco participaciones en el capital social de la empresa Coca-Cola, cuyo valor en el mercado del día anterior ascendía a doscientos setenta y un mil dólares. A eso había que añadir otros cinco mil por los muebles y objetos personales diversos, y el valor total rondaba una cifra un poco superior a los seiscientos treinta mil. No se había previsto el importe de los impuestos estatales ni federales sobre el patrimonio.

Mientras Simon anotaba esas cifras y hacía sus cálculos, tuvo que admitir que casi todos los testamentos que había redactado durante su carrera hacían referencia a patrimonios con bienes mucho menores. En un lugar como Braxton, Virginia, esa cantidad resultaba impactante, pero era un reflejo muy lejano y patético de lo que un día soñó. No pudo evitar acordarse de la primera vez que hizo sus cálculos del valor del patrimonio de la viuda. Fue más de un año atrás, en la sala de reuniones de su bufete, mientras Netty se enjugaba poco a poco los ojos con ayuda de un clínex y de su boca de amarillenta dentadura natural solo salían mentiras. Menuda embustera, tan taimada y convincente. Y qué tonto crédulo y codicioso había sido él.

Basándose en los informes de corretaje proporcionados por Buddy Brown, Clement ofreció un resumen conciso del historial de inversiones de Harry Korsak y la acumulación de capital. Como no podía demostrar que la historia fuese cierta, se saltó la mejor parte, la del volcán que borró Montrouge del Caribe y del mapa, y dijo que Harry había perdido casi todo su dinero en malas inversiones. La trama implícita era muy interesante pero carecía por completo de relevancia.

Clement mostró al jurado la libreta misteriosa que la señora Barnett guardaba parcialmente oculta en una carpeta para talonarios de cheques, pero se negó a hacer conjeturas sobre el motivo por el que estaba allí. El jurado tendría que sacar sus propias conclusiones. Al parecer, poco después de perder el dinero, la anciana también perdió la cabeza y fingía que seguía estando forrada. A grandes rasgos, había mentido a dos abogados y consiguió que su falacia resultara creíble.

Simon pensó en las horas que había perdido con ella, sobre todo comiendo en restaurantes étnicos y hablando de comida exótica. Y todo a costa de su pobre tarjeta de crédito.

La mujer nunca se ofreció a pagar la comida.

El patrimonio era líquido, y gracias a él alguien recibiría una suma considerable e inesperada, seguramente Jerry y Clyde Korsak. El dinero bastaba para conseguir mantener cerca a un pez gordo como Teddy Hammer. El tercer día, estaba de nuevo presente en la sala, en la segunda fila empezando por atrás del lateral izquierdo; un buitre que no se perdía una y rezaba para que a Simon le cayera una condena que lo mantuviera bien al margen durante los años venideros.

La fiscalía quiso servirse de Clement para afianzar su teoría de que Simon estaba convencido de que su clienta era rica; de ahí, el móvil de usar su patrimonio como medio para hacerse con unos honorarios sustanciales. En opinión de Simon, ese móvil ya se había planteado.

Los siguientes testigos pasaron rápidamente por el estrado. Dirk Wheeler había sido citado por la fiscalía y se mostró reticente a la hora de subir a declarar. Cora estableció que era abogado en Washington D. C. y había estudiado en la facultad de Derecho junto con el acusado. Eran viejos amigos que se mantenían en contacto.

—Señor Wheeler, el 10 de marzo del año pasado recibió una llamada en el teléfono de su despacho por parte del acusado. ¿Es correcto?

—Simon Latch me llamó, sí.

—Según el registro de llamadas, esa duró quince minutos como mínimo.

—¿Es una pregunta?

—Digamos que sí.

—Ya tiene el registro de mis llamadas, señora Cook, y también de las de Simon. Sabe perfectamente cuánto duró la llamada.

—¿De qué hablaron?

—Del tiempo, del equipo de baloncesto de la universidad, de la vida en general, de un compañero de universidad que tiene problemas de salud.

—¿Cuál fue el motivo de la llamada?

—Fue cosa de Simon. Tendrá que preguntárselo a él.

—¿Qué quería?

—Bueno, entre otras cosas, dijo que tenía una cliente con un patrimonio neto considerable y quería que lo asesorara de manera informal sobre temas fiscales.

—Usted es abogado fiscalista, ¿correcto?

—Sí, patrimonialista y fiscalista.

—¿Qué clase de asesoramiento informal le proporcionó?

—Sobre todo, de los tipos de impuestos.

—¿Puede explicárselo al jurado?

—Sí, sí que puedo.

Hubo una incómoda pausa durante la cual Cora fulminó con la mirada al testigo y este ni siquiera pestañeó.

—Pues hágalo, por favor —dijo la fiscal a continuación.

—No llegamos a hablar de la estructura actual de los tipos de impuestos sobre el patrimonio porque el último año no los hubo. Fue una laguna jurídica que el Congreso pasó por alto, y así se lo expliqué a Simon.

—¿Él no lo sabía?

—Si lo hubiera sabido, no me habría llamado para preguntármelo.

—¿No se trataba de algo muy básico que debería saber?

Dirk soltó una risita, como tratándola de imbécil.

—En absoluto. Muy pocos abogados tenían conocimiento de esa laguna el año pasado. Es un asunto fiscal, y la mayoría de los abogados se mantienen al margen. Yo me dedico a ello en exclusiva.

—¿Cuántas veces lo llamó el acusado para pedirle consejo?

—No llevo la cuenta de las llamadas telefónicas personales, señora Cook. Simon y yo hablamos continuamente. El año pasado tuve un problema concursal y fui yo quien lo llamó. Hoy por ti, mañana por mí. Es lo que hacen los abogados. La llamada a la que se refiere no tuvo nada de raro.

Dirk resultó verosímil y Cora se irguió mucho sobre sus tacones de quince centímetros. De hecho, los abogados, o por lo menos aquellos a los que Simon conocía, pocas veces se fiaban los unos de los otros a la hora de obtener asesoramiento legal. Hacerlo suponía reconocer su ignorancia. Sin embargo, Dirk estaba anotando puntos para la defensa y la fiscalía estaba perdiendo el interés en la cuestión.

Raymond procedió con el contrainterrogatorio.

—Señor Wheeler, ¿cuál es la tarifa por hora vigente para abogados especializados en impuestos sobre el patrimonio en Washington D. C.? —preguntó.

—Ah, eso varía, igual que la mayoría de los honorarios de los abogados. Los grandes bufetes con clientes importantes cobran mil quinientos dólares por hora. Los más pequeños intentan igualarlos.

—¿Puedo preguntarle cuánto cobra usted?

—Claro. No es ningún secreto. Tenemos publicadas las tarifas para los nuevos clientes. En este momento, mis honorarios son de novecientos dólares la hora.

—Parece mucho dinero.

—Lo es, pero tratamos con clientes adinerados que cuentan con muchos activos, a menudo en distintos países. Deberían pagar muchos impuestos y prefieren evitarlo en la medida de lo posible. Son situaciones complicadas que requieren unos conocimientos muy profundos.

—¿Usted cree que quinientos dólares por hora es una tarifa

justa a cambio de los trámites legales relacionados con el patrimonio de la señora Barnett?

—Más que justa.

Simon miró hacia la tribuna del jurado y estableció contacto visual con el miembro número once, Mindy Rutledge, de treinta y cuatro años, madre de tres hijos, a cuyo marido acababan de despedir de la Armada. La mirada de indignación que le dirigió a Simon solo podía querer decir una cosa: «¿Cómo te atreves a esperar que me crea que alguien se merece ganar quinientos dólares por una hora de trabajo?».

Durante la comida, se retiraron a las oficinas de Marshall Graff y se reunieron en la «sala de guerra», como ellos la llamaban. Estaban de pie, comiéndose unos sándwiches fríos, cuando Landy llegó y cerró la puerta tras de sí.

—Esta reunión no se ha celebrado nunca, ¿de acuerdo?

A todos les pareció bien, y se apiñaron alrededor del portátil que ella colocó sobre la mesa. Pulsó una tecla y empezó a reproducirse el vídeo mientras Landy hacía de narradora.

—A las ocho y cuatro minutos de esta mañana, Matilda Clark ha salido del Hampton Inn. La de delante es ella, y detrás está Jerry Korsak. Se han parado para despedirse con un beso rápido en la mejilla y han entrado en coches diferentes.

Congeló la imagen para obtener un primer plano de Tillie. Simon, Raymond y Casey se inclinaron para verlo más de cerca.

—La señora Clark ha conducido durante tres horas hasta Fredericksburg, Virginia, donde ha estacionado en un aparcamiento junto a un edificio de apartamentos que pertenece a un gran complejo residencial. El 614 está alquilado por Jerry Korsak desde febrero de este año. Aproximadamente una hora después de que ella entrara en el edificio, un técnico ha llamado a la puerta, ella ha contestado y él se ha disculpado diciendo que se había equivocado de vivienda. Trabaja para nosotros y quería verificar su identidad. Mientras tanto, Jerry ha vuelto al juzgado y ha ocupado un asiento en la fila de atrás. Lleva gafas y es posible que intente pasar desapercibido.

—Lo he visto. Está allí todos los días —dijo Simon.

—Supongo que es parte interesada —apostilló Casey.

—Su abogado, Teddy Hammer, también está allí —observó Simon—. Han olido la sangre.

—Y el dinero.

Landy cerró el portátil.

—Bueno, chicos, a mí esto podría costarme el puesto de trabajo, así que mantened la boca cerrada. La agencia ve con muy malos ojos el pluriempleo.

—Ni una palabra —dijo Raymond.

—Muchas gracias, Landy.

—No se merecen. Buena suerte.

Ella asintió y se marchó sin estrecharle la mano ni darle un beso en la mejilla a su antiguo novio. El asunto era estrictamente profesional.

—Es fascinante, sin duda, pero por ahora no pasa de ser una distracción, y tendremos que ignorarla —opinó Raymond mientras masticaba patatas fritas.

Simon estaba desconcertado ante las imágenes en las que se veía a Tillie y Jerry juntos.

—No lo entiendo —comentó—. ¿No deberíamos contárselo a la jueza?

Los dos abogados defensores negaron con la cabeza.

—No, no puedes pedir tiempo muerto y decir: «Oiga, jueza, puede que aquí tengamos más pistas».

—Es muy sospechoso, en eso estamos de acuerdo, pero no tenemos pruebas de nada que ni por asomo sea relevante para el caso —repuso Casey.

Simon se dejó caer en el asiento y se pasó las manos por el pelo.

—El jurado me va a machacar, lo veo venir —dijo.

Raymond dio otro gran bocado de su rebanada de pan de centeno con atún ahumado y habló con la boca llena.

—No lo creo. ¿Casey?

—La fiscalía ha demostrado hechos con los que estamos de acuerdo. Ha hecho un buen trabajo presentándote como sospechoso, pero no te ha situado en el escenario del crimen. Y soy de la misma opinión que Raymond: no tienen nada más. En este momento siento bastante confianza.

—Entonces ¿saldré a declarar?

—¿Quieres hacerlo? —preguntó Raymond.

—Lo que quiero es salvar el pescuezo, y haría cualquier cosa, lo que fuese, que me ayudara a salir de esa sala como un hombre libre. ¿Sabéis lo que se siente al imaginar que vas a ir a prisión para el resto de tu vida? Intentad vivir pensando en eso, ¿vale? Intentad dormir decentemente con esa pesadilla gritándoos en los oídos. Es aterrador. Haré lo que sea. Diré lo que sea.

El último testigo de la fiscalía era Sami Lu, la hija de dieciocho años de Tan Lu, el propietario del restaurante. Había trabajado a tiempo parcial en el negocio familiar desde que empezó a andar, y pronto se matricularía en Virginia Tech con una beca completa. Sami no quería verse involucrada en el juicio y no estaba de acuerdo en testificar; por eso la habían obsequiado con una citación. Subió al estrado con algunas notas, de las que la defensa poseía copias.

Cora le preguntó si recordaba haber atendido en el restaurante al acusado y su clienta, la señora Eleanor Barnett. La chica respondió que no conocía el nombre de la clienta pero que, en efecto, habían comido allí en tres ocasiones durante el año anterior y ella había sido su camarera. Sirviéndose de sus notas, especificó las fechas y dijo que todas las veces la cuenta la había pagado el señor Latch con su tarjeta de crédito.

Casi de inmediato, Raymond se levantó, al parecer completamente exasperado.

—Señoría, por favor, ¿por qué estamos perdiendo tanto tiempo?

—Formule la protesta, señor Lassiter —dijo la jueza con brusquedad, como si estuviera molesta con él.

—Señoría, varias veces hemos intentado admitir que Simon Latch cenó en ese restaurante en diversas ocasiones, y en otras dos pasó a comprar una caja de galletas de jengibre. Las compró para la señora Barnett mientras estaba en el hospital, pero no las envenenó.

—¡Ya está bien! Denegada. Por favor, continúe, señora Cook.

Sami sacó los recibos de la tarjeta de crédito mientras la fiscal las proyectaba en la pantalla. Simon aprovechó ese momento de distracción para mirar al jurado. La número dos era Linda Garfield, de treinta y siete años, tasadora inmobiliaria en un banco, una mujer atractiva con grandes ojos castaños de mirada triste. Si era posible flirtear con una mujer guapa sentada entre los miembros del jurado, Simon lo había hecho. De ningún modo Linda podía declararlo culpable.

Cora cogió dos cajas de las que usaban para los pedidos en Tan Lu, y Sami afirmó que eran idénticas a las que le había vendido al señor Latch.

Al principio, Raymond se planteó desestimar a la testigo y renunciar al contrainterrogatorio, pero decidió introducir un poco de diversión en el caso de la fiscalía. Se dirigió a la tarima con tranquilidad.

—Veamos, joven, ¿quién hornea las galletas de jengibre en su restaurante? —preguntó.

Sami le dirigió una sonrisa encantadora, la primera del día.

—Ah, todo el mundo. Yo, mis padres, mi hermana, mi tía. Toda la familia trabaja en el restaurante.

—¿O sea que preparan las galletas ustedes mismos?

—Sí.

—¿Y desde cuándo lo hacen?

—No lo sé. Desde hace muchos años.

—¿Cuáles son los ingredientes?

—Harina, azúcar de caña, azúcar moreno, mantequilla, levadura en polvo, huevos, jengibre molido, melaza, una pizca de sal y otra de canela molida. Creo que es todo.

—Suena delicioso. ¿Necesita consultar la receta cuando prepara las galletas?

—No. Lo he hecho muchas veces.

—¿Y las hornadas son siempre del día?

—Sí.

—¿Cuántas galletas preparan cada día?

—Unas diez docenas.

—¿Horneó usted las galletas que compró el señor Simon Latch?

—Ah, no hay forma de saberlo. Vendemos muchísimas y, como le he dicho, toda la familia trabaja en la cocina.

—¿Alguna vez alguien se ha quejado de haberse puesto enfermo tras comer sus galletas?

—No que yo sepa.

—¿Conoce un veneno que se llama talio?

—No.

—¿Alguna vez usted o alguien de su familia ha puesto talio en las galletas?

—No.

—O sea que, que usted sepa, cuando el señor Latch pidió las galletas, tanto para consumir en el restaurante como para llevar, no contenían talio ni ningún otro veneno, ¿es así?

—Así es, que yo sepa.

—Bien. ¿Se ha quejado el señor Latch de haber sido envenenado con sus galletas?

—No lo creo. No que yo sepa.

—Gracias.

—Puede bajar del estrado —dijo la jueza Shyam.

Nadie se sorprendió cuando Cora se puso de pie.

—Señoría, el estado de Virginia ha terminado.

La jueza lo pensó un momento mientras revisaba algunas notas. Le ordenó al alguacil que disolviera el jurado y los citó de nuevo a las nueve de la mañana del jueves. Cuando se hubo levantado la sesión, Simon, Raymond y Casey salieron al pasillo y entraron en una sala vacía. Raymond sostenía que la fiscalía había llevado mal el caso y lo había dado por perdido sin presentar batalla. Se había quedado sin fuerza. Los últimos testigos no habían tenido ningún efecto y Cora Cook parecía querer ganar tiempo dejando que pasara sin más.

Casey era más pesimista, porque no se dedicaba a interrogar a los testigos. Dedicaba más tiempo a observar al jurado, y la mayoría de los miembros lo tenían preocupado.

Simon seguía rezando para que ocurriera un milagro, aunque esperaba lo peor. Desde una ventana del tercer piso, observó las furgonetas de la prensa cerrar sus chiringuitos y abandonar el juzgado.

—Voy a dar una vuelta en coche —dijo cuando el panorama se hubo despejado—. Llamadme si me necesitáis.

—¿Qué hacemos mañana? —preguntó Raymond—. ¿Quieres salir a declarar?

—No lo sé. Lo consultaré con la almohada. Nos encontraremos a la siete para tomar café y lo decidiremos entonces.

## 49

Por un momento, tuvo la impresión de que lo seguía un Impala azul, pero este pronto desapareció entre el tráfico al sur de Norfolk. Zigzagueó al azar para mantenerse a salvo, y por fin se tranquilizó al tomar una carretera comarcal cerca de Suffolk. Condujo durante tres horas a ritmo pausado entre las plantaciones de cacahuetes y los campos de tabaco del sur de Virginia. Era un perfecto día de primavera, y habría considerado que tenía una vida bastante placentera de no ser por el horror del día siguiente, cuando su futuro quedaría en manos de doce personas corrientes: un jurado formado por sus semejantes.

Hizo un repaso mental de todos los testigos y cada palabra de las declaraciones que recordaba. En determinados momentos, los últimos tres días se desdibujaban en su memoria. Al instante siguiente, era capaz de recordar la indumentaria de cada uno de los testigos y oír sus voces. El caso de la fiscalía se basaba en gran medida en sospechas y móviles, pero carecía casi por completo de pruebas de cargo. En efecto, él compró las malditas galletas y se las dio a Tillie, quien a su vez se las llevó a Eleanor, y esta se las comió y murió. Pero la fiscal y su equipo habían fracasado en la parte crucial del envenenamiento. Simplemente, carecían de pruebas, sobre todo porque no las había. Simon no había tenido nada que ver con la muerte de

Eleanor, y el simple hecho de que lo consideraran sospechoso aún le hacía hervir la sangre. Se sentía abrumado por la posibilidad de que lo condenaran por ello.

Paula se había trasladado con los niños a un apartamento de tres habitaciones en un nuevo complejo residencial del extremo este de Danville. Por la piscina merodeaba un grupo de jóvenes solteros que bebían cerveza y escuchaban música. En un parque cercano, los niños pequeños jugaban en los columpios y los balancines mientras sus madres charlaban.

No era un mal sitio y estaba muy lejos de Braxton.

Buck salió a abrir la puerta y le dio un abrazo a su padre, uno con ganas, y enseguida se le unieron Danny y Janie. Simon estaba decidido a no dejarse llevar por las emociones y trató de mantener un tono distendido. Paula estaba frente a los fogones cocinando pasta. Durante unas horas, tuvo la sensación de que volvían a ser una familia mientras degustaban la comida y hablaban de la vida: la escuela, la nueva ciudad, los nuevos amigos y los que conservaban en Braxton. Janie preguntó si algún día volverían a vivir allí e incluso lo llamó «su casa».

A falta de una semana para que finalizara el trimestre, las tareas escolares no eran una prioridad. Cuando hubieron despejado la mesa, permanecieron sentados un buen rato y comentaron el juicio. Simon les habló de todos los testigos e hizo valoraciones sinceras. Explicó que su defensa empezaría a primera hora del día siguiente y no duraría mucho. No tenía que demostrar nada. Gozaba de la presunción de inocencia, y, de hecho, era inocente. La tarea más ardua recaía sobre el estado, y sus abogados opinaban que la fiscalía no había hecho un buen trabajo.

Los chicos dieron crédito a todas y cada una de sus palabras. Paula les había asegurado en repetidas ocasiones que su padre no era capaz de cometer un crimen semejante.

Simon preguntó por la cobertura mediática del caso, y dijo que la había ignorado casi por completo. Buck le explicó que la prensa de Washington y Richmond seguía dedicándole mucha atención, pero Danville no tanta. A fin de cuentas, era una población pequeña. Danny dijo que era muy difícil mantenerse al margen de ello en internet. Simon no tenía ninguna intención de comprobarlo.

La conversación derivó hacia el final del curso escolar y los planes para el verano. El año anterior, la familia había ido a acampar y montar en canoa en las Smoky Mountains, y, a pesar de los rifirrafes entre los padres, habían disfrutado. Simon esperaba que pudieran repetir la experiencia, aunque sabía que no volvería a compartir la tienda con Paula. Se moría de ganas de estar con sus hijos. Ellos no habían hecho nada para merecer la injusticia de verse obligados a abandonar su hogar y oír toda esa mierda sobre su padre. Y, si lo condenaban, se verían señalados para toda la vida.

Hablaron y hablaron, y el tiempo que pasaron juntos se les hizo corto. Estaban ansiosos de recibir sus atenciones. Por fin, a las 22.45, Paula intervino.

—Quince minutos más y quiero todas las luces apagadas.

Cuando los niños estuvieron en la cama, Simon se dirigió a ella.

—Tenemos que hablar.

—Vale. No hay alcohol.

—No lo necesito.

—¿Y yo?

—No te hará falta. ¿Qué tal un café?

—¿Descafeinado?

—Mejor aún.

Se aseguraron de que los niños dormían.

—Creo que es posible que Tillie tenga algo que ver con la muerte de Eleanor —dijo Simon.

Paula se quedó boquiabierta, pero no respondió.

—Es una larga historia.

—Te escucho.

Simon durmió en el sofá, el mismo que había comprado junto con Paula durante las rebajas en Braxton años atrás, cuando los críos eran pequeños y la vida, mucho menos complicada. Pero lo de conciliar el sueño era mucho pedir. A las tres de la madrugada, se levantó y salió del apartamento en silencio. Mientras se alejaba en su coche, se preguntó cuándo volvería a ver a los niños. Quizá solo tendría que esperar al siguiente fin de semana, si el juicio terminaba bien. O tal vez pasarían semanas enteras, o meses, o años. En los inicios de su trayectoria profesional, tuvo un cliente que fue a juicio penal, lo declararon culpable y acabó en prisión. A Simon le caía bien y se mantuvieron en contacto por e-mail y alguna que otra llamada telefónica. Aquel cliente dejó atrás una mujer e hijos, y no permitió que fueran a visitarlo a la cárcel. Los echaba muchísimo de menos, pero no quiso que lo vieran vestido de presidiario. Pasaron seis años hasta que le concedieron la libertad condicional y volvió a casa.

¿Seis años? Simon se enfrentaba a una vida entera entre rejas.

Desafió el límite de velocidad y llegó a su hotel al amanecer. Se dio una ducha, se cambió de ropa y a las siete se reunió con sus abogados para desayunar.

—Los dos opinamos que no debes declarar —dijo Raymond cuando la camarera se alejó.

—Os escucho.

—He estado en mil juicios, Simon, y recuerdo muy pocos en que al acusado le haya servido de ayuda subir al estrado. Cuando lo hacen, se convierten en el blanco fácil de un contrainterrogatorio brutal que la fiscalía tiene previsto desde el primer día. Habrá trampas, preguntas capciosas, insinuaciones, discusiones, réplicas y comentarios irrelevantes. Por supuesto, allí estaré yo para protestar y armarla, pero seguramente al final todos pensaremos que ojalá te hubieras quedado sentadito en tu silla.

Simon miró a Casey.

—¿Tú que dices? —preguntó.

—Eres abogado, Simon, y la mitad del jurado sospecha que no eres de fiar solo por eso. Estás defendiendo tu vida y dirás lo que sea con tal de no ir a la cárcel. Pero nunca te han sometido a un contrainterrogatorio así. Algunos de tus actos resultan sospechosos a primera vista. Cuando la fiscalía insista en ello una y otra vez, lo parecerán todavía más. Estoy de acuerdo con Raymond en esto. Es mejor que vayamos a lo seguro y sigamos practicando el acoso y derribo contra la fiscalía.

Simon miró a Raymond a continuación.

—Si el jurado votara ahora mismo, ¿cuál sería el resultado?

Raymond dio un sorbo de café y cerró los ojos.

—Ocho contra cuatro a favor de la absolución.

—¿Quiénes son los cuatro que quieren declararlo culpable? —preguntó Casey.

Raymond respondió sin dudar.

—El dos, el cuatro, el siete y el once.

—Voy con esos cuatro, y añado el ocho y el nueve.

Por un segundo, Simon tuvo la sensación de estar sentado ante una mesa de póquer con dos profesionales. Recordó los tiempos dorados en el pub de Chub, cuando pasaba horas jugando al videopóquer mientras bebía bourbon con ginger ale y veía tres partidos en las grandes pantallas.

Pero ahora era su vida lo que estaba en juego.

—Ese jurado no me ha gustado nunca. Yo diría que están divididos seis a seis.

—¿O sea que nada de absolución? —preguntó Simon.

—Ni absolución ni condena. No habrá veredicto, y tendrá que celebrarse otro juicio en algún momento del año con otro jurado mejor.

# 50

La persona que adquirió el talio y lo añadió a las galletas de jengibre lo hizo en privado, o bien en la habitación de Eleanor cuando no había movimiento en el hospital. Matilda era la única posible sospechosa que habría tenido la oportunidad de alterar las galletas en el bufete o en su apartamento. Pero se había marchado y ya no estaba implicada en el juicio. No existía la más mínima prueba contra ella, solo conjeturas. El procedimiento no contemplaba ninguna artimaña con que la defensa pudiera reclamar su presencia de nuevo en el juzgado para hacerle más preguntas. Y, aunque así fuera, ¿para qué molestarse? Se habría limitado a subir otra vez al estrado y negar cualquier indicio de culpabilidad.

A Simon seguía costándole creer que Tillie tuviera algo que ver con el envenenamiento, pero cada vez estaba menos seguro. Su breve romance con Jerry Korsak arrojaba muchas sospechas.

Lo que más le intrigaba eran las idas y venidas del hospital. Prácticamente no había cámaras ni vigilantes. La mayoría de las puertas de las habitaciones de los pacientes estaban siempre entreabiertas y nunca las cerraban con el pestillo.

Por sugerencia suya, la primera testigo de la defensa fue Loretta Goodwin, la jefa de enfermeras encargada de supervisar el ala este de la tercera planta del hospital. Raymond tenía mucho tiempo y terreno para explorar. Le gustaba pasearse por su lado de la sala haciendo preguntas y escuchando mientras lanzaba diversas miradas al jurado.

Loretta era una enfermera titulada que llevaba ocho años trabajando en el hospital y tres como supervisora de planta. Una de sus tareas consistía en coordinar los cuidados de los pacientes a su cargo, entre los que se incluía Eleanor Barnett. Habló varias veces con Simon Latch, y le impresionó su predisposición a ayudar a su clienta. Tuvo la sensación de que no quería implicarse en los asuntos de Eleanor, pero no había nadie más. Loretta estaba presente en la habitación de Eleanor cuando esta firmó la declaración de voluntades anticipadas y el poder legal, y, aunque no era algo frecuente, creía que Simon había actuado en interés legítimo de su clienta.

Raymond lo explicó muchas veces hasta el punto de excederse.

«Ya basta, pasa a otra cosa», le indicó Simon con señas. Y él debió de leerle la mente.

Raymond habló de la seguridad del hospital, el régimen de visitas y los movimientos de personal entre las distintas plantas y por los pasillos. Como en muchos centros hospitalarios, había un flujo constante de profesionales de la salud que entraban y salían de las habitaciones.

¿Cuántos? Para demostrar la cantidad de personas que habían tenido acceso ilimitado a la habitación de Eleanor, Raymond pasó a la pantalla grande. Empezó por mostrar una fotografía en color de la doctora Connor Wilkes, la directora y administradora general del hospital, una testigo a quien el jurado ya conocía. Continuó con el doctor Samuel Lilly, el médico que la atendió. Luego fue el turno del doctor Joe Huber, el jefe de residentes. Raymond planteó las mismas preguntas sobre cada uno, y empezó a hacerse monótono. Loretta explicó pacientemente que los médicos tuvieron acceso sin restricciones a la habitación de Eleanor, igual que las enfermeras, empezando por ella misma. Le gustó ver su cara sonriente en una pantalla tan grande y bromeó sobre ello.

—Qué pelos llevaba ese día.

Al jurado le pareció gracioso. Las siguientes en declarar fueron dos enfermeras tituladas, seguidas de cuatro enfermeras en prácticas y cuatro auxiliares de enfermería. Raymond preguntó por el papel que tuvo cada una en los cuidados de Eleanor, y Loretta se lo explicó todo al jurado con paciencia. En el Blue Ridge Memorial Hospital había dos enfermeras con un rango superior al de Loretta que comprobaban periódicamente el estado de salud de Eleanor. Sus caras aparecieron en la pantalla.

A las diez y media, dio la impresión de que el jurado conocía al hospital en pleno. Al final, la señora Cook llegó a su límite.

—Señoría, todo esto es muy interesante, pero no entiendo qué relevancia tiene para el caso.

—Yo tampoco —respondió la jueza—. ¿Señor Lassiter?

Raymond había previsto la interrupción y la aprovechó.

—Señoría, tenemos derecho a demostrar que nada menos que treinta empleados del hospital dispusieron de libre acceso a la habitación de la señora Barnett durante veinticuatro horas al día sin apenas vigilancia, control ni observación. No podemos demostrar, ni el estado tampoco, quién envenenó realmente a la fallecida, pero sí que la puerta estuvo abierta en todo momento.

—Ya está bien, señor Lassiter. No le he pedido un resumen final. Haremos un descanso y continuaremos dentro de veinte minutos.

Una taza de café no sirvió para acallar a la defensa. Cuando Loretta regresó al estrado, Raymond retomó el interrogatorio donde lo había dejado. Con ayuda de las fotos, presentó a tres auxiliares de enfermería (sin titular), tres celadores que se ocupaban de tareas diversas, dos encargados de mantenimiento asignados a la tercera planta y cinco técnicos que trabajaban en todo el edificio y podían ir y venir según sus necesidades, generalmente sin seguimiento de ninguna clase.

Al fin, Raymond apretó un botón y la pantalla desapareció. Se dirigió a la tarima y hojeó algunas notas mientras la audiencia se relajaba. La pesadilla había terminado. Se dirigió a la testigo.

—Señora Goodwin, acabamos de presentarle al jurado casi treinta empleados del hospital. ¿Hay un registro de las veces que cada uno de ellos entra en la habitación de cada paciente?

Ella suspiró y hundió los hombros.

—La verdad es que no. En teoría, los médicos o enfermeras que entran en la habitación de un paciente deberían rellenar el registro y explicar brevemente qué han hecho o qué ha pasado.

—Pero eso no siempre se hace, ¿verdad?

—No, es técnicamente imposible. No tenemos tiempo de incluirlo todo en el registro.

—¿Y el personal no médico, como celadores, técnicos, encargados de mantenimiento u operarios? ¿Hay un registro detallado de las entradas y salidas de las habitaciones?

—No —respondió la testigo en voz baja.

Él le entregó una copia del registro y formuló preguntas sobre las personas que figuraban en la lista de visitas a la habitación de Eleanor. El señor Latch se identificó dos veces, pero solía saltarse el requisito. El señor Wally Thackerman lo hizo una vez. En el registro aparecía también otro abogado.

—Solemos recibir mucha atención de los abogados cuando hay un accidente de coche —dijo Loretta, y provocó otra carcajada.

También reconoció que el procedimiento de control de las visitas no se llevaba a cabo con mucha precisión. De hecho, a veces iba manga por hombro e incluso había verdaderas lagunas.

—Miren, el nuestro es un hospital público y animamos a que los pacientes reciban visitas. Hacemos todo lo que está en nuestra mano por llevar un buen registro, pero no siempre es posible. Y nunca nos ha supuesto un problema grave.

A mediodía, Loretta no podía más. Raymond y la defensa habían logrado su objetivo con creces. Varias decenas de personas habían tenido muchas oportunidades de envenenar a Eleanor.

El contrainterrogatorio de Cora Cook solo duró diez minutos, pero resultó efectivo, o al menos a Simon se lo pareció. Repasó los nombres de los médicos y enfermeras, y le preguntó a Loretta si lo que quería decir era que alguno de ellos había envenenado a Eleanor. No, por supuesto.

Loretta obtuvo permiso para bajar del estrado.

—Iremos a comer y haremos una pausa hasta la una y media —dijo la jueza Shyam.

Entonces, Raymond sorprendió a todo el mundo.

—Señoría, la defensa ha terminado —anunció a todo volumen de un modo bastante teatral.

# 51

Tardaron dos horas, aparte de la comida, en redactar las instrucciones del jurado y resolver las protestas pendientes que la jueza Shyam había tomado en consideración. Cuando hubieron atado todos los cabos sueltos, hicieron entrar una vez más al jurado y la sala quedó en silencio. Cora Cook se acercó a su tribuna. Eran casi las tres de la tarde.

Volvió a dar las gracias a todos los miembros por los servicios prestados, un gesto innecesario que no significaba nada. A esas alturas, estaban hasta las narices de los servicios prestados y cansados unos de otros, y no había falsos elogios que pudieran impresionarlos.

La fiscal cambió de estrategia e inmediatamente captó su atención.

—Según las estadísticas del FBI, en este país se cometen veinte mil asesinatos al año. Casi el cuarenta por ciento no llegan a resolverse. Las cifras son preocupantes, pero dejemos eso al margen. De los que sí se resuelven, casi la mitad, el cincuenta por ciento, implican pruebas circunstanciales. Nadie fue testigo del acto fatídico. Nadie vio al asesino cuando apretó el gatillo, clavó la cuchillada o asestó el golpe con la porra. No existen testigos presenciales. Y, puesto que el asesino no confiesa el crimen, los inspectores tienen que examinar el escenario del crimen y descubrir indicios. Todos los asesinos dejan pistas. Proyectiles y cartuchos para pruebas de balística. Sangre, semen, saliva, sudor o tejido epitelial para análisis de ADN. Huellas dactilares, pelo, folículo o pisadas para exámenes forenses. Y veneno para que los toxicólogos lo estudien.

Cora permaneció detrás de la pequeña tarima y solo miró sus anotaciones de vez en cuando. Habló directamente a los miembros del jurado, mirándolos a los ojos, como una oradora bien preparada que sabía lo que tenía entre manos.

—A Eleanor Barnett la mataron de forma muy retorcida. Ingirió un veneno que ha sido el preferido por los asesinos desde hace décadas. El talio no tiene sabor, olor ni una apariencia reconocible. Es invisible. Es posible tomarlo en pequeñas cantidades durante días o semanas sin que deje rastro, y a menudo, como en este caso, confunde a los médicos, que rara vez se topan con algo así. Ni los médicos ni las enfermeras tenían motivo alguno para sospechar que a esa anciana encantadora y respetable, ingresada en el hospital tras un horrible accidente de coche, estuvieran administrándole en secreto pequeñas dosis de veneno oculto en uno de sus alimentos favoritos: las galletas de jengibre que el acusado compró y que llegaron al hospital de mano de quien fue su leal secretaria durante años.

»Es obvio que la defensa quiere hacerles creer que fue otra persona, y no el acusado, quien compró el veneno que solo puede adquirirse en el mercado negro por parte de alguien con intenciones perversas, y que esa otra persona se coló en la habitación de la señora Barnett y alteró las galletas con talio. Qué casualidad. Qué original. Lo hizo otra persona. Seguro que no han oído nunca una excusa así.

»Pero ¿qué motivo tendría otra persona para asesinar a Eleanor Barnett? Señoras y señores, se trata de tener un móvil. Y ese móvil fue la avaricia. ¿Quién podía sacar provecho de su muerte? Ah, supongo que la funeraria también sacaría tajada. Pero me cuesta imaginarme al señor Douglas Gregg, al director de pompas fúnebres que conocieron aquí, en el estrado, colándose en la habitación del hospital y matando a la anciana para poder incinerarla. ¿De verdad tenemos que creernos eso? Qué absurdo. Tanto como en el caso de las otras personas inocentes que la defensa ha arrastrado a esta sala para manchar sus nombres. Los médicos, enfermeras, celadores, auxiliares e incluso encargados de mantenimiento, buenas personas que solo hacían su trabajo e intentaron salvarle la vida a la víctima. Y ahora la defensa quiere que sospechen de todos ellos. Es indignante.

Simon echó un vistazo al jurado y se abstuvo de volver a mirarlo. Si Raymond creía que allí había ocho caras amigas, le habría encantado saber dónde estaba la primera.

—¿Quién tenía un móvil? ¿Quién quería ver muerta a Eleanor? —Cora hablaba en voz alta, con un tono de incredulidad que se propagó por la sala de vistas. Se apartó de sus notas y arremetió con una retahíla de hechos que no podían rebatirse. La redacción secreta del testamento y su posterior ejecución. La evidente creencia de que había mucho dinero sobre la mesa; de otro modo, ¿por qué el acusado se habría tomado tantas molestias para establecer un fideicomiso destinado a realizar donaciones a ciento veinte organizaciones benéficas? ¿Por qué habría previsto una herencia de cien mil dólares para cada uno de los hermanos Korsak si eso significaba que apenas quedaría nada para el fideicomiso? ¿Por qué el acusado habría llamado a su colega, Dirk Wheeler, un abogado de buena fe especializado en derecho fiscal y patrimonial, para pedirle consejos en relación con una clienta que contaba con unos bienes netos considerables? ¿Por qué se habría designado a sí mismo abogado de la sucesión y del fideicomiso, sin otros fideicomisarios para ejercer la supervisión? ¿Por qué establecería unos honorarios de quinientos dólares la hora, una cantidad escandalosa tratándose de un abogado de una pequeña localidad sin experiencia en asuntos patrimoniales complejos? Según su secretaria, nunca había cobrado una tarifa tan alta.

Cora hizo una pausa y miró al jurado con absoluto asombro.

—¿Hay alguien en el mundo que merezca cobrar quinientos dólares por una hora de trabajo?

A continuación, bajó la gran pantalla blanca situada frente al jurado y repasó metódicamente la línea temporal, anotando con esmero las fechas y las horas importantes. El accidente de Eleanor, el ingreso en el hospital, la compra de la primera caja de galletas de jengibre de Tan Lu, las fuertes presiones del acusado para que su clienta le otorgara el poder legal y firmara el testamento vital en la cama del hospital, la compra de la segunda caja de galletas, el deterioro del estado de salud de la víctima, el respirador artificial, la muerte; y, por supuesto, el lapso de cuarenta y siete minutos entre la hora oficial de la muerte y la llamada del acusado a la funeraria con la petición de que fueran a recogerla.

Cora acabó una hora después de haber empezado. Sus últimas palabras al jurado fueron las siguientes:

—Se trata de un caso clarísimo de homicidio en primer grado.

Simon, sentado en su silla, trató de guardar la compostura, fingir que tomaba notas y aparentar confianza delante de todo el mundo.

Raymond no tardó nada en atacar a la fiscalía.

—Bien, señoras y señores del jurado —empezó a decir—, de nuevo el gran estado de Virginia, con sus infinitos recursos de abogados, investigadores, expertos, doctores y dinero, se ha plantado en los tribunales sin proporcionar pruebas suficientes para contrarrestar la presunción de inocencia. ¡La fiscalía no tiene pruebas!

Su vozarrón hizo eco en el silencio de la sala.

—Lo que sí tiene son muchas hipótesis. Muchísimas. Y muchas sospechas. Sospechas circunstanciales. Además del cadáver de una anciana encantadora que no merecía morir así. Una anciana que puso su confianza en el acusado porque no tenía a nadie más. Una anciana que gozó de riqueza en otros tiempos y lo perdió todo, y, sin duda, tenía problemas mentales en más de un sentido. Seguía viviendo en un mundo de fantasía en el que ella y su difunto marido gozaban de una buena posición económica. Se autoengañaba y seguía soñando con el dinero perdido. Vivía sumida en el pasado.

» ¿Y cómo se supone exactamente que Simon Latch podía saber que todo era una gran mentira? Quizá debería haber indagado más. No lo sé, y en este momento tampoco importa. Todo lo que importa a día de hoy es que alguien envenenó a Eleanor Barnett, y no fue Simon Latch.

Raymond dejó de pasearse y se enjugó la frente con un pañuelo.

—¿Avaricia? ¿Quieren que les hable de avaricia? Simon Latch no recibió un solo centavo de esa mujer en concepto de honorarios. Nada. Ella creía que no tenía por qué pagar las facturas de un abogado. Tenía muchísimo dinero, y él lo sabía, pero jamás la presionó para cobrar.

Simon no apartó la vista de Raymond mientras este andaba de un lado a otro frente a la tribuna del jurado, y al hacerlo captó las caras de quienes lo integraban. Algunos observaban a Raymond y daban la impresión de estar de acuerdo. La mayoría, sin embargo, parecía mirarlo con desdén.

Terminó en media hora e hizo un buen uso del tiempo. El jurado ya había oído bastante. La jueza Shyam les pidió que se marcharan a casa y se olvidaran del caso hasta las nueve de la mañana del día siguiente, viernes.

Landy estuvo en la sala de vistas la mayor parte de la tarde y lo esperaba detrás del juzgado, cerca de los contenedores de basura. De nuevo, se escabulleron y cogieron el coche para recorrer un trayecto de una hora hacia el oeste de la ciudad. En opinión de Landy, el jurado estaba dividido y no llegaría a ningún acuerdo. A Simon lo consumía el miedo y era incapaz de decir gran cosa. No tenía hambre en absoluto.

Se detuvieron en un restaurante de Williamsburg y tomaron una bebida en una terraza exterior mientras se ponía el sol. Ella le preguntó si el sexo le ayudaría a sentirse mejor, y él contestó que no. En ese momento, no había nada que pudiera ayudarle salvo un veredicto de absolución.

# 52

¿En qué casos una espera se hacía más insoportable? Simon no se había planteado esa cuestión hasta entonces. Desde luego, la espera previa a tu ejecución iba al principio de la lista. ¿Quizá seguida por la de aguardar la muerte de una persona querida, alguien en la flor de la vida, cuando esa muerte era inminente? ¿La espera de noticias después de una tragedia? ¿La de la publicación de una lista de muertos en combate? Esperar el veredicto del jurado tenía que estar entre las tres primeras.

De nuevo, solo consiguió dormir menos de una hora seguida y no pudo comer nada, y, a pesar de que sabía que el jurado volvería a verlo, fue incapaz de preocuparse por su aspecto.

Su señoría mandó al jurado a cumplir con su deber a las 9.15, y volvió a empezar la espera. Le ordenó a Simon que permaneciera en el juzgado, de modo que subió a una sala de vistas vacía de la segunda planta y se escondió en la penumbra. Allí intentó leer una novela de asesinatos, pero el argumento incluía una muerte por envenenamiento y acabó por cerrar el libro. Eran las 9.40. Se quitó el reloj de la muñeca. Sentado en una silla de madera, se amodorró y pronto empezó a cabecear.

La jueza Shyam los convocó de nuevo a las 11.20, y todo el mundo se apresuró a volver a la sala. Simon tenía el estómago revuelto y estaba sudando.

—No hay veredicto —le susurró Raymond cuando se sentó—. Es que tienen una pregunta sobre una instrucción de la jueza.

—¿Qué significa?

—No tengo ni idea.

El jurado entró en fila india, y todos se les quedaron mirando como si la postura y el lenguaje facial pudieran revelar sus deliberaciones. Si había alguna señal, Simon no la captó, pero él no era un abogado litigante. El portavoz dijo que estaban haciendo progresos pero que tenían dudas sobre la cuestión relativa al móvil. ¿Era necesario declarar probado el móvil para declarar probado el homicidio?

La jueza Shyam explicó que no, pero comprendió la confusión. Volvió a leerles la instrucción correspondiente, pero eso solo sirvió para enturbiar las aguas. Dijo que no estaba autorizada a ofrecer una explicación más detallada, y los envió de nuevo a deliberar.

Cuando el jurado hubo abandonado la sala, Simon le preguntó a Raymond qué significaba eso. Él no lo tenía claro.

La sala de vistas se despejó, y Raymond pareció contento de poder quedarse sentado frente a la mesa de la defensa junto con su cliente para charlar.

—¿Toda esa gente sigue ahí fuera? —preguntó Simon.

—Me temo que sí. Los buitres andan de nuevo al acecho.

—¿Debería decir algo?

—Mejor esperaremos. Si el veredicto es desfavorable, hablaré yo y les prometeré que pronto habrá una apelación y todo eso. Si es favorable, lo celebraremos juntos delante de las cámaras.

—Ojalá —dijo Simon, y se permitió soñar durante unos segundos.

—Si el jurado no se pone de acuerdo y no hay veredicto, desapareceremos rápidamente sin decir nada. El juicio volverá a celebrarse, y nada de lo que le dijéramos a la prensa nos serviría de ayuda.

—Lo entiendo. Y, Raymond, gracias por todo. Has estado fantástico. No sé cómo agradecértelo.

—Es un placer. Hemos puesto toda la carne en el asador.

Salieron a almorzar y comieron lo más despacio posible para matar el tiempo durante las dos horas que tenían por delante.

La tarde más larga de la vida de Simon terminó diez minutos después de las cinco. La espera había tocado a su fin.

Sorprendentemente al tratarse de un viernes por la tarde, la sala de vistas estaba abarrotada cuando los miembros del jurado ocuparon sus asientos por última vez. El portavoz le tendió una hoja de papel al oficial de sala, quien la leyó antes de entregársela a la jueza Shyam. Ella la miró con mala cara.

—Que el acusado se ponga de pie —dijo.

Era una orden.

Con las rodillas flojas y el corazón acelerado, Simon Latch se levantó flanqueado por los dos abogados. En la sala, todos parecieron contener la respiración a un tiempo.

Su señoría se acercó un poco al micrófono para no dar lugar a dudas.

—Del cargo de homicidio en primer grado, declaramos al acusado, Simon Latch, culpable.

# 53

Al golpe del mazo, un alguacil abrió las puertas y la multitud salió a toda prisa, encabezada por Jerry Korsak. En cuanto estuvo fuera del edificio, pulsó en el teléfono la tecla de marcación rápida para llamar a Teddy Hammer, que estaba en su despacho de Washington.

—Van a encerrarlo —dijo Jerry muy contento—. Culpable, homicidio en primer grado.

—Mientes —balbuceó Hammer incrédulo.

—Te lo juro. Les ha costado un día entero.

—No puede ser.

—Pues lo es. Ya tienes lo que querías. ¿Ahora qué?

—No lo sé. Deja que me siente.

Hammer había presenciado la mayor parte del juicio y se marchó el día anterior convencido de que el estado no había presentado pruebas suficientes para condenarlo. En su opinión, a lo máximo que podían aspirar era a que el jurado no diera ningún veredicto y se celebrara otro juicio.

—Ya hablaremos mañana —dijo.

Jerry se guardó el teléfono en el bolsillo y miró alrededor. La calle estaba llena de periodistas que hablaban en voz baja o tecleaban mensajes en el móvil a ritmo frenético. Las cámaras aguardaban en una zona acordonada y vigilada por alguaciles, aunque no habían visto al acusado en toda la semana.

Este permaneció sentado mucho tiempo ante su mesa, ajeno al ruido y el trajín de la multitud que tenía prisa por marcharse. La jueza y el jurado habían abandonado la sala. Los abogados y los oficiales de justicia daban vueltas, recogiendo documentos y cerrando maletines. Poco a poco, a ambos lados del estrado fue quedando menos gente.

Simon no pudo reaccionar a las palmaditas en el hombro y las fútiles palabras de «lo siento mucho» y «los tumbaremos en la apelación». Estaba demasiado atónito para responder, y no paraba de repetir para sí: «Yo no he matado a nadie, lo juro. Sé que no lo he hecho». Casey permaneció a su lado para ofrecerle apoyo en silencio mientras Raymond cumplía con el forzoso ritual de intercambiar impresiones con los abogados contrarios. También se quitó de encima a algunos periodistas prepotentes.

«Pobres hijos míos», pensó Simon, y trató por todos los medios de apartarlos de su mente.

Media hora después, seguía hundido en la silla, inmóvil, mirando algo en el suelo. Dos agentes de la policía de Virginia Beach merodeaban junto al estrado como si quisieran abalanzarse sobre él.

Finalmente, Raymond tomó asiento a su lado y se inclinó hacia él para hablarle.

—Oye, Simon, es hora de irse. Te llevarán a la prisión local, donde pasarás la noche. Yo estaré allí. Por la mañana, irán a buscarte en coche desde Braxton.

—Yo no he matado a nadie.

—Lo sé, no lo has hecho. Ya en el primer momento te creí, y ahora estoy aún más convencido. Pero los jurados a veces hacen cosas raras, y me parece que esta es una de esas veces. No me lo explico.

—¿Qué me espera? ¿La cárcel?

—No.

—¿Para el resto de mi vida?

—No.

—No lo soportaré, Raymond. Te juro que no lo soportaré.

—No corras tanto. Lo siguiente es presentar una moción, y luego habrá que esperar a la sentencia. Nadie va a actuar con prisas. Hablaré con la jueza el lunes a primera hora y le pediré que te deje en libertad bajo fianza hasta que salga la sentencia. No es muy común, pero a veces acceden. Llegaremos al fondo de la cuestión, Simon, te lo juro.

—No soportaré ir a la cárcel.

Raymond miró a Casey mientras los dos agentes de policía se acercaban. Uno desenganchó unas esposas de su cinturón.

—Estos señores te llevarán a la prisión local —dijo Raymond.

Simon los miró horrorizado.

—¿Esposas? ¿Y me meterán en el asiento de atrás de un coche patrulla?

—Me temo que sí —contestó Raymond.

Paula estaba ordenando su escritorio, preparándose para el fin de semana. Ese día, como los anteriores, no había conseguido trabajar mucho. Era difícil concentrarse mientras estaba pendiente de las noticias. Durante la deliberación del jurado, fue incapaz de apartarse del escritorio. El sándwich frío que había de servirle de comida seguía intacto. Por suerte, sus compañeros no la habían relacionado con el caso, pero era inevitable que acabaran haciéndolo. Ese día ya se habían marchado a casa.

Casi chilló cuando leyó el titular en el portátil: «Declaran culpable a un abogado de Virginia por un caso de envenenamiento». Unas breves imágenes de *Action News* mostraban a Simon cuando lo hacían salir por una puerta lateral del juzgado y lo introducían en uno de los dos coches con el emblema de la policía de Virginia Beach. Tenía las manos esposadas a la espalda y dos agentes lo llevaban cogido por los brazos. Aunque no tenía las piernas encadenadas, sus captores caminaban lo más despacio posible, aprovechando su breve momento de gloria en el codiciado ritual de sacar al convicto a la calle ante los ojos de todo el mundo. Simon parecía atontado y sordo al esquivar las preguntas estúpidas que le lanzaba el numeroso grupo de periodistas. Otro policía abrió la puerta trasera del coche, y Simon agachó la cabeza mientras lo empujaban al interior del vehículo. Por alguna razón, los chóferes de los dos coches creyeron necesario activar las luces de emergencia y las sirenas cuando se alejaron poco a poco del juzgado, como si tuvieran que advertir a todo el mundo de que un hombre condenado por asesinato iba camino de la cárcel.

En cuestión de segundos, a Paula le sonó el móvil. Era Danny, deshecho en lágrimas.

Raymond estaba en la prisión, amenazando con demandar a cualquiera que moviera un dedo. Explicó, con un lenguaje más bien vulgar que cualquier policía podría entender, que su cliente no era sospechoso de nada y que no estaba bajo la jurisdicción de la policía de Virginia Beach. Simplemente, estaba bajo custodia; la situación duraría menos de veinticuatro horas y no había ninguna necesidad de abrirle una ficha, tomarle las huellas ni fotografiar al señor Latch. No iban a vestirlo con ningún mono naranja descolorido que ya habían llevado cien hombres antes que él. No iban a meterlo en ninguna celda con los demás presos. Y debían permitirle llevar encima el móvil.

El carcelero no tuvo más remedio que mostrarse de acuerdo con todo salvo lo del móvil.

A Simon le asignaron una celda individual, reservada para quienes ingresaban en prisión preventiva. Raymond se despidió y se marchó a Braxton. Estaba malhumorado, casi en pie de guerra, y cabreado con el mundo porque lo habían dejado por los suelos en un caso de gran proyección mediática.

La litera era, en realidad, más cómoda que la cama improvisada con la que Simon se había apañado durante los últimos quince meses. Se tumbó en ella, cerró los ojos e intentó convencerse de que aún estaba soñando. Sufría bruscos cambios de humor, del desánimo y la falta de esperanza a la ira y el resentimiento. Consiguió ahuyentar del pensamiento a sus hijos.

A las seis apareció un preso de confianza muy amable que le entregó una bandeja con jamón cocido y verdura hervida.

—¿Necesita alguna otra cosa? —preguntó.

Simon miró alrededor de la celda vacía.

—No tengo nada para leer.

—¿Libros o revistas?

—Libros.

—Veré lo que encuentro.

Como estaba famélico y no había comido en casi toda la semana, jugueteó con las verduras y consiguió dar algunos bocados. Cuando el preso de confianza regresó para recoger la bandeja, le entregó un ejemplar de bolsillo muy manoseado y con las esquinas dobladas. Simon lo miró y no pudo evitar sonreír.

*Lluvia plateada*, de John D. MacDonald. Durante su segundo año en la facultad de Derecho, un buen amigo llamado Rick le prestó una novela de misterio titulada *La dorada sombra de la muerte*, sobre un investigador privado, Travis McGee, el héroe más famoso de MacDonald. Entre los dos estudiantes surgió un proyecto literario que avanzaba a medida que leían, intercambiaban y coleccionaban la saga de Trevis McGee. Su objetivo consistía en conseguir los veintiún libros, todos en edición de bolsillo, y pagar lo menos posible a cambio. Ambos andaban justos de dinero, y cuando les sobraba algo lo gastaban en cerveza y pizza, pero se esmeraban en su búsqueda en páginas de gangas de internet, librerías de segunda mano, ventas de garaje y cualquier sitio en el que pudieran encontrar un libro con las peripecias de Travis McGee. Cuanto más barato mejor. Durante el último semestre adquirieron el último a cambio de dos dólares con veinticinco centavos en un mercado callejero, y lo leyeron. Cuando obtuvieron el título, vendieron su pequeña biblioteca a un alumno de segundo año de Derecho a cambio de doscientos dólares, se repartieron el dinero y lo celebraron cenándose un filete a la salud del viejo Travis.

El libro era como una droga. Simon se quitó los zapatos, se tumbó otra vez y pronto se perdió en otro mundo.

Aunque resultaba muy humillante, Simon pensó que la cárcel no era el peor sitio donde pasar el fin de semana. Entre rejas, tanto en Virginia Beach como al sábado siguiente en Braxton, se mantenía alejado de las noticias... Y las noticias hablaban de él. Sin acceso a televisión ni internet, estaba a salvo del embate de la prensa sensacionalista. La historia troncal —en una pequeña localidad, un abogado se topa con una clienta rica y la envenena para hacerse con el control de su patrimonio— acabó derivando en una decena de relatos diferentes. El preferido era el de la incineración: meterle prisas a la funeraria para que recogiese a la víctima pocos minutos después de desconectarla a fin de destruir las pruebas del envenenamiento por talio. El de la fecha límite para el pago tributario era otro de los más populares: el hecho de matarla justo antes del 1 de enero para ahorrarse el cuarenta por ciento de los impuestos patrimoniales. Y lo del engaño por parte de Eleanor casi era motivo de cachondeo: haber conseguido que dos abogados locales con pocas luces creyeran que tenía una fortuna millonaria.

Por televisión salieron toda clase de expertos que se permitían especular a sus anchas. Médicos y toxicólogos comentaban las cualidades excepcionales del talio, vendiéndolo como el veneno perfecto para cometer un buen homicidio. Abogados patrimonialistas con escasos conocimientos del caso creían que Latch tenía previsto ganar millones de dólares en concepto de honorarios. Toda clase de expertos en leyes diseccionaron el juicio, y hubo consenso general en que Raymond la había cagado al no hacer subir a su cliente al estrado. Otros expertos gritaban a los primeros diciendo que nunca debe permitirse que un acusado preste declaración. Alguien dio con un viejo amigo de Harry Korsak, que disfrutó de lo lindo contando la historia del volcán entrando en erupción en el Caribe y los inversores llenándose los bolsillos de nada más que lava.

La cárcel era un refugio. Simon tenía permiso para usar el móvil en determinados momentos, pero Raymond, Casey, Paula, Landy y el agente de la policía de Braxton que lo había trasladado allí el sábado por la mañana le habían advertido que no viera las noticias. Landy fue a visitarlo el domingo y le llevó otras tres novelas de Travis McGee, tres ejemplares de bolsillo nuevos e impecables adquiridos en Barnes & Noble. Simon había decidido empezar otra colección y quería volver a conseguir los veintiún títulos. Leer esos libros no solo lo ayudaba a evadirse, sino que le traía a la cabeza recuerdos entrañables de aquellos tiempos en la facultad de Derecho que ahora se le antojaban tan libres de preocupaciones.

A las nueve y media del lunes por la mañana, el carcelero abrió la puerta de su celda.

—Sígame —dijo.

No había ningunas esposas a la vista. Al parecer, Raymond había amenazado con demandar al ayuntamiento, a la cárcel y a todos los empleados a título personal si no trataban al señor Latch con el debido respeto. Lo encontró sentado en la pequeña sala de visitas destinada a los abogados y parecía igual de malhumorado y beligerante que el viernes y el sábado. Casey estaba con él, y había llevado un termo con buen café hecho en casa. Le sirvió una taza a Simon.

—He hablado con la jueza Shyam hace una hora —dijo Raymond—. Para sorpresa de nadie, no le gusta el veredicto.

—Bienvenida al club —repuso Simon.

—En un arranque de sinceridad, me ha dicho que el resultado la dejó de piedra.

—¿Y qué puede hacer?

—Bueno, muchas cosas, pero no está dispuesta a apoyar nuestra moción de anular el veredicto por falta de pruebas. Se necesitan muchas narices para eso, y casi nadie lo hace. Sería una medida muy drástica por su parte o la de cualquier otro juez. De hecho, no creo recordar ningún caso en Virginia en que el juez haya revocado un veredicto de culpabilidad y haya dejado en libertad al acusado.

Miró a Casey, como si su asociado debiera saberlo todo.

—Hace diez años, en el condado de Rockingham, un juez revirtió un veredicto de culpabilidad en un caso de robo a un banco. No volvieron a designarlo para el puesto.

—O sea que mejor nos olvidamos de eso. Pero está dispuesta a dejarte en libertad hasta que salga la sentencia.

—¿Cuándo será?

—Lo sabremos en unos minutos.

—¿O sea que hoy saldré de aquí?

—Esta misma mañana.

A las diez, se apiñaron sobre el móvil de Casey para atender la videollamada. El secretario de la jueza Shyam estaba grabándola. Cora Cook se conectó desde su despacho de esa misma calle.

La jueza Shyam fue al grano.

—Las mociones deben presentarse antes de treinta días después del juicio, y disponen de un plazo de treinta días más para contestarlas respectivamente. Yo misma daré respuesta cuando venzan los sesenta días. La defensa me ha informado de que presentará una apelación ante el Tribunal Supremo. Desconozco los plazos que se aplican, claro.

—Señoría —dijo Cora Cook—, el estado no va a presentar ninguna moción.

—Era de esperar. ¿Señor Lassiter?

—Varias, señoría. Las presentaremos en plazo.

—Programaré la sentencia para el lunes 22 de agosto.

—Señoría, solicitamos que se autorice al acusado a permanecer en libertad bajo la misma fianza hasta que se pronuncie la sentencia —dijo Raymond.

—¿Señora Cook?

—El estado se opone, señoría.

—¿Qué alegan?

—Bueno, alegamos que el acusado ha sido considerado culpable de homicidio en primer grado y se enfrenta a la posibilidad de ser condenado a cadena perpetua; alegamos que el acusado tiene muchos más motivos para darse a la fuga ahora que antes; alegamos que prácticamente nunca se deja en libertad a un acusado después de un veredicto de culpabilidad. Podría seguir.

—El señor Latch ha estado en libertad bajo fianza desde enero, y en ningún momento ha dejado de presentarse en el juzgado cuando se le ha citado. Tenemos su pasaporte, ¿verdad?

—Sí, está en la caja fuerte —afirmó el secretario.

—Eso me parecía. No veo motivos para enviarlo a prisión en estos momentos. Lo haremos dentro de noventa días, cuando salga la sentencia. Se deniega la protesta del estado.

—Haz la maleta —le susurró Casey a Simon.

—¿Qué maleta?

Era un bello día de primavera, en plena floración, y tanto la ciudad como la campiña ofrecían unas vistas pintorescas. A Simon le apetecía dar un largo paseo para contemplar la belleza y asimilar el dulce olor de la libertad. Sin embargo, andar por ahí no era una buena idea. No podía ni imaginar el lío que se armaría si se encontraba con algún conocido, con un periodista o, Dios no lo quisiera, con alguna de las cotillas más populares de la ciudad. Braxton se había convertido en un lugar tóxico para Simon: su hogar perdido; el sitio en el que su historia haría estragos durante años, donde pocos amigos lo defenderían, si es que alguno lo hacía; un entramado de calles por las que ya no podía caminar. No estaba seguro de dónde pasaría los años siguientes, en prisión o en libertad, pero no sería en Braxton. Su familia se había trasladado a otra ciudad para empezar una vida nueva. Su bufete estaba desierto y el edificio se había puesto en venta. El colegio de abogados del estado pronto le retiraría la licencia, tal como contemplaba el estatuto.

Recorriendo, cabizbajo, callejones y vías secundarias, se dirigió a casa sin ser visto. Entró en su despacho por una puerta trasera y dio una vuelta para examinar los objetos, como si se hubiera ausentado de allí durante años enteros en lugar de once días. El acuerdo de viva voz que había cerrado con Chub le permitía ocupar la vivienda hasta el 1 de julio. Después... Bueno, ¿quién lo sabía? Con las cortinas cerradas, se sentó en la recepción y observó el escritorio de Tillie, abandonado y cubierto de polvo. El teléfono estaba desconectado. El procesador de texto desactualizado casi parecía un fósil.

Aún no lograba hacerse a la idea de que Matilda Clark hubiera tenido agallas para hacer tratos en el mercado negro, comprar cierta cantidad de un veneno del que no sabía nada y alterar las galletas de jengibre, todo con la intención de matar a otro ser humano. Al mirar el puesto en el que había trabajado para él con tanta eficiencia durante doce años, se dijo que no podía ser cierto.

El papel que Jerry Korsak representaba en esa historia era otro misterio. Sin duda, añadía una oleada de incógnitas.

Pero una cosa estaba clara: Simon Latch no había matado a Eleanor; lo que significaba que lo había hecho otra persona.

Tenía ochenta y cuatro días por delante.

# 54

Teddy Hammer no perdió el tiempo. A la mañana siguiente, presentó una solicitud para iniciar un procedimiento sucesorio del patrimonio de Eleanor Barnett, que, según afirmaba, había muerto sin ningún testamento válido. Lo que Hammer quería era que designaran a Jerry Korsak como administrador.

La solicitud era el primer paso de una batalla legal que, probablemente, duraría años, como la mayoría de las legalizaciones testamentarias. Hammer creía, igual que Clement Gelly, que, si se liquidaban los bienes, generarían como mínimo medio millón de dólares en efectivo. Teddy quería su parte.

Al mismo tiempo, presentó en nombre de los hermanos Korsak dos demandas con cifras impresionantes. En la primera demandaba a Simon Latch, el autor condenado del delito, por homicidio doloso, por lo que le pedía diez millones de dólares. En la segunda le exigía veinte millones de dólares al hospital por muerte por negligencia, al haber permitido que envenenaran a una paciente ingresada en sus instalaciones. Teddy tuvo el detalle de enviarle copias de las demandas por e-mail a Simon, que no se sorprendió y disfrutó leyéndolas.

En ese momento, su patrimonio neto ascendía, como máximo, a cinco mil dólares, y la mayoría estaba invertido en muebles de oficina y un *leasing* de seis años por un Audi que ya excedía el kilometraje permitido. Apenas tenía previsiones de ingresos futuros. ¡Podían presentar cuantas demandas de reclamación de cantidad quisieran!

Abrió el portátil con cautela y empezó a leer las decenas de mensajes de correo electrónico de amigos, conocidos y clientes antiguos y actuales que estaban preocupados por sus expedientes. Luchó contra el impulso de consultar las redes sociales y echar un vistazo a las noticias. ¿Para qué echar por la borda otro día que ya era aciago de por sí?

Se mantuvo ocupado cumpliendo con tareas necesarias. Redactó una carta tipo para sus clientes en la que explicaba que ya no prestaba servicios y que tendrían que buscar a otro profesional. Puesto que no tenía previsto volver a levantar la persiana, les prometía que les enviaría sus historiales por correo o servicio de mensajería. Mandó e-mails a abogados contrarios, oficiales de justicia, magistrados y jueces, disculpándose por las molestias ocasionadas. Lo pasó mal durante una breve conversación con Paula. Los niños estaban por los suelos, y le pidió que no fuera a visitarlos por el momento. Él quería a sus hijos más que a nada en el mundo, pero no deseaba en absoluto tener que vérselas con ellos.

Se sobresaltó cuando alguien aporreó la puerta, pero hizo caso omiso.

Mucho después de que oscureciera, se aventuró a salir y fue andando con cautela hasta el bufete de Raymond. Casey estaba visitando a su novia del momento, tratando de recuperar el tiempo perdido. La mujer de Raymond prefería que este trabajara a todas horas y no pusiera los pies en casa. El abogado estaba terminándose un sándwich cuando Simon lo encontró en la sala de reuniones bajo una capa de humo del primer puro, que ya cubría la atmósfera sobre la mesa alargada. Se sirvieron bourbon, y Simon dio un gran trago.

—Si algo hemos aprendido es que no podemos presuponer nada. Por culpa de las suposiciones, se me acusó de ser el asesino y me han declarado culpable aunque sabemos que no es cierto. Ahora estamos presuponiendo que Matilda Clark está implicada junto con Jerry Korsak, y quizá sea un error.

—Estoy de acuerdo contigo, pero ¿se te ocurre algún sospechoso mejor?

—Muchos. Hagamos un repaso de la situación. Yo compré las galletas y Matilda las llevó al hospital. El asesino accedió a la habitación de Eleanor y las vio. No creo que tuviera la sangre fría, ni tiempo, de sacar las veinticuatro galletas de las dos cajas e impregnarlas de talio en la habitación. Parece más sensato que, después de verlas, fuera a Tan Lu y comprara dos cajas idénticas, pagando en efectivo, claro, y luego se las llevara a su casa o adonde fuese y allí las envenenara. Más tarde, en el momento adecuado, seguramente después de medianoche cuando no hay casi nadie, volvió a la habitación y cambió unas cajas por otras.

Raymond lo escuchaba con el entrecejo fruncido y prendió una cerilla.

—Me suena haber tenido una conversación parecida a esta hace un mes.

—Sí, pero hace un mes ni tú ni yo creíamos posible que doce miembros de un jurado me declararan culpable. Y nos equivocamos. Tampoco disponíamos entonces del tiempo ni el dinero para investigar a otros sospechosos. Ahora, Raymond, la situación es radicalmente distinta. Debemos descubrir al asesino.

—Creía que estabas convencido de que lo hicieron Matilda y Jerry Korsak.

—Son los principales sospechosos, pero ¿y si nos equivocamos? Podemos investigarlos, no sé muy bien cómo, pero ya se nos ocurrirá algo. Al mismo tiempo, ampliaremos las posibilidades.

—¿Hasta qué punto?

—Le presentaste al jurado las caras de treinta médicos, enfermeras y empleados del hospital que tuvieron acceso a la habitación de Eleanor. Me pareció una idea brillante y dio su resultado.

—Creo que no impresioné mucho al jurado.

—Es posible. Pero he vuelto a revisar el expediente, página por página y palabra por palabra, y he encontrado tres nombres más. Treinta y tres en total. Creo que podemos dejar tranquilamente al margen a los tres administrativos y las dos secretarias del hospital. Eso deja veintiocho. Un total de siete médicos le administraron algún tratamiento a Eleanor o pasaron a ver cómo estaba, y cada vez enviaron las respectivas notificaciones al seguro. Eliminemos a esos siete. Nos quedan veintiuno. Estuvo ingresada dos semanas, y consta que al menos ocho enfermeras se ocuparon en alguna medida de su cuidado. Para ganar tiempo, quitemos a esas ocho de la lista. He encontrado una docena de casos de los últimos cincuenta años en que las enfermeras se deshicieron de sus pacientes hospitalizados por muchos motivos, a cuál más disparatado, pero no es ahí adonde quiero ir a parar. Nos quedan trece. Tres encargados de mantenimiento estuvieron de guardia a horas diversas, pero no tuvieron que dejar constancia en ningún informe. Aparecen en el registro de planta. No quiero presuponer demasiado, pero imaginemos que esos tipos no eran lo bastante refinados para conseguir talio en el mercado negro. Nos quedan diez: técnicos y celadores. Esa clase de profesionales tienen muchos conocimientos de tratamientos y fármacos, y, como en todos los hospitales, pudieron acceder con bastante libertad a la habitación de Eleanor. ¿Me sigues?

Raymond exhaló una voluta de humo con los ojos cerrados.

—Me parece que sí. Continúa.

—Pues empecemos por los diez principales. Por desgracia, sabemos muy poco de ellos porque no podemos acceder a sus registros e historiales de empleado. Tenemos que piratear los archivos del hospital.

—Vamos, Simon.

—No hay razón para que te impliques, lo haré yo. Joder, ¿qué puedo perder? El viernes me condenaron por asesinato y hoy me han demandado por daños y perjuicios. Una simple acusación por piratear datos no me da ningún miedo.

—Tú mismo, amigo. Mi bufete hará todo lo posible por ayudar a investigar a cualquier posible sospechoso, pero no vamos a correr riesgos. ¿Me estás pidiendo dinero?

—No, solo estoy pensando en voz alta, Raymond. La persona que mató a Eleanor estuvo en su habitación del hospital. Y fue alguien que se suponía que debía estar allí, que pasó desapercibido. Alguien a quien no le preocupaban las cámaras de seguridad, aunque hay muy pocas, debo decir.

—¿Y cuál sería el móvil? En el juicio se argumentó que tú tenías un móvil. Quizá Matilda y Jerry también lo tuvieran. ¿Por qué querría un empleado del hospital envenenar a una anciana que, de todos modos, ya estaba malherida?

—No hay respuesta a esa pregunta. Enfermeras que matan a sus pacientes, violadores en serie que atacan a mujeres al azar, criminales armados que se cargan a niños en las escuelas. No sé cuáles son sus móviles. Hay gente que está pirada y punto.

—Tienes toda la razón, Simon. Mira, haremos lo que podamos. Perder este caso es un golpe tremendo, ¿sabes? A ti te toca la peor parte, pero también para mí supone una patada en los huevos. Es un veredicto de mierda que no debería haberse pronunciado nunca. Lo siento, Simon.

—Por favor, no vuelvas a decirme eso, Raymond. Recuerda que estoy muy en deuda contigo. Hiciste un trabajo espectacular y deberíamos haber ganado el caso.

—Sí, deberíamos haber ganado.

El pub de Chub volvió a abrir tras un cierre por reforma. Si el lavado de cara incluía pintura, moqueta y muebles nuevos y una limpieza a fondo para quitar las manchas de nicotina, no era evidente a simple vista. El aspecto y el olor seguían siendo los mismos, y a la clientela, habituada al ambiente más bien cutre, no le importaba. Simon siempre sospechó que Chub había cerrado el local a toda prisa y se había marchado de la ciudad para despistar al FBI, o por lo menos para esperar a que se calmaran sus ansias de atacar. En aquel momento, Chub estaba convencido de que había sido Simon quien le había quitado de encima a los perros.

Ahora, Simon había vuelto y necesitaba un favor. Se dejó caer por allí el martes a última hora de la noche y así evitó toparse con caras conocidas. En la barra, Valerie lo recibió con una sonrisa de oreja a oreja.

—Mira por dónde. ¿Ya te has escapado?

—Ja, ja. Tengo derecho a unos meses de libertad.

—Según los rumores, te sacaron de la sala a rastras encadenado de pies a cabeza y te llevaron directo al corredor de la muerte.

—¿Y hasta qué punto son de fiar los rumores por aquí?

—No son nada de fiar. Me alegro de verte, Simon. De hecho, me puse a llorar cuando me enteré de la noticia.

—Yo también. Un bourbon con ginger ale.

—Ahora mismo.

—No veo a Chub. ¿Está por aquí?

—Arriba. Voy a buscarlo.

Valerie deslizó la bebida sobre la barra y desapareció. Simon pegó los ojos a un partido de los Dodgers y deseó que no lo molestara nadie. Se alegró de que fuera béisbol y no baloncesto; de lo contrario, se habría sentido tentado a apostar.

Chub nunca lo había invitado a su despacho. En una pared no había nada salvo una luna tintada unidireccional que permitía que el jefe observara lo que ocurría en la planta de abajo. Otra estaba decorada con camisetas enmarcadas con firmas de figuras famosas del fútbol americano. La tercera la cubrían fotos ampliadas de Chub luciéndose junto a héroes deportivos entrados en años, de los cuales Simon no reconoció a ninguno, y unos cuantos tipos de aspecto turbio que, probablemente, eran políticos o cabecillas de una banda criminal. La última pared exhibía balones de béisbol, baloncesto y fútbol americano con autógrafos, banderines, programas de la Super Bowl, hojas de apuestas del Derby de Kentucky, etcétera.

Se sentaron en sillas cómodas y sorbieron sus bebidas: bourbon con ginger ale para Simon; un botellín de cerveza para el jefe.

—Lo siento mucho, tío —dijo Chub—. No me lo podía creer. Tu abogado dice que vais a apelar y todo eso.

—Ese es el plan, pero tenemos un gran desafío por delante. Necesito ayuda, Chub.

—Bueno, si lo dices por el despacho, quédate el tiempo que quieras. Aún estoy planeando una reforma, seguramente lo alquilaré como espacio de trabajo, quizá con algún negocio en la planta baja. Pero no tengo prisa.

—Gracias. Te lo agradezco de verdad. En este momento no tengo ningún otro sitio adonde ir.

—Qué mierda.

—Pero no es por eso por lo que estoy aquí.

Como siempre le ocurría con Chub, Simon se preguntaba si alguien más estaría escuchando la conversación, aunque creía que no. Además, ¿qué le importaba a esas alturas?

—Necesito ayuda, y eso implica a un buen hacker.

Chub dio un silbido, como si la magnitud del delito lo hubiera dejado estupefacto. Como si ser corredor de apuestas y regentar un garito de juego ilegal durante los últimos treinta años no fuese nada en comparación con la piratería informática.

—No puedo ayudarte, Simon. Yo no tengo ni idea de hackear. Para mí los ordenadores son de otro planeta.

Durante, como mínimo, los últimos diez años, las máquinas de videopóquer de Chub incluían un programa informático casero que le permitía llevar el control de sus clientes más activos. No era del dominio público, pero los apostadores lo sabían. Sin embargo, siempre fingía que las cuestiones tecnológicas lo superaban.

—No te pido que te impliques directamente —explicó Simon—. Necesito que me ayude Spade. Él conoce a los tipos adecuados.

—Sí, y hace dos años estuvieron a punto de trincarlo. Ahora está a la que salta, y no lo culpo.

—Lo que te pido es lo siguiente, Chub: quiero que hables con Spade para no tener que hacerlo yo. Él buscará a un hacker, que no sabrá mi nombre pero me dará pautas de cómo entrar en los registros del personal del hospital. Spade no quebrantará ninguna ley, ni tú tampoco; ni siquiera el hacker. Y, si me pillan, ¡alabado sea Dios! Me han condenado por asesinato y me espera la cárcel, así que no tengo nada que perder.

—¿Quieres hackear el hospital?

—Sí. Me imagino que no será fácil.

—Ni idea, tío. No es mi mundo.

—Ya lo sé, pero Spade entiende mucho de eso y conoce a las personas adecuadas.

Chub dio un gran trago del botellín y miró la pared con las camisetas de fútbol americano.

—¿Y si Spade quiere cobrar?

—Entonces recuérdale que en diciembre le quité de encima al FBI. Dile que me acostaba con la agente especial que estaba al cargo de la investigación. Quizá a ti también te iría bien recordarlo.

—Ah, me acuerdo perfectamente. —Dio otro trago—. ¿Te estás tirando a una federal?

—Es una vieja amiga de la facultad de Derecho. Y, por favor, mantén la boca cerrada.

—¿A quién quieres que se lo diga aparte de a Spade? Todas mis conversaciones son confidenciales, Latch. Pero eso ya lo sabes.

Claro. Tan confidenciales que, si se descuidaba, las grababa la poli.

—Lo sé. Habla con Spade, Chub. Necesito ayuda. Estoy muy desesperado.

—Veré lo que puedo hacer.

# 55

Se encontró con Landy en un hotel de carretera que estaba a dos horas de Braxton en dirección sur por la Interestatal, cerca de Staunton, Virginia. Ella se encontraba en la zona trabajando en un caso y podía escabullirse unas horas sin levantar sospechas. Aunque deseaba ayudarlo, cada vez le preocupaba más lo de participar a escondidas en el caso de Simon. Su supervisora le exigía detenciones en una investigación de delitos de cuello blanco que estaba llevando a cabo, y la presión empezaba a pasarle factura. Además de sus problemas profesionales, su divorcio por fin era definitivo y, aunque se sentía aliviada por la ruptura, atravesaba el lógico proceso de desilusión. Que hubieran encarcelado a Simon no ayudaba. Había hablado incluso de darle un giro total a su carrera, pero ponerse a trabajar de abogada novata con cuarenta y tres años, en un bufete de nulo prestigio, era algo que no le resultaba nada tentador. Con un suministro infinito de talento más joven, muy pocos bufetes querían contratar a alguien como Landy.

Simon fue al vestíbulo a por unos cafés y los llevó a la habitación. No eran las cuatro de la tarde aún, demasiado temprano para pensar en cenar y tomar unas copas. Tampoco es que ninguno de los dos estuviera de humor. Ambos tenían sus vidas patas arriba.

—Espero que estés ignorando las redes sociales —dijo ella.

—Del todo. Las evito, y también la televisión, los periódicos y las revistas. Supongo que la historia circula por todas partes.

—Es una locura, y eso es decir poco. Los tabloides están desatados. Las historias que cuentan son prácticamente ficción. Los posts son lo más descabellado que he visto en mi vida. Es vergonzoso.

—No me des detalles, Landy. Ya está todo bastante mal. Paula me ha informado hoy de que en el colegio de los niños ya ha corrido la noticia. El apellido Latch no es muy común.

—Lo siento. Perdona que haya sacado el tema. He pensado que deberías saberlo.

—Gracias. Sé que estás preocupada.

Sin traspasar ningún límite, ni infringir ninguna norma de la agencia, Landy había recopilado información sobre Matilda Clark y su novio. En febrero, Jerry Korsak había firmado un contrato de seis meses de alquiler de un apartamento de un dormitorio en Fredericksburg. Matilda dejó de trabajar para Simon en marzo, diciéndole que se iba a Florida, pero lo que hizo fue mudarse a vivir con Jerry. En la actualidad, era secretaria en una agencia de alquiler de coches cerca del Reagan National Airport, que estaba más o menos a una hora de su apartamento. Al parecer estaba allí a jornada completa.

Si Jerry tenía trabajo, no era de dominio público. No estaba registrado en la Comisión de Empleo de Virginia, así que no tenía una nómina de la que se pudieran deducir los impuestos. Tenía cincuenta y un años y una vida laboral intermitente, siendo generosos. Como estaba intentando que lo nombraran administrador de las propiedades de Eleanor, a partir de entonces sería más fácil de vigilar. Tendría que acudir al juzgado y presentar peticiones. La jueza Pointer todavía no había aprobado su solicitud para ser administrador, pero en aquel momento era la única persona que estaba interesada en serlo.

Aunque Matilda y Jerry eran sospechosos legítimos de la

muerte de Eleanor, había varios problemas importantes para investigarlos. El más obvio era que el inspector Roger Barr había dejado de investigar. Había detenido al sospechoso más probable, lo había procesado, había ayudado a imputarlo y condenarlo, así que, en lo que a Barr se refería, el caso estaba cerrado. Y un asesino desde prisión no podía exigirles a los policías que retomaran una investigación para intentar invalidar su condena. Otro problema era la falta de pruebas. No había ninguna. Si Matilda y Jerry fueron los culpables, ¿dónde estaban los testigos? Ni un solo empleado del hospital los había visto por allí a horas raras. ¿Dónde estaba el veneno? Lo que no consumió la víctima se habría desechado hacía meses. ¿Dónde estaban las pruebas de que alguno de ellos lo había adquirido? Encontrar al vendedor del mercado negro que se lo proporcionó sería imposible.

¿Y dónde encontrar ese mercado negro, de todas formas? Como sospechaba Landy, ni siquiera al FBI le preocupaba demasiado el tráfico ilegal de un veneno que prácticamente carecía de demanda. Esa agencia, y una docena más, ya tenían bastante con intentar interrumpir el comercio de sustancias mucho más populares.

—Es un callejón sin salida, Simon. El FBI está fuera de su jurisdicción y la policía local ya ha hecho su trabajo. Ya han dado con quien buscaban.

Simon asintió sin decir nada. La posesión de talio no era un delito. Producirlo sí. Así que seguramente vendría de algún lugar del tercer mundo.

Sacó unos papeles del maletín y los extendió sobre la mesa.

—Siguiente proyecto que tengo para ti. Los nombres de algunos de los empleados del hospital. ¿Estabas en la sala cuando Raymond puso unas cuantas caras en la pantalla?

—Sí, fue el jueves pasado, ¿no?

—Sí. Treinta y tres doctores, enfermeras y otros empleados, como mínimo, tenían acceso a la habitación. Los hemos eliminado a todos menos a diez. ¿Puedes darles un repaso en busca de algo turbio y contarme un poco de su pasado, sin que salte ninguna alarma?

Ella ojeó las páginas. A cada nombre le acompañaba una foto a color y un breve párrafo sobre el empleado. Raymond se había hecho con esa información durante la fase de obtención de pruebas.

Landy miró la lista y comentó:

—Dos farmacéuticos, dos técnicos, un dietista, dos auxiliares de enfermería y tres celadores. ¿De verdad crees que un dietista envenenaría a una paciente?

—No. Pero tampoco apostaría por que lo haría su abogado.

—Y los farmacéuticos no hacen las rondas, ¿no?

—Estoy desesperado, Landy, ¿vale? Sígueme la corriente.

—Está bien, está bien.

—¿A cuánta información tienes acceso?

—Montones. La base de datos de la agencia es enorme. Titularidad de propiedades, cualquier servicio público, actividad de tarjetas de crédito, registro civil, educación, religión, juicios, informes de crédito, historial delictivo, historial laboral, etcétera, etcétera, etcétera.

—¿De todos los ciudadanos estadounidenses?

—Prácticamente de todos los adultos. Pero casi todos los datos provienen de otras fuentes, muchas de ellas públicas. La agencia solo los indexa y lo recopila todo.

—¿Y tú tienes acceso a todos esos datos?

Ella se lo pensó un momento y se encogió de hombros.

—Claro, con una justificación —contestó—. A ver qué encuentro.

Por fin llegaron a la cena y las copas. Simon no quería volver conduciendo a casa y le daba escalofríos pensar en pasar otra noche en El Armario. Así que durmieron juntos en la cama de aquel hotel de carretera, sin que se les ocurriera ni remotamente tener ningún tipo de intimidad.

Tras una semana como delincuente condenado, Simon necesitaba un cambio de aires. Había intentado permanecer oculto y encerrado, y se sobresaltaba cada vez que a algún imbécil le daba por aporrear su puerta. En ese tiempo, hasta donde él sabía, no había hecho ningún progreso en su intento de exonerarse. Pasó días enterrado entre registros hospitalarios, buscando más nombres de empleados del hospital que hubieran estado en la tercera planta durante el ingreso de Eleanor. Cuando no repasaba ese material tan monótono, trabajaba en el primer borrador de su recurso de apelación ante el Tribunal Supremo de Virginia. A lo largo de toda su carrera, solo había apelado dos casos en un tribunal, asuntos muy rutinarios. Y en ambos había sido el abogado, no el cliente. Verse al otro lado le resultaba rarísimo. En vez de simplemente aprovechar casos antiguos y recurrir a una rebuscada jerga legal, tenía que encontrar unas palabras que le sirvieran para salvarse el cuello. Se había jurado que haría los borradores que hicieran falta hasta que todas las palabras fueran perfectas y muy persuasivas y al tribunal no le quedara más alternativa que revocar el veredicto. Si una prosa cuidada y unos argumentos inteligentes podían hacer que la balanza se inclinara a su favor, él lo iba a lograr.

Mientras, Landy rebuscaba en la base de datos del FBI. Casey estaba preguntando por Braxton, en busca de algún cotilleo sobre alguno de los empleados del hospital. Y Spade estaba tardando demasiado en encontrar a un hacker adecuado.

El primer sábado de junio, Simon cogió todo su equipo de acampada y salió de la ciudad. Paró en un colmado rural y compró carne en lata, *crackers*, cecina de vaca y una botella de whisky, cosas que no pesaban mucho para llevarlas en una mochila. Cogió la carretera Blue Ridge Parkway y disfrutó de un lento trayecto en coche hacia el sur de noventa minutos, con maravillosas vistas. Entró en el Shenandoah National Park y paró en un área de descanso en la que había una docena de vehículos. Tardó unos minutos en colocarse la mochila en la posición más cómoda posible y después echó a andar por un sendero de ocho kilómetros, que le llevaría unas dos horas. Hawksbill Mountain se elevaba sobre el valle, con sus mil doscientos metros, la montaña más alta del parque. Había subido muchas veces a lo largo de los años. Le encantaban las vistas y la soledad que había allí arriba.

En un día claro, desde lo más alto se veía a una distancia de ochenta kilómetros. Todo el mundo se detenía en la cima a descansar, hacer fotos, comer, echar una siesta, e incluso dibujar o pintar. Había señales de peligro por todas partes. Según una guía que había leído, desde que se abrió el camino en 1936, al menos siete personas habían dado un paso en falso y perdido la vida. Y tres de los cadáveres no se hallaron hasta varios meses después, cuando se fundió la nieve y los coyotes acabaron su trabajo. Dos de esas personas habían dejado notas de despedida.

Como le quedaban menos de noventa días para entrar en prisión, Simon no dejaba de darle vueltas a su futuro, por negro que pintara. Si sus esfuerzos por limpiar su nombre no llegaban a ninguna parte, que era lo más probable, tenía intención de ir a aquel lugar, al pico de Hawksbill Mountain, a encontrar su final. Dejaría notas en su coche, se tomaría un par de chupitos de bourbon, iría corriendo hasta el borde de la roca y se tiraría al vacío.

Se sentó en un banco, bebió agua, respiró el aire puro, contempló al panorama y se sintió en paz con esa decisión. Cuanto más se imaginaba ese vuelo, más ganas tenía de realizarlo.

# 56

Simon nunca contestaba ninguna llamada de un número desconocido. Si se trataba de algo importante, ya le dejarían un mensaje en el contestador. A veces alguno resultaba lo bastante interesante como para devolver la llamada. El que se encontró aquel día decía: «Simon, Spade me ha dicho que te llame». Una voz femenina, pausada, precisa, un poco sexy.

Devolvió la llamada inmediatamente.

—Soy Simon Latch.

—Hola, Simon, soy Zander. Un placer.

Mujer de pocas palabras.

—¿Conoces a Spade? —preguntó.

—Oh, sí. Tuvimos mucha relación en el pasado. Una larga historia. Me ha pedido que me reúna contigo para que me informes.

Como era una completa desconocida y se suponía que pertenecía a la órbita de Spade, pero no daba muchos detalles, Simon se dijo que debía tener cuidado con lo que revelaba por teléfono. Era posible que alguien estuviera escuchando. Pero bueno, ¿y qué? ¿Qué podían hacerle las autoridades que no le hubieran hecho ya?

—¿Dónde quieres que nos veamos?

—Supongo que últimamente prefieres mantener un perfil bajo.

—La verdad es que sí.

—Hay una cafetería especializada en tés e infusiones cerca de la universidad, en Kitt Street. ¿Nos vemos allí dentro de una hora?

—Hecho.

Las infusiones no eran muy populares en la Virginia rural. La cafetería era diminuta, solo tenía seis mesitas redondas y, a las diez y media de la mañana, no había ningún otro cliente. Zander estaba sentada en una esquina y lo saludó con la mano un poco desganada, como si hacerlo le costara un esfuerzo. De no ser por el pelo verde brillante y de punta, la colección de piercings faciales y el exceso de rímel, tal vez habría resultado atractiva. No era posible determinar su edad, probablemente estaría entre los dieciocho y los treinta y cinco. Lo primero que pensó Simon fue: «¿Le voy a confiar mi futuro a una tía así de extravagante?».

Se sentó sin estrecharle la mano, aunque tampoco ella se la tendió.

—Encantado de conocerte, Zander —dijo y la saludó con un gesto de la cabeza.

—Igualmente. —Ahí estaba de nuevo esa voz lenta y seductora. Casi compensaba la impresión inicial que daba su apariencia.

—¿De qué conoces a Spade?

Sonrió. Unos dientes muy bonitos. Y no llevaba piercing en la lengua.

—Mi madre es una de sus exmujeres. Vivimos en la misma casa durante una breve temporada, cuando yo tenía unos dieciséis. —Lo dijo como si hubiera pasado muchísimo tiempo desde entonces—. Después se separaron y nosotras nos fuimos. Pero siempre me ha caído bien. Fue mi inspiración a la hora de dedicarme a un trabajo no habitual.

Simon no quería profundizar en ese tema.

—¿Quieres un té o una infusión? —preguntó ella.

La taza que Zander tenía delante estaba casi vacía.

—¿Tienen café? —preguntó mientras le echaba un vistazo a una carta que había en la pared.

—Claro. ¿Algo especial?

—No, solo.

—Lois —dijo ella en voz más alta—, un café solo y otro poleo-menta.

Desde algún lugar al otro lado de una cortina Lois gruñó, aunque también pudo ser un eructo. Fuera lo que fuese, se trataba de su forma de indicar que había oído el pedido.

—Entiendo que sabes algo sobre el lado oscuro de internet.

Ella sonrió otra vez.

—¿Cuánto te ha contado Spade?

—Nada.

—Muy propio de él. He leído sobre tu caso, de hecho todavía estoy en ello. Hay mucha información por ahí. ¿Estás al día de todo?

—Oh, no. Me he desconectado del todo de las redes sociales y de toda esa mierda por ahora. Es demasiado deprimente.

—Yo vivo online. Veinticuatro siete. No hago nada más. Mi novio y yo liamos una muy gorda hace unos años: bloqueamos todo un departamento de transporte de un estado del Medio Oeste. Y nos pagaron para que lo liberáramos.

—¿Y sigues dedicándote a ello?

—Más o menos. Sin llamar la atención. De esa nos libramos, pero nos pillaron en el siguiente trabajo. Él cargó con la culpa y está en la cárcel. Saldrá dentro de cuatro meses y supongo que tendremos que tomar unas cuantas decisiones.

Lois cruzó la cortina, dejó dos tazas en la mesa sin decir nada y desapareció.

Simon ignoró la suya y dijo:

—Estoy intentando encontrar al asesino. Puede ser alguien que trabaja en el hospital. Necesito expedientes personales, todo lo que haya. Y, claro, es confidencial.

—Todo es confidencial, Simon. A no ser que sepas cómo colarte en esos archivos confidenciales.

—¿Y tú sabes?

—Claro, eso es muy fácil. Los hospitales no son seguros, solo se lo creen. Los derechos del paciente y todas esas chorradas. El problema de esos sitios es que tiene acceso demasiada gente. Y ahora además ofrecen consultas online, por Zoom, y terapia a distancia. Todo eso a los profesionales nos facilita mucho las cosas a la hora de colarnos a echar un vistazo.

—Me interesan diez personas que trabajan allí.

—No hay problema, pero no sé qué esperas encontrar. Quiero decir que si alguien, yo qué sé, un celador, tiene la costumbre de envenenar gente, seguro que no lo va a poner en su ficha.

—Lo entiendo.

—Bueno, es de sentido común.

—Tal vez, pero por alguna parte tengo que empezar. He hecho una lista con los nombres.

—Todo en papel, nada online, nada en tu ordenador. Todo deja rastro, Simon, y yo puedo encontrarlo.

Simon le dio una hoja de papel doblada con los diez nombres. Ella la cogió, la dejó en la mesa y la ignoró.

—¿Cuánto tiempo te llevará?

—¿Tienes prisa o algo?

—Por supuesto que tengo prisa.

—¿Mañana a la misma hora?

—Vale. Tan fácil es, ¿eh?

Ella lo miró como diciendo: «¿Lo dudabas o qué?».

Se preguntó si todo el metal que llevaba en las cejas le impedía parpadear. Su mirada no resultaba desagradable, pero sí le parecía cada vez más perturbadora. Fuera cual fuese la droga que estaba tomando para estar siempre tan tranquila y despreocupada, él también quería.

De delincuente a delincuente, se atrevió a preguntar:

—¿Te preocupa que te pillen?

—La verdad es que no. Pasa a veces, pero pocas. Estamos a años luz de los polis, muy por delante. Y si te atrapan, como a Cooley, mi novio, te llevan a un bonito campamento federal y sigues trabajando desde allí.

Había muchísimas cosas que no sabía, y más incluso que no quería saber.

A la mañana siguiente volvió a encontrarse con Zander en la misma mesa y ambos pidieron lo mismo. Ella le pasó un sobre marrón sellado, de veintiocho por veinte centímetros.

—Me temo que no hay gran cosa ahí dentro —le dijo—. Lo habitual: solicitudes de empleo genéricas, referencias, estudios, datos de la nómina y alguna que otra sanción disciplinaria, pero todo sin importancia. Nada que me haya llamado la atención.

Hablaba como si fuera ella quien estaba a cargo de la investigación, pero eso a Simon no le molestaba. Ella trabajaba en un mundo que a él le era totalmente ajeno: si quería utilizar sus conocimientos para ayudarlo, por él perfecto.

—No entiendo qué esperabas encontrar —comentó Zander.

—No sé. A estas alturas ya estoy muy desesperado, ¿sabes?

—Claro, pero no hay nada útil en los expedientes personales. Si hay alguien con malas intenciones actuando en el hospital, algún empleado que pueda estar implicado en un envenenamiento, no habrá nada en su archivo. ¿Es que crees que lo va a decir abiertamente? ¿Aficiones: fabricar veneno? ¿Coleccionar sustancias prohibidas adquiridas en el mercado negro? ¿Estudios: me expulsaron de la facultad de Química por hacer estallar un laboratorio?

¡Pero qué impertinente! Simon intentó contener una sonrisa; admiraba su sarcasmo y su osadía. Nada la intimidaba.

—Lo comprendo —tuvo que reconocer—. Pero esto solo es el principio, ¿vale? Y por algún sitio tengo que empezar.

—Pues empiezas mal.

—No es la única vía de búsqueda de información que tengo abierta. —Le dio un sorbo al café e intentó sostenerle la mirada.

Ella entornó los ojos tras sus llamativas pestañas y preguntó:

—¿Y dónde más estás buscando?

—Alguien en ese hospital tenía el talio. Esa persona es una psicópata a la que le gusta el veneno y seguramente lo habrá utilizado antes.

—¿Y crees que encontrarás algo así en su archivo?

—No, claro que no. ¿Has sido siempre tan listilla?

—Seguramente. Hablé con Cooley anoche.

—¿Cooley tiene móvil?

—Tres, todos de contrabando, claro. Es mejor que te enteres de cómo van esas cosas en la cárcel. Los funcionarios meten teléfonos a escondidas y se los venden a los internos.

—Es bueno saberlo.

—Algunos ganan un montón de pasta colando cosas allí dentro.

—No lo olvidaré. ¿Y qué te dijo Cooley?

—Se quedó intrigado. Le llevó dos horas encontrar a un vendedor de talio, un tipo de Singapur. Si hubiera querido, le habría podido hacer un pedido. Quinientos dólares por cincuenta gramos.

A Simon se le aceleró la respiración mientras su mente se ponía a pensar como loca.

—Tú no podrías pedirlo, porque dejarías un rastro —continuó ella—. Pero nosotros no.

—Vale, pero creo que ya es tarde para eso. Déjame que piense un momento. ¿Es así de fácil?

—Oh, no. Es un lío brutal. Muy complicado para un hacker normal, e imposible para una persona como tú. Es la web más oscura, Simon. No se te ocurra entrar ahí.

—No tengo intención, no te preocupes.

Zander se terminó su infusión y preguntó:

—¿Tienes prisa?

—No.

Miró a una entrada, que aparentemente daba a la cocina, y dijo:

—Lois, más café y otra infusión, por favor.

Lois no contestó.

Simon la creía, pero se preguntó si debería tener más cuidado. Sonaba muy fácil: un interno de una prisión federal con tres teléfonos móviles y un ordenador, todos de contrabando, que entra en la web oscura y encuentra a alguien que le suministra talio en menos de dos horas.

Se quedaron sentados en silencio unos minutos, esperando las nuevas bebidas. Cuando Lois volvió a desaparecer, Zander dijo:

—A juzgar por lo que he leído, aunque lo pongo todo en cuarentena, parece que tú compraste las galletas de jengibre y tu secretaria las llevó al hospital, pero en aquel momento todavía estaban en perfectas condiciones.

—Si no fue mi secretaria la que envenenó las galletas.

—¿Es una posibilidad?

—Remota.

—Vale, así que tu teoría es que alguien de dentro fue quien lo hizo.

—Correcto.

—Pues tenemos trabajo que hacer.

No sabía por qué, pero se sentía más seguro con una delincuente como Zander de su lado que con el FBI.

# 57

Simon no sentía ninguna lealtad hacia Eleanor Barnett. Su engaño le había causado demasiados problemas, más de los que jamás pudo prever. Pero el testamento que redactó para ella se hizo en tiempo y forma y era válido legalmente, a menos, claro, que alguien pudiera demostrar que Eleanor no estaba en plenas facultades mentales cuando lo hizo, aunque eso era algo que ya no tenía nada que ver con él. Por esa razón no se iba a quedar ahí sentado y dejar que Teddy Hammer y sus interesados clientes se apropiaran de lo que quedaba de su reducido patrimonio. Además, estaban a punto de quitarle la licencia para ejercer y echarlo del colegio de abogados, así que ¿qué importaba? Decidió que iba a dar un último golpe en la mesa antes de irse por la puerta grande.

Presentó una petición para legalizar el testamento de Eleanor, y adjuntó las declaraciones juradas que habían firmado los Larson y otra suya, en la que se daba fe de que Eleanor Barnett estaba «en plenas facultades mentales y no se apreciaba pérdida de memoria». Como era imposible que la jueza Pointer lo nombrara albacea a él, en ese documento le solicitaba al juzgado que eligiera a Clement Gelly, que seguía actuando como curador. Cuando llamó a la jueza, ella pareció alegrarse de oírlo, e incluso le dijo que estaba preocupada por él. No puso ninguna pega a que él añadiera el testamento de Eleanor a la guerra que ya se estaba librando. Decidió que la vista inicial para la legalización del testamento sería el 17 de junio y se enviaron las notificaciones correspondientes. Como era de esperar, ese movimiento llamó la atención de una marea de reporteros y de otros personajes que pululaban habitualmente por los juzgados.

Simon sabía que sus días de frecuentar los juzgados estaban contados. Tenía que comparecer ante la jueza Shyam el 22 de agosto para oír la sentencia, y estaba bastante seguro de que sería la última vez que entraría en un tribunal. En esa vista inicial para la legalización, en el juzgado que mejor conocía, quería dar una imagen impecable y actuar como si en su vida no estuviera ocurriendo nada de nada. Les había dicho a Paula y los chicos que su apelación tenía muchísimas posibilidades de prosperar y que seguro que anulaban su sentencia de prisión. Se había negado a hablar con ningún periodista hasta entonces y aquel día también los evitó, entrando por una puerta lateral, y subió corriendo a la sala principal.

La jueza Pointer llamó al orden, saludó a la multitud allí reunida y les dio las gracias a todos por su asistencia y su interés en que el sistema judicial funcionara correctamente. Por supuesto, lo que había llevado allí a toda esa gente no tenía nada que ver con aquello. Estaban todos en esa sala para ver al abogado que envenenó a su clienta, una viuda rica, y al que al final habían condenado por su asesinato. Querían poder contar la historia en primera persona. Y Simon sabía que todos los ojos estaban puestos en él. Los de allí que lo conocían (abogados, oficiales de justicia, habituales del juzgado), en general, no se podían creer que Simon Latch, uno de los suyos, se hubiera metido en un lío como ese. Y les costaba digerir que fuera a acabar en la cárcel. Los demás (reporteros, periodistas, aficionados al *true crime*) estaban ahí porque olían la sangre y querían ver la carnicería con sus propios ojos.

Wally Thackerman lo contemplaba todo desde la última fila, sin llamar la atención, muerto de curiosidad, pero sin querer sacar a la luz su versión del testamento de Eleanor, sobre todo porque no tenía ni idea de qué podía pasar si lo hacía. Las posibilidades de que consiguiera lograr lo que pretendía con ese movimiento y hacerse con algo de dinero eran muy remotas. Las posibilidades de quedar en ridículo eran bastante altas.

Como solicitante, a Simon le concedieron la palabra primero. Sin hacer ninguna mención a sus propios problemas, le explicó a la jueza Pointer que el 27 de marzo del año anterior, la fallecida, Eleanor Barnett, había firmado un testamento que redactó él, que cumplía con todos los requisitos legales. Lo presentó como Prueba A y ella lo aceptó. En rápida sucesión Simon llamó a sus testigos. Primero subió Tony Larson al estrado y le preguntó cómo había conocido a Eleanor Barnett y si había sido testigo del momento de la firma del testamento. Su mujer, Mary Beth Larson, fue la siguiente y explicó que su buen amigo el señor Latch, el abogado que ejercía en la puerta de al lado, les había pedido varias veces que se pasaran por su despacho para hacer de testigos cuando tenía que preparar testamentos. Después dijo que Eleanor Barnett le había impresionado mucho y que no tenía ni la más mínima duda de que la anciana estaba en su sano juicio y sabía perfectamente lo que estaba haciendo. Incluso se fueron todos a comer al restaurante que había a la vuelta de la esquina cuando acabaron.

Demostrado que el testamento cumplía los requisitos para la legalización, la siguiente pregunta era: ¿quién sería albacea o administrador de los bienes? En el testamento se nombraba a Simon como albacea, pero eso, en las circunstancias actuales, resultaba imposible. Hacía falta un administrador y Simon propuso que se nombrara a Clement Gelly. Clement subió al estrado y accedió a seguir a cargo de todo lo relacionado con el patrimonio.

Teddy Hammer quería que fuera Jerry Korsak el que controlara ese patrimonio, pero no se atrevió a subirlo al estrado.

Si lo hacía, Simon podría interrogarlo y era más que probable que eso terminara en desastre.

—Señoría, tenemos plena confianza en el señor Gelly y accedemos a que se lo nombre administrador —dijo Teddy—. Pero el problema principal que vemos aquí es la validez de ese testamento. Tenemos intención de impugnarlo y solicitar que la cuestión se resuelva en un juicio.

—¿Y qué van a alegar para la impugnación? —preguntó la jueza Pointer.

—Influencia indebida. La señora Barnett estaba bajo el control total del señor Latch cuando firmó su testamento. En el juicio vamos a demostrar que, en el momento en que se redactó, el señor Latch creía, erróneamente, que su clienta era muy rica. La redacción del testamento le otorga poderes extraordinarios, además de la seguridad de obtener unos honorarios sustanciosos por actuar en representación no solo de su patrimonio, sino del fideicomiso que se creaba en el mismo documento. Iba a por su dinero, señoría, simple y llanamente.

Lo último que quería Simon en aquel momento de su vida era tener que soportar otro juicio, sobre todo uno centrado solamente en él. Y no tenía intención de presenciar cómo se peleaban todos por ese testamento, porque le daba igual quién se llevaba el dinero y cuánto había en realidad.

Consiguió desconectar de Teddy Hammer y de todos los demás en la sala. Durante un momento se sintió encantado de que aquella fuera su última actuación como abogado, aunque eso no entraba en sus planes hasta hacía poco. Abogados... machacones hasta decir basta.

A partir de entonces, él ya no tendría nada que ver y le daba igual que los buitres siguieran peleando por lo que quedaba de Eleanor.

# 58

La irrevocabilidad de la condena de Simon Latch empezó a resquebrajarse en el despacho de Raymond, una noche de verano, bastante tarde. El humo de sus puros salía sin parar por las ventanas abiertas. Los empleados hacía mucho que se habían ido. Por los altavoces se oía una suave música *bluegrass*. Eran casi las diez de la noche y Raymond estaba leyendo los últimos veredictos del Tribunal Supremo del estado, una costumbre muy aburrida que había mantenido durante los últimos cincuenta años. Seguía encantándole la ley y le gustaba estar al tanto de cualquier cambio.

Entonces oyó que llamaban a la puerta. Normalmente lo habría ignorado, esperando que quien fuera decidiera irse, pero le picó la curiosidad. Algo le dijo que fuera a ver. Con un puro en la boca y la copa en la mano, se acercó a la puerta y la abrió. Se encontró a una mujer joven que reconoció de algo, aunque no ubicó inmediatamente.

—Buenas noches, señora —dijo, muy caballeroso siempre, sobre todo cuando tenía a una mujer delante.

—Soy Loretta Goodwin, enfermera del hospital. Nos conocimos el mes pasado en el juicio.

El plan de Raymond de echar a la visita enseguida cambió al instante.

—Claro. Pase, por favor.

Loretta, a la que le había llegado el aroma del bourbon y el humo, se quedó donde estaba.

—No se preocupe, solo quería comentarle algo breve. Estoy intentando ponerme en contacto con Simon Latch, pero no coge el teléfono y no tengo ni idea de dónde está.

Raymond supo enseguida que algo pasaba.

—Yo puedo llamarle. ¿Está relacionado con el juicio?

Ella miró alrededor y respondió a la pregunta con su mirada.

—Debo hablar con él.

—De acuerdo, puedo ponerles en contacto, pero seguro que él querrá saber de qué se trata. Por muchas razones, lleva una temporada encerrado en su despacho. Casi no habla con nadie.

Ella estaba nerviosa e insegura.

—Mire, si es algo sobre el caso —insistió Raymond—, no tenemos tiempo que perder. Y, si no se trata del caso, a Simon no le interesa.

—Es sobre la señora Barnett.

—Pase y siéntese. Llamaré a Simon.

Apareció quince minutos después. Tenía la camisa empapada de sudor y lo justificó diciendo que había salido a dar un largo paseo. De noche, como siempre.

Loretta estaba incómoda, pero también decidida. Miró a Simon y empezó a hablar.

—Cuando nos conocimos en el hospital, el pasado diciembre, yo ya sabía quién era usted. Hace unos cuantos años, mi tío tuvo una disputa sobre unas lindes con un vecino. Vivimos en Beeno, hay un montón de Goodwin allí. Una especie de clan. El caso es que mi tío lo contrató para representarlo y usted consiguió arreglar las cosas sin cobrarle mucho dinero. Hablaba muy bien de usted. Es difícil contratar a un abogado cuando no sabes mucho sobre leyes, ni tampoco cuánto cuesta todo eso. Lo que quiero decir es que había oído cosas buenas de usted cuando vino a cuidar de la señora Barnett. Nosotros, los miembros del personal, teníamos recelos cuando la hizo firmar todos esos papeles estando ella mal, pero también nos sorprendió que lo acusaran del envenenamiento. Supusimos que la policía sabía lo que hacía.

—¿A quién se refiere con ese «nosotros»?

—Al personal, a los que atendíamos a la paciente. Como sabe, hay mucha gente entrando y saliendo a todas horas.

—Intenté dormir allí una noche. Imposible.

—Cuando terminó el juicio, dimos por hecho que la policía y el fiscal habían actuado correctamente. Hablamos de lo triste que era todo el asunto, que hubiera muerto así nuestra paciente, que era una anciana muy agradable, y que usted, un abogado amable, fuera el culpable. Pero durante todo ese tiempo había algo que no dejaba de darme vueltas en la cabeza. Mi instinto me decía que tenía que haber sido otra persona.

Hizo una larga pausa. Al final Raymond preguntó:

—¿Y lo fue?

—No lo sé. Pero hay alguien que podría ser.

Habló de él durante mucho tiempo, pero sin dar su nombre. Era un técnico de radiología que llevaba un par de años en el hospital. Había tres técnicos en su grupo y trabajaban en todas las alas del hospital, no se limitaban a la tercera planta en la que Eleanor estaba ingresada. Era un hombre completamente anodino, el tipo de persona en la que no te fijarías nunca, en ninguna situación. Hablaba poco, nada extrovertido, solo contestaba si se dirigían a él, y siempre parecía un poco nervioso. Aunque las enfermeras y sus auxiliares, que no paraban de cotillear sobre todos los que andaban por allí, sí que lo habían mencionado un par de veces. Estaba soltero, pero nadie le daba muy buenas valoraciones a su personalidad, y las de su apariencia eran aún peores. Loretta había recordado tres sucesos que podían ser relevantes.

Un día, en la sala de personal, estaban todos reunidos, comiendo pizza de un restaurante local. Había una docena de personas en un ambiente relajado. Este hombre se mantenía apartado a un lado, comiendo y escuchando, pero sin decir nada. Fue una semana antes del juicio, y no se hablaba de otra cosa. La opinión general estaba claramente en contra de Simon Latch. Todo el mundo se había creído la historia del abogado avaricioso que habían vendido los periódicos durante las semanas anteriores. Hicieron una porra sobre el veredicto, en la que podía participar todo el mundo. La mayoría apostaron por culpable. Un par no se decidían. Y ese hombre no quiso pronunciarse, pero quedó claro, al menos para Loretta, que no pensaba que Simon fuera culpable. Se había fijado en que el hombre estuvo negando varias veces con la cabeza y poniendo los ojos en blanco durante toda la conversación que habían tenido.

Después mencionó un episodio que sucedió en Navidad, cuando la señora Barnett todavía era paciente y estaba bastante mal. Loretta vio a ese hombre salir de la habitación un día a última hora de la tarde, solo y sin llevar nada en las manos. Miró el historial y vio que hacía tres días que no le hacían radiografías a la paciente. No había ninguna razón para que ese hombre estuviera en su habitación. Le pareció raro, pero entonces no le resultó sospechoso.

Y por último, una semana después del juicio más o menos, algunos chicos del hospital fueron a un bar un viernes por la noche, tarde, para tomarse unas cervezas. El sábado libraban y decidieron aprovechar. Este hombre estaba con ellos, aunque casi nunca salía con nadie del trabajo. Llegó la hora de cerrar el bar, querían seguir bebiendo y acabaron en el apartamento de uno de los enfermeros de urgencias. La cerveza ya no les estaba haciendo efecto, así que pasaron a los chupitos de tequila. Sin saber muy bien cómo, acabaron hablando del talio y el envenenamiento de la señora Barnett. Y resultó que ese hombre sabía mucho de diferentes venenos, su prevalencia, si eran legales o no, historias relacionadas y efectos en el cuerpo humano. Y aseguró que no era difícil encontrar talio. En un cierto momento que nadie recordaba exactamente, a altas horas de la madrugada, apareció una bolsita con pastillas, que pasó de mano en mano. Anfetas, éxtasis, heroína, LSD, ¿quién sabía qué más? También había cocaína y alguien comentó, en plan broma: «Oye, espero que no sea talio lo que nos estamos metiendo por la nariz». Cuando los participantes en la juerga empezaron a caer redondos, alguien oyó a este tipo decir: «Te prometo que el abogado no envenenó a la anciana» o algo similar.

Más o menos a mediodía del sábado, según iban saliendo del letargo, se dieron cuenta de que ese tío ya no estaba allí. No se podían imaginar cómo había conseguido salir del piso en su estado, y se pasaron aproximadamente una hora tomando café y comentando las cosas que había dicho.

Loretta se apresuró a reconocer que la mayoría de la información que tenía era de segunda mano, en el mejor de los casos, pero ella le daba credibilidad. A pesar de que lo hubiera contado en plena borrachera, ¿cómo se explicaba todo lo que decía ese hombre? Su fuente era directamente el enfermero de urgencias, un hombre digno de confianza que conocía desde hacía cinco años. A él también le preocupaban algunas de las cosas que dijo el técnico, al menos lo que recordaba de ellas.

El lunes siguiente, en el trabajo, el hombre mantuvo las distancias con todos sus compañeros de juerga y volvió a su rutina habitual de hablar lo menos posible y actuar de forma distante. El enfermero lo describió como alguien «francamente raro».

Se llamaba Oscar Kofie. Simon recordaba haberlo conocido en la habitación de Eleanor, cuando dos técnicos la trajeron de vuelta tras haberle hecho más radiografías. Ella le presentó a ambos, Bill y Oscar los llamó, como sus nuevos amigos. Oscar

Kofie, un nombre muy poco usual que Simon se había encontrado mientras rebuscaba en los expedientes personales de los trabajadores del hospital.

Como abogados, Simon y Raymond reconocieron inmediatamente el peligro potencial que suponía el testimonio de Loretta. Si eso provocaba una investigación y, con suerte, el encarcelamiento de Kofie, el hospital tendría que asumir la responsabilidad por la muerte de Eleanor Barnett.

Pero a aquellas alturas ya les daba igual. Encontrar al asesino era mucho más importante. Y Loretta era una profesional competente que parecía perfectamente capaz de defenderse sola.

Simon consiguió contener su emoción y le dio las gracias a Loretta por contarles todo eso. Raymond soltó el humo, con cara de póquer, y dijo que iba a hacer indagaciones sobre el nuevo sospechoso.

—Y la mantendremos al margen de todo esto —aseguró.

—Gracias —contestó Loretta—, todo son testimonios de segunda mano. No tengo ninguna prueba tangible.

# 59

Había llegado el momento de volver a quedar con Zander y sus infusiones. Sus impresionantes habilidades de hackeo todavía no le habían proporcionado nada útil, aunque Simon le estaba igualmente agradecido. Como ya había logrado acceder al sistema del hospital, añadir un nombre a su lista de personas de interés no suponía ningún problema. Abrió el portátil que tenía encima de la mesita y tecleó un poco.

—Lo tengo.

Giró la pantalla para que la viera Simon, que se encontró de frente con la cara de Oscar Kofie, que solo recordaba vagamente de la única vez que lo vio, el diciembre anterior. Treinta y pocos, mejillas rechonchas, bien afeitado, gafas de farmacia y entradas. Nada destacable ni revelador en esa cara. Ni tampoco en su biografía: diplomatura en una universidad pública de Dayton; técnico de radiología con licencia para ejercer en Ohio, Maryland, Pennsylvania y Virginia; once años de experiencia en varios hospitales, públicos y privados.

—¿Por qué crees que es sospechoso? —preguntó Zander de pasada, como si no le importara.

Simon se había dado cuenta de que realmente no le preocupaba nada, excepto seguramente el novio que tenía en la cárcel y los problemas que eso podía suponerles a ambos cuando él saliera en libertad condicional.

—Un cotilleo que me acaba de llegar. ¿Puedes investigar a ese tío más en profundidad?

—Todo lo que quieras.

—¿Sitios donde ha trabajado antes, por ejemplo?

—Dame un par de días.

Fue a Charlottesville para comer con Landy. Ella tenía que comparecer allí ante el gran jurado y eso, según sus propias palabras, la obligaba a perder todo el día. En su tiempo libre (Simon le recordó varias veces que en su mundo el concepto de «tiempo libre» no existía), Landy había conseguido recopilar los perfiles de unos cuarenta empleados del hospital, pero no había saltado ninguna alarma. Oscar Kofie no era uno de ellos.

Estaban comiendo en una terraza de la parte peatonal de una galería comercial del centro, a la sombra de un roble, rodeados de docenas de otros profesionales jóvenes, dueños de tiendas, empleados de oficinas, estudiantes y turistas. Hacía un día estupendo. Simon estaba compartiendo una comida con una mujer atractiva, que conocía mucho más que bien desde que tenía veintitrés años. Aquel momento debería haber sido agradable, pero a él le resultaba imposible disfrutar de nada.

—Pareces hecho polvo —dijo Landy.

—Es posible que sea el efecto que la cárcel tiene en una persona. No lo sé. Además ayer me llegó la carta del colegio de abogados del estado, revocándome la licencia, sin darme siquiera la posibilidad de defenderme en una vista en un juzgado.

—Lo siento.

—No haces más que decir eso y preferiría no tener que oírlo más.

Ella se quedó mucho rato callada, mientras los dos sufrían en silencio. Simon apenas había tocado su comida.

—Me paso doce horas al día buscando en internet —dijo él

por fin—. Tengo montañas enormes de documentación, la mayoría inútil. Me he remontado veinte años atrás para buscar todos los casos de asesinato por envenenamiento del país. Hay como unos veinte al año, confirmados, pero seguramente cientos que pasan sin llamar la atención. Necesito más ayuda del FBI.

—Hago todo lo que puedo dentro de lo posible, Simon.

—El FBI recopila más datos sobre delitos que ninguna otra agencia, pero muchos casos no se llegan a denunciar, o se pierden por las grietas del sistema.

—Se cometen muchos delitos en este país.

—Lo sé. ¿Es posible ir más allá de las estadísticas publicadas? ¿Hay más datos que el FBI no publique por alguna razón?

—Te refieres a los envenenamientos, ¿no?

—¿A qué si no?

—No te pongas así conmigo. Estoy de tu parte, ¿vale?

—Lo siento. Sí, asesinatos por envenenamiento.

—No lo sé, ¿pero por qué iba a ocultar esas estadísticas el FBI?

Simon inspiró hondo, pero no respondió. Intentó darle dos bocados más a la trucha empanada, pero tuvo que dejar el tenedor.

—Sé que no estoy siendo nada fácil de llevar.

—No te preocupes, Simon. Intento entenderlo.

—Es que todos esperamos milagros del FBI, y sé que no es algo realista, pero tengo una amiga que es hacker que me está consiguiendo más información que la agencia.

—El hackeo es un delito. Nosotros no podemos meternos por ahí a espiar cosas sin una orden.

—Lo sé.

—¿Estás infringiendo la ley?

Él soltó una carcajada.

—¿Y a quién le importa? Me quedan cincuenta y ocho días para ir a la cárcel. ¡Denúnciame! ¡Encarcélame! Por mí, como si me dan la inyección letal y acaban con todo.

—Simon, no hables tan alto.

—Perdón.

—Se me ocurre algo que puedo hacer. Pero tienes que esperar un poco, ¿vale?

—Qué fácil es decirlo cuando no estás en mi situación.

—Lo sé, lo sé.

A las cuatro y media de la tarde, Simon entró en una oficina de alquiler de coches de Avis en Pentagon City, cerca del Reagan National Airport. Había tres mujeres en el mostrador; una de ellas era Matilda Clark. Llevaba un uniforme compuesto por un traje pantalón azul marino elegante, que llevaba bordado AVIS encima del bolsillo derecho, y su nuevo nombre, MADDIE, encima del izquierdo. Le quedaba muy bien. Simon llevaba gorra y gafas de sol. Se puso en la cola y se escondió como pudo detrás de un hombre corpulento que tenía delante. Cuando llegó su turno, se arrancó la gorra y las gafas, se apoyó en el mostrador y quedó cara a cara con Tillie. Ella parecía estar a punto de desmayarse.

—Hola, Matilda —saludó en voz baja—. Vaya, parece que ahora te llamas «Maddie».

Tillie no era capaz de hablar y no dejaba de mirar alrededor, hecha un manojo de nervios.

—No te preocupes. Hagamos como que necesito alquilar un coche. Y no te guardo rencor.

Ella se puso a teclear algo, como si estuviera haciendo su trabajo, y logró recuperar un poco la compostura.

—¿Qué quieres? —preguntó.

—Que tomemos una copa después del trabajo. En O'Malleys, que está al final de la calle. ¿A las cinco?

—Claro —respondió ella con una sonrisa—. Pero mejor a las cinco y media.

—Ven, y no intentes huir. Sé dónde está tu apartamento en

Fredericksburg. Unidad 614. Y también dónde anda últimamente ese tipo con el que lo compartes. El FBI lo está vigilando.

Ella se quedó con la boca abierta. Simon se dio la vuelta y se fue.

A las cinco y media, Tillie entró en O'Malleys y Simon le hizo un gesto para que se acercara al reservado donde la esperaba. Tenían mucho de que hablar, aunque ella no pretendiera decir gran cosa. Él se estaba tomando despacio una cerveza y ella le pidió a la camarera un refresco light.

—Vaya, ¿no prefieres un batido de espárragos? —bromeó Simon, pero ella no se rio.

Aunque se había quedado muy sorprendida al verlo, ya se había recuperado. Se la veía impertérrita y bastante serena.

—¿Por qué has venido, Simon?

—Pasaba por aquí. Ando buscando a la persona que envenenó a Eleanor Barnett, Tillie, porque estoy segurísimo de que no fui yo.

—Y has venido a buscarme a mí. ¿Crees que fue cosa mía?

—Se me ha pasado esa idea por la cabeza, lo confieso. De hecho, cuando me enteré de que estabas liada con Jerry, sospeché de verdad. Pero si hay algo que he aprendido últimamente es a no sacar conclusiones precipitadas.

—¿Por qué me ocultaste el testamento?

—Porque tuve un ataque de avaricia y quería quedarme con su dinero. Para conseguirlo debía redactar un testamento, claramente a mi favor, que me proporcionara el control total de su patrimonio y sus activos. Y no quería que tú lo supieras porque eres una persona buena, sincera y decente, que me habría hecho muchas preguntas sobre un testamento así. Y no quería líos. Quería el dinero. Mi matrimonio se estaba rompiendo. Estaba harto del bufete y todos sus gastos. Y Eleanor Barnett era mi vía de escape. —Dio otro trago a la cerveza y se limpió la boca con la manga—. Todo dicho. ¿Te ha parecido lo bastante sincero?

—Supongo que sí.

—Olvidemos todas las chorradas y seamos francos, Tillie. Me han condenado y voy a ir a la cárcel, así que me puedo permitir ser brutalmente sincero. Yo no envenené a Eleanor.

—Pues yo tampoco.

Los dos se estudiaron durante varios minutos. Ninguno se atrevió a parpadear. Simon dio un trago más, volvió a limpiarse la boca y preguntó:

—¿Cuándo empezaste a sospechar?

—Tres días después de que ella firmara el testamento que redactaste. Me mentiste e intentaste cubrir la mentira. Pero no eres una persona deshonesta, Simon, y no sabes mentir. Salías con una excusa y la llevabas a comer para intentar congraciarte con ella. Sabía de qué iba todo aquello. Y después me pediste que hiciera ese testamento vital que te daba todo el control. Lo de la incineración fue un buen detalle. Sinceramente, Simon, había muchas señales de alarma.

—El jurado de mi juicio pensó lo mismo que tú, ¿no crees?

—Es evidente.

—¿Y tú estás de acuerdo con ellos? ¿Crees que soy culpable?

—No, la verdad es que no. Tenía mis sospechas al principio, pero he cambiado de opinión.

—¿Por qué?

—Te conozco demasiado bien. Te vi en el tribunal y estabas perplejo ante esas acusaciones. Tu cara era la de alguien que nunca le haría daño a otra persona.

Llegó su refresco, pero ella lo ignoró. Él se acabó la cerveza y pidió otra. Se miraron durante largo rato, uno frente al otro. Ambos querían creer lo que decía su interlocutor.

—¿Y cómo entró Jerry en la ecuación? —preguntó él.

—¿Eso es asunto tuyo?

—Digamos que sí.

—Bueno, no es nada complicado. Pasó por el despacho un

día cuando tú no estabas. Me llamó una semana después y tomamos una copa. Después una cosa llevó a la otra. Él ha tenido altibajos en el amor. Y yo también.

—No me ha parecido nunca tu tipo.

—¿Y cuál es mi tipo, Simon? Creo que los he probado todos. —Entonces sí llegó a sonreír.

—¡No querrás que te aconseje yo! No recuerdo cuándo fue la última vez que tomé una decisión inteligente. Pero tengo otra pregunta.

—Soy un libro abierto.

—Treinta de diciembre, el día en que ella murió. Llamé a la funeraria para que fueran a recoger el cuerpo, pero un mensaje anónimo alertó a la policía de Braxton. Pararon la incineración. Supongo que esa llamada la hiciste tú.

Apretó la mandíbula un poco y apartó la vista. No había duda de que era culpable.

—¿Por qué, Tillie? Estoy siendo totalmente sincero contigo, así que me gustaría tener el mismo trato por tu parte, por favor.

—Jerry me pidió que lo hiciera. Quería que se practicara una autopsia. Teddy Hammer ya había entrado en escena y sospechaba mucho de ti.

—Pues precisamente eso, que Jerry y tú insistierais en que se evitara la incineración, es una prueba contundente de que ninguno de los dos envenenó a Eleanor. Dejar que siguiera su curso era la mejor forma de que nadie supiera lo que había pasado, y, si se hubiera hecho, yo no estaría enfrentándome a la posibilidad de ir a la cárcel.

—Simon, te juro que nosotros no tuvimos nada que ver.

—Ni yo, independientemente de lo que haya dicho el jurado.

—¿Y quién la mató?

Él se masajeó las sienes y meneó la cabeza.

—Si yo no fui, ni vosotros tampoco, no tengo ni idea. Sospecho que alguien entró en su habitación cuando ella llevaba unos días ingresada. Ya sabes cómo son los hospitales. Médicos, enfermeras y otros miembros del personal entran y salen a todas horas.

—¿Crees que ha sido alguien de dentro?

Simon no quiso decir más. Ella se lo iba a contar todo a Jerry.

—Posiblemente. ¿Y por qué me demandó Jerry?

—Le supliqué que no lo hiciera y le aseguré que no tenías dinero. Pero Hammer insistió en que era necesario.

—Decir que no tengo dinero es poco.

—¿Puedo ayudarte?

—Oh, no. Lo último que necesito es que tú te involucres. No te preocupes. Las cosas ya están bastante mal y, además, tú duermes con el enemigo.

# 60

Evidentemente, a Cooley le sobraba el tiempo en la cárcel. De hecho, le quedaba poca condena que cumplir en ese «campamento» federal, una instalación de baja seguridad y sin verjas, en la que no se toleraba la violencia. Simon lo buscó en internet y se enteró de que lo habían juzgado en Maryland tres años antes, y que podría salir en libertad condicional a principios de septiembre. Era su primer delito, pero se trataba de uno federal, algo complicado que tenía que ver con un robo por internet. Por más que investigó, no encontró prácticamente nada sobre su novia, Zander.

La pura curiosidad de Simon no era nada en comparación con el interés que tenían ellos en él. Según Zander, Cooley había entrado sin permiso y sin dificultades en el universo virtual de Simon, y no solo había visto todos sus archivos del trabajo, una pérdida de tiempo monumental y aburridísima, sino que había accedido a la cuenta de e-mail personal de Google que tenía hacía muchísimo tiempo. Se sintió irritado momentáneamente por esa investigación tan exhaustiva, pero enseguida decidió que le daba igual. Llevaba años pensando que había alguien en alguna parte viendo todos sus e-mails, sus pedidos, sus entradas del calendario y sus notas personales, y por eso siempre había tenido cuidado. Pero se quedó alucinado cuando Zander le informó de que Cooley también había hackeado la cuenta de correo secreta que había abierto un año antes para ocultar su afición al juego.

—¿Por qué has dejado de apostar? —le preguntó. Estaban tomando algo en un bar de estudiantes, dos puertas más allá de la cafetería de las infusiones.

—Ganaba demasiado dinero.

—Pues nadie lo diría.

—Bueno, te diré la verdad: el FBI me tenía en su radar. Me enteré por un soplo que me dio una vieja amiga. Así que había llegado el momento de dejarlo.

—Solo era curiosidad.

—Vale, tengo algo importante para vosotros. ¿Podéis echar un vistazo al mundo virtual de Oscar Kofie, el técnico de radiología del que te hablé la última vez que nos vimos?

Ella soltó una risita, muy de adolescente.

—Cooley ya va tras su pista. Pero no va a ser fácil. Kofie valora mucho su privacidad y sabe cómo moverse en el mundo digital.

—No te entiendo.

En lo referente a la tecnología, Simon no tenía ni idea del terreno que pisaba, y siempre que hablaba con Zander se sentía imbécil. Ella respondía poniendo los ojos en blanco, como una niñata sabelotodo, o lo miraba con una sonrisa amable y tranquilizadora que transmitía una paciencia infinita.

—Es obvio que ese tío está paranoico —dijo ella sonriendo— y se protege con unos cortafuegos y unas puertas bastante impresionantes. Pero a Cooley le encantan los retos. No tardará en encontrar la forma de ser más listo que él.

A Simon volvió a alucinarle la idea de que un preso federal, instalado en la biblioteca de la cárcel con su portátil de contrabando, pudiera estar haciendo estragos en el mundo virtual. También era tranquilizador saber que, en algún lugar ahí fuera, en el vasto universo de internet, había gente que podía encontrar y vigilar cualquier cosa. ¿Por qué no se dedicaba esa gente a trabajar para las agencias de inteligencia y dejaban en paz a los seres normales? Si pudiera, y sabía que en su caso era impensable, tiraría sus ordenadores y volvería a la Edad de Piedra, cuando las personas se escribían cartas con papel y boli, y hablaban largas horas por esos aparatos tan pasados de moda que eran los teléfonos analógicos.

—Cooley está trabajando en algo para ti —anunció ella.

—Estoy deseando verlo.

—¿Ahora eres tú el que se hace el listillo?

—Sí.

—Ha desarrollado su propio software, escrito por él, que no se puede hackear y en el que no hay forma de penetrar. Lo llama Teflon.

—Muy original.

—Otra vez ese sarcasmo. Lo tengo en mi ordenador. Lo está personalizando para ti, para que tus sistemas sean totalmente seguros. Así él, yo, y cualquier otro podremos enviarte cosas sin dejar rastro.

—¿Pero qué problema hay? A mí ya me han condenado, Zander. Voy a ir a la cárcel de todas formas.

—Felicidades, te has ganado una estrellita. Pero yo no soy una delincuente condenada, al menos todavía, y prefiero seguir así. Te instalaré el software, gratis, y tú ni siquiera te darás cuenta de que está ahí.

—Como quieras. Me pregunto si a Kofie le gustan las chicas. Tiene treinta y seis años, está soltero y no se ha casado nunca. Tal vez ande por los portales de citas buscando alguien a quien amar.

—A mí me da exactamente igual. Pero, si lo hace, seguro que Cooley se enterará pronto.

Loretta Goodwin accedió a regañadientes a tomar un café con él después del trabajo. Tenía tres hijos, estaba felizmente casada y no quería arriesgarse a que nadie la viera hablando con Simon en un bar o algún otro lugar con poca luz. Así que eligió la cafetería que había en el sótano del hospital, un lugar que siempre estaba desierto a las seis de la tarde.

Simon pidió dos tazas de café, después fue hasta una mesa en un rincón y se sentó de espaldas a la puerta. Loretta veía perfectamente a la gente que entraba y salía, pero casi nadie se fijó en ellos. Ella no tenía muchas ganas de hablar, pero sí de escuchar.

—No tenemos un sospechoso que se sostenga —tuvo que reconocer Simon—. Nuestra lista es bastante corta, pero Kofie es el primer nombre que hay en ella. No lo estoy acusando de nada todavía. Pero es el más prometedor. ¿Cuánto sabe de él?

Ella se encogió de hombros y miró al suelo.

—Muy poco.

—¿Tiene algún amigo íntimo aquí en el trabajo? ¿Sale con alguien? ¿Es hetero o gay?

—Ni lo sé, ni me importa. Eso no es asunto mío. Ya tengo bastantes cosas de las que ocuparme, señor Latch.

—Llámeme Simon, por favor. ¿Con cuánta frecuencia lo ve?

—Puede que una vez a la semana. Es ese tipo de persona que ves, pero en la que no te fijas. Es como un mueble más.

—Pero tiene que haber alguien en el hospital que lo conozca bien.

—Tal vez, pero yo no sé quién es. Trabajamos en mundos diferentes, Simon. Cuando estoy aquí, estoy ocupadísima atendiendo a los pacientes. No me da tiempo a socializar. Eso no es parte de mi trabajo.

—Lo entiendo. Me contó la historia de que Kofie salió a tomar copas con los compañeros y se le soltó la lengua. ¿Quiénes eran esos compañeros? Me dijo que había tres, ¿no?

—Creo que sí.

—¿Puede darme sus nombres? ¿Y los de sus supervisores?

Ella inspiró hondo, porque se resistía a implicarse dándole más información.

—Loretta, por favor. No le pido que haga nada ilegal ni antiético. Estoy desesperado, ¿vale?

—Veré lo que puedo hacer.

—Gracias. Cualquier detalle puede ser crucial, no solo para mí, sino también para el hospital. Imagínese por un momento que Kofie es en realidad el asesino. Las repercusiones legales posteriores serían devastadoras. Un empleado envenena a una paciente cuando ni siquiera tenía que haber accedido a su habitación. No hay suficiente dinero en este estado para pagar ese juicio.

—Lo comprendo.

# 61

Raymond Lassiter presentó a tiempo la «Moción de la defensa para revocar el veredicto de culpabilidad y solicitar un nuevo juicio», muy bien escrita, tremendamente persuasiva, y apoyada en una investigación meticulosa. Era una obra maestra de treinta y ocho páginas, al menos eso opinaba su autor, que era el propio acusado. Raymond y Casey la leyeron despacio y no le sugirieron que cambiara nada, ni una coma.

Hecho eso, Simon volvió a la monótona tarea de localizar y revisar todos los casos de asesinato por envenenamiento de los últimos cuarenta años. Landy le pidió permiso para pasarle esa información a su supervisora, que se lo concedió (los datos sobre delitos no eran precisamente material clasificado), así que le estaba pasando más vínculos con estadísticas sobre delitos de las que podía leer y filtrar una sola persona. El año anterior hubo veintidós casos, o al menos se acusó a esa cantidad de personas por ese tipo de asesinatos. Cuatro se declararon culpables. Los demás seguían a la espera de juicio. En la última década se veía una clara tendencia: más o menos un tercio de las personas acusadas lograban salir libres, con un veredicto de inocencia, y eso era preocupante. El asesinato por envenenamiento era muy difícil de demostrar. Obviamente, nada de eso le servía de consuelo a Simon. Le había tocado un jurado un poco peculiar y, cuanto más pensaba en su veredicto, más convencido estaba de que lo habían condenado por el argumento del abogado avaricioso que la fiscal había utilizado con tanta insistencia.

Oyó un pitido del teléfono a las 2.38 de la mañana. Obviamente era Zander, que dormía hasta después de mediodía la mayor parte de los días, porque andaba por internet durante toda la noche. Simon estaba en su mesa, tomándose un café fuerte, completamente despierto, y repasando estadísticas de crímenes.

—Bingo —dijo ella.

—¿Qué?

—He hecho un descubrimiento importante. Me he colado en los archivos del hospital y he encontrado la solicitud de empleo de nuestro chico.

—Enhorabuena. No pienso preguntarte cómo lo has hecho.

—No lo entenderías ni aunque te lo explicara con dibujitos.

—Gracias, siempre tan encantadora.

—Oscar Kofie solicitó trabajo en el Blue Ridge Memorial Hospital en el 2013. Su trabajo anterior fue en el mismo puesto, técnico de radiología, en el University of Maryland Hospital, donde trabajó durante dos años. Y, antes, estuvo en otro en Scranton. Y, antes de eso, en otro hospital en Columbus, Ohio. Parece que cambia de sitio cada dos o tres años. Te envío los datos.

—¿Explica por qué abandonó esos lugares?

—No digas tonterías. Quiere conseguir el trabajo, no que lo rechacen. ¿Por qué iba a incluir ahí algo que fuera ni remotamente negativo?

—Entendido. —Simon volvió a reprenderse por hacer preguntas absurdas, cuando sabía perfectamente que iba a provocar una respuesta sarcástica por parte de la hacker.

—Te lo envío todo.

—¿Podrías mirar su expediente personal de los otros hospitales?

—Estoy en ello. Y Cooley también.

—Gracias.

Simon se quedó dormido en el sofá, que era más cómodo que el camastro, aunque entre los dos le estaban destrozando la espalda. Durmió unas cuantas horas y se despertó al amanecer. Fue a la recepción, miró por la ventana y vio que no había nadie en la calle, ni siquiera circulaban coches, así que a las 6.15 salió al callejón por la puerta de atrás y se fue a correr. Era el día 51; habían pasado más de la mitad de los que le quedaban antes de la fecha de ejecución de la sentencia, cuando la jueza Shyam se vería obligada a enviarlo a prisión durante muchos años.

Tras darse una ducha, llenó su mochila e hizo el trayecto de tres horas hacia el sur hasta el parque estatal de los Montes Apalaches. Paula y los niños ya habían pasado una noche en una cabaña rústica junto a un lago, y ella estaba deseando dejárselos y huir de allí. Había planeado pasar una semana en los Outer Banks, de fiesta con sus amigas de toda la vida de Braxton. Comieron perritos calientes todos juntos, en familia, y después Paula se fue con prisa.

Simon se quedó a cargo de los niños, así que no había reglas. Pasaron horas bañándose en el lago, pescaron en los arroyos de las montañas, navegaron en canoa y en kayak, comieron toda la comida basura que quisieron y vieron películas antiguas hasta que se quedaron dormidos. Nadie habló sobre el futuro, aunque el tema estaba allí todo el tiempo, cerniéndose sobre ellos como una nube lejana. Buck y Danny sabían más del caso de lo que él se imaginaba. No estaba muy claro cuánta información conocía Janie, porque no hablaba mucho. Pero los tres prefirieron ignorar el lío en el que estaba metido su padre, o al menos fingieron muy bien.

La única norma inquebrantable que había esa semana era que estaban prohibidos los dispositivos electrónicos. Las vacaciones eran de desconexión total. Se levantaban temprano, estaban todo el día por ahí sin parar, y por las noches, cuando no les apetecía ver una película, jugaban a juegos de mesa o de cartas de toda la vida. Simon les enseñó a jugar al póquer, aunque estaba claro que los niños habían jugado antes. También les enseñó el *gin rummy*, el *bridge* y el *blackjack*. No tardaron en empezar a apostar con fichas de plástico. Sus tres hijos parecían tener un don para las cartas. La pequeña Janie era la mejor y la que sugirió que dejaran de apostar fichas y pasaran a monedas de verdad. A Simon le preocupó el ejemplo que les estaba dando, pero no le dio importancia. Tuvo que admitir que echaba de menos la actividad del pub de Chub. Era una diversión inofensiva, ¿no? La tercera noche Janie ganó ciento diez centavos al *blackjack*.

Cuando los niños se dormían, él se encerraba en el coche para tomarse un par de chupitos de bourbon y echarles un vistazo a los mensajes. La cuarta noche tuvo que hacer una llamada. Zander le había mandado un mensaje que decía: «Llámame. Importante. Podría ser muy importante».

Sin dudar, infringió La Única Regla y la llamó.

Ella, nada más cogerlo, dijo:

—¿Cuánto les estás pagando a tus abogados? —Algo inesperado, como siempre.

—No lo sé. ¿Es asunto tuyo?

—Podría serlo.

—Poco. La verdad es que no les pago. Trabajan *pro bono*.

—He oído alguna vez esa expresión. Significa gratis, ¿no?

—Me has dicho que era urgente.

—Vale, tu equipo de hackeo gratuito está lanzado y ha encontrado más porquería que ese equipo legal tuyo que tampoco te cobra.

—Te escucho.

—Cooley y yo tenemos una corazonada un poco loca: creemos que el tal Oscar Kofie es un asesino en serie.

Cuando Zander estaba acelerada y cogía carrerilla, no se podía hacer pausas en la conversación, ni siquiera breves, porque ella se apresuraba a llenarlas con otra frase.

—¿Sigues ahí?

—Eh… Creo que sí, pero no te lo puedo asegurar.

—Va de un sitio a otro, dejando cadáveres tras su paso.

La cobertura de móvil allí era irregular, como mínimo. La llamada se cortó, intentó volver a contactar, pero no pudo. Dio una vuelta por la cabaña para asegurarse de que los niños estaban completamente dormidos. Lo estaban, así que volvió al coche y se alejó un poco. Había una zona de pícnic en una pendiente, con muy buenas vistas del lago, donde la cobertura era mejor. Aparcó allí y volvió a llamar a Zander. Era casi medianoche y la luna estaba tan llena que desde allí parecía que podía tocarla.

—Perdona, es que estoy en las montañas. Lo último que he oído era lo de ir dejando cadáveres.

—Sí, es una intuición, algo en lo que tenemos que seguir trabajando, pero a Cooley y a mí nos gusta la teoría. Hace tres años, Kofie trabajó en un hospital en Baltimore. Mientras estaba allí, tres personas, todas viejas, murieron por causas desconocidas, algo que, por lo que estamos viendo, es algo inusual. Lo de las causas desconocidas es raro actualmente. Los médicos siempre encuentran una causa; eso les hace quedar mejor, ¿sabes? Kofie se fue dos meses después de que muriera la última y vino a Braxton. Parece que la cosa empezó en Pennsylvania. Kofie trabajó en un hospital de Scranton durante tres años. Hubo dos muertes misteriosas, ambas por causas desconocidas. Pero he visto los historiales y las víctimas mostraron fuertes dolores de cabeza, náuseas, hemorragia interna, erupciones en la piel, etcétera.

—Parece talio.

—Eso es. Lo que resulta más intrigante es que su expediente personal de repente pasa a estar en blanco. No hay nada de nada, como si alguien hubiera intentado limpiarlo y enterrarlo. Pero no lo hicieron muy bien, porque se dejaron por ahí unas cuantas cosas. Una de ellas es una carta de un abogado, un tal Victor Mulrooney, de Scranton. ¿Has oído ese nombre alguna vez?

—No. ¿Tienes el expediente de los empleados y los historiales de los pacientes?

—Venga, Latch, ¿es que crees que me lo estoy inventando? Ya te lo he dicho. Los hospitales son muy fáciles. Lo guardan todo en una nube, y eso es una tentación para que la gente como yo se cuele a echar un vistazo. Y a sacar lo que haga falta. ¿Quieres hablar de Kofie o seguir admirando la grandeza de tu equipo de hackers gratuito?

—¿Cómo has dicho que se llama el abogado? ¿Victor Mulrooney?

—Sí, parece un abogado de verdad. Hemos pensado que mejor te dejamos a ti lo de buscarle los trapos sucios, ya que compartís profesión y eso. O al menos la compartíais.

—Gracias. ¿Hubo pleito?

—No lo sé, pero sí que hubo abogados de por medio. He buscado en los registros de los tribunales de la zona de Scranton, pero no he encontrado ningún caso con el nombre de ninguno de esos pacientes.

—Es una suposición, pero seguramente no hubo juicio, es decir que nada llegó a los tribunales. Si pillaron a Kofie con las sustancias, el hospital seguro que estuvo más que dispuesto a llegar a un acuerdo y no darle publicidad al asunto. Debieron de comprar a las víctimas, o a sus familias y sus abogados, con dinero, y luego intentaron limpiar el expediente.

—¿Puedes hablar con Mulrooney?

—Claro, pero a ver si quiere decirme algo. Dame un poco de tiempo. Tengo que digerir toda esta información. Hay muchas aristas y peligros.

—Muy bien, Latch. El abogado eres tú.

Para desayunar, a los niños les apetecieron tortitas y salchichas y Simon fue capaz de preparar unas cuantas en la diminuta y espartana cocina. Cuando terminaron, todos los platos, ollas y sartenes que había en la cabaña estaban sucios. Después los persiguió corriendo hasta el lago, donde los tres subieron a los kayaks y se pusieron a remar. Era su último día de vacaciones y ya estaban quejándose porque se tenían que ir. Simon valoraba muchísimo esos momentos, pero también estaba deseando volver a casa y reunirse con Zander y sus abogados.

Cuando los chicos desaparecieron a lo lejos, hacia el otro lado del lago, Simon abrió el portátil. Victor Mulrooney era miembro del Colegio de abogados litigantes, un grupo de élite de fenómenos de los juzgados, con al menos cien veredictos de jurado a sus espaldas y un mínimo de mil millones de dólares en compensaciones por daños. Tenía sesenta y cuatro años, estudios en la Universidad de Rutgers y la facultad de Derecho de Penn, era el fundador de un bufete, con al menos treinta abogados, que se dedicaba únicamente a litigios por lesiones, con la especialidad de mala praxis médica.

Simon llamó a Raymond y le preguntó si conocía a Mulrooney. Le dijo que no, pero que se pondría en contacto con él. Le contó a su abogado las noticias que le había dado Zander y él se quedó perplejo ante la idea de que Kofie pudiera tener un largo historial de envenenamientos de pacientes. «Eso cambia las cosas por completo», dijo más de una vez.

Tenía toda la razón.

Una hora después, mientras terminaba de fregar los platos, sin dejar de vigilar el lago, Raymond volvió a llamarlo. La cobertura falló de nuevo. Simon cogió el coche y subió a la montaña.

—He hablado con Mulrooney —anunció Raymond—. Pero las cosas no van a ser fáciles. No puede decir nada.

—¿A qué te refieres?

—Acuerdo de confidencialidad, y uno con muchas cláusulas. ¿Sabes cómo van?

—Más o menos. Hay varios tipos.

—Sí. Pues Mulrooney ha firmado uno de los más estrictos, lo que significa que el hospital, supongo que el de Scranton donde trabajó Kofie, se quedó muy impactado por las alegaciones y puso mucho dinero sobre la mesa para llegar a un acuerdo. Uno muy confidencial.

—¿Ha podido confirmar que presentó una demanda contra Kofie y el hospital?

—No, no ha confirmado nada. Pero sí que ha dicho algo interesante, como de pasada. Ha sido una conversación muy breve, pero al final ha dejado caer algo así como: «Esta es la llamada que no quería recibir».

—¿Y eso?

—Tal vez tenía miedo de que Kofie volviera a matar. Seguramente aceptó el dinero y se fue tranquilamente a su casa, en vez de destruir al hospital y a Kofie en un pleito civil y después ponérselo en bandeja a la policía para que hiciera una acusación penal. Lo más seguro es que compraran a Mulrooney y eso permitió que los asesinatos continuaran.

A Simon le daba tantas vueltas la cabeza que se quedó sin habla un momento.

—Pues debemos de estar hablando de mucho dinero.

—Sin duda. Casey le ha echado un vistazo al hospital; es el tercero más grande del sistema privado de Pennsylvania. Toneladas de dinero, miles de seguros y mucha competencia. En ese caso, la reputación lo es todo.

—Bien, Raymond, avisa a la jueza Shyam de que necesito salir del estado durante setenta y dos horas. Iré a Scranton, no dejaré a Mulrooney en paz hasta que hable, y después volveré directo a casa.

—¿Y si no te lo permite?

—No me importa, Raymond, iré de todas formas. Soy un asesino condenado. ¿Qué más me puede hacer?

—Está bien. ¿Pero por qué no te llevas a Casey contigo?

—No, no necesito niñera.

## 62

Tres días después, el 18 de julio, Simon condujo sin parar durante cuatro horas seguidas hasta Scranton, Pennsylvania, y encontró el bufete de Mulrooney en una antigua nave industrial del siglo XIX que tenía vistas al río. El enorme edificio de ladrillo rojo era del tamaño de un campo de fútbol americano y albergó una fundición antes de quedar abandonado durante décadas. En la actualidad estaba lleno de tiendas, oficinas y apartamentos. Las enormes oficinas del bufete ocupaban una de las esquinas de la segunda planta. Las paredes estaban pintadas con colores sutiles y el espacio estaba decorado con mucho gusto con alfombras persas, obras de artistas locales y luces ocultas. Habían restaurado los suelos antiguos y gastados. Las vigas de acero del techo estaban al aire. Ese sitio hablaba a gritos de dinero, grandes veredictos y acuerdos tremendamente lucrativos. Su opulencia le recordaba al bufete de Marshall Graff, en Virginia Beach, y eso le trajo a la mente su juicio, una pesadilla que intentaba olvidar. También le quedó claro solo con un vistazo que él ejercía la abogacía en otro mundo, uno que estaba muy lejos de todo eso, en su pintoresco bufete en el centro de Braxton, en la esquina de Main con Maple. Bueno, su antiguo bufete.

Victor Mulrooney era de la vieja escuela y llevaba traje oscuro y corbata de seda, incluso cuando estaba en el bufete. Su socia, Hilary, llevaba vaqueros y zapatillas de deporte. Los dos recibieron a Simon en una sala de reuniones pequeña, que tenía tres muros de cristal y unas vistas impresionantes. Al principio estuvieron unos minutos tomando café solamente, pero era una formalidad nada más. Hilary, abogada sénior, podía intervenir cuando quisiera.

—Le hemos echado un vistazo a su caso, señor Latch —empezó ella—. Mucha repercusión mediática.

—Llámenme Simon, por favor. Seguro que ustedes han visto más noticias en prensa que yo. Llevo meses evitando a los periodistas y sus crónicas. Pero sé que todo lo que se publica sobre mí es malo.

—He tenido una agradable conversación con Raymond Lassiter. Me ha dicho que a la defensa le sorprendió el veredicto.

—Seguimos atónitos. No subí al estrado porque estábamos convencidos que la fiscalía no había llegado a probar nada. Fue un error por nuestra parte. Pero, si no les importa, prefiero no hablar de mi juicio. Ya saben por qué estoy aquí.

—Sí, Raymond y yo ya lo hablamos —dijo Mulrooney—. Parece todo un personaje su abogado.

Simon asintió educadamente, pero no tenía ningún interés en hablar de Raymond, por muy peculiar que fuera.

—¿Podría responderme a unas cuantas preguntas básicas?

—No lo sé. Estoy seguro de que comprende mi situación, señor Latch.

—Sí, y usted la mía. Dentro de un mes tengo que presentarme ante la jueza para que me envíe a la cárcel por algo que no hice.

—Creo que usted es inocente, señor Latch.

—Entonces ayúdeme.

—No es tan fácil. Firmamos un acuerdo con la parte demandada...

—Fendamar Health.

—Sí, y en virtud de ese acuerdo no podemos hablar del asunto. Hay unas compensaciones bastante elevadas previstas si se infringe el acuerdo de confidencialidad.

—Lo comprendo. ¿En la demanda que pusieron en nombre de su cliente se veía implicado un técnico de radiología que se llama Oscar Kofie?

Mulrooney miró a Hilary. La respuesta era obvia.

—Sí —contestó el abogado al fin.

—¿Su cliente tenía relación con el señor Herbert Grasskie o la señora Ruth Abercrombie? Ambos murieron en el Fendamar Hospital en circunstancias misteriosas. Tenemos los historiales médicos y sabemos que Kofie trabajaba en el hospital cuando murieron.

—¿Tiene los historiales? —preguntó Hilary.

—Sí. Tengo pilas de papeles suficientes para cubrir toda esta mesa.

—¿Cómo los ha conseguido?

—Yo también tengo información que no puedo divulgar. Pero digamos que es fácil conseguir cualquier cosa si contratas a la gente adecuada y le das carta blanca. Totalmente ilegal, claro, pero la verdad es que ahora mismo no me importa. ¿Qué puedo perder a estas alturas por infringir unas cuantas leyes? Lo que necesito es la verdad.

La expresión facial de Mulrooney era indiferente casi todo el tiempo, pero recibió esa información con cierta admiración, casi satisfacción.

—Representamos a las dos familias —admitió.

—¿Ambos fueron envenenados?

—Vamos a tratar el tema de esta forma, señor Latch. No quiero correr el riesgo de infringir el acuerdo de confidencialidad. No sería bueno para mí, para mi bufete, ni para nuestros clientes. Pero es posible que haya una forma de arreglarlo, de darle a usted lo que busca sin que nosotros corramos ningún peligro. El hospital tiene unos abogados muy peleones y no dudarán en pedir daños y perjuicios si se produce cualquier filtración. Lo único que le puedo decir es que va por buen camino.

—Les escucho.

Hilary carraspeó y miró a Mulrooney con aire cómplice.

—Hay una persona con la que debería hablar —empezó ella—. Se llama Alan Teel, y fue socio júnior de este bufete hasta que nos dejó hace tres años. Digamos que este trabajo acabó quemándolo, por decirlo de forma suave. Alan era colega nuestro y un abogado litigante muy bueno, trabajaba mucho y estaba muy comprometido, algunos incluso dirían que era demasiado entusiasta. Cuando tuvo una crisis y no pudo más, abandonó la abogacía por completo. Dimitió, renunció a su licencia..., todo. Fue una salida a lo grande.

—Intentamos ayudarlo —intervino Mulrooney—. Le pagamos tratamientos con terapeutas, médicos, etcétera. Mejoró, pero ya no quería saber nada del derecho, ni de los juicios.

—¿Era miembro del bufete cuando se llegó a un acuerdo en estos casos y se firmaron los acuerdos de confidencialidad? —quiso saber Simon.

—No —contestó Mulrooney—. Lo sabe todo sobre ellos, pero no está atado por el acuerdo de confidencialidad. Por eso puede hablar con usted.

—¿Dónde está?

—En un pueblecito a una hora de aquí.

—¿Les importaría llamarlo para avisarlo?

—Ya sabe que va a ir a verlo —explicó Hilary.

Simon se estaba comiendo un sándwich de beicon, lechuga y tomate en el único restaurante del pueblo cuando entró Alan Teel, veinte minutos tarde. Llevaba barba, pantalones cortos, camiseta y botas de montaña. Nada en su apariencia sugería que alguna vez fue una estrella de los juzgados. Ambos tenían la misma edad: cuarenta y tres. Simon se ofreció a invitarlo a comer, pero ya eran las tres y cuarto de la tarde.

—Disculpa que haya llegado tarde —dijo—. Hemos tenido un aviso de incendio y estaba de guardia.

—¿Eres bombero?

—Voluntario. El pueblo es demasiado pequeño para tener un parque de bomberos profesionales.

—¿Te importa que te pregunte por qué elegiste este lugar?

—¿Cuánto te ha contado Mulrooney sobre mí?

—Lo básico. Supongo que tu historia tendrá muchos capítulos.

Teel se echó a reír y le pidió café a la camarera.

—Intento evitar por todos los medios a Mulrooney, otra larga historia. Pero todavía me llevo bien con Hilary, y fue ella quien me llamó y me puso en antecedentes. He estado mirando en internet y he leído lo que te ha pasado últimamente. Te has convertido en toda una estrella mediática.

—Gracias. ¿Sabías algo de la historia con anterioridad?

—No. No leo los periódicos, ignoro la televisión y solo utilizo internet para lo estrictamente necesario.

—Qué envidia.

—Tú has abandonado la abogacía rodeado de titulares. Yo lo hice de forma totalmente silenciosa. —La camarera puso una taza de café humeante en la mesa y él le dio un largo trago sin hacer ni una mueca.

—Me enfrento a una sentencia que me enviará a prisión durante el resto de mi vida, Alan, y yo no he matado a nadie. Necesito tu ayuda.

Alan se quedó mirando al suelo. Pasó un minuto, que se hizo larguísimo. Simon se terminó el sándwich y siguió tomando su té.

—Envenenaron a la señora Barnett, ¿no? —preguntó Alan por fin.

—Sí. Con talio.

—¿Oscar Kofie trabajaba en el hospital cuando la ingresaron?

—Sí.

Miró su reloj.

—Oye, no tengo tiempo ahora mismo. Mi hijo tiene un partido de béisbol a las seis y antes tengo que preparar el campo. Me ocupo del mantenimiento, aunque me pagan lo mismo por ello que por ser bombero voluntario. Vente al partido. Allí podremos sentarnos un rato y charlar tranquilamente.

—¿Qué edad tiene tu hijo?

—Diez. Es el pequeño.

—Yo tengo una hija de diez. Es una estrella del fútbol.

—¿Y te las apañas bien con una desbrozadora?

—No tengo mucha práctica, pero supongo que algo podré hacer.

—Pues vamos.

A las seis estaban sentados en sillas de camping, justo detrás de la valla de la parte izquierda del campo, a la sombra de un grueso árbol, bebiendo limonada fría y admirando su trabajo. El campo estaba inmaculado, y era a Alan a quien había que atribuirle el mérito por esa perfección. Él se ocupaba de todo, desde echar el fertilizante a la hierba, hasta cortar el césped tres veces por semana, limpiar los caminos de tierra, rastrillar el montículo y los puestos de los bateadores, y arrancar y cortar malas hierbas. Incluso había pintado los banquillos y reparado el antiguo marcador.

Después de pasar tres horas con él, Simon seguía sin saber cómo se ganaba la vida ese hombre, si es que tenía alguna fuente de ingresos. Parecía ser voluntario a jornada completa.

Y, a pesar de hacer todo eso, no le importaba quedarse a un lado y dejar que otros se ocuparan de entrenar a los chicos. Cuando el campo estuvo preparado y con las líneas de tiza recién pintadas, se retiró a su lugar favorito a la sombra, lejos del *home plate*. No le había dicho nada todavía de su mujer, y no sabía si era ex o aún seguía con ella. Como supuso que no iba a volver a ver a ese hombre en su vida, tampoco quiso interrogarlo. Hayden, el hijo de Alan, jugaba en la segunda base para los Marlins, y el béisbol no se le daba muy bien. Cuando lo eliminaron al final de la primera entrada, Alan, que no mostró ni la más mínima decepción, empezó a hablar.

—Una secretaria del bufete recibió una llamada anónima sobre la muerte de Herbert Grasskie, un hombre de ochenta y un años, que vivía cerca de Scranton o Wilkes-Barre. Dijo que la neumonía no era la causa de la muerte, sino que lo habían envenenado. Mulrooney me asignó el caso y yo empecé a investigar. Autopsia, toxicología, pruebas…, todo. Me llevó unas dos semanas confirmar que la causa de la muerte fue el talio. Seguro que sabes cómo funciona ese veneno.

—Ojalá no supiera nada.

—Es el veneno perfecto para matar a alguien. Investigué un poco más y encontramos otro caso en el mismo hospital. Dos meses antes, una mujer de setenta y dos años, que se llamaba Ruth Abercrombie, murió en circunstancias similares. En ese momento me dieron acceso ilimitado a la caja y dedicamos todos los recursos; al final gastamos más de trescientos mil dólares en la investigación. Llegados a ese punto, Mulrooney decidió hacerse cargo del caso, porque tenía potestad para ello y tampoco es que fuera una mala idea. Es un abogado brillante, tanto en el tribunal como fuera. Y sabíamos que Fendamar Health tenía capacidad para pagar, y mucho. Su propietario es un fondo de inversión de Boston con un valor estimado de muchos millones. Te puedes imaginar lo importantes que eran esos dos casos: dos muertes por negligencia provocadas por un empleado del hospital demente al que le gusta jugar con veneno. Los casos eran minas de oro y casi no podíamos dormir de la emoción. Por varias razones, en las que no voy a entrar para no extenderme, las sospechas pronto se centraron en un técnico de radiología que se llamaba Oscar Kofie, un personaje muy extraño.

—Un momento. ¿Cómo disteis con Kofie?

—La respuesta es soborno y espionaje. Mulrooney consiguió que los casos no llegaran a oídos de la policía. No quería asustar al asesino. Encontramos a una enfermera que nos dijo que Kofie estuvo en la habitación de la señora Abercrombie cuando no tenía por qué estar. Y le pagamos un buen montón de pasta para que indagara un poco más. También contratamos a un técnico de otro hospital para que consiguiera trabajo en Fendamar y fuera nuestro espía. Lo contrataron y la estrategia funcionó. No teníamos prisa, porque, si se producía otro envenenamiento, nos serviría para engordar aún más nuestro caso. Ahora me parece asqueroso, pero en su momento estábamos fuera de control y muy emocionados. Nuestro espía se hizo amigo de Kofie. No le costó mucho, porque no es que el hombre tuviera mucha vida social. Salían de vez en cuando a tomar algo. Y después empezaron a juguetear con las drogas. A Kofie le gustaba hablar de venenos y toxinas. También contratamos a un exagente de la DEA, que se autodenonima «asesor», para rebuscar en el mercado negro. El talio no es difícil de encontrar, porque su posesión no es ilegal. Lo único que va contra la ley es producirlo. Nuestro asesor encontró un vendedor, en un laboratorio clandestino en New Jersey, y logró rastrear un envío a Scranton, a un apartado de correos que había alquilado un hombre con un nombre falso. El rastro acababa ahí, pero la existencia de ese envío confirmó nuestras sospechas. Nuestro espía al final logró entrar con Kofie en su apartamento, que tenía alarmas y cámaras por todas partes, tanto en el exterior como en el interior, pero que estaba prácticamente vacío. Unos cuantos chicos del hospital, tres o cuatro, entre ellos nuestro espía, fueron allí una noche, tarde, a darse un atracón de vodka y cocaína mientras veían vídeos porno. Y a esa gente le confiamos el cuidado de nuestra salud… El espía consiguió aguantar más o menos lúcido hasta que todos los demás se desmayaron y entonces registró el apartamento. No había mucho que ver. Dos dormitorios pequeños, un salón y una cocina. Pero la puerta de uno de los dormitorios estaba bien cerrada con llave, aunque no había alarmas a la vista. Poco después le surgió la oportunidad para que todos fueran a ver un partido de los Pittsburgh Steelers; nuestro infiltrado consiguió cuatro entradas y además encontró alojamiento barato en la ciudad. Nos dijo que Kofie llegó a admitir que nunca había tenido tantos amigos. Mientras estaban viendo el partido, un equipo de seguridad entró en el apartamento, desconectó las alarmas, abrió la cerradura del dormitorio y encontró dos cajas de metal, similares a las que se usan para guardar herramientas. Las sacaron del apartamento y las llevaron corriendo a la habitación de un hotel, donde esperaban nuestros técnicos. Abrieron una y encontraron suficiente cocaína y variedad de pastillas para dejar KO a alguien durante años. En la otra tenía toda una farmacia, con varios botecitos de plástico con venenos: arsénico, cianuro, estricnina, aconitina y, por supuesto, talio. No estaban etiquetados y el equipo no tenía instrumental para identificarlos, así que cogieron una muestra de cada botecito y se las enviaron a un laboratorio. Después volvieron a dejarlo todo en su sitio. Hasta donde nosotros sabemos, Kofie no se enteró del allanamiento.

El hijo de Teel se lanzó a atrapar la pelota en la segunda base y adelantó al corredor de la primera. Una jugada espectacular para un niño de diez años, pero Teel no reaccionó de ninguna forma. Estaba enfrascado en la historia.

—A aquellas alturas, nosotros tomamos una decisión estratégica. Bueno, «nosotros»… Fue Mulrooney, el jefe supremo. A mí no me gustaba la dirección que estaba tomando el caso, así que preferí abandonar la primera línea, aunque seguía al tanto de todo. Mulrooney se empeñó en hablar directamente con el hospital y no involucrar a la policía. Exigió una cantidad enorme de dinero para firmar un acuerdo a cambio de guardar silencio. Si Fendamar le pagaba una fortuna y se libraba de Kofie, no presentaría una demanda de mil millones de dólares, ni tampoco se lo diría a la policía. Los abogados del hospital son duros de roer, pero Mulrooney también. Tras varios meses de dura pelea, por fin alcanzaron un acuerdo. Pagaron una fortuna, firmaron el acuerdo de confidencialidad con sangre, enterraron la historia, hicieron que Kofie se largara de la ciudad, y todo el mundo contento. Fue entonces cuando decidí dejar el bufete.

—¿Por qué?

—Porque Mulrooney me daba asco. Acababa de aceptar dinero a cambio de dejar que un asesino se fuera de rositas. Nos peleamos y recuerdo que le pregunté qué haría si algún día nos enterábamos de que Kofie había vuelto a matar.

—Pues ese día ha llegado.

—Así es.

—¿Y qué respondió?

—Poca cosa. Se encogió de hombros y dijo: «No es nuestro problema».

A Simon se le secó la boca, así que le dio otro trago a la limonada.

Teel se humedeció los labios y escupió en la hierba.

—Tuve dos aliados en el bufete que quisieron hacer lo correcto, presentar una gran demanda y seguir adelante. Queríamos que Kofie fuera a juicio y lo enviaran a la cárcel. Y exponer a Fendamar, aunque, sinceramente, la gente tiene buena opinión del hospital por esta zona. Pero no pudimos con Mulrooney, al que solo le interesaba el dinero.

—¿Cuánto?

—No lo puedo decir, porque es un dato que está incluido en el acuerdo de confidencialidad.

—Y una mierda. Todo lo que me acabas de decir está incluido en el acuerdo, que además a ti no te vincula, ¿no es así?

—Eso no es seguro, porque nadie lo ha cuestionado aún. Se trata de un documento denso y complicado, créeme, y ninguno de los de nuestro bando quiere acabar en un juicio. Podría meterme en un buen lío por lo que te estoy diciendo.

—Pero es evidente que eso no te da miedo.

—No, la verdad es que no me importa. Tengo poco patrimonio y no tengo intención de adquirir nada más. La vida aquí es sencilla. Y a mí me gusta así.

—La vida de Mulrooney no tiene nada de sencilla.

—No, la suya es bastante complicada. Y ahora lo está pasando mal, porque sabe que su avaricia ha permitido que mataran a más gente. Tiene alma, aunque esté muy bien enterrada.

—Él también se ganó un buen dinero.

—Claro. Le correspondió una enorme porción de la cantidad del acuerdo, que se llevó además a un paraíso fiscal, para que quedara libre de impuestos.

—¿Cuánto?

—Había muchos rumores en el bufete. Nadie lo sabía con seguridad, porque redirigió el dinero por Singapur y otros países desconocidos, pero hay una cifra que creo que es la que más se acerca: se decía que Fendamar pagó unos cincuenta millones.

# 63

Alan no le preguntó dónde iba a pasar la noche y Simon tampoco se lo dijo, porque no sabía lo que iba a hacer. Encontró una habitación en un motel que seguramente se había construido en los últimos treinta años, y que le habría dado mejor sensación si el precio por noche hubiera sido de más de cuarenta y cinco dólares, pero no estaba en situación de ponerse quisquilloso. Los otros dos moteles que había en la autopista eran mucho más antiguos y baratos y tenían el parking sin asfaltar. Se tomó una bolsa de nachos y una cerveza para cenar, y a las nueve de la noche llamó a Raymond, que, cómo no, estaba en su despacho. Casi podía oler el humo del puro desde allí.

A su abogado se le pasó su mal humor habitual en cuanto empezó a contarle. El viejo charlatán se quedó sin palabras y lo dejó hablar durante al menos veinte minutos antes de decir nada. Sus primeras palabras fueron:

—Espera un momento. Necesito otro chupito.

Alan aceptó quedar con él a las siete y media en el mismo restaurante del día anterior para desayunar antes de llevar a sus hijos al colegio. Seguía sin mencionar a una esposa o alguna mujer en su vida, aunque tampoco era que le importara mucho a Simon.

Llegó solo diez minutos tarde. Simon se acababa de tomar la primera cucharada de avena (de caja) y le hizo un gesto a la camarera para que trajera más café. El recién llegado pidió una tostada de trigo y miel.

—¿Has conseguido dormir algo esta noche? —preguntó con una sonrisa.

—Poco. Tenía mucho en que pensar.

Alan sacó una hoja de papel doblada del bolsillo de la camisa y le dio las gracias a la camarera por el café.

—Tengo tres prioridades, en orden de importancia.

La hojita era de un cuaderno y estaba escrita a mano por las dos caras.

—Primera: quiero a Kofie fuera de las calles y encerrado en alguna parte. No puedo ayudarte a conseguir eso, porque no he sido testigo directo de los asesinatos. Y no podemos depender de la policía, porque para ellos el crimen ya está resuelto y además han conseguido una condena. Es un asunto para el FBI.

—¿Y cómo consiguieron sacar a Kofie de aquí sin levantar sospechas?

—Otra parte triste de la historia. Hicieron recortes de personal en el hospital y lo despidieron. Como nadie había presentado una queja contra él, no perdió su licencia de técnico de radiología. Repugnante, ¿no?

—Sí. Licencia para envenenar a más gente.

—Aparentemente eso es lo que ha pasado. ¿Puedo continuar?

—Por favor.

—Número dos: quiero ayudarte a librarte de esta. He visto que has presentado una moción para revocar el veredicto de culpabilidad. ¿Cuántas posibilidades hay de que haya una vista ante la jueza para considerar la moción?

—Bastantes. Hasta el momento ha convocado vistas para todas las mociones que han presentado ambas partes. Creemos que se está mostrando comprensiva.

—Debería. Ha presidido un juicio que ha condenado a un hombre inocente. Como creyente en nuestro sistema de justicia que soy, cualquier error que acabe con el encarcelamiento injusto de alguien me pone los pelos de punta. Tú eres inocente y ambos conocemos al culpable. Vamos a por él.

—¿Testificarás en la vista?

—Sabía que me ibas a preguntar eso y te voy a decir que sí, pero con condiciones. No sé cómo es la ley procesal en Virginia, pero aquí es posible tener una vista a puerta cerrada, aunque oficial, claro. Si podemos conseguir que la sala esté vacía (sin prensa, sin espectadores, nadie que no tenga que estar ahí), testificaré. El archivo de Fendamar está guardado bajo llave y no debe llegar a oídos del público bajo ningún concepto. Y eso me lleva a la número tres: tengo que proteger el acuerdo de confidencialidad. El hospital no puede saber de mi colaboración. Si la descubren, irán a por mí y a por todo el bufete de Mulrooney. Y eso no va a ser agradable. El acuerdo tiene cláusulas de compensación, que le permiten al hospital exigir una cantidad importante de dinero si los abogados se van de la lengua.

—¿Y cómo conseguimos el expediente del caso?

Alan sonrió y sacó un *pendrive*.

—Está ahí dentro. Guardé copias y lo grabé todo. Tengo incluso el vídeo del registro del contenido del apartamento de Kofie. Sorprendentemente, era un lugar muy poco acogedor.

—¿Me lo estás ofreciendo?

—No. Lo llevaré yo personalmente al juzgado y se lo mostraré a la jueza.

—Bien. Mi abogado pedirá una vista urgente ahora mismo.

—¿Se lo has contado?

—Sí, claro. Tuvimos una larga conversación anoche y tendremos otra cuando me vaya, de camino a casa. Esto lo cambia todo, Alan. No tengo forma de agradecértelo.

—Eres inocente, Simon.

—Lo sé.

Habría llamado a Zander para darle la noticia, pero todavía era temprano para ella, no era aún mediodía. Para esa hora ya estaría otra vez en Braxton. Debería invitarla a comer.

Llamó a Raymond, que estaba mucho más hablador después de dormir un poco y de haber tenido tiempo para digerir las noticias. El abogado tenía un montón de ideas sobre procedimientos legales y maniobras de las que Simon no había oído hablar jamás.

Llamó a Landy y hablaron de lo de implicar al FBI. Ella estaba segura de que había que abrir un expediente y que surgiría una investigación a partir de ahí enseguida. Prometió llamar a su supervisora en cuanto colgara.

Cuando pasó con el coche junto al cartel que anunciaba que estaba entrando en Braxton, Simon se preguntó, y no por primera vez, por qué volvía a la ciudad. Allí ya no estaba su hogar. Durante los últimos diecinueve años, desde que terminó la carrera de Derecho, Braxton había sido el centro de su mundo. Allí estaban su casa y su despacho, todas las propiedades que poseía. Sus tres hijos habían nacido en el mismo hospital en el que Oscar Kofie todavía trabajaba. Paula y él habían llevado a los niños a la escuela pública y no se habían perdido prácticamente ninguna tutoría, obra de teatro, concierto, graduación o partido. También su iglesia estaba allí, aunque con el paso de los años la familia cada vez la pisaba menos. Los Latch se consideraban a esas alturas cristianos de misa de Pascua, nada más. Sus amigos todavía vivían allí, aunque se había sentido abandonado por todos ellos.

Lo único que le quedaba a Simon por hacer en Braxton en aquel momento era limpiar su nombre. Lo había condenado erróneamente un jurado de muy lejos, pero la peor pena era la que le imponía la gente que tenía más cerca. Quería tener la oportunidad de salir del juzgado y recorrer Main Street, en un último paseo triunfal, antes de salir de la ciudad, con la cabeza alta, y mirando por encima del hombro a todos los que habían dudado de él. Quería que se sintieran fatal por haberlo juzgado mal. Quería venganza.

Suponía un triste resumen de su vida pensar que con la única persona que podía quedar para comer era con una delincuente juvenil con mucho talento, que esa semana llevaba el pelo color mandarina y la anterior de color lavanda. Zander consiguió arreglárselas para quedar a las dos de la tarde y ambos se vieron en su cafetería de tés e infusiones favorita, en la que la dueña/cocinera antisocial había puesto un cartel que anunciaba que tenían galletas de jengibre como especialidad del día.

—Creo que no me voy a comer una de esas —comentó Simon, pero Zander no entendió a qué se refería.

Ella pidió un té de desayuno, con mucha cafeína, y se lo bebió de un trago. Estaba demacrada y necesitaba engordar por lo menos diez kilos. Simon también estaba demasiado delgado, así que pidió dos sándwiches. Mientras los devoraba, le contó una versión censurada de la historia de Alan Teel, evitando las partes más sensibles.

Volvió a darle las gracias a Zander y ella le quitó importancia. Era algo que Cooley y ella normalmente hacían por diversión; lo de sacar algún beneficio solo entraba en sus planes a veces.

## 64

No le apetecía nada volver a su oscuro y vacío despacho y a El Armario, donde no tenía nada que hacer, aparte de seguir revisando documentación. ¿No había resuelto ya el misterio o, más bien, se había resuelto solo? ¿No acababa de encontrar al asesino? Le vibró el teléfono cuando entraba en el callejón que había detrás de su despacho. Era Landy.

—Hay una oficina del FBI en Charlottesville. ¿Puedes estar allí a las nueve de la mañana?

—No tengo nada más que hacer. ¿A quién me voy a encontrar allí?

—Al FBI y la fiscalía general.

—¿Y nadie más? No dudes que estaré allí.

—Trae tu investigación. Todo.

—Tengo por lo menos tres cajas de archivos y no sé cuántos mil gigabytes en el portátil.

—Mándame todo eso en un archivo comprimido esta noche. Tú trae las cajas.

—¿Eso quiere decir que tus compañeros y tú estáis interesados?

—La investigación ya está abierta. Enhorabuena.

No tenía ganas de celebrar, pero tampoco de trabajar. Se quedó dormido en el sofá durante una hora y después salió a correr otra hora. Habló con Paula y los niños un rato largo y ellos le contaron las últimas noticias de sus aventuras en la vuelta al cole. Buck ya empezaba el último año. Con suerte, Simon no se lo iba a perder.

Cuando anocheció, se puso vaqueros, se escabulló por los callejones y entró en el pub de Chub unos minutos después de las nueve. Valerie le sirvió una copa y después una hamburguesa con queso. Chub no estaba por allí, pero no importaba. Tampoco era que tuviera ganas de hablar de sus problemas. Jugó al videopóquer un par de horas, ganó treinta y un dólares antes de dejarlo, y le dejó una propina de veinte dólares en la barra a Valerie.

Landy estuvo toda la noche sin dormir para redactar un memorándum de diez páginas, un resumen superficial de las aventuras del señor Oscar Kofie y el talio. Tenía muchas pruebas en el caso de Eleanor Barnett, pero no tantas para los otros.

Todas las asistentes a la reunión eran mujeres, a excepción de Simon, que se sentó en un extremo de la mesa con Landy. Al otro lado estaban Carmen Riddle, la ayudante del fiscal general, y Shelia Wycoff, supervisora a cargo del caso, del FBI. Cuando Simon se aclaró un poco con el quién es quién, pudo empezar con su exposición.

Explicó que tenía una extensa recopilación de materiales sobre el sujeto: sus expedientes personales, de recursos humanos y empleo de los cuatro hospitales en los que había trabajado en la última década; los voluminosos historiales médicos de pacientes de esos hospitales que habían muerto por envenenamiento o que habían mostrado síntomas compatibles, pero que quedaron sin un diagnóstico definitivo; y una montaña de material relacionado con las demandas presentadas en nombre de los dos pacientes fallecidos en Scranton, Pennsylvania.

—¿Cómo ha obtenido todos esos archivos de los hospitales? —preguntó Shelia Wycoff.

—Contraté a una hacker. Yo no sé nada de informática, así que me busqué a una experta.

—¿Ha infringido alguna ley?

—Pues sí, y es posible que vuelva a hacerlo. ¿Qué pretenden, encarcelarme? Mire, señora Wycoff, ya me han condenado injustamente y me enfrento a una sentencia de prisión de muchos años. Ahora mismo no me importa nada infringir unas cuantas leyes. Puede usted sumarme todos esos delitos al que ya me enfrento. No me importa que me acuse de ellos.

—¿Y las demandas de Scranton? —preguntó Carmen Riddle—. ¿De dónde ha salido esa información?

—Todo empezó con esa hacker de la que les hablo. Una chica que tiene un novio metido en una cárcel federal, con acceso a portátiles y a tres teléfonos móviles, todo de contrabando. Deberían reforzar la seguridad en sus cárceles, por cierto. Forman un equipo estupendo, aunque alguna vez los pillan. Ambos encontraron un rastro sobre las demandas de Scranton y localizaron a un abogado que trabajó en ellas. Fui a verlo hace tres días, y me enteré de todo lo que hace falta saber sobre Oscar Kofie. Que es un envenenador homicida en serie, con al menos tres cadáveres en su haber, aunque existe la posibilidad de que sean cinco más. Pero no tienen que probarlos todos. Con que demuestren el asesinato de Eleanor Barnett, ya podrán meterlo en la cárcel de por vida.

Era obvio que Simon iba muy por delante de ellas, no solo en cuanto a los hechos, sino también a las estrategias. Carmen Riddle se interesó por el papel que había desempeñado la policía local.

Simon la eliminó de la ecuación inmediatamente.

—No pierdan el tiempo. Ellos han cerrado su caso. Encontraron a un asesino, que no era el verdadero, pero seguro que defenderán esa investigación, totalmente carente de fiabilidad, hasta que se congele el infierno. Es el procedimiento estándar en las fuerzas de seguridad. Perdón, pero ahí también está incluido el FBI. En las condenas erróneas, las apuestas son tan altas y los errores resultan tan catastróficos que nadie quiere admitir que han acusado a quien no era. Olvídese de la policía local. Son buena gente, pero no los necesita. Le estoy poniendo el caso resuelto en bandeja, ¿me entiende?

—Claro.

Carmen Riddle miró a Landy y preguntó:

—¿Deberíamos ponerle vigilancia a Kofie?

—¿Por qué? —intervino Simon—. No va a ir a ninguna parte si no lo asustamos. No se apresuren, que no sospeche nada. Simplemente vayan un día de improviso a detenerlo a su trabajo y después registren su apartamento.

—Ya nos ocupamos de eso nosotros, señor Latch —contestó Riddle—. Por ahora le recomiendo que deje de vigilar ilegalmente sus comunicaciones por e-mail.

Simon se encogió de hombros como diciendo que se lo pensaría.

—¿Van a pedir una orden y vigilar el apartamento?

—Es lo habitual. Y le pincharemos el teléfono y el ordenador.

A Simon eso le resultó gracioso.

—Oiga, si necesitan ayuda, díganmelo. Mis hackers ya lo tienen controlado.

Las tres mujeres parecieron perplejas y se miraron entre ellas. Carmen Riddle inspiró hondo.

—¿Conoce a la directora médica del hospital de Braxton? —preguntó.

—Sí, bastante bien. La doctora Connor Wilkes.

—¿Cómo cree que deberíamos abordarla con esto?

—Muy sencillo. El asunto más urgente ahora mismo, además de salvar mi cuello, es asegurarse de que ese hombre no envenene a nadie más. A día de hoy, el hospital no tiene ni idea de lo que pasa. Creen que el asesinato de la señora Barnett está resuelto y la vida sigue para ellos como siempre. Aunque he oído por ahí que han prohibido que se les lleve ningún tipo de comida a los pacientes. Nada de galletitas, ni *brownies* para la abuelita. Es una pena, porque lo que deberían prohibir de verdad es la comida que se sirve en su cafetería. —Simon hizo una pausa esperando alguna risa, o al menos un asentimiento de apreciación de su ingenio, pero nadie hizo nada—. También me he enterado de que el restaurante vietnamita de Tan Lu no vende ni una galleta de jengibre últimamente. Es una pena.

—Volvamos al tema que tenemos entre manos, si no le importa —pidió Carmen.

—Claro. Si yo fuera ustedes, celebraría una reunión con la cúpula del hospital pronto, mañana si es posible, con los abogados presentes. Cuéntenles la verdad. Díganles que yo no envenené a Eleanor Barnett, que es probable que tengan en nómina a un asesino en serie, y que el FBI controla el lugar. La exposición en la que se encuentran es enorme. El sueño de cualquier abogado litigante. Y una pesadilla de relaciones públicas que podría hacer quebrar el hospital. ¿Quién va a querer ir allí a recibir cuidados intensivos? Asegúrense de que alguien de dentro vigila a Kofie, para que no se acerque a los pacientes. Necesitan la cooperación del hospital cuanto antes, al menos hasta que puedan detenerlo. Cuando eso pase, estallará la tormenta. Es una historia de titulares de primera página y el hospital se convertirá en un búnker. A mí me da igual. Kofie es su empleado. Él irá a la cárcel y el hospital se verá enterrado en demandas durante años.

Riddle y Wycoff no dejaban de escribir a una velocidad frenética. Landy estaba repasando unas notas. Para Simon ese silencio indicaba que querían seguir oyendo lo que tenía que decir, así que continuó:

—Cuando se reúnan con los representantes del hospital para soltarles la bomba, perderán el control de la historia. No es posible que todo el mundo guarde silencio. Si yo estuviera a cargo, me movería rápido, pero con cautela. Consigan las órdenes, registren el apartamento, donde probablemente encontrarán un par de cajas de herramientas cerradas con llave donde se esconde un pequeño alijo de sustancias, su colección de venenos. He visto las fotos. Es bastante impresionante. Hay talio, que parece que es su favorito. Cuando lo encuentren, ya tendrán una causa probable.

—¿Y qué va a hacer usted? —quiso saber Riddle.

—Como ya sabrán, estoy intentando revocar mi veredicto de culpabilidad. Tengo una vista la semana que viene, a puerta cerrada. Deberían venir. Avísenme y les conseguiré asientos de primera fila.

# 65

La jueza Shyam tomó la sabia decisión de escuchar lo que tenía que decir la defensa acerca de la moción varios días antes de la fecha establecida para dictar sentencia, el 22 de agosto. Esa fecha estaba fijada, ya era de dominio público, y había tenido mucha repercusión; la tenían en su calendario reporteros, periodistas, equipos de noticias y otros adictos a los tabloides. La justicia iría mucho mejor si toda esa gente no estuviera tan pendiente de ella. Así que la jueza llamó personalmente a los abogados para fijar otra fecha para una vista a puerta cerrada una semana antes, el 16 de agosto, en Virginia Beach. Les advirtió a todos que quería que fuera confidencial y que no iba a permitir filtraciones. Incluso los amenazó con sanciones.

Antes de la vista, colocó a tres secretarios del juzgado en la puerta principal para asegurarse de que no entraba nadie que no estuviera en la lista que ella había aprobado. Solo se permitió el acceso a unas pocas personas. Cuando todos estuvieron sentados, ella entró en la sala y los saludó.

—Señor Lassiter, usted es quien ha presentado la moción, así que puede comenzar con sus argumentos —empezó—. Quédese sentado si lo prefiere.

No había forma de que Raymond fuera capaz de hablarle a una jueza como él creía que debía hacerlo desde su silla. Así que se levantó, se recolocó la corbata de seda, le dio las gracias y comenzó.

—Señoría, mi cliente, Simon Latch, fue considerado culpable en esta misma sala el 27 de mayo. Yo me quedé muy asombrado por el veredicto, igual que el señor Latch y muchos otros. Desde ese día hemos estado trabajando incansablemente para resolver el misterio de quién envenenó a Eleanor Barnett, y, gracias a unos esfuerzos prácticamente heroicos del propio señor Latch, lo hemos descubierto. Nuestro primer testigo se identifica con un pseudónimo, porque es necesario proteger su identidad. Tras su declaración, le presentaré a la sala una declaración jurada en la que se aclara su verdadera identidad y la necesidad de esta medida. Solicitamos que esa declaración jurada no forme parte del sumario.

—Muy bien, señor Lassiter. Ya nos ha explicado tanto a mí como a la fiscal este asunto. Puede llamar a su primer testigo.

—Voy a llamar a Desconocido Tercero.

—Qué original —le murmuró Simon a Casey.

Alan Teel subió al estrado con toda la confianza de un abogado litigante con experiencia, que ya ha tenido actuaciones brillantes en muchas salas como aquella. Tras prestar juramento, Raymond le hizo una pregunta sencilla con la única intención de que él empezara a contar. Se remontó a ocho años antes, cuando a una secretaria del bufete sin identificar en el que trabajaba le llegó un soplo de una enfermera sobre una muerte inusual en un hospital de la localidad, de nombre también confidencial. Todo eso ocurrió en Pennsylvania. A ese soplo se fue añadiendo más información y finalmente desembocó en una investigación del bufete.

En ese momento se levantó Cora Cook.

—Señoría, perdón por la interrupción, pero estamos ignorando todas las normas procesales y de presentación de pruebas. ¿Se le va a permitir al testigo aportar rumores, hechos irrelevantes y todo lo que se le ocurra?

—Sí, señora Cook —respondió la jueza Shyam—. Quiero oír toda la historia. Yo soy la única que puede decidir sobre este particular, porque no hay jurado en la tribuna. Así que valoraré el testimonio según mi criterio y decidiré qué me parece relevante, muchas gracias.

La fiscal se encogió de hombros, reconociendo su derrota, y se sentó.

Alan no tardó ni un segundo en continuar con su relato; era evidente que estaba disfrutando de compartirlo con ese público tan reducido. Era un narrador excelente, como la mayoría de los abogados litigantes, y tenía a su audiencia embelesada.

Simon se tomaba un café sentado en la mesa de la defensa, y de vez en cuando echaba un vistazo a la sala. Landy y su jefa, Shelia Wycoff, estaban en la primera fila. En el otro extremo de la sala estaba el inspector Roger Barr, solo, escuchando, pero sin tomar notas. Y el resto de los presentes eran miembros del personal del juzgado: la estenógrafa, dos oficiales de justicia, un alguacil y la jueza.

Cuando Teel llevaba una hora hablando, Raymond pensó que era posible que la jueza Shyam se estuviera aburriendo, así que decidió animar un poco las cosas poniendo un vídeo. Casey pulsó varias teclas en su portátil y apareció una imagen en la pantalla, que estaba delante de la tribuna del jurado.

—Lo que están viendo es un vídeo del registro del apartamento de Oscar Kofie —explicó Teel—. Es del 30 de mayo de 2009. Se ven dos cajas de herramientas metálicas cerradas con llave. Nuestros técnicos las llevaron a un improvisado laboratorio. —En el vídeo se veía cómo abrieron las cajas, sacaron los frascos y tomaron muestras. La voz de alguien invisible iba narrando lo que estaban haciendo. El vídeo duraba diecisiete minutos.

Teel enumeró algunas de las toxinas y sustancias que se encontraron en esas cajas. Después volvió a las demandas, las negociaciones con el hospital y demás. Calificó la razón de su salida del bufete como una simple diferencia de criterio, y no descalificó a sus antiguos compañeros de ninguna forma. Tampoco mencionó sus nombres en ningún momento. Cuando terminó, unas dos horas después de que empezara a hablar, su escaso público seguía muy pendiente de todo lo que salía de su boca.

—¿Quiere interrogar al testigo, señora Cook? —preguntó la jueza Shyam.

Cora parecía confundida y aturdida, como si acabara de empezar a ver que la condena que había conseguido estaba pendiendo de un hilo y que tal vez había acusado al hombre que no era. Se levantó, ojeó un cuaderno que tenía delante, y dijo:

—Entonces, señor Desconocido, su bufete no llevó a juicio a Oscar Kofie cuando descubrió la verdad, ¿lo he entendido bien?

—Correcto. Mi antiguo bufete. Lo dejé más o menos en la misma época en que se firmó el acuerdo. Pero sí, aceptaron el dinero y no dijeron nada.

—¿Y por eso abandonó dicho bufete?

—Sí, esa fue la principal razón. Dejaron libre a un asesino sin decirle nada a la policía. Esperaban que Kofie hubiera aprendido la lección y cambiara, pero el problema fue que ese hombre nunca supo que lo habían pillado. El asunto quedó enterrado para todo el mundo. Perdió su trabajo con la excusa de un recorte de personal, a la vez que muchos otros, y se fue de la ciudad sin saber nada de nada. Fue una decisión cobarde por parte del bufete. Y se limitaron a rezar para que no volviera a matar. Está claro que fue un error. Ese hombre es un sociópata, como la mayoría de los asesinos en serie. Y trabaja en el sistema de salud, un sitio donde son comunes los envenenamientos homicidas. Disfruta viendo morir a sus víctimas, le da una perversa sensación de control. Al final acabó en Braxton, Virginia, y ahora nos vemos en esta situación.

La pregunta de Cora había provocado que él le diera una respuesta en la que había dicho más de lo que a nadie allí le convenía oír, así que volvió a sentarse.

Entonces se levantó Raymond para llamar a la siguiente testigo.

—Señoría, la defensa llama a la agente especial del FBI a cargo de la investigación, Shelia Wycoff.

Simon miró a Landy, que estaba en la primera fila, y le sonrió. Ella cruzó las piernas y le devolvió la sonrisa. Era curioso lo estupenda que estaba una mujer guapa como ella en una sala de vistas vacía, cerrada y polvorienta.

Wycoff testificó que, diez días antes, el FBI había recibido información que indicaba que se había producido un posible asesinato, o varios, y había abierto una investigación a un individuo que se llamaba Oscar Kofie. Según sus averiguaciones, trabajó en el hospital mencionado por Desconocido Tercero y lo abandonó en las circunstancias que él había descrito. Después trabajó en un hospital en Baltimore durante dos años y finalmente llegó a Braxton. En cada uno de esos hospitales se produjeron muertes misteriosas, cuya causa podía ser el envenenamiento, que el FBI estaba investigando en esos momentos.

Su investigación se centraba únicamente en Oscar Kofie. De hecho, el día anterior el FBI había obtenido una orden para registrar su apartamento de Braxton. El registro dio sus frutos: habían encontrado allí varios venenos, entre ellos el talio.

Simon miró fijamente a Cora Cook, que tenía la cara cenicienta por la incredulidad, y no pudo evitar disfrutar de cada segundo. Sabía que las cosas se le iban a poner aún peor a la fiscal.

Por suerte, el sospechoso acababa de recibir un paquete que contenía veinticinco gramos de talio. Había llegado por correo postal desde una dirección falsa de Durban, Sudáfrica. Había un vídeo del registro, si el tribunal tenía interés en verlo.

—Puede que más adelante —respondió la jueza Shyam, lo

que dejó claro que ya había visto suficiente y que no tenía curiosidad.

Entonces fue cuando Shelia soltó la bomba y Simon ya casi se sintió un hombre libre, a punto de salir de la sala corriendo, sin mirar atrás.

—Ayer, a aproximadamente las siete y veinte de la tarde —continuó Wycoff—, se detuvo al sospechoso cuando salía del hospital. Actualmente está aislado en una ubicación que no puedo revelar. Le vamos a acusar de, al menos, un homicidio en primer grado. Su caso se va a presentar ante un gran jurado federal el próximo martes.

Fue la frase perfecta para cerrar su testimonio. Ya no quedaba nada más que decir. Raymond lo detectó inmediatamente.

—No tenemos más preguntas para la testigo —se apresuró a decir.

Y le dio paso a Cora, como si ella pudiera deshacer el daño que le acababa de infligir con un interrogatorio, por muy brillante que fuera. Por eso se limitó a negar con la cabeza, con una expresión de absoluta derrota.

—Puede abandonar el estrado, señora Wycoff. Su siguiente testigo, señor Lassiter.

—Creo que el tribunal ya ha oído suficiente, señoría. El FBI ha arrestado al verdadero asesino, al que acusarán formalmente la semana que viene. La fiscalía cometió un terrible error al acusar a Simon Latch, un hombre inocente. Solicito que se invalide inmediatamente el veredicto de culpabilidad y que mi cliente quede en libertad.

—¿Señora Cook?

La fiscal se levantó despacio, mientras buscaba las palabras.

—Creo que no debemos precipitarnos, señoría. Un jurado de doce ciudadanos bien informados vieron las pruebas que se presentaron y emitieron un veredicto unánime de culpabilidad. No podemos ignorar eso e invalidarlo sin más. El acusado tuvo, en esta misma sala, un juicio según lo establecido y, al menos en mi opinión, en él no se produjo ningún error que haya que subsanar. Fue un juicio limpio y justo.

La jueza Shyam se inclinó hacia delante para mirar algo que tenía apuntado.

—Señora Cook, ¿conoce usted el caso de «El estado de Virginia contra Herman Dungee»?

Eso no se lo esperaba y Cora no tenía ni idea.

—Tal vez. Me suena de algo.

—El señor Dungee se pasó treinta y un años en prisión por una violación y asesinato que cometió otra persona. Hace tres años, una prueba de ADN demostró que no era culpable y lo exoneró. Su juicio se celebró en 1985 en esta misma sala. El jurado emitió un veredicto unánime de culpabilidad. Pero se equivocó. ¿Y le suena el caso de «El estado de Virginia contra Boyd Keenan»?

—Creo que no.

—Es un caso de Norfolk, aquí al lado. El señor Keenan se pasó dieciocho años en la cárcel por el robo a un banco que no salió según lo planeado y murieron dos cajeros. Cuando sucedió el robo, el señor Keenan estaba trabajando en Carolina del Sur. Aun así el jurado lo condenó. Y también se equivocó. ¿Y sabe algo del caso de «El estado de Virginia contra Harlan Miller», otro error aquí en la zona?

—No —reconoció Cora y se sentó.

—El señor Miller estuvo veintiocho años en el corredor de la muerte, y se libró seis horas antes de que lo ejecutaran. Una prueba de ADN demostró su inocencia. El jurado, que también estuvo en esta misma sala, decidió que era culpable y recomendó la pena de muerte. —Dejó sus notas y miró a la fiscal—. Podría seguir. En los últimos treinta años, al menos cuarenta y una personas de este estado han sido condenadas por jurados con buenas intenciones, pero han tenido que ser exoneradas años después. En todo el país se ha liberado a más de tres mil personas inocentes, y prácticamente todas ellas fueron encarceladas tras recibir veredictos unánimes de los jurados.

Si Cora hubiera tenido una bandera blanca, seguro que la habría agitado en aquel momento.

—Que se levante el acusado —dijo a continuación la jueza Shyam.

Simon se sobresaltó, porque no se lo esperaba, pero logró obedecer. Raymond hizo lo mismo, conteniendo una sonrisa.

—Señor Latch, en nombre del estado de Virginia me disculpo por este error de la justicia. Reconozco que me sorprendí cuando el jurado lo declaró culpable. Por suerte, las garantías existentes dentro del proceso penal me van a permitir corregir esa decisión errónea. Acepto la moción para revocar el veredicto de culpabilidad y desestimo todos los cargos que se le imputan, con carácter irrevocable. Y ordeno a la fiscalía del estado cerrar el caso y abandonar cualquier intento de nueva acusación. Es usted libre, señor Latch.

A Simon le fallaron las rodillas y se dejó caer en la silla. Se tapó los ojos con las manos y se echó a llorar.

Condujeron durante una hora en dirección sur, hasta que llegaron a los Outer Banks. Simon estaba en otro mundo y en silencio. Landy conducía sin rumbo, simplemente encantada de salir de Virginia. Lo miraba de vez en cuando, para asegurarse de que estaba bien. Él tenía los ojos cerrados, pero no estaba dormido.

Qué desperdicio de tiempo, de dinero, de emociones y de vidas. Cuánto sufrimiento innecesario. Había muchísimo que decir, pero no tenían energía para hacerlo.

Pararon en una tienda en Currituck, porque ella necesitaba comer algo. Simon vio una mesa debajo de un árbol y solo dijo:

—Voy a sentarme allí a llamar a mis hijos para decirles que acaban de declarar inocente a su padre.